客户经理

Bank Customer Manager

王利彬
Wang Libin's Work
作 品

SPM 南方出版传媒 广东人民出版社
·广州·

图书在版编目（CIP）数据

客户经理 / 王利彬著．— 广州：广东人民出版社，2018.8

ISBN 978-7-218-13064-4

Ⅰ．①客… Ⅱ．①王… Ⅲ．①长篇小说－中国－当代 Ⅳ．①I247.5

中国版本图书馆 CIP 数据核字（2018）第 142313 号

KeHu JingLi

客户经理

王利彬　著

出 版 人： 肖风华

责任编辑： 马妮璐
责任技编： 周　杰　易志华
装帧设计： 书屋 STUDIO 231742409@qq.com

出版发行： 广东人民出版社
地　　址： 广州市大沙头四马路 10 号（邮政编码：510102）
电　　话：（020）83798714（总编室）
传　　真：（020）83780199
网　　址： http://www.gdpph.com
印　　刷： 北京旭丰源印刷技术有限公司
开　　本： 787mm×1092mm　1/16
印　　张： 20　　**字　　数：** 316 千
版　　次： 2018 年 8 月第 1 版　2018 年 8 月第 1 次印刷
定　　价： 42.00 元

如发现印装质量问题，影响阅读，请与出版社（020－83795749）联系调换。
售书热线：（020）83795240

1

对于杨斐而言，今天注定是不普通的一天，不论是本该发生的事，还是后来出现的意外，都足以改变她的生活。今天，她要么平步青云，要么坠入深渊。

早上六点半，杨斐就醒了，这是她少有的比闹钟醒得早的时候。她丝毫没有恋床的意思，而是兴奋地掀开被子下床，用一个漂亮的动作把掉在地上的抱枕踢回床上，哼着歌看着床头的手机。

她在等谢羽的电话。

不知道从什么时候开始，谢羽每天都会准时打电话叫她起床，只不过今天她起得早。她一心想在这个准男友面前炫耀今天早起了，所以也不去洗漱，只是等着秒接电话。

谢羽已经追了杨斐一年了，杨斐虽然还没答应，却也被他磨得差不多了，在心里已经把他认作了准男友。这个既是上司又是搭档又是准男友的人对杨斐关怀备至，在工作和生活中都是她最信任的人。有时候杨斐会禁不住地想，有了谢羽，有了现在的成绩，或许她已经过上了近乎完美的生活，而这种想法总会让她感到幸福。

眼看已经快七点了，谢羽还没有打电话过来，杨斐心想可能他在忙别的，或者起晚了。可是在这一年中，谢羽每天都会准时打来，从不间断，今天怎么会突然忘了呢？胡思乱想一番之后，杨斐拿起手机要给谢羽拨过去，与其自己胡乱猜测，还不如打过去问问。

刚要拨过去，手机就响了，谢羽终于打来了。

“亲爱的精英，起床啦！”电话里响起谢羽温柔的声音。

“嘿嘿，我早就起了，等你叫起床早饭都凉了。”杨斐颇为得意。

“难得啊，今天破了你一年的早起纪录了吧！”电话里传来谢羽的笑声。

“就知道开我玩笑，不理你了，洗脸去。”杨斐心情很好。

“正所谓人逢喜事精神爽，看来说的就是你现在的状态，快洗漱去吧，一会儿见。”

“嗯！”

杨斐挂了电话，把手机随手一扔，直奔厕所。

卧室里十分凌乱，脏衣服和资料扔得到处都是，被子随意地在床上团着，还留有半碗汤的泡面盒在桌子边缘放着，随时都有掉下来的可能。这里怎么看也不像是个社会精英、年轻美女的卧室，但它还的的确确就是，只是这个美女生活能力极为匮乏而已。

杨斐洗漱完毕，十分自然地从地上的脏衣服上走过，从胡乱堆放着衣服的衣柜里挑出一件漂亮的裙子换上，同时随手把睡衣扔到地上。穿着打扮后，一个光鲜亮丽、气质出众的职业型美女出现在镜子前，同卧室里的杂乱显得格格不入。杨斐早就习惯了，所以丝毫不在意屋里的情况，而是美美地欣赏着镜子里的自己。一切准备就绪，要出门的时候，她似乎又想起了什么，在地上的衣服里胡乱翻找起来。终于，她找到了，那是一个长方形的小小的胸牌，上面写着“营业部副主管杨斐”。

华农银行在国内是比较成功的民营银行，近几年发展迅速，在国内的影响力和业务量已经居于民营银行前列。二十五岁的杨斐是这个银行总部里最年轻的中层人员，意气风发，前途无量，颇受领导赏识。在这个银行里，同事们最看重的莫过于每年一届的“金牌客户经理”评选，如果谁能在这个所有人都可以参加的评选中胜出，就意味着他的能力得到了全行的认可。而这一届，杨斐几乎可以断定是自己。

今天是宣布结果的日子，杨斐十分兴奋，早早地到了银行。可刚走进办公区，就觉得气氛似乎有些不对。同事们在小声议论着什么，谢羽看到杨斐也没有主动打招呼，而是假装没看见地低头干活。

果然，意外发生了。

“小杨，你来一下。”

杨斐刚坐下，就听到行长助理熊大海叫她。她看了看谢羽，谢羽正用无奈的眼神看着她，以她对谢羽的了解，这眼神就意味着出大事了。

熊大海阴沉着脸把一封匿名举报信和一沓照片扔到她面前，照片的内容是杨斐把一个U盘给了神州银行的主管赵冬。

“熊助理，这是什么意思啊？”杨斐看着这莫名其妙的东西，一头雾水。

熊大海年纪四十岁左右，虽然名为行长助理，但因为深得行长信任，所以实际权力远大于他的职位。能拥有现在的权力，与他莫测高深的心机和城府不无关系，不论他心里在想什么，对待别人总是一副笑眯眯的样子。而现在，他竟然少有的面露难色，阴沉着脸看杨斐，再加上桌子上的东西，杨斐立刻明白是怎么回事了。

杨斐在不久前做成了一个5亿元的贷款大单，现在有人举报她这个大单是靠着出卖银行机密和竞争对手做交易得来的。不仅如此，举报信中还提到杨斐搞定客户靠的是色诱和利益交换，同时有一些录音文件作为证据。

“小杨啊，说实话你靠什么方法得到的单子我并不关心，我关心的是你给神州银行的U盘里都有什么。”熊大海显得语重心长，语气里丝毫没有责怪的意思。

听完那些记录了自己和客户打情骂俏污言秽语的录音文件，杨斐简直惊呆了，这东西是哪来的啊！

“这哪儿跟哪儿的事儿啊，我根本就不记得跟这个赵主管有过接触，更别提什么U盘了！”杨斐哭笑不得，实在想不明白这“铁证”是哪来的。

“我当然想相信你，毕竟你是我一手提拔起来的，但是你知道现在问题的严重性吗，一旦这些东西被别人知道你能解释清楚吗？”

“熊助理，我想问一下你这东西是哪来的，我根本不知道的事情你让我怎么解释啊！”杨斐开始意识到问题的严重性。

“哪来的你就别管了，这些东西我只能瞒一天，一天内解释不清的话，明天监察室的人就会介入，这会彻底毁了你的！”

“哦！我一定弄清楚是怎么回事！”杨斐的脑子还是蒙的，现在她只想弄明白是怎么回事，是谁在背后陷害她。

看熊大海没有再要说话的意思，杨斐一脸郁闷地转身往外走。

“谁跟我有这么大的仇啊，这照片，这录音，这都是怎么做出来的啊？！”杨斐既郁闷又气愤，同时因为毫无头绪开始焦躁起来，这些东西真的能毁了她的职业生涯。

在杨斐看来，熊大海完全是在帮她，但是单纯的她哪知道熊大海在打什么算盘啊！对于熊大海而言，他当然相信杨斐的为人，也一眼就看穿这明显是有人栽赃，不过此时他不是在想怎么帮杨斐洗脱罪责，而是在盘算着一盘大棋，杨斐这个事故正好给了他可乘之机。

杨斐一走出熊大海的办公室，谢羽走了过来，不过他没有像恋人那样用拥抱或者摸摸头之类亲密的举动表示关心，而只是像普通同事一样轻轻拍了拍她的肩膀。同事们都投来异样的目光，低声议论。看到同事们在看自己，谢羽更加收敛自己的举动，对待杨斐也表现得更像一般同事。

从这尴尬的一幕中不难看出，谢羽并没有公开追杨斐。用谢羽的话讲，他俩太优秀了，本来就被很多人嫉妒，如果让别人知道他俩在一起了，肯定会大做文章攻击他俩，搞不好他们的事业都会被断送。这在职场上十分常见。杨斐本来就没答应谢羽什么，所以对他一厢情愿的地下恋也觉得无所谓。同事们多少能看出一些端倪，只不过大家都不说破，久而久之，他俩扑朔迷离的恋情就成了银行内众人皆知的秘密。

谢羽把杨斐叫到楼顶的天台，十分关切地问熊助理对她说了什么，杨斐把熊大海给她一天时间证明自己的事说了，然后让谢羽帮忙想想她究竟什么时候和赵主管单独接触过。

“我也想不起来。”谢羽也很无奈，“不过从拍照的角度，还有那些录音，很明显对方是处心积虑有备而来，录音可能是剪辑拼凑的，但是照片真的不像 PS 的。”

“我去找赵冬问个明白，一定是他搞的鬼！”杨斐说着就要走。

谢羽连忙拉住杨斐："如果真的是赵主管要陷害你，那他也不会承认啊，这个时候去找他，万一被人看到就更说不清楚了。"

"嗯，你说的也不是没有道理，如果不能去找赵冬的话，那就……"杨斐一边说着，突然想起照片上那个咖啡厅倒是她经常去的。"现在只能去那个咖啡厅碰碰运气了，看看有没有监控什么的。"

谢羽点头同意："你专心去找线索吧，银行的事有我呢。"

正常情况下，谢羽这个时候一定会握住杨斐的手或者拥抱她，安慰她不用担心，但这次他却始终皱着眉头毫无表示。杨斐没有意识到谢羽这细微的变化，连"金牌客户经理"也抛在了脑后，慌忙赶往咖啡馆去了。

杨斐刚走出银行，一个姑娘从后面追了上来，这人虽然只有二十七八岁的样子，但是脸上一副沉着冷静的表情，好像所有事情都了然于心。

"杨斐，等我一下。"这姑娘的声音在杨斐身后响起。

杨斐转身看到她："冷静，你怎么出来了？"

"你这是要去哪啊？"冷静不慌不忙地问。

杨斐没有回答，而是问道："举报信的事你知道吗？"

"早上熊助理刚收到举报信我就知道了，一直没来得及告诉你，到底是怎么回事，信里写了什么？"

"你还号称全行消息最灵通呢，连里面写了什么都不知道？"杨斐开玩笑。

冷静确实消息很灵通，虽然平时沉着冷静、不爱说话，但因为在人事部工作，而她又善于在各种人际关系间周旋，也似乎总能看透人的内心，所以她的消息总是很灵通。

"你还有心情开玩笑！"冷静严肃地说。

"你有事没，没事跟我走吧，路上告诉你怎么回事。"杨斐说着，又走了起来。

冷静跟着杨斐走了。路上，杨斐简单把情况跟她说了。

咖啡厅老板很好说话，大方地让她们看了最近一周的监控，监控里拍到了杨斐几次进出，但并没有赵冬的身影。杨斐在脑中像过电影一样回忆着和赵冬的几次接触，终于，她想到了照片上的情景。

那是一次很平常的和客户的会面，见的只是一个普通的储蓄客户，所在的地方也不是这个咖啡厅。这家咖啡厅在市里有几处连锁店，装修大概都差不多，所以杨斐才会记错。杨斐记得赵冬是偶尔路过，看到杨斐后只是礼貌地打了个招呼，正好客户起身去卫生间，赵冬顺势坐下随便聊了几句，主要的意思还是让杨斐知难而退不要和他抢生意。而那个U盘既不是杨斐的，也不是赵冬的，而是客户的。U盘本来插在杨斐电脑上，她拔掉的时候不小心掉在了地上，赵冬觉得挺好看，杨斐随手递给他看了看。

这本是很巧合的偶遇，但看照片拍摄的角度，拍摄者似乎知道事情会发生，所以在等着拍照。这样的话就只有一种可能，那就是赵冬并不是偶然路过，而是故意坐下让人拍照。但是这些照片拍摄的时候杨斐还没从赵冬手里抢到单子，如果赵冬是因为事后想报复她，又为什么在这之前就拍下照片呢？

杨斐百思不得其解，总觉得这里面有漏洞。就算赵冬未雨绸缪，但是让别人知道自己和竞争对手做交易，对他的职业生涯也是百害而无一利。他为什么要这么做呢？

“去找赵冬！”冷静突然站起来，示意杨斐跟她一起走。

“等等，你怎么也开始一惊一乍了，找什么赵冬啊，他能承认吗？”杨斐拽住冷静，让她重新坐下。

“敲山震虎，打草惊蛇，说不定会有收获。”冷静慢慢地说着。

杨斐知道，现在除了赵冬，她们再没有其他线索。去不去找赵冬当面对质，她仍在纠结。

“找他去！你不是能看透人心吗，用你超能力的时刻到了。”杨斐打定主意，先去探一探赵冬的口风也好。

冷静微微一笑，刚要出门，突然手机响了，接了电话之后，她脸色大变。杨斐不明所以，连忙问发生什么事了。

“监察室的人把你的东西全收走了！”冷静少有地表现出了慌张的神色。

“啊？！”杨斐大吃一惊，她知道一定是消息被人泄露了。可会是谁泄露的呢？

“是寄举报信的人！”杨斐终于明白了，寄信的人看到事情被熊大海压下来，所以又给负责监管员工违纪的监察室寄了一份。如果早上只是小范围人知道的话，现在全行的人应该都知道了。

很快，杨斐的电话就响了，监察室的人通知她回去接受调查。杨斐谎称在郊区，得过几个小时才能赶到，这样为自己争取到了最后几个小时。

冷静很容易就搞到了赵冬的电话，三句两句把他约了出来。赵冬虽然同意和杨斐见面，但对照片的事却三缄其口，只是说自己也是受害者，现在也在接受调查。虽然赵冬矢口否认是他在搞鬼，但杨斐看得出来，他眼神闪烁肯定有问题。冷静还想再问什么，杨斐却不再多问，拉着她就走。

“那个赵冬一看就有问题，你怎么不问了？”冷静一边走一边回头看还站在路边的赵冬。

“这么问他不会说，我有办法。”杨斐成竹在胸。

“哦？你想出什么馊点子了？”

“你还真说对了，就是馊点子，而且需要娜娜帮忙。”

一听到要请张娜娜，冷静皱了皱眉，似乎知道杨斐的心思了，两人会心一笑。

“现在还是先回行里，监察室的人还等着呢。”一想起监察室，杨斐又愁云惨淡，那帮人不好对付啊！

“放心吧，你就有什么说什么，等张娜娜来了再说。”冷静安慰杨斐。

杨斐点点头，深深地吸了一口气。

杨斐一进入办公区，所有人立刻看向了她，这些目光里有诧异，有怒气，也有纯粹看热闹的。杨斐告诉自己不要在意别人的目光，自己的清白很快就能被证明。就这样，在所有人的注目中，她走进了监察人员的办公室。

看着监察室的门，冷静的心一直揪着，她不知道杨斐会不会被监察人员无理的问题激怒而让事情更糟。谢羽也在盯着那扇门，也是忧心忡忡。看到谢羽这么关心杨斐，冷静的心里有了一丝欣慰，至少杨斐还有她和这个准男友。正在这么想着，一个同事走过来在她耳边低语了几句，冷静听完后大吃一惊，再看谢羽那紧张的表情，她立刻觉得厌烦起来，在心里暗骂自己看人不准。

监察室内，杨斐的情况确实很糟糕，监察人员态度蛮横，指责她私自泄露银行机密，声称如果不配合调查会让她在全国的银行业内再也无法立足。

“我说了不是我做的，我现在要证明这件事不是我做的就是在配合你们调查，你们不去查消息准不准确，却在这里为难我，你们觉得这对我公平吗？”杨斐本来努力克制自己，但还是被激怒了。

监察人员也不示弱：“这么明显的证据，你还想怎么证明！”

杨斐说道：“我需要时间，这才不到一天的时间，我哪有时间去找证据。”

“好吧，那我给你两天时间，如果到时候还不能证明这些证据是假的，你最好老实交代。”

杨斐摇了摇头：“这些东西不是真的，我永远也不会认，别说两天，就算两年，二十年，我也要证明这些东西是假的。”

“那就是你不打算承认了？”监察人员的语气里带着挑衅。

“我会尽我最大的努力去调查，但是用多少时间我不能保证，因为不查出真相我不会停止。”杨斐说得斩钉截铁。

监察人员简直无语了，丢下一句“只有两天”后就让杨斐出去了。

杨斐出来了，谢羽并没有上前询问情况，相反，他在躲避杨斐的眼神。

冷静先走了过去。

“时间紧迫，必须马上联系张娜娜，今天就行动。”不等冷静开口，杨斐一边说着一边快速地往外走，她知道不管自己怎么争取，也只有这两天的时间。

冷静本想说什么，但杨斐完全没有给她机会，她只好跟着杨斐出去，再找机会。

天终于黑了，下班的人陆陆续续从一栋栋写字楼里走出来，分别钻进地铁或公交。

赵冬也在下班的人群中，只是他比那些苦逼的上班族强，他有车。开车走在慢行道上，赵冬心绪不宁，没有注意到突然冲出来的一个姑娘，他一个急刹车，差点撞上那姑娘。姑娘吓得不轻，赵冬慌忙下车查看情况，直到这时候，他才注意到这个姑娘年轻漂亮，穿着也相当暴露，以至和姑娘说话的时候，他时不时地会瞄一眼那呼之欲出的胸。

姑娘说话娇滴滴的，嗲意十足，赵冬听得心都要化了。见姑娘有点腿软，连忙上前搀扶，趁机揩油。不仅如此，他还主动要求送姑娘回家。这姑娘也不客气，二话不说就上了车。坐到车上之后，姑娘捂着头说疼，好像头被撞到了。赵冬连忙凑过去把姑娘抱在怀里，查看她的头有没有受伤。

但凡思考一下就能想到，车根本没撞到这个姑娘，她的头怎么会受伤呢？赵冬此时已经智商“下线”了，躲在暗处的杨斐和冷静一边拿着相机狂拍，一边哈哈大笑。感觉拍得差不多了，杨斐给张娜娜发微信告诉她可以了。赵冬车上那姑娘看到信息后突然变脸，一把推开他径直下车。

没错，这个姑娘就是杨斐搬来的救兵，也是她的发小——张娜娜。张娜娜下车后冲着杨斐直摆手，杨斐和冷静走过来，这可把赵冬吓坏了。原来杨斐知道赵冬娶了个富婆，在家里没地位，但他又不老实，之前因为出轨差点离婚。如果刚才拍的照片被赵冬老婆看到，他的家庭就算完了。

赵冬深知杨斐这招狠，不得不就范。

“你们银行的人都知道我这个弱点吗，怎么都拿这个说事儿？”赵冬既愤懑又无奈。

“你这话什么意思？”听到赵冬这么说，杨斐立刻警觉了，果然是自己人在搞鬼。

“你们就不要逼我了，求你们了，放过我行吗？我可以把怎么栽赃你的过程告诉你，但是谁我不能说，他比你们更狠，他手里有视频。”赵冬简直欲哭无泪。

杨斐知道赵冬也是被人利用，逼得太紧反而会适得其反，只好答应。

“那天我假装和你偶遇，故意坐下和你闲聊，其实都是预先计划好的。我知道，一旦咱俩交易的事被传出去我自己也好不了，因此早早就想好了说辞，所以我倒没受什么影响，只是你就惨了。”赵冬不紧不慢地说了起来。

“你怎么知道我会在那里？”杨斐问道。

“不都说了是你们内部的人指使我的吗，肯定是他告诉我的啊！朱总本来就对你有意思，有时候跟我聊天提起你全是龌龊的想法，我故意录下一些，然后找人把那些录音和你平时说话的录音剪辑到一起，就是现在你听到的效果了。”

“谁啊，每天偷录我说话！”

“大概就是这样，我可以把剪辑录音的人的电话告诉你，他给你作证就够了。至于照片，你要自己想办法了。”

事不宜迟，杨斐三人立刻赶往赵冬说的那家音像店，但店门已关。杨斐觉得这家店又跑不了，明天再来就是了，一时心情轻松了许多。

“我给谢羽打个电话吧，别让他再担心了。”杨斐说着掏出手机就要拨号。

冷静一把抢过手机，眉头紧锁。

“冷静你干吗呢？手机还我。”杨斐觉得莫名其妙。

“在银行的时候我就想跟你说了，一直没有机会。”冷静严肃地说道，“你不用找了，是谢羽在害你。”

杨斐闻言大吃一惊：“你说什么呢！”

冷静继续说道：“今年的‘金牌客户经理’出结果了，是谢羽。他虽然没承认在背后陷害你，却在银行里散播消息说你其实能力很差，这几年都是靠他才上位的。”

杨斐简直震惊了，她不知道该说什么，那个对她温柔备至，追了她那么久的人怎么会说这种话，这是为什么呢？

“知道为什么谢羽到现在也没主动问你进展了吧，他已经打算撕破脸了。”冷静继续说着，也不管杨斐能不能接受这真相。

“这个人渣，我替你揍他去！”

张娜娜说着就要去找谢羽，杨斐一把拽住她：“这里面肯定有误会，谢羽没理由这么做，我问问他是怎么回事。”

冷静把手机递给杨斐：“问吧。”

杨斐犹豫再三，还是把电话拨了出去，只不过谢羽没接。

“不接电话，明显就是心虚，我们找他去！”张娜娜气呼呼地说道。

“算了，明天上班再问吧，反正现在咱们已经有证据了，也说不定他没听到，一会儿会再打过来。”杨斐不知道这话是在安慰别人，还是在安慰自己。

杨斐躺在床上，一夜无眠。她的心里很乱，谢羽到现在都没来电话，难道冷静说的是真的？如果真的是谢羽这么处心积虑地害她，这人心也太险恶了，可谢羽又为什么呢？平心而论，谢羽能当上主管，能有这么好的业绩，杨斐的功劳不可小觑。谢羽是离不开她的，就算是为了继续利用杨斐的能力，他也不该这么做啊。

杨斐暗自祈祷明天不要再出意外，能不能证明自己的清白就看明天了。而怎么证明谢羽的清白，她却毫无头绪。

第二天，意外果然出现了。杨斐刚要出门，就从冷静那儿得到了一个惊人的消息，熊助理拿到了那个U盘，那个照片中杨斐给了赵冬的U盘，而且里面真的有机密！

杨斐赶到银行，熊大海已经在等着她了。

“我跟神州银行的行长还有些交情，这次他能把U盘还给我，我可欠了他一个大人情。”熊大海不紧不慢地说着，手里摆弄着那个U盘，脸上仍是笑盈盈的。

“熊助理，这明显是有人栽赃啊！我有证据能证明！”杨斐虽然震惊，但还在努力克制自己的情绪。

“哦？你找到证据了？”熊大海内心一惊，但表面上仍不动声色。

“那个U盘是一个客户的，根本不是咱们行的，虽然这个我暂时还不能证明，但是我能证明录音是假的，这就说明是有人栽赃！”

“你怎么证明？”

杨斐刚要说话，兜里的手机响了，她拿出手机看到是冷静打来的，连忙接通，打开免提。

“冷静，我跟熊助理在一起，你去音像店查得怎么样了？”杨斐急切地问。

“店老板是个老大爷，别说剪辑了，他连电脑都不怎么会用，我们上当了！”冷静的语气里满含失望。

杨斐愣住了，没想到竟然被赵冬摆了一道，她气愤地挂了电话，低声道：“大意了！”

熊大海看着杨斐，知道她没有找到证据，于是又开口说道：“没找到证据吧，小杨啊，现在就算你不说，监察室那帮人也可以给你定罪了。”

杨斐闻言大吃一惊：“熊助理，你这话什么意思？”

“谢羽把所有事情都说了，你是怎么勾引的客户，又是怎么和赵冬勾结的。”熊大海一边淡淡地说着，一边观察着杨斐的反应。

“什么？！”

杨斐简直不敢相信自己的耳朵，谢羽怎么会说这些，难道真的是他主导的这一切？！

“不会的，谢羽在胡说，熊助理你了解我，我怎么会做这种事呢？”杨斐简直要哭出来了。

熊大海说道：“我当然相信你啊，但是现在谢羽得了‘金牌客户经理’，他又是你最亲近的搭档，他的话上面没理由不信啊！”

“谢羽在哪儿，我找他对质。”杨斐坚定地说道。

“他就在隔壁监察室，现在应该正在配合监察那帮人写材料呢！”

熊大海刚说完，杨斐转身出门，直奔监察室。

当杨斐推开监察室的门的时候，谢羽正在和监察人员有说有笑地聊着天。一看到杨斐气呼呼地进来，谢羽脸上的表情立刻变得尴尬起来。

“谢羽你告诉他们，我没有做那些事！”杨斐激动地走到谢羽身边，直勾勾地看着他。

“杨斐，对不起，我不能再替你隐瞒了，你承认吧。”谢羽语气冷漠。

谢羽的表情也变得冷漠，杨斐突然感觉她所亲近、信任的那个人消失了，眼前这张冷漠的脸如此陌生，如此让人憎恶。杨斐震惊、失落、绝望，一句话也说不出来，只是怔怔地看着谢羽，眼神里充满疑惑和愤恨，充满不知所措。

“小杨啊，现在不管你承不承认，这件事证据已经确凿得不能再确凿了，如果你态度好的话或许还能减轻点处罚，别再硬撑着了。”熊大海跟着走了进来，语气里带着关切。

杨斐没理熊大海，而是走到谢羽面前，直勾勾地盯着他，一字一句地说道：“你为什么要这么对我？！”

谢羽一脸无奈地躲避杨斐的眼神：“杨斐，你别这样，承认吧！”

监察室的领导大声吼道：“人证物证都在，你还不承认！”

“我没有泄露机密，没有勾引客户，我没做过的事绝不会承认。”杨斐仍直勾勾地看着谢羽，语气坚定，似乎这话不是说给监察人员和熊大海听的，而是说给谢羽听的。

谢羽也不答话，只是静静地站着。

“现在你承不承认都无所谓了，你的处罚结果明天就能出来。”监察人员语气冷淡。

杨斐失落地走出办公室，同事们正低声议论着，没有注意到她的出现。她本无心听那些闲言碎语，但这一次无意中听到的话，却让她更加震惊。同事们正在讨论着谢羽能力有多强，杨斐这些年怎么靠谢羽上位，谢羽有多委屈、多正直；也有同事觉得杨斐勾引客户让谢羽戴了绿帽子，他这么做完全是出于报复。不论两派观点怎么争论，他们却有一点达成了共识，那就是杨斐完了，谢羽却为自己的事业开出了一片新的蓝天。

“谢羽为什么要这么做，他是为什么呢？”

杨斐始终不肯相信谢羽会这么做，她宁愿相信谢羽是被人威胁，有不得已的苦衷。她想找谢羽问个清楚，谢羽却躲着不肯见她。冷静劝杨斐不要着急，谢羽跑不了，现在更紧迫的是搞清楚赵冬是怎么回事，为什么要骗她们。提起赵冬，杨斐更是恼怒，这一次，如果赵冬再不说实话，她一定要让他身败名裂。

“姐，你放过我吧，我招谁惹谁了，怎么都来找我啊，我快要被你们逼疯了！”看得出来，赵冬十分郁闷。

“是我招谁惹谁快被逼疯了才对，今天你说实话还好，不说的话就等着瞧吧！”杨斐语气强硬。

“你先让她走，让她离我家远点。”赵冬看着杨斐的手机，一脸惊恐。

杨斐冷笑，她正在用手机和张娜娜视频，而张娜娜手里拿着一张医院的孕检单站在赵冬家门外。

“少废话，给你两分钟，再不说的话我马上让我朋友敲门，她会告诉你老婆她怀了你的孩子，你就等着被扫地出门吧。”

“行行行，你让她走行吗，我说。”赵冬求饶。

“这还差不多，娜娜，你先撤，随时等候命令。”杨斐对手机另一端的娜娜说道。

“得令！”娜娜笑着把视频关了。

“我能不能问一句，你那朋友的怀孕证明是哪来的？”

“医院捡的。”

“好吧，我服了，不过就算我把事情都告诉你，你没有证据还是要吃这个哑巴亏。”

“你先说。”

几天前，神州银行的行长得知了赵冬和杨斐做交易的事，勃然大怒，责骂赵冬为了那点蝇头小利竟然把大客户拱手让人。赵冬害怕被处罚，把实情说了出来。

那个客户确实是杨斐靠实力撬走的，赵冬和杨斐之间没有任何利益交换。在客户越来越倾向于杨斐的时候，有人找到了他，用他和别人暧昧的视频为威胁设下圈套，陷害杨斐。本来他根本没收到什么U盘，事发后对方觉得如果没有U盘栽赃就不够彻底，所以后来又给了他那个U盘。U盘里有大量华农银行的客户信息，都是杨斐的级别可以接触到的。

行长知道赵冬为人怯懦，没有胆量和气魄做这种事，所以相信了他的话。提起杨斐，行长觉得她确实是个威胁，于是想出了一个顺水推舟的办法，以彻底除掉这个竞争对手。他故意把U盘还给熊大海，这样杨斐通敌就会被彻底坐实，再无翻身之日。

没想到神州银行的行长这么卑鄙，杨斐觉得难以置信。她继续逼问赵冬究竟是谁在幕后搞鬼，赵冬支支吾吾，欲言又止。他皱着眉纠结良久，终于还是开口了。

“不是我不想告诉你，其实我根本不知道是谁啊！”

“什么？你怎么会不知道！”杨斐大惊。

“他跟我联络要么是用快递寄给我指示，要么是用公共电话，我根本没见过真人，更不知道是谁。不过我敢肯定，以他对你的了解，绝对是你身边的人。”

杨斐不禁大吃一惊，她只是一个银行的普通中层，陷害她需要这么大费周章吗？对方是好莱坞电影看多了吗？如果真的是谢羽，那他也太可怕了！

杂乱的卧室里没有开灯，一片黑暗中，杨斐坐在床边，倚着床角，思绪复杂。正如赵冬所说，就算知道了来龙去脉，她仍要吃这个哑巴亏。毫无头绪，毫无证据，难道自己努力多年，却要被这莫名其妙的栽赃陷害断送职业生涯吗？想起自己从小学到高中的努力，想起考上清华时母亲的笑脸，想起出国留学时的意气风发，再想到现在这尴尬的处境，一种深深的无力感涌上心头，这无力感又渐渐变成了绝望。

冷静的电话打破了她那让人窒息的绝望的气氛。冷静让她立刻马上过去找她，要给她看一出大戏。杨斐不知道冷静又发现了什么秘密，毫无心理准备地赶了过去。

如果说在和冷静汇合之前杨斐还对谢羽抱有幻想，那么冷静祭出的这个大招会让她彻底看清谢羽，彻底绝望。杨斐走进一个环境优雅的西餐厅，一进门就看到冷静坐在靠近门口的座位上冲她招手，她走过去还没到冷静身边，却看到冷静身后的座位上，谢羽正和一个妙龄女郎有说有笑，举止暧昧。

杨斐愣住了，此时的她大脑一片空白，一个谢羽一边追她一边和别的女孩暧昧的想法挤进了她的脑子里。一天之内，她对谢羽所有的认知都被推翻了，那个曾经差点让她以身相许的人，真的是眼前这个谢羽吗？

杨斐正在胡思乱想，冷静冷不丁地推了她一下，把她直接推到谢羽的桌子旁边。谢羽看到杨斐突然出现，吓得差点叫出来，但在身边的女孩还没反应过来的空当中，他迅速调整心态，隐藏内心的惊恐。

“这么巧，你也在这吃饭？”谢羽语气平淡地和杨斐打招呼，但眼神里却充满了恳求，恳请杨斐不要拆穿他。

杨斐没有回答。

“这位是？”女孩儿饶有兴趣地看着杨斐。

“哦，同事，跟我一个部门的。”谢羽赶忙解释。

“要不坐下一起吃吧。”

女孩儿这本是一句普通的客套话，但是在谢羽听来却充满了挑衅，他极度害怕杨斐真的会坐下，害怕自己会露馅，但他却什么也做不了，只能微笑着等待杨斐的答案。

“我还有事，不打扰你们了。”杨斐扔下这么一句话，转头就走。

“她怎么了，怎么感觉怪怪的？”女孩儿可爱的声音在杨斐背后响起。

“嗨，别提了，她被人举报勾引客户又泄露银行机密，正被调查呢，心情不好也正常。”

杨斐本来还在强忍着，但听到谢羽这么说，眼泪止不住地流了出来。她哭着跑出餐厅，在夜色下的车水马龙中狂奔起来。

冷静本想当面拆穿谢羽，但看到杨斐的反应，因为担心杨斐，赶忙追了出去，谢羽这才逃过一劫。

冷静十分自责，本想让杨斐看清谢羽并揍他一顿出气，没想到却会搞成现在的样子。杨斐一副生无可恋的表情，任凭冷静说什么都一言不发。为了激起杨斐复仇的斗志，冷静又祭出一个大招，她告诉杨斐，谢羽身边的那个女孩是银行董事长的女儿。

“你现在还不明白是怎么回事吗？谢羽那个渣男为了往上爬，勾搭上了董事长的女儿，现在谁是他最大的绊脚石，当然是作为绯闻女友的你啊！这小子真是阴险狡诈啊，以前为了业绩拼命讨好你，把你的业绩都说成是他的，也就是你这么让着他，现在为了追董事长的女儿，竟然想让你彻底消失。陷害你的事绝对是他做的，这个渣男！”

杨斐不置可否，但她的心里已经十分明白。冷静说的没有一句是错的，她已经绝望了。冷静不再说话，静静地等着杨斐自己想明白，等着杨斐燃起复仇的怒火，手撕谢羽。杨斐内心压抑，痛苦不堪，幸亏张娜娜及时赶到，张娜娜要用另一种方式帮她发泄，那就是带她去酒吧，借酒浇愁一醉方休。看到有张娜娜在，冷静又赶回了银行，去打探杨斐的处理结果。

灯红酒绿，声音嘈杂，各色人穿梭其间，觥筹交错，大喊大叫，这里确实是发泄情绪的好去处。杨斐坐在一个相对安静一点儿的角落，一杯接一杯地喝着，张娜娜也不安慰她，只是陪着她一杯又一杯地喝。

“要我说这正好是个机会，干脆辞职算了，再说那个渣男，不对，那个畜生，我早就看他不顺眼了，幸亏你当初没答应跟他在一起，要不然亏就吃大了。”张娜娜一边喝酒一边说。

虽然没有正式在一起，但在杨斐心里，谢羽的地位是不言而喻的，现在遭遇这种狗血的剧情，她的心里怎么可能好受。

“事情有你说的这么简单就好了。”杨斐郁闷地一口喝掉一杯洋酒。

“事情就是这么简单，只是你们这些高端人才把它想复杂了，要不你干脆跟我学健身算了，回头跟我一样做个健身教练，每天想那些乱七八糟的事情，你不累啊。”

“就这么稀里糊涂地被除名，被背叛，我这心里憋屈啊！”杨斐越想越郁闷，又是一口干掉了一大杯酒。

“姐，你慢点喝，你放心，我明天就去收拾谢羽，看我不打残他，打得他断子绝孙。”张娜娜越想越气愤。

“你别乱来，我的事情我自己解决。”

杨斐又想说什么，手机响了，一看到是冷静打来的，她就知道又出什么事了。

“喂，冷静，又有什么事了吗？”杨斐的声音显得有气无力满含无奈。

“有事明天说，我今天没空。”一个男人的声音传了过来。

杨斐扭头看了一眼，身后座位上一个和他背靠背坐着的男的也在打电话。

“你是说我的处理结果已经出来了？他们还真快啊！”杨斐继续有气无力。

“这也叫快！你还有脸跟我说快！这都几天了！”身后的男人嗓门很大。

“你的消息准确吗？”张娜娜抢过电话问。

“准个屁，你那就是瞎扯，我还从来就没信过什么命，我只信自己的能力。”男声继续。

“要不你现在过来吧，我们在这儿等你。”杨斐继续。

“你要敢来，我废了你信吗！”男声继续。

杨斐被后面搭下茬的电话搞得心烦意乱，张娜娜也坐不住了。

“把电话挂了。”张娜娜已经有点醉了，此刻她正酝酿着怒意。

“你别动，你动容易出事，我去说。”

杨斐说着挂了电话，起身拍了拍身后的人，她这才注意到，这人全身名牌，长得也挺帅，一看就是个纨绔子弟公子哥。

“麻烦你去旁边打电话行吗？我说一句，你接一句算怎么回事。”杨斐挤出笑脸。

“我还没说你呢，你倒先过来了，凭什么我去旁边，你怎么不去？”这人语气强硬。

“我姐们儿心情可不好，你最好快点道歉。”张娜娜摇摇晃晃地走了过来。

“就跟我心情好似的，姑娘家的学人家喝酒，怎么还想学黑社会啊？”

“算了，不跟他一般见识。”杨斐说着又坐下了。

“不行，工作受气我帮不了你，但是出来消遣我要让你舒心。”张娜娜走到这人身边，“站起来！”

“你要干什么啊？”这人不耐烦地站了起来。

杨斐看到那人站了起来，惊得酒都醒了，连忙喊：“不要啊！”

那人还没明白是怎么回事，张娜娜一个回旋踢，把他重重地踢回到了椅子上。

“王坤你没事吧。”身边的朋友慌忙查看他的情况，而这个叫王坤的公子哥儿被这一脚踢蒙了，还没缓过神。

王坤的朋友立刻站了起来，刚要和张娜娜理论，一个女的突然冲了过来。

“你敢打我男朋友，我跟你拼了。”这女的一边喊一边冲了过来，张娜娜也不闪躲，一个回旋踢把她也重重地踢到椅子上，正好坐到王坤身边。

王坤看到这女的，立刻不耐烦起来。“我不是说了分手了吗，你还缠着我干什么啊？”

“宝贝儿，我知道你身边的女人多，你也总换女朋友，但是我跟她们不一样，我对你是真爱啊！”

“我对你不是真爱，别烦我了行吗？”王坤很不耐烦。

杨斐越看越气愤，骂王坤玩弄别人的感情，王坤正没地方出气呢，站起来要和杨斐理论。

“娜娜踢他！”杨斐突然冒出这么一句。

王坤意识到危险，刚想躲避，张娜娜的脚却已经到了，这次踢的是裆部。只见王坤捂着裆疼得脸都红了，但还在强忍着不让自己失态。

“你们，你们……”王坤又疼又气，话都说不出来了。

杨斐的心情终于好了一些，对着王坤做了个鬼脸，然后拉着张娜娜跑了。

王坤简直哭笑不得，扭头一看，发现酒吧里所有人都安静地看着他，DJ把音乐都关了，乐呵呵地看热闹。

“别让我再见到你们！”王坤撂下句狠话，踉跄地走了出去。

一夜宿醉，第二天醒来时，杨斐头疼，早把昨晚和王坤打架的事抛在了脑后。昨晚虽然把情绪发泄了，但今天该面对的还是要面对，所以卧室还是那个杂乱的卧室，而起床洗漱的人心境却完全不一样了。杨斐垂头丧气，洗漱完之后，抬脚把地上的抱枕踢开，又躺回床上唉声叹气，过了良久，才慢吞吞地换衣服出门，去迎接她的判决结果。

一走进办公区，杨斐反倒平静了，同事们有的为她加油打气，有的低声咒骂，也有的只是看热闹，杨斐挤出笑脸和同事们打招呼。走到谢羽身旁的时候，杨斐看了一眼谢羽，谢羽赶忙把头低下，杨斐不屑地抬头走过去。到现在谢羽连一句解释的话都没有，杨斐已经死心了，见过狠的，没见过他这么狠的。

熊大海的办公室里，杨斐终于看到了那份处理结果，她最害怕的情况还是出现了，薄薄的两页纸上清晰地写着“立即撤职，对外通报”。

杨斐崩溃了。

“不行，我不接受，我没有做过那些事，说什么我也不会接受这个结果的！”杨斐一边激动地说着，一边把处理结果紧紧地攥在手里。

熊大海轻轻拍了拍杨斐的肩膀，让她坐下，然后说道：“小杨啊，你别激动，我相信你是清白的，但是监察那帮人不信啊，要我说你也别置这个气了，跟他们认个错，我再跟上面讲讲情，做成你主动辞职应该还是有希望的。我认识一家挺不错的证券公司，你要愿意可以去他那儿，挣得比咱们这儿多得多。”

“可是这明明不是我做的，我为什么要承认、要认错啊？”杨斐仍不服气。

“我这也是为你好啊，你根本没办法证明不是你做的，这个哑巴亏你不吃也得吃啊！”

“我不吃！这不公平！”

杨斐说得斩钉截铁，熊大海叹了口气，无奈地看着她。

“现在他们已经要这么处理你了，你除了接受，还能做什么？这个世界上的很多事是说不清楚的。”熊大海继续开导杨斐。

“真的一点办法都没有了吗？只要能留下来让我证明自己的清白，让我做什么工作都可以，熊助理，你一定有办法让我留下来的，对吗？”

杨斐的语气里似乎带着哀求，熊大海听完不住地摇头。

“说的容易啊，真给你找个很低层次的工作，你愿意去，我都不愿意让你去。”熊大海唉声叹气地说道。

“我不在乎！”杨斐再次说得斩钉截铁。

“这个我真的做不到，我虽然是行长助理，但是也没什么实权啊，至少想留在总部我是做不到的。”熊大海说道。

杨斐好像看到了希望，立刻说道：“分行也行，在分行一样可以把业绩做好，一样可以证明我的能力，而且只要还在这个体系里，我就一定要把害我的人揪出来！”

“证明你的能力？什么能力？”熊大海心里明白，但假装糊涂地问。

“谢羽跟别人说我这几年都是靠他才有现在的成绩的，这次的‘金牌客户经理’要没有我帮他，怎么也轮不到他。是我的就应该是我的，所以我不光要证明清白，还要证明我的能力。”杨斐说着，似乎又想到什么，更加激动地说道：“不是有个叫朝通的分行吗，那个分行全国垫底，都快成了业内的笑柄了，我就去那里。在总行靠原来的资源做出的业绩不算什么，在一个最差的地方从零开始，做到最好，这才是证明我最好的方法。我要让他们知道我能有今天的成绩，靠的是什么！”

熊大海就等杨斐说这句话呢。不得不说，这正是他想要的效果，表面替杨斐着想，实际却用言语激她，让她打死也不肯离开，然后委曲求全进入朝通分行。至于为什么要这么费劲地把她弄进那个全国最差的分行，则是熊大海更大的一盘棋。

听到杨斐主动要求去朝通分行，他心里窃喜，但脸上仍是一副为难的模样：“小杨啊，你可得想好啊，朝通分行没那么好混，认个错离开，才是最轻松的。”

杨斐怎么能看透熊大海的心思，还以为熊大海在劝她，赶忙说道：“我要的本来就不是轻松，我要的是真相。熊助理，你一定得帮我！”

熊大海假做为难地来回走了几步，然后犹豫地说道：“我只能试试，这样吧，你先回家等几天，这个处理结果我先压一压，一有信儿了通知你。”

“谢谢你，熊助理！”杨斐又看到了希望。

杨斐一从熊大海办公室出来，冷静立刻走上前，刚想询问情况，却被谢羽打断了，他要和杨斐谈谈。冷静本想把谢羽赶走，却被杨斐制止，她要和谢羽把所有事情说清楚。

天台上，不等谢羽开口，杨斐上来就问举报的事是不是他搞的鬼。

“斐，做假证是我对不起你，但是举报的事不是我，我不奢求你能理解我，但是我只求你能高抬贵手，安安静静地离开，昨天你看到的是董事长的女儿，如果能和她在一起我至少少奋斗十年。十年啊，斐，你能成全我吗？”谢羽一把抓住杨斐的手，低声下气。

“我不管你和谁在一起，你奋斗多少年也跟我没关系，我只问是不是你陷害的我！”杨斐猛地甩开谢羽的手，冷冷地看着他。

“是我对不起你，但是银行就是这样，职场就是这样，人生也是这样啊！弱肉强食，如果我不抓住这个机会，很有可能一辈子都默默无闻，你知道再往上升有多难吗？”此刻的谢羽只想得到杨斐的一句承诺，为了这句话他恨不得跪下求杨斐。

“回答我的问题！”杨斐语气冰冷。

谢羽只是恳求地看着杨斐，却不回答。

“我真没想到你是这样的人，如果不是你伪装得太好，那就是我太傻，你不回答也可以，但我一定会找到证据，证明我的清白，证明你是个人渣！”杨斐说完扭头就走。

“斐，别怪我！”谢羽仍在恳求。

“放心，我又不是你女朋友，不会在你新欢面前哭闹的。”杨斐潇洒地留下这句话，头也不回地走了。

谢羽长出了一口气，心满意足地拿出手机把杨斐的微信拉黑了。

杨斐的潇洒当然是装出来的，一走出谢羽的视线，她的眼泪立刻止不住地往外流。她抹了抹眼泪，轻声骂自己没出息，不应该为这样的人渣伤心。但骂归骂，谁遭遇这种背叛都不能轻易接受。

接下来的几天可以说是杨斐生命中迄今为止最黑暗的几天，等待熊大海的消息成了她唯一的事，而这种前途渺茫的等待几乎要把她逼疯了。想想自己昨天还是个生活幸福的社会精英，今天却沦落到要靠别人说情来换取一个卑微的机会，这种落差让人怎么承受！即使如此，她仍不愿放弃希望，每天紧紧盯着手机，实在等不及了就给熊大海打电话询问进展，得不到结果后再次陷入崩溃等待的恶循环。

现在的情况正是熊大海梦寐以求的，他要的就是让杨斐绝望，然后再把她从绝望的境地中拉出来，因为只有这样杨斐才会对他感恩戴德，为他所用。而他所需要的，正是杨斐这样的实力棋子。晾了杨斐一周之后，他感觉时机差不多了，这才打电话约了杨斐。

“是不是都解决了，我可以去朝通分行了吗？”一见到熊大海，杨斐就迫不及待地问道。

熊大海表情复杂地点了点头：“要想留下，这确实是你唯一的一条路，小杨啊，我再问你一次，你真的想好了吗？”

“嗯，我想好了！”杨斐回答得十分肯定。

“不管在哪里，我都看好你！”熊大海欣慰地微笑起来。

“谢谢你，熊助理！我一定不会让你失望的！”杨斐激动得差点抱住熊大海。

“有信心，绝不放弃，这才是我欣赏的杨斐！”熊大海满意地点点头。

杨斐以为熊大海是在为挽救她而欣慰，殊不知，她已经被熊大海从一个坑里拎出来扔进了另一个坑里。

2

和熊大海见面时杨斐还是踌躇满志，但夜里躺到床上之后，她又开始焦虑起来。那个鱼龙混杂、倒数第一的分行绝不是个好玩的地方，要振兴那个地方可能比寻找真相要难上百倍。

想到这些，杨斐忧愁地自言自语道：“我真的能东山再起吗？分行的人会怎么看我呢？多半是流言蜚语，恶语中伤吧！”

“至少她还在这个体系里，不管怎么样，至少她还有报仇的机会，揪出谢羽！”门外传来冷静语气坚定的声音。

“不对，不对，以她的能力去哪儿不能混个精英当当啊，何必在一棵树上吊死！你得劝她想开点。”门外又传来张娜娜反驳的声音。

杨斐哭笑不得，走到门口一开门，冷静和张娜娜本来脑袋紧紧贴在门上，由于门突然开了两人没了支撑猛地倒进了卧室。

“你们俩干吗呢？”杨斐没好气地问。

“哈哈，哈哈……”张娜娜尴尬地站起来笑了两声，然后看向冷静，示意她编个理由。

冷静立刻表现出关心的神情：“我们担心你，杨斐，你要自信，从小到大你做什么事儿失败过，你吃过这么大的亏吗？想想你一路过关斩将走到现在，目前的小困难又算什么呢？”

“道理我都懂，放心吧我没事，你们快去睡觉吧。”杨斐说着把两人推出去把门关上。

张娜娜又敲了敲门。杨斐开门问道：“还不走，想来跟我一起睡啊！”

张娜娜又是尴尬地一笑：“斐，你说对了一半，我们俩是想跟你一起睡，但是你这屋下不去脚啊，要不你出来客厅，咱仨抱着睡，我保证只是抱着睡！”

张娜娜说着又讨好杨斐似的笑了起来，杨斐把脸一黑，砰地把门关上了。

张娜娜和冷静讨了个无趣，吵吵闹闹地离开了。

以杨斐的性格，只要她认定的事，即使再难、再纠结，她也会硬着头皮全力前进，朝通分行她是去定了。只是朝通分行离她现在的住处太远，但是离张娜娜上班的健身房却很近，杨斐决定搬去和张娜娜同住。张娜娜早就想和杨斐住在一起了，但是她觉得自己现在的小窝不够杨斐折腾，于是决定换个大房子。

找房子，租房子，签合同，搬家，一气呵成。杨斐和张娜娜住进了一个装修精致的三居室。用张娜娜的话说，多出来的那间卧室是给冷静预留的，以防她来蹭住时和自己挤一张床。

张娜娜担心杨斐心情不好，本想请假陪她，却发现她搬家之后早出晚归，不知道在忙活些什么，问她也不说。当她不忙活的时候，又是唉声叹气、愁眉不展。

张娜娜实在搞不明白杨斐在干吗，直到冷静的到来，她才算明白。冷静带着个小本子来找杨斐，两人坐到一起低声嘀咕着什么。张娜娜好奇心爆表，凑过去听，这才发现原来俩人这几天在研究朝通分行。

用杨斐的话说，与其对未知充满恐惧，不如把未知变成已知，就算不能完全已知，多少知道一些，也有备无患。杨斐不好直接去朝通分行查看情况，于是找了几个朋友打听了一下，而冷静不但直接去朝通分行逛了逛，还把分行里主要人物的资料给调了出来。

两人把信息一汇总，基本上得出结论：朝通分行有三个主要人物，行长邹凯、副行长李明山、资金运营部主管陶远，除此之外还有一个超级富二代在那里做客户经理。邹凯比较软弱，和陶远关系匪浅，很多事情都是陶远在拿主意；陶远在分行口碑和人缘都很好，至少冷静打听的人都说他能力强，性格好；李明山和陶远素有矛盾，两人的明争暗斗被传得扑朔迷离，但是李明山的口碑不好，据说他为人阴险，是个势利小人。在这三个大头头之外，超级富二代王坤虽然只是个客户经理，但因为家世显赫，资源多，人脉广，在分行也是一支不可小觑的势力；他不把任何一个领导放在眼里，我行我素，随心所欲，总是有意无意地把分行搅得乱七八糟。

一听到“王坤”这个名字，杨斐总觉得耳熟，却想不起在哪儿听过。她也没多想，继续听冷静说着打探来的消息。

“按照现在的情报，你要想在朝通站稳脚跟，和陶远搞好关系比较靠谱，他能力又强，人品应该也还可以，关键是他跟行长关系好，同时，离那个富二代远点，还要注意防范李明山。”冷静说完情报，又开始提建议。

杨斐摇了摇头：“这些毕竟都是道听途说，到那儿之后不知道会怎么样呢！而且我只是想去工作，不想介入他们的办公室斗争。在那儿忍一年，拿到‘金牌客户经理’之后，就申请回总行。再说了，我就不信我用一年时间都找不到谢羽害我的证据。”

冷静不同意杨斐的观点：“工作也是要讲谋略的，你不提前计划好，到那儿像个无头苍蝇似的乱撞，别说一年，一个月估计你都撑不到。对了，据说那儿的人都爱传闲话，工作氛围很不好，你要有心理准备，别被他们影响。”

“我还是不想对他们有先入为主的印象，万一到那儿并不是这样，就麻烦了。反正已经大概知道是什么情况了，我随机应变吧。”杨斐似乎是在敷衍冷静，又似乎是认真的。

张娜娜简直惊呆了：“我平生第一次见，去一个地方上班之前把同事查个底儿掉的，你们到底是去银行还是特工组织啊？”

冷静耸耸肩：“小妹妹，你没见过的事情多着呢，跟着姐见世面吧！”

上班的日子终于到了，为了让杨斐第一天上班显得精神抖擞，光芒耀眼，张娜娜和冷静忙活了一个早上，给她化了个精致到不能再精致、好看到不能再好看的妆。两个人畅想着，在不久的将来，杨斐将力挽狂澜，扭转朝通分行业绩，然后回到总行手刃谢羽，就这样，越想越开心。杨斐也希望梦想成真，但是要想成真，必须努力。

就这样，既忐忑，又焦虑，还带着一点儿小兴奋，杨斐走进了那个传说中的朝通分行的办公室。

接待杨斐的同事把她领进会议室就转身出去找行长去了。一走进会议室，看到黑板上竟然写着“欢迎新同事杨斐”，杨斐的心里莫名升起一股暖流。接下来的事更让她意外，她本以为这里的人会冷漠、冷嘲热讽，至少不会对她这个问题空降兵友好，但意外的是行长邹凯和副行长李明山不仅笑脸相迎，还给她搞了个挺隆重的欢迎仪式。看着同事们一个个的笑脸，杨斐相当意外，顿时放松了许多。

“小杨啊，欢迎你加入我们，我给你介绍一下，这是咱们分行的副行长李明山。”邹凯客气地介绍完，李明山笑眯眯地和杨斐握手寒暄了几句。

如果是以前，杨斐可能不会有什么防备心，但自从被谢羽伤害之后，她对别人的信任已经大打折扣，加之提前打听了行长和副行长的情况之后，她更不敢轻易相信这些人。所以她不断在心里告诫自己，不要掉以轻心，不要过早相信这一群陌生人。

“王坤怎么还没来，不是说了今天有重要的同事要来吗，怎么又迟到！”行长低声对副行长说道。

“你们经理呢？”副行长李明山问身边的人。

“来了来了，对不起啊，迟到了！”一个声音从门外传了过来。

杨斐始终觉得王坤这个名字很耳熟，循着声音看向门外之后她立刻惊呆了，这个王坤竟然是那晚在酒吧被张娜娜打的那个人！

“冤家路窄，雪上加霜啊！”看到王坤的第一眼，杨斐的内心就开始翻腾，那天晚上那么羞辱王坤，王坤怎么可能不报复，而现在的她简直就是案板上的鱼肉，任人摆布。想到这里，杨斐下意识地转身低头，想尽量晚一点让王坤看到她，但是没想到的是这个王坤自来熟到面都没见过就去拍她的肩膀打招呼，只不过这一拍不要紧，杨斐转过头的时候王坤也吓一跳。两人同时愣住了。

“怎么，你们认识？”行长打破了沉默和尴尬。

“不认识，不认识。”王坤说着，嘴角泛起一丝邪魅的笑，仿佛在告诉杨斐，她完了。

杨斐被这笑吓得打了个激灵，连忙转身看向别处。刚转过身，她又打了个激灵，这次是因为另一个男人。

会议室的门口站着一个看上去不到四十岁的男人，这人衣着简洁精致，老成帅气的脸上一副沉着的表情，似乎严肃又似乎略带温柔地看着杨斐。杨斐的心差点融化了，这就是男神啊！

意识到自己的胡思乱想之后，杨斐在心里暗骂自己："杨斐你怎么跟张娜娜上身似的，突然也花痴起来了，还没被老男人骗够吗！"

杨斐心里这么想着，但抬头看到那人，她还是很礼貌地笑了笑，想给对方留个好印象。

"陶主管，你站在那儿干吗，快过来。"

行长把这个叫陶远的人叫到跟前，向杨斐引荐。

"这位是杨斐，总行派来的，你先带她熟悉熟悉情况。"

"行！"陶远简单地回答道。

"小杨啊，这个陶远陶主管可不是一般人，你还没上任他就推荐你做代理资金运营部副主管，他可是很看重你啊！"行长十分客气地对杨斐说道。

"这个人就是陶远！"杨斐不禁在心里胡思乱想起来，"冷静口中那个能力强，性格好的主管，没想到长得还这么帅。他还推荐我做副主管，这是什么情况？！会不会是个坑？这个人一脸正气，一看就是好人，应该不会给我下套吧，再说我刚来也不认识他啊。"

"小杨？"邹凯的声音打断了杨斐的思绪。

"怎么了？有问题吗？"邹凯又问。

"没，没问题。只是，这，不合适吧？我刚来，还都不熟悉。"杨斐连忙客气地回答。

杨斐对这突如其来的任命有点意外，也对眼前这个男神对自己的重视有些惊讶，但此时她根本想不到，这里的水会有多深。

"陶主管会带你熟悉的，说实话咱们这儿庙有点小，我还怕委屈你呢！"

"行长您这是说哪里话，我是怕我胜任不了。"

"总行你都能干，我们这分行更没问题，我相信你。"

行长冲杨斐点点头，杨斐只好笑笑，周围的人也都跟着寒暄套近乎。突然被这么热情的一群人包围，杨斐觉得，就算他们只是表面客气也总比一群冷漠脸或者冷嘲热讽要好，心情顿时放松了许多。

出了会议室，陶远把杨斐带到资金运营部的办公区域，把她介绍给下面的员工。在这里，杨斐又有了惊喜，她在大学时的一个学妹吕婧也在这里。吕婧一眼就认出了杨斐，但在众多同事面前并没有过多的表现。杨斐初来乍到，更不能过于活跃，所以也只是对吕婧笑了笑。

认识完同事，杨斐又被陶远带到了他的办公室。

“对这儿的印象怎么样？”陶远十分客气地问。

“挺好的，比我想象中的要好很多。”

杨斐一边说话，一边观察陶远的办公室。说是观察，其实应该是震惊，因为杨斐从没见过这么干净整洁的办公室，一走进来她就惊呆了。桌子擦得锃亮，电脑、笔记本、笔筒、文件夹等在上面整齐有序地摆放着；窗户旁边放着沙发和茶几，沙发一尘不染，茶几上放着水杯和茶壶，却没有一滴水滴在外面；就连窗沿和地毯都被精心打扫过。

“我的天，这个人要么太讲究，要么就是洁癖啊！”杨斐心里不禁冒出这个想法。

陶远看到杨斐在走神，微笑着问：“怎么了？”

“没，没什么，您这儿太干净了。”杨斐一激动把心里话说了出来。

陶远笑了笑：“我只是比较爱收拾。”

杨斐慌忙说道：“我没有别的意思啊，是佩服，佩服。”

陶远仍然保持微笑：“你的能力我是听说过的，这里虽然不比总行，但是你施展拳脚的空间更大，所以我希望你别想太多，好好干就对了。”

陶远既不想戳破杨斐来这里的原因，又想鼓励她。

“嗯，我会的。”

杨斐的心情好了很多，恨不得现在就出去大展拳脚，振兴朝通分行，回总行手刃谢羽。

“要不这样吧，你先让小花帮你把最近三个月的业务资料全部整理一下，顺便熟悉一下业务。”

“嗯，好。”

杨斐出了陶远的办公室，本来忐忑的心情缓和了很多。看来这个陶远确实如冷静所说，虽然现在还看不出能力，但是性格应该不会差。杨斐在心里祈祷自己千万不要看走眼，陶远一定是个好人。

王坤在陶远办公室外等着呢，杨斐一出来，他立刻堵了上去。该来的始终是要来的，此刻的杨斐只想努力工作，不想跟王坤有过多纠缠，所以她用了最认㞞的办法，道歉。

“那天晚上的事，是我们的错，对不起，你别介意啊！”杨斐显得十分诚恳。

“不不不，我不介意，我早就忘了。”王坤笑眯眯的。

“哦，那就好，我还有事要忙。”

杨斐说完要走，又被王坤拦住。

“就你这智商，怎么在总行混的啊，怪不得被扔到这儿呢！”王坤讽刺道。

“你这话什么意思？”

“我说我忘了你就真信啊！先不说这事儿，我打听个事儿啊，你在总行做的那些事儿是真的吗？又是勾引客户啦，又是出卖机密啦，看着你也不像那样的人啊，难道是我看人有问题？有没有什么细节给我讲讲，我好给他们炫耀去。”王坤笑呵呵地看着杨斐说。

“你有病吧！”杨斐终于忍不住骂了出来。

杨斐不再理睬王坤，径直走开了。

“还没完哦，你不给我讲细节我会一直缠着你的！”王坤冲着杨斐的背影说道。

这一幕被在办公室里面的陶远完完整整地看在眼里，杨斐和王坤究竟有什么过节，这让他不禁好奇起来。

看来冷静说的没错，王坤确实是个奇葩。杨斐虽然有点心烦，但暂时还没被王坤影响到心情，此时坐在自己的座位上，她踌躇满志，证明自己清白和能力之路从现在走起，她要开始工作了！

调整好心态后，杨斐和大家简单寒暄几句，便吩咐小花整理资料。

“嗯，好的。”小花痛快地答应道，“明天早上给你行吗？”

“可以。”

看到同事这么配合，杨斐又有些意外，这里的工作氛围还可以嘛，虽然三个小时就能整理完的资料小花要干到明天，但她的态度杨斐还是很满意的，所以也没太计较。

一天很快过去了，直到下班，杨斐才有了和吕婧独处的机会，两人在厕所相遇了。吕婧本来正在洗手，一看到杨斐过来，手都忘了擦，终于耐不住内心的激动上去一把抱住杨斐。在她上大学的时候，杨斐就是她的偶像，毕业后杨斐进了总行叱咤风云，她却在这么个破分行里碌碌无为，这让她更加佩服杨斐。

"我早就听说你要被分到这里，一开始还不敢相信，没想到是真的，见到你太高兴了，学姐。"吕婧激动地说。

吕婧说完这话，意识到杨斐是被贬下来的，这么说似乎不合适，于是连忙满含愧意地笑了起来。

"你怎么在这里呢，不是出国了吗？"杨斐也挺开心。

"唉，别提了，没去成，就来这里了。这里就是一锅温水啊，我已经被煮得差不多了，学姐，你一定要警惕啊！"

"我来这儿就是为了把这锅温水烧开，看看能不能烫死几个。"

两人有说有笑，吕婧又向杨斐介绍了一些分行的情况，行长的软弱和平庸、副行长的精明、男神陶远对员工的大度和温柔、另一个男神王坤的纨绔和风流、员工们破罐子破摔的心态等。

吕婧说的和冷静杨斐查的基本上一致，经过这一天的体会，至少关于王坤和陶远的情况，杨斐可以确定不假，其他的，还有待观察。

杨斐下班回到家，刚开门一只脏兮兮的小狗就跑了过来，冲她摇着尾巴。

"冷静！这又是你从哪捡的！"杨斐提高嗓门喊道。

冷静从厕所出来，手里拿着一个刷子："哦，我正准备给她洗澡呢！73，过来，妈妈给你洗澡。"

冷静招呼小狗，小狗颠颠地跑了过去，跟她去了厕所。

"73？73！"杨斐不禁吃了一惊。冷静有捡流浪小动物的爱好，不管是猫狗，还是鸡鸭龟兔，只要能带走的她就捡，但是她懒得给小动物起名字，所以就按捡到的顺序给它们编序号。这只狗叫 73，也就是她捡的第 73 条狗了！

“我发誓我再也不去你的狗窝了，都 73 条了。我告诉你啊，你那儿塞满了也不能往我这儿塞，你这毛病什么时候能改改啊！”杨斐站在厕所，一脸不满地看着冷静。

冷静乐呵呵地给狗洗澡，也只有看到小动物时，她会露出难得的笑容，“你能不能有点爱心，张娜娜都没说什么，我这不是路上捡的吗，放心，我会带走的。”

“你是不知道，她总往一个流浪狗救助中心送狗，都快把人家整倒闭了，那帮人看见她就发愁。”张娜娜说着话也走了过来。“第一天上班怎么样？”张娜娜饶有兴趣地问杨斐。

“还行吧，比我想的好多了。”杨斐答道。

“说说，怎么个行法。”冷静问道。

“还真有件事，你还记得那天晚上在酒吧被你打的那个人吗？”杨斐突然想起王坤。

“怎么了？”张娜娜问道。

“他就是那个超级富二代，王坤。”

“不会吧，这么巧吗！”张娜娜觉得难以置信，“那他会不会为难你啊？”

“目前整个分行跟我作对的只有他一个人，比我想象的好太多了。”

“王坤？你们那晚打的是那个王坤啊！”冷静颇为吃惊。

杨斐叹了口气：“冤家路窄啊！”

冷静手里的活没停，嘴里继续说着：“那你得小心了，王坤还是个不大不小的网红，微博粉丝几千万，尽量别惹他，没有一点儿好处。”

“网红怎么了，你不用怕他，他要敢欺负你，你告诉我，我去踢死他。”张娜娜一副女中豪杰的架势。

杨斐还是太嫩了，她本来对形势的估计是对的，分行里多数人对她都颇为瞧不起，碍于行长的面子，这帮人没有当面为难杨斐，这让她产生了错觉，她还不知道，打击马上就要来了。

第二天杨斐一进办公室，就听到几个人正在热烈地议论，大概意思是她怎么勾引了有老婆孩子的客户，又怎么勾引了神州银行的赵冬做交易，讲得十分细致，有些细节连她自己都不知道。杨斐十分尴尬，一时不知道该怎么办，愣在那里，一个同事回头看到她竟然站在那儿，吓得连忙让其他人住嘴。几个人也不看杨斐，低头忙活起来。

杨斐什么都没说，她不想因为这些荒谬的谣言影响自己的心情，所以尽量不让自己去想那些废话。

“工作，工作！只有工作能让我充实，只有工作能让我忘忧，只有工作能证我清白！”杨斐洗脑般地在心里想了几遍这句话，然后抖擞精神找小花要资料去了。

“哎呀，不好意思啊，副主管，我昨天一忙就给忘了。”小花故意把“副主管”三个字说得很重，似乎在讽刺杨斐根本不配这三个字。

杨斐耐着性子：“没事儿，那你什么时候能给我？”

“下周吧，下周二行吗？”小花仍是一副楚楚可怜卖萌的样子。

杨斐一听，瞬间火大，但她仍压着火气，耐心地问道：“三个小时的活我给了你一天，时间够宽松了吧，你这又是怎么回事啊？”

“那什么，我突然有了点活儿，忙不过来了。要不你让别人做吧，可是好像大家都很忙啊！”

“算了，后天必须给我。”杨斐不想多说。

“那行吧，我尽量。”

杨斐本来只是以为小花工作懈怠，但无意中听到小花和别人的聊天后，她大受打击。她在厕所的隔间里，听到了另外两个隔间里小花和别人的对话。

小花说：“那个杨斐还真把自己当领导了，还问我为什么要拖到下周啊，我当时就想给她一句，放心吧，下周我也不给你。”

那个人答：“你还是悠着点吧，捅那么大的娄子都没被开除，你想想她的后台得多硬啊，这种人不能得罪。”

小花说：“哪有什么后台，你没听说吗，是总行的行长助理熊大海救的她，我看八成又是出卖色相搞定了熊助理。那些男人跟她这种人只会是逢场作戏，没人真的为她出头。”

那人答：“每个职场都有这种传说，终于见到真实的版本了。”

小花说："杨斐这个版本可比传说精彩多了，等我再打听点细节告诉你。"

那人答："好啊好啊。"

杨斐气得裤子都没提直接站了起来，意识到自己没提裤子后又坐下了。她气呼呼地冲水，出了隔间在洗脸池那儿等着。小花两人听到旁边冲水就已经开始害怕了，一打开隔间门看到杨斐也在，顿时傻了。

"你还想打听什么细节，我告诉你啊！"杨斐径直走过去，气势逼人。

"对，对不起，我不是有意说的，你别介意啊！"小花从牙缝里挤出几个字。

杨斐不停地往前走，小花不住地后退，最后退到隔间里无处可退，样子十分狼狈。

杨斐紧贴着小花，恶狠狠地说道："小心点！祸从口出！"

另一个同事全程一言不发，直到杨斐走了，才敢走进隔间去看小花怎么样了。

杨斐气呼呼地从厕所出来，此时她才注意到同事看她的眼神有问题，多数都带有轻蔑，这帮人从一开始就做好了排挤她的准备。直到这时候，她不得不承认，冷静对这些人"爱传闲话，工作氛围不好"的评价绝对没错，但她仍不愿就这么被打倒。走到办公区询问下属的工作情况，不料几个下属有说有笑，快把她当透明的了，对她应付至极。杨斐无奈离开，没想到又听到一句痛击她内心的话。

"哼，巴结好上面不就行了，在我们这儿要什么威风啊？"一个她连名字都叫不上来的同事在背后骂道。

这一次杨斐没有还击，她知道还击只会让事情更糟。在她手足无措的时候，吕婧出现了。很明显吕婧听到的流言蜚语要远远多过杨斐自己听到的。为了安慰杨斐，吕婧把她带到了银行外面的小公园，两个人坐在长椅上，呼吸着外面的空气，杨斐感觉心里舒畅了一些。

"学姐，你在总行的事我也听说了一些，我绝对相信你不是那样的人，你别听那些人胡说，他们只是跟你不熟悉，以后熟悉了就好了。那些人个个都是二皮脸，你就使劲骂他们。"吕婧开导杨斐。

"嗯，吕婧，谢谢你相信我，我之所以肯来分行，一是扭转分行的业绩，还有就是要继续寻找被陷害的证据，我不会就这么放弃的。"

杨斐整理情绪，又投身到工作中。她把分行一年的工作和业绩计划全看了一遍，不禁皱起了眉头。她一开始觉得这里的人能力相对低点，效率也会低，但没想到低到这种程度。她直接去找陶远，直言分行这一年的计划其实三个月就能完成，没必要浪费那么多时间。

“你的态度我很喜欢，只是这里有这里的节奏。银行毕竟是一个团体，要根据大家共同的节奏走，不过你也可以根据实际情况提高效率，别太过就行。”陶远耐心地向杨斐解释。

“有你这句话就好了，最慢五个月，我一定能完成。”

杨斐的斗志又被激起，从陶远办公室出来后，她又开始翻分行正在进行的项目，寻找下手的点。

有一个拖了很久的项目，客户的难缠程度几乎让所有人崩溃，也只有王坤不在乎，还敢再去谈。杨斐本想自己去谈，但陶远却以杨斐刚来不熟悉情况为由，执意要两人同去。杨斐一听说要和王坤一起出去，内心瞬间升起一种不好的预感，果然，这个纨绔的公子又开始捣乱了。

在去之前，杨斐详细了解了项目，对方不算什么大客户，不过是个几百万的贷款项目，对她来说并不算难事，可是有王坤这个不定时炸弹在旁边，她的心里顿时没谱了。去的路上，王坤还在纠结杨斐出卖色相的细节，问杨斐究竟是怎么想的，气得杨斐直打他的头，正在开车的王坤差点把车开进沟里。

王坤终于不再问问题了，可是又开始交代杨斐，一会儿到了之后看他的眼色行事，不要紧张。杨斐苦笑，自己以前好歹是总行的副主管，现在竟然沦落到被一个客户经理教育怎么和客户交流。她对王坤十分不屑，并且警告王坤，她才是上司。

一路忍耐，终于到了客户的公司，杨斐本想按照自己的套路和客户交涉，不料王坤根本没给她说话的机会，连她是谁都没介绍，还是客户问起来，他才轻描淡写地介绍了几句。

“我们这位新来的副主管，有一招绝活，无人能敌啊！”王坤乐呵呵地向客户介绍。

杨斐不知道王坤又在搞什么鬼，只得赔笑。

“是嘛，这我倒挺好奇的，杨小姐，你的绝活是什么啊？”客户是个中年男人，大腹便便，色眯眯地看着杨斐。

“我哪有什么绝活啊，李总你别听王坤瞎说。”杨斐解释。

寒暄了几句之后进入正题，这个李总想贷款，但是嫌银行的条件太苛刻，所以一直没有同意。王坤和杨斐的任务就是讨价还价。杨斐每次想说话都被王坤打断，王坤自己三心二意，根本不在意客户的想法，导致问题僵持。正当杨斐想要离开的时候，王坤突然站起来出去了，留下杨斐和李总独处。

突然感觉有些尴尬，杨斐愣了一下，李总却已经坐到她身边了，仍在色眯眯地看着她。

“王坤走了也好，没人捣乱了。”杨斐心里这么想着，开始用她自己的方法和李总谈。

“李总，我们王总就是爱开玩笑，你别往心里去啊！”杨斐开口说道。

“王坤嘛，谁不认识，傲一点很正常，只是苦了我们这些客户了啊！”李总的眼睛始终没离开杨斐。

“你肯定也对比过了，我们银行给的利率相对已经是最合适的了，也是对你公司最负责的。咱们也别说那些虚的了，哪一家最实在，你心里应该有数吧。”杨斐说道。

“你说的这个倒也是实话，但是你看我这小本经营，你们又要这个，又要那个，这个抵押，那个清算的，太苛刻了。”

“贷款我们都承担着风险这就不用说了吧，只要你按时还款，不管抵押什么它也终究是个抵押，还是你的，而且这些银行会做，你只要让下面人配合就行了。”杨斐仍旧很正经。

“实话跟你说了吧，神州银行的条件比你们好多了，今天要不是你来了，我想都不想你们银行了，要不晚上咱们一起吃个饭。”李总说着就要把手放到杨斐腿上。

杨斐猛地退开，表情严肃。

“李总，我暂且不跟你生气，不过我只问一句，你贷款是为了赚钱还是泡客户经理。”

“这个，看你说的，公司那么多人靠我养着，不赚钱怎么行。”李总有点意外。

“我经手的项目无数，你们这种情况我见得多了，我可以告诉你，老老实实地贷款还贷，我帮你赚钱，要不你就找神州银行去吧。”

杨斐说完转身就走，一打开门看到王坤竟然趴在外面偷听，顿时哭笑不得。

“你干吗呢？”杨斐问。

“我给你创造机会呢，你怎么回事？色诱啊，这家伙就等你用这招呢！”

“王坤我告诉你，你要再侮辱我，信不信我让娜娜每天打你！”杨斐十分生气。

一提到张娜娜，王坤愣了一下，他真怕张娜娜踢他，但嘴上也不能服软。

“你不做那种事我怎么会这么说，为了大客户可以那样，这种小客户你就看不起吗？你这样对小客户公平吗？”王坤狡辩。

“你去死吧！”杨斐留下这句话，转身就走。

“杨小姐，等一下！”

李总从里面出来了，叫住了杨斐。他觉得杨斐的话没错，为了泡个客户经理万一把公司干黄了，那就太不值了。就为了杨斐那句话，他也要和杨斐把合同签了。

就这样，杨斐初战告捷，信心恢复很多。王坤懵了，这样也行，要是这样行的话，当初杨斐干吗还要出卖色相啊，良言相劝不就好了吗？杨斐十分无奈，不知道王坤是真傻，还是装糊涂。

“你就没想过我可能是被人陷害了吗？”杨斐耐着性子说。

“别唬我啊，U盘照片录音，为了陷害你整那么多证据，谁这么闲啊！”

通过这个项目，王坤对杨斐的看法有了些改观，但仍没觉得杨斐是被陷害的。

回到银行，杨斐又郁闷了。面对她的成功，除了吕婧，没有一个人祝贺她，甚至没有一个人给她笑脸。流言又起，同事们都在传杨斐又开始勾引客户了，要不是她出卖色相，这个难缠的老流氓客户怎么这么快就搞定了。各种版本开始流传，杨斐越来越深刻地意识到，即便是她再成功，这些人还是会用唾沫星子杀死她。

还有陶远，杨斐这么想着，至少那个帅气的洁癖男对自己很好。杨斐本来对陶远的印象很好，也觉得陶远是真的在支持她，可无意中听到陶远和小花的一段对话后，她简直难以承受。

杨斐本来要去找陶远汇报工作，可在门外刚要敲门时听到小花在里面，鬼使神差，她没有敲门，而是站在门口听了起来。

“陶主管，你得给我做主啊，没有杨斐这么欺负人的。她让我整理资料，我本来就是在整理嘛，可是你突然让我干别的，那我肯定得去干啊，可是杨斐根本不问为什么，直接就是一顿骂。”

“好了，我不知道她让你整理资料，倒是怪我了，那你就先干她的活吧。”

“那她这么欺负人你就不管啊，我们跟了你多久了，她才来几天啊。”

听到这里，杨斐听不下去了，她也不汇报工作了，转身回去坐到自己座位上，在心里暗暗骂自己单纯，怎么就没看出陶远是个老狐狸。明明是陶远让小花整理资料的，可是又跟小花说不知道，还故意给她别的活儿拖延时间，这明摆着就是在整杨斐啊。想到这里，杨斐突然又想到第一次和王坤争吵时似乎被陶远看到了，那么安排她和王坤一起出去也是有意而为了？

“陶远和谢羽，一丘之貉啊，杨斐你是眼瞎了吗，怎么就没看出来！”杨斐在心里苦笑，要么是冷静的情报不准，要么就是陶远隐藏得太深了，“看来电视剧里那些成熟又善良的暖男大叔真是不存在的。”

杨斐越想越气，她哪里得罪陶远了，陶远要这么整她，而且关键是这个人表面上温文尔雅，你说他是腹黑男，谁会信啊！杨斐本想直接去找陶远摊牌，转念一想又觉得闹翻也没什么好处，还不如想办法拆穿他的嘴脸。虽然打定了这个主意，可在人家的地盘要揭人家的老底，谈何容易！再说了，她本来是要揭穿谢羽的真面目的，怎么现在又多了一个陶远，有必要这么和陶远置气吗？

杨斐心里又乱作一团麻了。

杨斐如果多在门口听两句，还会发现更大的秘密，可她却错过了。她走之后，小花向陶远打听杨斐在总行的事，陶远说的和同事们传的没有什么区别，甚至更加夸张。很明显，小花和同事们传的故事的源头是陶远。

陶远为什么要这么做？为什么要整和他毫无关系的杨斐？杨斐想不明白是因为她根本想不到陶远的心机有多深，而他为什么要这么做，暂时还是只有他自己知道。

终于下班了，拖着疲惫的身子回到家，杨斐心情烦躁，把自己关进屋里，看着墙壁发呆。张娜娜误以为杨斐只是累了，也没多想。一想起同事们对自己的看法，一想到陶远的阳奉阴违，杨斐就心烦意乱，甚至有些绝望，难道自己真的翻不了身了吗，这么坚持下去真的有意义吗?

失眠，杨斐陷入无尽的失眠。漫漫长夜，越睡不着就越胡思乱想，越胡思乱想就越悲观绝望。到了早上，带着大大的黑眼圈，杨斐还是出现在了办公室。她不想被打倒，还要坚持，但是今天的打击远大于前面，也成了压垮她的最后一根稻草。

这个打击是谢羽!

一大早，杨斐刚走进办公室，就看到谢羽在和她的同事有说有笑，那种帅气和洒脱根本不像装出来的，或者说他自己装着装着也信了自己是个帅气洒脱的人。王坤坐在角落看着谢羽，也不上前和他搭话，只是静静地看着。同事们依旧忽略杨斐，而谢羽却一直看着她。

杨斐不想和谢羽有什么交集，可站在原地一时却没有什么去处，她正想转身出办公室，李明山走了过来。

“小杨啊，我正找你呢，跟我去办公室聊聊？”李明山客气地说道。

杨斐正不知道该去哪，这下好像抓住了救命稻草，赶忙跟着李明山走了。

李明山也没什么正事，跟杨斐东拉西扯，说一些有什么需要就找他的话，好像故意拉着她闲聊打发时间似的。杨斐猜到李明山可能认识谢羽，看出自己的尴尬才这么做的。没想到这里还有这么细心的人，杨斐不禁又怀疑冷静和吕婧的情报，或许是陶远故意抹黑李明山，才让李明山的口碑不好的。在她看来，这种事陶远是做得出来的。她对李明山印象不错，不过她仍在心里暗暗警告自己，陶远和谢羽是前车之鉴，千万别再相信别人了，或许李明山和陶远一样有着自己的目的，这么想着，杨斐更加警惕。

李明山似乎看出杨斐想知道谢羽为什么来这里，便装作无意中说出谢羽是因为一些根本没必要来的小事来的。杨斐当然知道谢羽是为她而来，不禁更加烦躁。

谢羽终于走了。

李明山看到谢羽离开，便随便找了个借口让杨斐离开了。杨斐心里想的全是谢羽，没有对李明山太过注意，不过李明山在她心里却留下了一个很好的印象。

朝通分行在一个二层的小楼里，一楼是营业厅，二楼是各种后台的办公场所。杨斐本来在二楼办公，因为有事要去楼下营业厅一趟，在一楼，她又遇到了谢羽。原来谢羽根本没走，而是在楼下闲逛。看到杨斐，谢羽主动迎了上去，杨斐无处可躲。

“能出去说两句吗？”谢羽还挺礼貌。

杨斐突然不知道该说什么，只是机械地跟着谢羽出去了。

一走到无人的角落，谢羽瞬间变脸，恶狠狠地看着杨斐。

“你就不能好好地消失吗！你还来这个破分行干什么，让人看你的笑话！你知道那些人都怎么说你的吗！”谢羽低声吼道。

“和你没关系吧！”杨斐冷言。

“你怎么样都和我没关系，但是别以为我不知道你在想什么，我告诉你，只要有我在，你永远别想回总行！”

“行，既然把话都说开了，那我也告诉你，我一定会找到证据，证明你是个人渣！”杨斐咬牙发狠道。

谢羽一把把杨斐摁到墙上。

“死心吧，你找不到证据，你在这个地方待不了多久，还是想想以后的出路吧！”谢羽说完转身走了。

谢羽一走，杨斐的眼泪吧嗒吧嗒就掉下来了，她没想到一个人可以无耻到这种地步，可以坏到这种地步。她很无助，以谢羽现在的实力要把她运作出去根本不是难事，难道自己真的再也没机会了吗？

杨斐的内心崩溃了，浑浑噩噩地又在同事异样的眼光和流言中过了一天之后，她终于承受不住，随便找了个大排档借酒浇愁。一杯又一杯，杨斐直喝得天昏地暗，喝多之后一边吐一边醉醺醺地在街上闲逛起来。

十二点，杨斐没回家；一点，杨斐还没回家，而且电话始终没人接，这下张娜娜终于坐不住了。作息规律的冷静十一点半就睡觉了，张娜娜愣是把她又叫了起来，两人火急火燎地到处找杨斐。

去哪儿找呢？两人先去了朝通分行。分行的大门紧锁，但是楼上还亮着一盏灯，两人不知道是杨斐还是别人在加班，或者是有人忘了关灯了。叫肯定是叫不开，两人急得直跺脚，最后张娜娜想出了一个损招。

张娜娜给取款机上的客服电话打电话，谎称取款机多吐出3万块钱，吓得工作人员光速赶来了。看到并没有多吐钱后，工作人员气得差点要打人，但听过冷静解释之后，碍于她们的朋友毕竟是这个银行的高级员工，工作人员只好开了门，带她们上去。

在楼上加班的是吕婧，一听说杨斐丢了，吕婧也是一惊，慌忙跟着张娜娜出去寻找。冷静问白天是不是发生什么事了，吕婧说了谢羽来了的事，冷静恍然大悟，怪不得谢羽半天没在总行。这下她们更担心杨斐受到什么刺激想不开，张娜娜打了好多电话，叫醒了很多人，仍旧找不到杨斐。

快四点了，仍没有任何消息，报警的话，不到二十四小时警察也不会受理，三个人心急如焚，除了继续给杨斐打电话，别无他法。

这一次，有人接了。

“喂！”电话那头传来一个男人很有磁性的声音。

张娜娜吓一跳，立刻警觉起来。

“你是谁？这手机的主人呢？”张娜娜厉声问道。

“我是她同事，你是她朋友吗？”对方不紧不慢地说道。

“同事，她还有我不认识的同事吗？”张娜娜继续问。

冷静和吕婧听到张娜娜说到同事，都好奇起来。

“你问他叫什么名字。”吕婧告诉张娜娜。

“他说他叫陶远，是杨斐的上司。”张娜娜回答。

“陶远！”吕婧和冷静异口同声。

“陶远！”张娜娜反应过来，她听过这个名字。

吕婧接过电话。

“陶主管，杨斐学姐怎么在你那啊？”吕婧问道。

“我也是偶然遇到她的，她喝多了，我就带回来了。”

“他说学姐喝多了，让学姐在他那儿待一夜。”吕婧告诉冷静和张娜娜。

“这个陶远人品还可以吗，不会占杨斐便宜吧！”张娜娜有所顾虑。

“陶主管人品很好，以我对他的了解肯定没事，他绝对是超级大暖男。”吕婧解释道。

“这样啊，必须让杨斐待在那儿，最好别再回来了，你就这么跟他说。”张娜娜嘿嘿一笑。

吕婧有点奇怪，不知道张娜娜这话什么意思，但还是拜托陶远帮忙照顾杨斐。其实张娜娜的想法很简单，杨斐还没从情伤中恢复，此时最好的药就是男人，一个能和杨斐产生火花的男人，而现在他俩的情况最容易产生火花。

天亮了，杨斐醒了，看到自己躺在一个陌生的大床上，她大吃一惊，拼命想昨晚发生了什么，却想不起来。卧室里只有她自己，衣服也没有换过，她稍稍安心，抬眼看起了四周。

这是一个极其整洁的房间，考究的家具，地上和柜子桌子上一尘不染，所有的东西都整齐地排列着，就连杨斐盖着的被子，除了盖在她身上的部分，其余的部分也都整齐地铺在床上。

“这里住的是个洁癖加强迫症患者啊！”杨斐嘴里念着，又掀开被子看了看自己因为喝醉被弄脏的衣服，“我这身衣服，躺在这个床上，估计这一床的东西都得扔了吧。这床好舒服啊！”

杨斐躺在床上不愿起来，脑子里胡思乱想着，越想越觉得好玩，却忘了想最重要的一个问题，这是什么地方！当她意识到该想想这个问题的时候，陶远推门进来了。

杨斐本来平躺着，用余光看到陶远进来后，大吃一惊，一时不知道该怎么办，紧急时刻她别无他法，只好闭上眼假装还没醒。

陶远不知道杨斐已经醒了，出于担心，他坐到床边查看杨斐是不是发烧或者生病了。他弯下腰慢慢靠近杨斐，然后轻轻地把手放在杨斐的额头，测试杨斐的体温。杨斐虽然闭着眼，但是可以清楚地感觉到陶远的气息，那平稳的呼吸，不知道是衣服上洗衣液的香味还是身上沐浴液的香味，总之有一股淡淡的清香。陶远只是想看看杨斐是不是发烧了，杨斐却被撩得鸡皮疙瘩都出来了，要不是在假装睡觉，她早就推开陶远跑出去了。

“这个男人太可怕了，要不是亲耳听到，谁能想到这么完美的男人竟然也是个衣冠禽兽啊！”杨斐在心里想着，眼睛仍然紧紧闭着。

确定杨斐没有发烧之后，陶远整了整自己刚才坐的地方，关门出去了。

陶远一走，杨斐立刻从床上跳了起来，刚才太丢人了，这要让分行的人知道，她就更待不下去了。杨斐一是怕分行的人知道，一是怕陶远再利用这件事整她，还有在这种情况下根本不知道该怎么面对陶远。得走，得赶紧走，还得偷偷走！杨斐打定主意，悄悄地从床上下来，悄悄地打开门，看到客厅没人，又踮着脚悄悄地往外走。

“你醒啦！”陶远冷不丁地冒出一句话。

听到陶远的声音，杨斐死的心都有了，本来就够丢人了，自己还偷跑，这下更丢人了。杨斐转身看到陶远正站在厨房门口看着自己，尴尬地笑了笑。

“我做了点早饭，吃完再走吧。”陶远说着走进厨房，端出一个盘子。

“这是你家吗？我怎么在这儿啊？”杨斐不知道是想缓解尴尬的气氛，还是想找个话题聊聊，或者是想知道这是怎么回事，总之说点什么就行。

“嗯，昨天晚上你喝多了，我看你在路上乱逛，就把你带回来了。”陶远不紧不慢地说着。

“啊！”

杨斐明知道会得到这种回答，仍是十分吃惊。素未谋面的情况下陶远都那么整她，这下有这么大个把柄在人家手里，还不得被往死里整啊！

“怎么了？是对你喝多了意外，还是我把你捡回来意外？”陶远微笑着问道。

杨斐看着陶远的微笑，怎么也不能把他和暗中给人穿小鞋使绊子的小人联系到一起，这样的人更可怕。杨斐心里想着，下意识地躲避陶远的眼神。

“没，没什么，谢谢你了。”杨斐敷衍道。

直到这时，杨斐才缓过神来环顾了陶远的客厅，这更加确认了她刚才的想法，这客厅也太干净了吧！想想她自己那个脏乱差的猪窝，她简直难以相信，这是个独居男人的家。

“怎么了？”看着杨斐吃惊的表情，陶远问道。

“你这里，太干净了！”杨斐四处打量，不断地啧啧称道。

陶远把早饭放到餐桌上，示意杨斐坐下，看到那精致的早饭，杨斐再次吃惊，那个整她的肯定是假陶远，这个才是真的！

“昨晚的事你不记得了？”陶远一边吃饭，一边问道。

“什么事？昨晚怎么了？”杨斐有种不好的预感。

“你仔细想想。”

杨斐的大脑高速运转，终于想到了一些零碎的片段。很快，这些片段串了起来，她想起了昨晚的事。

说是昨晚，其实已经是今天凌晨的事了。杨斐喝得大醉，在街上晃悠，所幸没有流氓出没，否则她很可能已经失身了。她一边走一边骂谢羽，骂一会儿谢羽，又骂一会儿陶远，在街上横冲直撞，过马路也完全不看有没有车，结果差点儿被一个运菜的大卡车撞上。卡车司机没想到半夜会有人突然出现，根本来不及刹车，关键时刻陶远突然出现，把杨斐救了下来，接下来才有了陶远把杨斐带回家的事。

一想到差点被撞到时的情景，杨斐似乎还能感觉到高速运行的卡车带来的风，还能感觉到司机惊恐的表情，还能感觉到自己临死前的平静。

杨斐想了很多，突然又想到一个问题，大半夜的陶远怎么会出现在那儿。

“我有时候会失眠，一失眠就在屋里待不住。一待不住就得下楼跑步，所以有时候会在外面跑半夜，这次也是碰巧了。”陶远解释道。

“半夜跑步？你这是什么怪癖啊！”

杨斐越来越觉得陶远这个人很复杂，有太多让人看不透的地方，这种人如果对她不好，那就要小心提防了。

陶远没有解释，只是问杨斐心情还好吗。

杨斐的心情本来很差，但是经历了昨晚的生死关头之后，她突然想明白了很多，生命太脆弱，又太伟大，相比生命，现在的挫折根本不算什么，如果这点困难就能把她打倒，那她还真不如被车撞死。

杨斐这一次是真的振作了，她在心里暗下决心，要把朝通分行变成地狱，要让那里的人知道什么才是真正值得敬畏的，更要让谢羽知道她是无法打败的！

突然，杨斐又想到一个问题，她昨晚喝多之后不只骂了谢羽，还骂了陶远，陶远不会听到了吧？如果真被听到了，那可就尴尬了。

“对了，我昨晚没有说什么胡话吧。”杨斐试探地问道。

“没有啊，你走路的时候睡着了，差点被车撞了，我还纳闷儿，走路竟然还能睡着。”陶远笑着说道。

杨斐不知道陶远是糊弄她还是真没听到，反正想不清楚，干脆不想了，现在工作才是最重要的。杨斐抖擞精神，上班去了。

3

朝通分行里，仍是乌烟瘴气，员工有说有笑，有的在吃早点，有的在喝水，就是没有干活的。这里完全是一副机关单位的悠闲场景，毫无银行内部紧张的工作气氛。

杨斐又来了，这一次她来真的了，她径直走到小花座位前面，正在捧着一个汉堡吃得开心的小花一看到她过来立刻皱起了眉头。

"我要的资料呢？"杨斐开门见山。

"我还没弄完，不是说明天吗？"小花敷衍。

杨斐突然提高音量，用全办公室的人都能听到的声音说道："几个小时就能弄完的东西，你拖了几天了！楼下的保洁都比你强！"

小花显然没有料到杨斐的反应，吓得一愣。

"两个小时之内给不了我，就去下面做柜员，想上来的柜员多得是！"杨斐继续大声说道。

"两、两个小时，太赶了吧。"小花为难。

"连这点事都干不好，我看你柜员也别做了！"

杨斐说完转身就走，坐到自己座位上打开电脑噼里啪啦地打起字来。

这一下整个办公室炸开锅了，小花一边干活一边抹泪，几个同事用通讯软件一边劝，一边骂杨斐欺人太甚。杨斐当然知道小花在哭，但她根本不理，仍在电脑前写着什么。

女厕所似乎总是女人们聊天最好的地方。小花一气之下直奔厕所，和几个所谓的闺蜜大倒苦水。

“我看她肯定是受什么刺激了，欺负不了别人就欺负我们。”一个闺蜜气愤地说道。

“放心吧，花儿，我一定想办法替你报仇！”另一个女同事李莹莹也是义愤填膺。

“你想怎么报仇啊？！”杨斐的声音从后面传来。

几个人吓一跳，回头看到杨斐，都是不知所措。

李莹莹站了出来。

“你竟然还偷听我们说话！”李莹莹挤出这么句话。

“就你们这智商怎么活到现在的啊，这是女厕所，我是个女的，你们在这儿聊天我一进来不就听到了吗，不想让我听到去男厕所聊啊！”杨斐挖苦道。

几个人傻眼了。

“你们说什么我不管，你们怎么看我，我也不管，我要的是你们完成工作，骂完了就出来开会。”

杨斐说完转身刚要走，突然看到王坤竟然趴在门口津津有味地看着，猛地一下脸就红了。她走出去一把把王坤拽到旁边，瞪着他。

“你往女厕所看什么呢？”

“看热闹呢，你别说，你今天的表现还挺让我欣赏的，再接再厉，给她们点儿颜色看看。”

“你瞎说什么呢，跟我回去开会。”杨斐说完就走。

“对了，昨天我看见那个叫谢羽的了，那小子一看就不是什么好鸟。现在我有那么一点儿相信你是被冤枉的了，但是只是有那么一点儿啊。”王坤在后面吊儿郎当地说着。

杨斐扑哧一声乐了，虽然对王坤没什么好感，但至少又有一个人开始相信她了，她颇感欣慰。

会议室里，杨斐坐在中间，王坤作为客户经理一组的组长坐在杨斐旁边，其他的员工依次坐好。吕婧知道杨斐和同事处得十分不好，所以在公共场合并没有太过亲近杨斐，只是不冷不淡。王坤此时完全是抱着看热闹的心态，笑嘻嘻地坐着，其他人就不同了，他们不知道杨斐又要搞什么，一个个愁眉苦脸，老大不情愿。

“小花、李莹莹、周至，你们三个日均揽储额是 300 万是吧。”杨斐问道。

三人点了点头。

“从今天开始，每个人的日均揽储额改成 1000 万，其他原本就是 1000 万的改成 3000 万。”

杨斐这句话一出，下面顿时炸了锅。

“你这么乱来不是要难为死我们吗？”周至站起来替大家发问。

“你们知道其他银行像咱们这种规模的分行日均揽储是多少吗，这里是个分行，分行！小县城里的二级支行也比你们强！日均 300 万，怎么不要饭去！”杨斐颇有点儿不怒自威的架势。

王坤的下属们都看着他，想要让他主持公道，王坤笑眯眯地看够了热闹，终于开口了。

“你给他们订多少都没问题，订一个亿也行，不过你这个东西行长同意了吗？”王坤一开口，同事们纷纷鼓掌，他们认为行长肯定不会同意。

“行长已经同意了，他让我做这个副主管就是为了治治这里的风气。下个月考核，不达标的统统去大堂，把大堂的人换上来。”杨斐说完走了出去，留下一片片的哀号声。

怨言归怨言，但领导发话了，活总是要干的，这下所有人真的开始忙碌起来了，整理客户资料、联系客户，有的出去拜访，有的出去扫街，还有的翻烂了银行的资料寻找潜在客户，终于有点银行的样子了。杨斐颇为欣慰，听到同事们背后骂她也一笑置之。

看到这幅景象，行长纳闷了，虽然杨斐说过他已经同意增加任务量的方案了，但其实别说是行长，就连陶远事先都不知道，这完全是杨斐的先斩后奏。不知实情的行长还挺欣慰，没想到杨斐在短短几天就让这帮人完全变了，对她赞不绝口。

这两天陶远没少听到下属的抱怨，他一直在暗中观察杨斐，看到杨斐的所作所为之后，还挺欣赏杨斐身上的韧劲，但是他觉得太激进了，过不了几天分行内部原来的平衡就会被打破，分行会更加乱。

“杨斐或许是急于想表现自己？急于做出点成绩？这是典型的没有城府和耐心的表现，看来这个杨斐还是太嫩啊。”陶远在心里这么想着，开始盘算怎么制止杨斐过激的改革。

杨斐知道行长早晚会知道这件事，她之所以没有提前打招呼是怕行长不同意，但现在既然已经开始了，她要做的就是说服行长让她继续做下去。

杨斐进来的时候，正好李明山和陶远也在，没等她开口，行长先满脸微笑地夸奖道：“小杨啊，不愧是总行来的，我搞了好几年都没让这帮人这么努力，你这才几天就做到了，你是怎么做的啊？”

杨斐礼貌地回了个微笑，轻描淡写地说道：“行长，其实很简单，我把他们的日均揽储额翻了几倍，谁达不到就去做柜员。”

邹凯和李明山都是一惊，只有陶远反应平淡。

邹凯连忙问道：“你给他们涨了多少啊？”

“涨到一个分行差不多该有的样子吧，300 万的变成 1000 万，1000 万的改成 3000 万。”杨斐说道。

“什么？！”邹凯又是一惊，“他们怎么可能完的成！”

杨斐解释道：“行长，他们平时太懒散了，不逼一逼怎么知道不行呢？”

“你事先怎么也没打个招呼呢！”行长有些不满。

杨斐说道：“我觉得这样挺好的啊，你看现在他们多努力，行长你肯定会支持，所以也就没提前跟你说，你们都会支持的是吧？”

杨斐说着看向李明山和陶远，李明山慈祥地笑起来，嘴里说道：“小杨也是为了咱们的业绩，我觉得可以让她试一下。”

陶远表情仍旧冷淡，过了一会儿才说道：“嗯，我们都知道了，你去忙吧。”

杨斐看着陶远，心里又忐忑起来，不知道这个让人捉摸不透的强迫症怪物又想干什么。至少行长没有当场否定她的行动，杨斐还算欣慰，满意地走了。

杨斐走后，邹凯立刻问陶远：“你怎么让她走了啊，她这么激进是要出问题的，虽然现在大家都很努力，但他们怎么可能完得成任务，到时候让不让他们去做柜员，杨斐很难收场啊！”

陶远点点头："这些我也想到了，只是现在她在兴头上，我们说什么都没用，而且她这才刚开始我们就立刻叫停，下面人也会议论的。"

邹凯又问道："那该怎么办呢？"

陶远说道："先让她折腾几天吧，过几天再说。"

不等邹凯开口，李明山说道："我倒觉得真可以让她试试，反正现在分行已经垫底了，再差还能差到哪去，倒不如让杨斐折腾一下，万一有意想不到的收获呢？"

邹凯皱着眉头说道："明山你糊涂啊，下面那帮人是杨斐对付得了的吗？怎么说她也是总行派过来的，以后万一闹得不愉快，她随便向总行汇报点什么就够咱们受的。"

陶远摇了摇头，说道："这个倒不用担心，这里的情况总行很清楚，没什么可汇报的。"

李明山又说道："就算给她个面子，现在也不能叫停啊！"

邹凯无奈："也只有先让她折腾了，走一步说一步吧。"

就这样，杨斐得到了行长的首肯，开始在分行进行更加"恐怖"的"统治"，下属们每天要向她汇报当天和本周详细的工作计划和目标。只要她觉得不好，或者当天的计划没有完成，就扣工资。所有人每天都在被扣工资，更甚者他们如果连续一周达不到要求，就连考核期都撑不到会被直接送去大堂。李明山全力支持杨斐，不仅帮她联系业务，还为她大开方便之门，优先处理她的事情。杨斐十分感激李明山，工作上有问题也总去找他请教，两人的关系似乎近了起来。

陶远本来睁一只眼闭一只眼，但杨斐大量改变员工们的工作计划，导致他原来的节奏完全被打乱，原来的一些项目也因此停滞不前。不仅如此，他对杨斐和李明山突然的亲近也十分介意，杨斐也折腾了几天了，是时候叫停了。但这一次，他暂时没有用阴招，而是私下找到杨斐，告诉她不要太激进。杨斐此时对陶远已经没了什么好感，对他的话当然也不会听。

"你真的要把这些人都赶出去吗？你知道这样做的后果吗？"陶远问杨斐。

"我要的是业绩，银行不是做慈善，他们完不成任务，不换人怎么办？"杨斐反问。

“他们有的是行长的心腹，有的和副行长关系亲密，行长和副行长不可能让你把这些人换掉，现在只是还没触到他们的底线，一旦他们翻脸，到时候你就不好办了。”陶远直言相告。

“整个分行只有副行长支持我，我觉得至少他不会因为这个原因为难我。至于你和行长的心腹，那就看你们的了。”杨斐没好气地说道。

“你最好别跟李副行长走得太近，他不是你能玩得转的。”陶远说道。

杨斐一听这话，顿时来气：“你这话什么意思？还想挑拨我跟副行长的关系，我说你一个大男人，能光明磊落一点吗，背后说人坏话，有意思吗！”

陶远没想到杨斐会是这种反应，便不想再解释下去，只是说道：“这里的水很深，做什么事之前多过过脑子才行。”

杨斐一听更加来气，不过没等她开口，陶远又说道：“算了，还是说工作的事吧，冰冻三尺非一日之寒，你解决事情也应该循序渐进，想一口吃个胖子的后果很可能是被噎到。”

杨斐摇了摇头：“你的观念太老了，现在这个时代所有人都在和时间赛跑，循序渐进，等你循到的时候，估计分行早被关了。”

话不投机，两人不欢而散。杨斐纳闷，陶远之前整她整得不是挺欢的吗，这次怎么还先友情提示一下啊，是在示威吗？不管是什么，她在心里暗自警告自己，要小心陶远，他很可能又要作怪。

陶远算是领略到杨斐的偏执了，油盐不进，看来不上点儿手段是不行了。他正在计划着怎么让杨斐栽个小跟头，邹凯走进了他的办公室。

一看邹凯的表情，陶远就知道他在想什么，他肯定是为杨斐发愁。

“行长！”陶远站起来迎接邹凯。

邹凯很自然地坐到沙发上，陶远略带恭敬地坐到了旁边。

“还在为杨斐的事发愁呢？”陶远问。

“是啊。”邹凯皱着眉头，“你说她到底是怎么一回事呢，怎么突然跑到咱们这儿来了，来了不好好待着，还到处捣乱，难道真的是总行的意思？”

陶远摇了摇头：“她怎么突然被分到咱们这儿确实有点奇怪，不过我觉得她的行为应该代表不了总行，完全是她自己的个性所致。”

“你觉得她这个人怎么样？”

“按理说应该是个人才，就是性格上有点缺陷，有点偏激。”

“我就担心她这么搞下去，非搞得天下大乱不行。”邹凯说着又摇起了头，“而且她似乎跟李明山走得很近啊。”

“我知道。”陶远点点头，“放心吧，她折腾不了多久。”

“下手轻点，毕竟是总行来的，而且还没弄清是敌是友，尽量不要对她有实质性的伤害。”邹凯嘱咐道。

“嗯！”

既不能真正伤害到杨斐，又要让她受点挫折，权衡之下，陶远祭出了“拖”字诀，他决定和稀泥。

由于朝通分行揽储和放贷分工并不是很明确，很多负责揽储的客户经理同时也有贷款要求。陶远亲自出马从外面拉来了十多个数额不大的贷款项目，分给那些客户经理。这帮人本来忙着完成杨斐给的任务，但现在要做更高一级领导给的任务，自然就会把杨斐给的放在其次。杨斐前去催促，他们确实在忙项目，这下杨斐不但计划全被打乱了，嘴上还不能说什么。

杨斐实在忍不住，前去找陶远理论。

陶远气定神闲，让杨斐坐下，给她倒了杯茶，慢慢地说道：“你误会了，我真不是给你捣乱，之前你说我观念太老之后我也考虑了，我同意你的说法。”

杨斐气呼呼地说道：“那你还……”

不等杨斐说完，陶远打断她，接着说道：“揽储是工作，放贷也是啊！而且咱们分行贷款一直是弱项，我可是亲自出马去拉的项目，身体力行给他们做榜样，我看他们确实也挺努力的啊！”

杨斐明知道陶远是在故意气她，但人家的话毫无破绽，她只能哑巴吃黄连把被打碎的牙往肚子里咽。杨斐也不说话，在心里思考怎么反驳陶远，可想了一会儿也没想出什么好词儿。就这么再次被陶远算计了，杨斐越想越气，端起茶杯喝了口茶之后，也不顾举止礼仪了，猛地把茶杯放到茶几上，杯子里的水瞬间溅出来几滴。

陶远的脸色立刻变了。

陶远看着桌子上的水滴皱起眉头，杨斐又说了什么他根本没听到，而是全神贯注地看着那几滴水滴，好像要用意念把它们擦掉似的。

杨斐好像想出反驳的话了，滔滔不绝地说了起来，根本没注意到陶远的不对劲。

陶远实在受不了了，站起来背对桌子，说道："我知道了，这批项目做完之后你让他们继续做你的就是了，没事你就出去吧，我还有事。"

杨斐大为不解，陶远怎么突然变了，难道被自己说服了？还是又憋什么坏主意呢？

既然被下了逐客令，杨斐也不好再说什么，嘟了下嘴不情愿地走了。刚走出去，她发现把手机落在沙发上了，又转身推门进去，这一开门不要紧，正好看到陶远正趴在茶几旁边细心地擦茶几呢。

气氛有点尴尬，杨斐终于明白陶远刚才的反常是怎么回事了，她突然有点不好意思，在一个强迫症面前那么不注意确实不应该。

"我有点强迫症，你别介意。"陶远先开口道。

"没有，没有，我手机忘拿了，你继续。"杨斐说着拿起手机，赶忙出去了。

不知道是出于对陶远的愧疚，还是没能成功反驳陶远，杨斐出来之后没再强迫手下们，而是让他们按照陶远说的，先做完贷款的项目，再继续完成业绩。手下们低声欢呼，拖一天算一天啊。

别人都被杨斐整得要死要活的，王坤反倒是这件事里面最淡定的。他有家族企业傍身，家里的企业随便给他点钱，就够他几个月的任务了，加上他的关系和人脉，所以他手下的几个人相对轻松一些。看热闹的不嫌事大，王坤每天仍是优哉游哉，和杨斐打嘴仗。

杨斐似乎习惯了和王坤打嘴仗，她怎么也不会想到王坤其实是在憋大招呢。她没日没夜地工作，很快就帮手下把陶远给的项目做完了，然后又尽可能地帮他们完成任务。那些本来焦头烂额的人得到杨斐的指点，或多或少的业绩都会有所增加，私底下对杨斐的评价也好了很多。只有一个例外，就是吕婧。

吕婧本来的日均揽储额是500万，现在涨到1000万后，她似乎仍很淡定。杨斐觉得挺奇怪，吕婧除了出去逛，就是在大堂和大爷大妈聊天。出于好奇，她偷听了一次吕婧和等待存款的大妈的聊天。

吕婧坐到大妈身边。

“这银行的效率真是气人啊，您等了有一会儿了吧。”吕婧十分热情。

“可不是吗，每次来都这么费劲，要不是离家近，我才不来这个银行呢！”大妈抱怨道。

“您说得对，我早就看这帮人不顺眼了，磨磨唧唧，还各种难为人，您说你们这些老年人攒点钱容易吗，这么相信银行，存在他们这儿，他们还把自己当大爷了。”

就这样，吕婧和大妈一起骂银行，骂得不亦乐乎，最后不但要到了大妈的电话号码，大妈还承诺把一起跳广场舞的伙伴都介绍给她。后来杨斐才知道，这些可不是普通的大妈，她们个个都是拆迁户。这些拆迁户大妈特别喜欢吕婧，有给她介绍对象的，有让她帮忙买东西的，甚至还有个大妈给她送过饭，当然，这些大妈家里的钱，基本上也都成了吕婧的业绩。就这样，吕婧一个对私客户经理，业绩有时候甚至比对公的都要好。

能和这些大妈打成一片也是本事啊，杨斐对吕婧的独辟蹊径十分欣赏，闲聊天时又无意中发现她竟然也认识张娜娜，更加好奇。

“那天晚上你喝多了被陶主管捡走了，我跟娜娜和冷静一起找你来的，所以认识的。”吕婧解释道。

“呃，好吧。”杨斐只记得那天被陶远捡走和自己的生死一刻，忘了张娜娜找了她半夜，更没想到吕婧也在一起找。

“这个张娜娜，只说是一个同事帮忙找了半夜，她连名字都没问，原来是你啊。”杨斐不好意思地笑笑。

杨斐对吕婧的印象很好，两人越聊越投机，俨然也要成闺蜜了，正好她和张娜娜也认识，于是杨斐便请她周末去家里玩，一起吃个饭什么的。

吕婧去了杨斐家里，张娜娜十分热情，一边劝两人辞职，一边和吕婧聊得火热。冷静仍然十分冷静，不过这次她不是普通的冷静，而是不太喜欢吕婧。私下里，冷静告诫杨斐不要和吕婧走得太近，她看得出来，这个吕婧并不那么可靠，关键时刻很可能会成为第二个谢羽。杨斐觉得冷静不该把所有人都想得那么坏，所以只是一笑置之，并没有理她。

通过和吕婧的交流，也通过自己的观察，杨斐又把目光放到了大堂。大堂的效率确实慢，服务意识也差，怪不得来这里办业务的人越来越少，这一次，杨斐又把改革的“魔爪”伸到了大堂。杨斐并没有单纯地去给大堂的员工制定各种任务和规则，而是在制定这些任务和规则的同时宣布，客户经理考核不达标者会被赶到大堂，而相应的在大堂表现好的人会被升到二楼办公室。

柜员是个很苦的行业，累死累活、小心翼翼不说，外被客户埋怨，内被领导训斥，又没有什么发展前途。几个柜员一听说还有这好事，都是拼了命地表现，和那些客户经理对待改革的态度完全相反。只不过事与愿违，为了超额完成任务，柜员们见人就推销理财产品和保险，虽然一口一个哥啊、姐啊、姨啊、叔啊地叫着客户，但客户仍旧很反感，投诉越来越多。杨斐虽然把这些投诉看在眼里，但并没有过多的理睬，她要给客户经理造成危机感，让他们知道下面的人为了上来有多努力。

陶远本以为自己的拖字诀能拖一段时间，没想到杨斐是个工作狂，这么短的时间内不但把任务做完了，甚至还有精力在大堂胡搞。这一次他不打算拖了，而是直接阻止。

陶远私下找行长聊了聊柜台投诉太多的事。他告诉行长，虽然现在这些投诉都被杨斐压着，但是保不齐会有人捅到上面，或者公之于众，那样的话他们就太被动了，可能等不到杨斐改革完成，行长就先有大麻烦了。

邹凯最担心的就是自己有麻烦，所以一听陶远这么说，他立刻意识到危机。行长不顾李明山的反对，去给柜员主管施压，柜员主管自己都想去做客户经理，但行长都发怒了，他不得不低调，大堂里终于回归正常了。

杨斐突然看到大堂不热闹了，马上意识到上面有人干预了，这个人除了一直和她作对的陶远还能有谁。她本想再去找陶远对质，但一想到上次对质的情况，就有点打退堂鼓。当面说肯定没戏，杨斐在心里暗想，对付陶远，还要靠智商。

由于杨斐的高压政策，下面的员工为了完成业绩简直是各显神通，当然也就会有走捷径的。李明山在和会计室一起检查日常的账目时，无意中发现了一个不寻常的账户，这是一个客户经理周至代理的存款账户，这个账户明显是以贷转存。

以贷转存，顾名思义，就是客户经理在向企业和个人发放贷款时为了增加自己的揽储业绩，会强制客户把贷款的一部分回存到银行。这种做法大大加重了客户的负担，但是客户经理却一个活赚了两份钱，同时银行的负债资产表又十分好看。所以这种做法虽然银监会不允许，但是在银行内部却是被默许的。

周至是杨斐的下属，李明山没有直接去找周至，而是把事情告诉了杨斐。公正不阿的杨斐一听，这还了得，立刻追查起来。这一查，杨斐很快发现周至的这个客户不但资料作假，甚至在贷款时就已经还不上其他银行的贷款了。另外一家名叫兴商的银行已经开始对他进行资产清算了。杨斐大吃一惊，在追究周至责任的同时，必须想办法把钱要回来。

杨斐去找李明山商议怎么要回贷款，李明山却摇起了头。

“陶远是你的直接上司，这个贷款的案子又归他负责，现在我已经帮不了你了，你还是赶紧把这件事上报，然后看陶远什么意见吧。”李明山为难地说。

“那行吧，我这就找他去。”杨斐虽然不愿意和陶远交流，但银行有银行的规矩，这件事她必须去找陶远。

得知在自己眼皮底下竟然发生这种事，陶远不禁吃惊，可该怎么做他却纠结了起来。

杨斐看出陶远的犹豫，说道：“我有两个同学在兴商银行，也是做信贷的，可以跟他们说一下，两家一起清算，把损失降到最小。”

陶远摇了摇头：“这件事不能让其他银行知道，传出去名声太不好，还是内部解决吧。”

“可是现在已经没有办法内部解决了，再不行动所有资产就都归别人了，那咱们这儿就是彻彻底底的不良资产了。”杨斐据理力争。

“行长不会同意的，他宁可做成不良资产内部消化，也不会把家丑外扬。你有没有想过一个问题，5000 万也不算小数目，那么多资料作假，这么一大笔贷款是怎么在我们眼皮底下通过的。”陶远问道。

“我还在查这件事，如果只是客户骗贷，那我们的智商真的有点低了，我感觉这里面有我们内部的问题。”

“周至没这个胆量，他可能真的是被骗了，在任务完不成的压力下，看到客户爽快答应以贷转存就放松警惕了。”陶远分析道。

“要不你先查这件事是怎么回事，至于怎么解决让我来。”陶远继续说道。

“来不及了，追查的事可以慢慢来，追债的事不能啊，晚一步我们就什么都没有了。”杨斐不肯放弃。

“你明天去一趟客户那里，再摸一下底，挖一挖他还有没有隐性资产；和你同学接触可以，但是客户的事一点儿也不能透露。”

“可是……”

杨斐还没说完，陶远示意她不要再说了，按指示行动，杨斐虽然着急，却也无可奈何，只得走出陶远的办公室。

第二天，当杨斐走进客户公司的时候，瞬间傻眼了。到处都是兴商银行的人，他们忙着清点资产，和客户公司的会计吵吵闹闹，俨然一副要破产的景象。杨斐找到自己的大学同学，一问之下才知道，客户已经申请破产了。

这么大的事我们竟然不知道！杨斐越来越怀疑朝通分行这帮人的能力，这么大的事怎么会没人知道！正在郁闷时，杨斐突然意识到，不是没人知道，而是这个消息被人故意掩盖了，为的就是让杨斐被动。可如果真是银行内部的人，这么做又有什么好处呢？此时杨斐也没有多余的心思思考银行内部的人事斗争，她必须想怎么追债。

杨斐回到银行，告诉陶远客户已经申请破产，资产基本上被别人清理完了，他们连汤都喝不着。陶远让杨斐先别行动，自己带着行长去见了那个客户，本想让客户把破产申请先撤回，再帮客户寻找资产重组的办法，但客户却一副要钱没有要命一条的架势，死活不肯同意。

邹凯十分郁闷。

私下里，陶远安慰邹凯道：“邹老师，不用太着急，实在不行做成不良也没关系，我再去找几个客户，把这笔资产补回来就好了。”

邹凯忧愁地看着陶远：“小陶啊，这些年在分行多亏了你，要不然估计这儿早就没我什么事了。”

陶远忙道：“老师这说的什么话，放心吧，会过去的。”

出了邹凯办公室，陶远立刻把杨斐叫到自己办公室，严令她不许把以贷转存的事透露出去。杨斐郁闷极了，事情都这样了，还死要面子。

“你是真不明白吗，如果只是不良资产，行长最多受个批评、扣点奖金，但是如果被曝出以贷转存还被骗了的丑闻，行长很可能要引咎辞职。”陶远说道。

杨斐不以为意：“有那么严重吗，再说了，你的饭碗重要，银行的财产就不重要了吗？”

杨斐对陶远更加讨厌了，她没想到陶远拍行长马屁已经拍到这种地步了，为了给行长善后，竟然把利害关系说得这么直白。

陶远只是想让杨斐了解当前的局势，再三严令她不准再去和兴商银行接触后，就让她出去了。杨斐简直无语了，一时无处排解心里的愤懑，又去找李明山请教了。

“你可能不知道，陶远是邹行长的学生，是邹行长带进朝通分行的，他俩的关系不是一般人能比的，他为了邹行长这么做也情有可原。”李明山一边给杨斐倒了一杯水，一边说道。

“没想到他们还有这层关系，可是他俩这么搞裙带关系就没人管吗？我真怀疑分行是不是被他俩搞成这样的。”杨斐仍然十分愤慨。

“事情已经这样了，做成不良就做成不良吧，陶远会想办法弥补的。”李明山叹了口气。

“不行，凭什么啊！我明天就找我同学去，一定要让他们跟咱们一起清算。”杨斐下定决心。

陶远可是老狐狸，他能想不到杨斐的小心思吗？第二天一早，杨斐刚到办公室，陶远就给了她一堆乱七八糟的活，让她在办公室里忙得晕头转向，根本没时间出门。杨斐担心夜长梦多，几次想偷偷溜出去，都被陶远抓住，让她回去乖乖干活。

杨斐借口去找陶远汇报工作，想要打探情况。她敲了敲陶远办公室的门，发现里面没人，便鬼使神差地溜了进去。一进去，她就在桌子上看到了不良资产的申请资料，顿时火大。她不禁佩服陶远办事的效率，只是这效率要是用在正路上该有多好。杨斐正在气愤，陶远进来了，不等陶远开口，她先发难了。

“我说怎么今天一直看着我，你的速度够快的啊，就这么扔了5000万，你就一点儿愧疚都没有吗？！”杨斐气愤地说道。

陶远无奈地摇摇头："这件事跟你没关系了，忙你的去吧。"

杨斐争辩道："这本来就是我负责的，你说没关系就没关系啊！"

"我是你的上司，我说跟你没关系了，就是没关系了，明白了吗？！"陶远说道。

杨斐哼的一声，转身要走，又被陶远叫住。

"你今天什么活也别干了，好好查查这件事，看看谁在背后搞鬼。"

杨斐根本没把陶远最后一句话放在心上，她此刻要做的是阻止陶远。可是怎么阻止得了，杨斐愁眉不展，直到看到王坤吊儿郎当地经过。

王坤不仅是个超级富二代，还是个网红，因为总在微博上说一些特立独行或者内幕性很强的话，再或者曝一些内幕什么的，他在网上有一大批粉丝，基本上每一次发微博都会引起关注。杨斐正是看上了这一点。

晚上下班，杨斐在楼下等着王坤，王坤开着自己新换的跑车，带上新换的女朋友，刚要离开，就被杨斐堵住了。杨斐让王坤下车要和他聊聊，王坤一副不耐烦的样子，但还是下了车。

"有件事我想让你帮个忙。"杨斐低声说道。

"嚯，杨副主管竟然还有用到我的时候，看来换个车确实能转运，我的地位上去了啊！"王坤说话阴阳怪气。

"那算了。"杨斐转身要走。

"别，别，你还是说吧，我挺有兴趣。"

王坤一把拉住杨斐的手，杨斐猝不及防，猛地甩开，然后下意识地后退一步离王坤远点。

"坤哥，你干吗呢！"

后面传来新女友嗲嗲的声音。

"没事，等我会儿。"

王坤冲后面抛了个媚眼，车里的女友心花怒放，继续老实地坐着。

杨斐看着王坤无奈地撇了下嘴，接着说道："我想让你帮我在你微博上发个消息。"

"想让我给你做广告？我收费很贵的。"

"不是广告，是这次不良资产的事，我想让你把这件事公开。"杨斐解释道。

“我去，不是吧！”王坤颇为吃惊，“一般这种事银行瞒都还来不及，你这是要干吗啊？”

“第一，行长不愿意让外人知道，那么我们就不能去清理对方的财产，所以必须公开，倒逼行长去做。第二，行长的做法是没有担当的表现，这并没有什么见不得人的啊，谁都有失误的时候，错了就改就弥补，不就好了吗？”

杨斐一番义正辞严让王坤更加意外，他没想到杨斐做事果断凌厉到这个地步。

“你这样很可能会把行长坑死知道吗？”王坤心里已经同意了，但嘴上还在试探杨斐。

“只要行长处理得当，我觉得上面最多就是处罚，不会影响他的职位。”

“那万一行长处理不得当呢？”

“这就要看他了。”

“不对啊，消息是从我这儿发出去的，万一行长没下台，那他不得天天对付我啊！再说，万一上面也不希望曝光，你这么一搞，我就把整个银行都得罪了。”王坤继续说道。

“你还在乎这个？”杨斐问道。

王坤没想到杨斐会说出这么一句话，顿时哑口无言，竟然不知道该怎么接了。

王坤想了想，继续说道：“你、你这话说的，我为什么不在乎啊？是，你们都知道我在这银行就是混日子，早晚会回去接管我爸的企业，但是混日子也是要混的是吧，人都得罪了我还混什么。”

“要不你把你的微博借我用用，我发，你就说我拿你手机发的，你不知情，有什么后果我承担。”杨斐说道。

“可以是可以，不过我有个问题要问你。”

“问。”

“你跟行长有仇吗？”

“没有。”

“那你这是为什么啊？这笔不良资产怎么算也不用你背锅，你冒这么大的风险干什么啊？”

“我的任务是改变朝通分行的现状，改善业绩。什么是现状，这件事就是现状，做不出成绩，我在这儿待着也没意义。”

“说得好，我都有点儿佩服你了，给你，爱怎么发怎么发。”

王坤说着把手机给了杨斐。

第二天，华农银行朝通分行为掩盖失误主动消化大笔不良资产的消息已经满天飞了。当然，对于普通人来说，这并没什么，但对于那些银行和金融从业者来说，这简直太精彩了。越来越多的人加入讨论，他们对事件本身没有兴趣，但对王坤为什么发这种微博和银行怎么处理却兴致盎然。王坤也不解释，也不说是杨斐干的，平时在微博上总开嘴炮，这次却突然安静了下来，外面的议论更多了。

杨斐这一招出其不意，简直让陶远惊呆了！

行长也傻眼了，幸亏陶远反应迅速，让行长先去总行解释运作，他亲自写了个说明稿发布到网上，然后立刻和兴商银行沟通，说服兴商银行出面表示其实华农银行早就开始和兴商银行商讨共同清理了。陶远亲自去和兴商银行谈判，兴商银行没理由不同意，本来客户的资产也是他们先挑，这样又能卖个人情给陶远。

陶远和兴商银行的负责人一起澄清，行长又去总行和关系亲近的股东打了招呼，这场风波竟然就这么平息了。总行并没有过多责罚邹凯，只是让他提高业绩抵消那笔不良资产。而王坤，随便在微博上发了个消息胡乱解释了一下，糊弄了事。

陶远的反应速度和处理能力简直让杨斐惊呆了。她没想到这么大的一件事陶远竟然如此轻松就糊弄过去了，不得不佩服他确实是个人才。

陶远当然知道是杨斐在搞鬼，他觉得自己有必要再和杨斐谈一次。

“微博是你发的吧。”陶远直截了当。

“嗯。”

被陶远猜出来，杨斐一点也不意外，所以也很平静。

“有什么事咱们讨论，商量着来，你这么乱来，对大家都不好。”陶远语气里带着责怪。

“我知道我的做法是有点过激，我也是别无他法了，你们想怎么处理我随便吧。”杨斐有点心灰意冷。

“没有人想处理你，行长和总行我都打过招呼了，这次就算了，但是你应该仔细想想整件事，你到底哪儿做错了。”

陶远压着怒气，但语气里仍带有一丝无奈。

“我哪儿做错了？是你背着我要做成不良资产的好不好！”杨斐不服气地说道。

“王坤为什么帮你？这件事最大的受益者是谁？你走到这一步真的一点没受任何人错误的影响吗？好好想想这些问题吧！”

陶远不再说下去，闭目养神。

杨斐愣住了，她这才意识到，自己一心为分行，却完全成了别人的棋子。冷静下来，她又反思，陶远的话究竟可不可信，难道是王坤在背后搞鬼，可他又为什么呢？行长下台对王坤有什么好处呢？杨斐始终想不明白，又觉得可能是陶远在危言耸听给自己找台阶，便把他的话抛在了脑后。

银行刚刚恢复平静，杨斐定的考核日期又到了，让所有人都大吃一惊的是，只有三个人没有完成业绩。杨斐二话不说，让包括小花在内的三个未达标的人下楼，同时挑了三个在改革时期投诉最少的人补了上来。

虽然这个月成绩不错，但邹凯仍旧很苦恼，总行给他的惩罚是在原来的计划上增加四倍于这笔不良资产的业绩。如果是一个正常的银行，这么点业绩或许不算什么，但对于这个废柴分行来说，还真挺难。关键时刻李明山挺身而出，拉来了一个完美的大项目，金茂集团3亿贷款项目。

出于对项目的重视，行长决定亲自监督，由杨斐和王坤合作执行。王坤以上次被杨斐坑惨了为由死活不肯参与，行长无奈，只得让杨斐自己做这个项目。看到不用和王坤合作，杨斐长出了一口气，而王坤却躲在没人的地方偷笑起来。

4

金茂集团作为风头正劲的汽车行业新秀，近几年发展迅速，四年间在国内扩建了两处功能完整的汽车生产基地，新开发的几款新能源汽车十分被市场看好，这简直就是实体企业的楷模，各家银行争相合作的香饽饽。

让杨斐纳闷的是，这么牛的一个企业，有那么多实力强劲的银行可以选择，为什么要选朝通分行这个鸡肋的银行呢？李副行长又是怎么和这么一个大公司搭上的呢？她向同业的几个同学打听了一下，发现金茂之前只和中建银行有过合作，因为没找到中建银行的熟人，所以对细节也无从得知，但同学们都很肯定的一件事是，金茂的老总金志茂十分难缠。

杨斐心里仍有疑问，便去找李明山询问，李明山说自己跟金志茂其实也不熟，这次项目也是一个朋友帮忙搭的线。杨斐再向李明山请教金茂的情况，李明山就也说不出什么了，他对金茂也不熟，只是叮嘱杨斐，眼睛一定要擦亮，不能因为这是个大企业就放松警惕，更不能无原则地妥协。这句话简直说到杨斐心坎里了，在她看来，整个分行也就李明山还算专业和公正。

陶远也有同样的疑惑，不明白李明山怎么能拉来这么大的客户，但行长邹凯却胸有成竹，这个企业现在可以说是国内知名的企业，不会有问题。在杨斐前去金茂谈判之前，邹凯特意把她叫到办公室，告诉她只准成功不准失败，不管对方提出什么要求，都要认真对待。杨斐当然知道行长的想法，这一单做成了，别说之前的不良资产，就是今年的业绩都好办了。

相比对金茂的疑惑，陶远此刻更加不放心的是杨斐，这个不按套路出牌不听管教的“总行钦差”，会不会再次做出什么出格的事？为了确保不再有类似的事发生，他必须严密监视杨斐。

金茂的总部大楼靠近市中心，这里在十年前还是全市最繁华的地方，只是现在被新崛起的东区 CBD 代替，已经变得颇为冷清。下了出租车，站在冷清的大楼前，杨斐感叹，时过境迁，繁荣和得意都是一时的，而最终的结果会是什么样，什么时候才是最终，没人知道。

走进金茂的大楼，杨斐之前的感叹立刻一扫而净，这里完全没有外面的衰败冷清的感觉，人来人往、忙忙碌碌，一看就是个很有实力的公司。杨斐说明来意后，前台十分热情地把她带到总裁办公室。看到这里的氛围，杨斐心中的疑虑减掉不少，信心大增；但看到总裁金志茂后，她又大跌眼镜。

杨斐进门的时候，金志茂正瘫坐在沙发上抽着烟喝着茶，一副慵懒的样子，看到杨斐进来，也不起身，只是懒懒地说了句“请坐”。杨斐偷眼打量金志茂，这是个足有两百斤的大胖子，四十多岁的年纪，超大号的西装被熨得十分笔挺，手上的金表闪闪发亮，这身整齐又豪华的装扮和他此刻的坐姿看起来十分不和谐，更不和谐的是他还是个光头。这人脸上虽然一副盛气凌人的表情，但杨斐总觉得他的神情里透着一股狡黠，换言之，这个人一看就不像好人。

“你好。”

金志茂也不起身，也不和杨斐握手，只是冷冷地说了这么两个字，又自顾自地倒起茶来。

“您好！我是华农银行朝通分行资金运营部的副主管杨斐。”

杨斐微笑着说完这句话，递上了自己的名片。

金志茂接过名片连看都没看，随手扔到了茶几上。

“你知道咱们要谈的是什么项目吧？”金志茂一边喝茶一边说道。

“嗯，知道。”杨斐回答。

“你们分行什么情况我大概也了解，这次把这个 3 亿的项目给你们，我说是做慈善不过分吧，你们就来一个副主管，是瞧不起我吗？”

金志茂的话虽然十分难听，但语气却一直十分平缓，他一边说还一边喝着茶，仿佛在唠家常一样。

“金总您误会了，这个跟职务高低没关系，我是从总行下来的，是负责这个项目最合适的人，让我来才是对您公司最负责任的选择，这一点您可以放心。”

杨斐虽然内心不悦，但表面上仍十分客气。

金志茂微微点了点头：“行吧，谁来都无所谓，只要把事儿办了就行。我也不说废话，我的条件是没有抵押，一个月放款，这是你们要的资料。”

金志茂指了指茶几上的一个文件夹，杨斐顺着他指的方向看了过去，但没有立刻伸手去拿。

“金总，3 亿不是小数目，首先想要完全靠信用贷款，这一点就需要大量的时间，一个月连普通的抵押贷款审核时间都不一定够，更别说信用贷了。”

“这是你们的问题，不是我的，我该交的资料交了，该提的条件提了，能不能办到是你们的事，能就合作，不能就不合作。”

“我不能马上答应您，一切都要以您的这些材料和我们的调查为依据，所以我只能尽量争取，能不能行我不敢保证。”

“你想查什么就查去，不过时间只有一个月，一个月后看不到钱的话，咱们的合作就不用再提了。”

杨斐拿起文件夹，随手翻了一下，和金志茂礼貌地告别之后，立刻赶回分行。

“完全就是个无赖，怎么看都不像是真的要跟咱们做生意，这条件没办法接受，劝行长放弃吧！”杨斐把事情的经过讲了之后，直接对陶远这么说。

“确实很过分，不过这样的客户也不是没有，而且想要行长放弃这条大鱼没那么容易。这样，你先看看那些资料，我去和行长说。”陶远也想到事情没有那么简单，但此时他还不想过早地下结论。

杨斐把资料带回去，让手下们开始查看。手下们表面干劲十足，但杨斐一走立刻就泄了气，该说说该笑笑，反正是懒得干活。只有吕婧，还在低头看着那些数据。

财务报表当然会做得十分漂亮，但真实的情况是不是真如报表上所写的那样，这就需要调查了。杨斐再次来到金茂集团总部，想要核对一下那些报表，顺便去看一看工厂的生产情况。不料金志茂勃然大怒，根本不让她看。杨斐觉得奇怪，这些都是正常的程序，如果这些都不让看，那还谈什么贷款！

碰了一鼻子灰，杨斐气呼呼地回到分行，本想向陶远汇报自己遇到的奇葩情况，却看到陶远正坐在她的位置上和吕婧他们有说有笑、相谈甚欢。一个员工从外面带进来一大包零食和饮料，然后把一张银行卡递给陶远。很明显，陶远在请这帮人吃喝。

杨斐简直哭笑不得，她越来越觉得分行这帮人懒散、爱聊天的坏毛病都是陶远惯出来的。她实在看不出陶远除了表面对人好，背后耍心眼之外有什么厉害之处，而这过分的友善反倒是分行业绩差的一大原因。

杨斐没有好气地走过去，两只手抱着肩膀看着陶远他们。陶远看到杨斐来了，招手示意她坐下，杨斐脸上挤出一丝笑容，对着陶远笑了一秒，又马上恢复了苦瓜脸。

“怎么了？不顺利吗？”陶远看着杨斐问道。

杨斐挤出微笑摇摇头。

“去办公室说吧。”陶远说着站起来。

杨斐跟在陶远后面走进办公室。

“我去核对财务报表，不让看；我说要看看工厂，还是不让看。这个活真的不能接，这里面问题大了，我建议就此打住吧。”杨斐开门见山。

“嗯。”陶远一边思考一边说道，“一会儿你跟我去找行长，把情况跟他说了，如果他还不死心，我就陪他亲自去一趟，让他有直观的感受就好了，这趟浑水不好蹚。”

陶远说完不再说话，这时杨斐本该识趣地自己出去，但她仍旧站着没动。

“还有事吗？”陶远问道。

“你以后能不能不要总在上班时间跟我的下属说说笑笑的，他们的坏毛病都是这么来的。”杨斐想了想，还是说了出来。

“对待下属不能过于严厉，多少也要讲究点方法。”陶远也不生气，笑着说道。

看到陶远还在笑，好像根本意识不到问题所在，杨斐更加着急，紧接着说道："可是你的方法明显不对啊，你看那帮人懒的，都成什么样了。"

"他们的业绩确实不太好，不过这是各方面原因造成的，一味地给他们压力不一定是好事。倒是你，工作努力是好事，但是物极必反，过于努力、不择手段就不一定是好事了。"陶远慢慢说着，脸上的笑容在减少。

杨斐一听这话气就不打一处来："我怎么不择手段了？请把话说清楚。"

"算了，是我用错词了，总之好好工作就行。"陶远说道。

"你别影响我工作就行！"杨斐丝毫不客气，扔下这么一句话，转身出去了。

看到杨斐气呼呼地出去，陶远叹了口气，他看得出来杨斐对他意见很大，至于为什么，他不确定是不是只是因为工作方法不和，还是杨斐发现他私下为难她的小动作了。不管因为什么，现在杨斐这么逆反和激进，他必须严密监控。

回到座位上，杨斐还在气愤，她实在不能理解，以陶远的地位完全没必要做老好人到这个地步，真不知道他心里在想什么。

吕婧凑了过来，笑嘻嘻地看着杨斐。

"学姐，金茂的事出问题了？"吕婧低声问道。

"嗯。"杨斐回答。

"以学姐你的能力，加上陶主管，肯定能解决，别担心了。"吕婧安慰道。

"加上陶主管，什么意思？"杨斐问道。

"陶主管刚才还跟我们聊呢，他亲自把所有资料都看了一遍，又问东问西的，看来这次真是很重视啊。不过也对，这么大的项目分行几年都遇不到一个，能不重视吗？"吕婧说着说着会心地笑了。

"不是，我怎么感觉你这么高兴呢？"杨斐看着吕婧的笑十分纳闷。

"能让陶主管亲自指导工作，学姐，这是托你的福啊！"吕婧越说越开心。

"这个陶远给你们灌什么迷魂汤了，你告诉我他哪好啊！"杨斐越想越郁闷。

"你来的时间短，还不熟悉，等你熟悉了就知道了，咱们分行要是没有陶主管，根本挺不到现在。"吕婧好像夸自己男朋友一样得意地说道。

"对了，陶主管还说让我们好好配合你，不管大事小事，有什么问题都可以直接找他。”吕婧继续说道。

听到吕婧这么说，杨斐突然明白了，她意识到陶远并不单单是重视这个项目，更重要的，是在监视她。经过前几次的先斩后奏，估计陶远和行长已经对她心有余悸了。杨斐不禁在心里苦笑，既然不信任她，又何必把项目给她做呢？“你们的陶主管可没你说的那么好。”杨斐苦笑着撂下这么句话。

没等吕婧再答话，陶远又把杨斐叫进了办公室，要她和自己一起去找行长汇报。杨斐回想着刚才和吕婧的谈话，觉得如果陶远和行长不信任她，这个工作根本做不下去。在去找行长之前，她要和陶远聊几句。

看到陶远要出门，杨斐没有动弹，而是开口问道：“你为什么要把这个项目给我做？”

陶远没想到杨斐会突然问这么一句，随口说道：“给你做是行长和副行长决定的，和我没关系。”

杨斐点点头：“原来是这样啊，我就说要是你的话肯定不会让我做。”

陶远不想和她争吵，所以也不问为什么，只是淡淡地说道：“你想多了，我也相信你的能力。”

“是吗？”杨斐问道，“相信我的话你还事无巨细地打听，还让下面人直接向你汇报？”

“我那是在监视你。”这么爆炸的信息从陶远嘴里说出来，却仍是淡淡的语气。

杨斐相当意外，没想到陶远这么痛快地承认了。

“还有问题吗？没有的话走吧。”陶远说道。

杨斐有点蒙，一时不知道该说什么。

陶远见杨斐不再说话，转身往外走，杨斐只得跟着他出去。

走在办公区内，杨斐终于反应过来，低声对陶远说道：“你们要是不信任我可以不让我做，现在弄得大家都不舒服又是何必呢？”

陶远看都不看杨斐，一边走一边说道：“是行长和副行长要用你，我只是担心你再像之前那样胡搞，所以看着你，你老老实实工作还怕别人看着吗？”

杨斐不知道该怎么继续辩解下去，只好瞪了一眼陶远，乖乖地跟他走了。

“你是不是态度不好或者哪里怠慢他们了？像金茂这种公司不应该这样啊！”

行长办公室里，听完杨斐的叙述，邹凯好像不死心似的问。

“行长，这个公司肯定有问题。”杨斐激动地说。

“你有发现什么问题吗？”行长继续问到。

“他们都不让细查账目，有问题也发现不了啊！”杨斐继续回答。

“要我看，还是我跟您亲自去一趟吧，探探那个金总的口风，看看他究竟是怎么想的。”陶远站在旁边，说道。

行长点点头：“小杨你去联系一下，明天吧，我跟陶远去一趟。”

第二天，陶远和邹凯的金茂行十分顺利。

行长一回来，立刻把杨斐叫进办公室。一进办公室，看到行长脸上的神情，杨斐就知道他们这趟应该谈得不错。

果然，行长开口了。

“你下午去金茂一趟，该核查的核查，该比对的比对，他们会配合你的，然后明天你去他们在西郊的工厂一趟，实地看一下。”行长乐呵呵地说完，仿佛在向杨斐炫耀，在杨斐看来毫无希望的事他轻易地就办成了。杨斐出乎意料，本想向陶远打听一下具体是怎么回事，但看到陶远一脸深沉的表情，就气不打一处来，不想问了。

倒是陶远，主动找杨斐来了。

“你去的时候多留个心眼，我总觉得这个金总很奇怪，你之前去的时候他那么难缠，这一次却这么好说话，不对劲。”陶远说道。

“好的，知道了，我下午去好好查查。”杨斐好像在应付陶远似的答道。

“有什么问题先汇报，不要自作主张。”陶远不忘再叮嘱一遍。

“知道了，放心吧，不会让你为难。”

杨斐和陶远聊着，王坤从旁边经过，也不和两人搭话，也不挖苦讽刺杨斐，竟然只是静静地走了过去。不看到王坤还好，一看到王坤，杨斐就莫名其妙，不知道为什么王坤这几天突然老实了。没有王坤和她拌嘴作对，她甚至觉得少点什么。

“这个瘟神不来惹我正好，我可别自找麻烦。”杨斐心里这么想着，不知道是该庆幸还是该遗憾。现在工作已经忙不过来了，她不想节外生枝，所以暂时不管王坤在搞什么鬼，趁着没人捣乱先把工作完成才是正事。

王坤不是不想搞鬼，是实在没心情。王坤最近又换了个女朋友，可这次这个姑娘和以往那些都不一样，她好像真的用情很深，怎么都不肯分手，甚至以死相逼。王坤自诩阅女无数，对这种情况根本不往心里去，但没想到的是这姑娘真的在家自杀了。当他赶到的时候，姑娘割腕后的血已经染红浴缸了，如果他再晚到几分钟，姑娘就没命了。

经历了生死后，姑娘看开了，不愿再见王坤。本以为这件事就会这么结束，但王坤的父亲王一图却意外知道了。王一图对儿子的风流成性又不靠谱早就忍无可忍了，知道这件事后他勃然大怒，下决心要改改儿子的坏毛病。

王坤还是一副吊儿郎当的样子，下班后不回家，在酒吧花天酒地。当他消遣完了结账的时候，意外出现了，他所有的卡都失效了。这下麻烦了，那帮狐朋狗友从不结账，在他结账的时候早没影了。王坤掏出身上所有的现金，付完账后就剩了一块钱。

能把自己的卡全部冻结的，除了父亲，没有别人。王坤不知道父亲又抽什么风，火急火燎地赶回家，要和父亲吵闹。

这时候已经是半夜了，让王坤惊讶的是，作息十分规律的父亲竟然还没睡觉，还坐在客厅等着他。客厅里灯火通明，父亲一脸怒容，母亲在旁边一脸愁容。看到王坤进来，父母两人也不说话，只是那么坐着。

“这么晚了，你们不睡觉，坐这儿干吗呢？”

王坤被这不寻常的架势搞蒙了，一时忘了质问父亲为什么把他的卡停了，而是先问了这么一句。

“自杀是怎么回事？”父亲声音低沉有力。

“自杀？谁自杀？爸你说什么呢？对了，我的卡是怎么回事，怎么都不能用了？”

王坤说着坐到了父亲旁边，本来想大发脾气跟父亲吵一架，但一听到父亲说“自杀”两个字，他有点心虚，语气也没那么强硬了。

“少跟我装糊涂，你在外面干的那些破事儿别以为我不知道！”

“是，最近感情出了点问题，年轻人年轻气盛为了爱情要死要活的不很正常吗？你停我卡干吗啊？”王坤既心虚又有些不耐烦。

“孩子啊，那可是人命啊，你担不起！”母亲忧愁地说道。

“妈，人不是没死吗，你们就别瞎操心了。爸，你公司的事儿不忙了？有功夫多研究研究国家大势吧，我的事你们少掺和！”王坤说着站起来要往卧室走。

“站住！谁让你走了！”父亲越发的怒不可遏。

“你到底想怎么样！”王坤态度也变得不好起来。

“你觉得你挺厉害是吧，要是没有我，没有钱，你算什么！不务正业、吊儿郎当的，我王一图没有你这样的儿子，我的钱一分也不再给你花了，你要真牛你自己挣去！”

王一图说完话，气得咳嗽了几下，母亲忙帮他揉了揉胸口。

“看把你爸都气成什么样了，孩子，你听爸妈一句吧。”母亲温柔地说道。

王坤一听到父亲的话腾地火就起来了：“我又怎么了，你让我学金融，我学；你让我学管理，我学；你让我去银行我也去了。连我谈恋爱你也要管是吗？我告诉你，这个家我还真不稀罕待了！”

王坤说完转身就往外走。

母亲慌忙站起来想要去拦，父亲一把抓住母亲。

“让他走，走了就永远别回来！”父亲发怒地喊道。

王坤气呼呼地夺门而出，大晚上的身上只有一块钱，一时不知道该怎么办了。无奈之下，他只好给一个朋友老王打电话，在老王三岁的女儿的房间里睡了一夜。

王坤刚一出去，父亲和母亲突然憋不住笑了起来，原来两人虽然生气，但刚才的一幕纯粹是为了气王坤，目的就是把他赶走。他们知道，只是打骂不可能让王坤改变，唯一的办法就是让他落魄，让他知道生活的艰辛，知道尊重人。

“刚才我还怕话说得不够狠他不走呢，下一句‘你给我滚’我都准备好了。”王一图呵呵笑着说。

“哎呀，我给自己设定的是悲情又柔弱的母亲的角色，我都被自己给感动了，怎么样，演技怎么样？”

王坤要知道父母这么玩他，估计得气得爆炸，但现在不知情的他还在和父母怄气。没有钱也没有家，王坤只好在老王那儿一直蹭着，老王挺够义气，要多少钱就给他多少钱，但王坤扔钱跟玩儿似的，没两天老王就承受不住了。

再说蹭住，王坤每天晚出晚归，把老王家的作息完全打乱了。老王的老婆本来对他就没什么好感，这下更烦了。她不直接说王坤，而是不停地说老王，怪他交友不慎，让他赶紧把王坤赶走。老王无奈，只好再给王坤找地方。

幸亏有老王，王坤又过了几天逍遥自在的生活，但老王那儿的资金链一断，他立刻不适应了。看着钱包里一沓一沓的卡就是不能用，王坤顿足捶胸，感叹自己为什么不早早地经济独立，以至现在受制于人。

下午，杨斐带人按时去了金茂的总部，在一帮财务和会计的簇拥下忙活了一下午。这一下午没有白忙活，杨斐还真看出一点问题，她发现金茂在一两个月前低价卖出一部分资产，而在资金链充裕的情况下为什么要卖这部分资产，却没人解释。除了这点疑点，其他的表面上看来都没有问题。

杨斐把这个问题向陶远报告，陶远担心金茂这是在搞垃圾资本回购，以规避银行的检查，但是这个看起来光鲜亮丽的企业需要这么做吗？陶远不置可否。问题到了邹凯那儿，邹凯不以为然，让杨斐把心放宽。

所谓垃圾资本回购，大致就是企业在向银行贷款时，为了不让银行看出自己有坏账和垃圾资本，低价把这些坏账和垃圾资本卖给别人，约定一段时间之后再高价买回来。这样在银行调查期间，既可以增加现金流，又可以消除垃圾资本、迷惑银行。

金茂的那些资产是被王坤家的裕和集团买走的。为了搞清楚这到底是不是一笔垃圾资本回购，杨斐不得不求助于王坤。平时王坤总是阴魂不散，这次用到他了，杨斐却满世界找也找不到他。

郁闷的王坤连班都不想上了，在外面穷晃荡，一直晃荡到晚上。老王家已经不欢迎他了，无处可去的他在酒吧喝得酩酊大醉，服务员想问他要个朋友或者家人的电话送他回家，他却大发脾气吵吵闹闹，引得周围的人都过来围观。张娜娜也在看热闹的人群里。看到王坤醉成这样，张娜娜眉头一皱计上心来，于是替王坤把账付了之后打了个车带他回了家。

张娜娜好不容易把醉得不省人事的王坤弄回家，把他扔到沙发上。杨斐推门进来，差点吓傻了。

“你要干吗？他怎么在这儿？”杨斐问道。

“我在酒吧看到他的时候他就已经喝成这样了。他不是总跟你作对嘛，现在人我给你扔这儿了，你想怎么报仇就怎么报仇。”张娜娜一边说一边用坏坏的眼神看着王坤。

“这么做不合适吧，再说了，你究竟想干吗啊？”杨斐为难地说道。

“我就是想扒了他的衣服，给他脸上身上画几个乌龟，再摆几个造型，把他的头塞到马桶里拍几张照片什么的。没事的，来，帮我把他衣服脱了。”张娜娜说着又要动手。

杨斐呆呆地站在原地，有点心动，又有点纠结。这时门铃响了。张娜娜正在兴头上，一听到门铃响，不耐烦起来：“谁啊，这大晚上的？”

杨斐打开门，看到一对老夫妻站在门口。

“你们，有事吗？”杨斐问道。

“你好，我们是王坤的父母。”王一图说道。

听到这句话，张娜娜和杨斐都是一惊，还没反应过来，王一图就进屋了。

沙发被王坤占了，王一图没有地方坐，杨斐一着急一把把王坤推到地上。

“叔叔、阿姨坐。”杨斐指着沙发。

王一图一惊。

“啊，对不起，我有点紧张。”杨斐忙解释。

“他没事吧？”王一图问道。

“没事，就是喝多了，睡着了。”张娜娜心虚地赔着笑脸。

“那就好。”王一图说着拉着太太坐到了沙发上，看都不看地上的儿子。

“那个……您，怎么找到我们这儿的啊？”杨斐试探地问道。

“我们俩一直在跟踪儿子，看到你这位朋友把他带走了，就跟着过来了。”王一图说道。

“这是个什么样的家庭啊？”杨斐不禁在心里想，父母没事跟踪儿子，看到儿子被人带走也不拦着，这家人究竟是什么样的奇葩啊！

“你别误会，是这样的，这个孩子不怎么学好，我们俩为了管教他把他的经济来源封了，想让他吃点苦，你们是他朋友吗？”王一图说道。

“嗯，我是他同事，我叫杨斐，她叫张娜娜，我室友。”杨斐回答。

“你们跟他有过节？”王一图问道。

杨斐又被噎了一下，这老爷子问得也太直接了吧，怎么回答啊！

“没，没有什么大事，我也是有点看不惯他平时的作风。”杨斐笑着答道。

“太好了，我正愁没人帮忙呢！你们还有第三个室友吗？”王一图问道。

“没了，怎么了？”杨斐不解。

“我看你们还多出一间房，王坤现在没地方住，能让他现住在你们这儿吗？”王一图说道。

杨斐和张娜娜都是一惊，但不等两人开口，王一图继续说道：“不白住，你们想要多少钱都可以，我看你们俩也挺想整他的，我也想整他。咱们可以一起整，你们也开心，我也开心，还能让他学好，一举三得。”

杨斐不知道王一图是临时起意还是早有预谋，这么损的主意怎么也不像是个父亲想出来的。她本想拒绝，张娜娜却一口答应了。杨斐责怪张娜娜胡来，张娜娜却不以为意，教人学好是好事，最主要的还能整治整治这个令杨斐烦恼的一大来源。杨斐见两个老人这么诚恳，只好答应。

王一图走后，杨斐和张娜娜把王坤拖进卧室，然后和冷静开了个紧急视频会议，商量怎么处理王坤。

“你是当事人，主要看你是怎么想的？”视频里冷静一边摸着脚下熟睡的小狗一边说。

“一开始我是反对的，但是转念再一想，这也不一定是坏事。王坤最大的弱点是好面子，如果让同事知道他被家里人赶出来了，肯定会面子尽失，所以他肯定不想让别人知道。”杨斐一边思索一边说，好像在想怎么把自己的计策说得高大上一点。

不过没等杨斐说完，张娜娜便接话了：“我明白了，你要用这件事要挟他，他敢再给你捣乱，你就把他被赶出来的事告诉同事。”

杨斐叹了口气：“让你这么一说，怎么搞得我跟小人似的。不过不光是让他不给我捣乱，以他好面子的程度，让他干吗他就得干吗，相当于多了个小弟啊。”

张娜娜嘿嘿一笑："乘人之危，不过我喜欢。"

"我也同意，就这么定吧，不跟你们说了，有事随时通知我就行。"

冷静说完不等两人答话，直接把视频关了。

张娜娜觉得没什么事了，也睡觉去了，只留下杨斐还在思索自己这么做是不是太小人了。

"哎呀不管了，我又没想真害他，不过想想还是挺好玩的，既能让他老实，还能帮他父母，就这么定了。"

第二天一早，王坤被尿憋醒了，慌忙跑下床去找厕所，完全没注意到自己在一个陌生的房间。站在客厅他才发现这个地方没来过，一时不知道该往哪儿走。

正好杨斐从卧室出来，王坤下意识地问道："厕所在哪儿？"

杨斐指了指厕所的方向，王坤快步跑了过去。跑了没两步，王坤又停下，回头看了看杨斐。

"你怎么在这儿？这是哪儿？"王坤终于意识到自己在一个不知道是哪儿的地方了。

"这是我家啊。"杨斐说道。

"我，我怎么在你家？"

杨斐刚要说话，王坤又说道："等会儿，等我先上厕所。"

王坤从厕所出来，杨斐讲述了昨晚的事，表示已经答应他父母让他住下。王坤闻言哭笑不得，爹妈这究竟是要做什么，他怎么会住在这种地方？想到这里，王坤二话不说就要离开，杨斐又告诉他，他父母已经知会老王，老王家他绝对是回不去了。

总不能真的流落街头吧？王坤虽然嘴上强硬，但也不得不暂时住在杨斐家，他的条件是杨斐不能把这件事告诉银行的其他人。就这样，这两个冤家住到了一起。

"对了，还有件事，我在查金茂的账的时候发现你们家的公司上个月买了金茂一笔资产，你回去帮我打听一下是怎么回事？"

"我为什么要帮你？"

"嘴长在我身上，想说什么可是我说了算。"杨斐威胁道。

王坤气得简直想跺脚，没好气地说道："就这点小事儿也值得麻烦我？回头我把管事儿的主管给你叫过来不就行了。"

"那我就等你的消息了。"杨斐也不跟王坤客气，说完这句话起身就要走。

"等等！"

听到王坤这么说，杨斐又站住了。"还有事吗？"杨斐问道。

"你有没有点常识，幼儿园都白上了吗，老师没教过你说谢谢吗？快点，我等着呢！"王坤越说越高兴，好像就等着杨斐服软。

"谢谢！"杨斐挤出这俩字，又挤出一个皮笑肉不笑的笑脸，哭笑不得地上班去了。

一边等着王坤的消息，杨斐又去了金茂的汽车工厂。

工厂里一片繁忙的景象，接待人员向杨斐讲解了各个新技术和新能源的开发使用情况、厂房的生产情况。经过这次参观，杨斐心里的大石多少落下一些，至少生产情况很乐观，她开始觉得自己之前过于谨慎了。

很快，裕和集团负责收购金茂资产的总监给杨斐打了电话。总监告诉杨斐，裕和集团想要入股金茂，但谈判不太顺利，最后只得以购买金茂不太优质的资产为代价，获得入股的资格。按照这个说法，金茂这笔资产的卖出还算正常的交易，这样看来，金茂似乎并没有什么问题，而冷静所说的新能源骗补现在也没有证据。

目前唯一还有疑问的就是金茂近年来大举扩张，花了大笔的钱，它的资金链是不是真的像报表里写得那么好。因为还有这个疑问，杨斐不愿过早把审批材料交给授信管理部，但行长邹凯却等不及了。邹凯催促杨斐快点上交，好让授信部有时间核验。杨斐深知只要上交，行长会立刻干预授信部批准，所以一直拖着不交。

为了缓和行长和杨斐的关系，陶远找到杨斐，询问调查的结果，在得知金茂并没有什么问题之后，陶远也开始倾向于上交材料。

"我总觉得金茂的成功太容易，而且裕和那么大的公司，别说是入股，就是收购，金茂这种级别的也完全没有反抗能力，他们怎么那么轻松就把不好的资产卖给裕和了呢？还有，金茂这么大肆地扩张需要的现金难以计数，它哪来的这么多钱，这个也得查清楚。"杨斐说出自己的疑惑。

“中建的贷款也不是小数目，现在看来它的资金链应该是不会有大问题，就算有些小问题，我们也可以帮他。只要没有人从中刻意搞鬼，草率点就草率点吧。”陶远说道。

“别人都说你很厉害，我怎么感觉你跟行长一样糊涂啊，以后万一出问题了，这责任可就大了！”杨斐说着说着激动起来。

“你现在也没查出问题，而且交上去之后授信部会再查一遍，你还担心什么呢？”陶远还没有生气。

“不行，查清楚之前谁也别想把资料拿走，我得对分行负责。”杨斐十分决绝。

“这两天金总一直在催行长，行长压力也很大，金茂肯定会有一些问题，但是无伤大雅，都可以应付过去。”陶远仍在解释。

“不行！”杨斐还是不松口，“我说什么也不能这么不清不楚地把资料给你们！”

“别胡闹了行吗！”陶远表现出了一点儿不悦，但语气还算平缓。

“我尽快查就是了！”杨斐说完这句话，转身出去了。

杨斐气呼呼地出了陶远办公室，差点撞上迎面而来的王坤。王坤看到杨斐的表情，问她是不是和陶远吵架了，杨斐也不否认，点了点头就要离开。

王坤一把拉住杨斐，语重心长地说道：“新来的，看在你那啥的份儿上，给你点友情提示，在这个分行，谁都能得罪，唯独陶远不能。你可别看他平时对谁都挺好，那是他懒得整你。他要真出手了，你也就别混了。”

“切，我是被吓大的啊！”杨斐给了王坤一个不屑的眼神，转身离开了。

杨斐迟迟不肯上交资料，邹凯等不及了。

为了赶上金志茂的进度，邹凯趁杨斐下班，从杨斐抽屉里把资料拿走，第二天又给杨斐放了一天假，就这样，一天的时间，他把合同签了。杨斐怎么也没想到邹凯会这么干，这个时候再说什么都晚了，她急中生智，想去金茂找个借口把合同要回来。

金茂的人也不是傻子，任凭杨斐说破了嘴皮，就是不给她合同。杨斐见根本没有机会，只得离开。好在虽然合同签了，但银行还没放款，杨斐想在放款前的这最后几天再排查一次，希望做到万无一失。她开始带着下属没日没夜地反复查看金茂的一切资料。她是干劲十足，可下属们却怨声载道，不明白一个已经完成的活为什么还要自找麻烦。手下不好好干活，一直劝杨斐不要折腾了。杨斐见命令不动他们，一气之下把奖金规则改得更加严厉，这下手下们更郁闷了，都在背后说杨斐是个变态。

吕婧也不理解杨斐，她努力缓和杨斐和下属们的关系，但成效不大。她总劝杨斐，不要和领导对着干，也不要和下属们闹得太僵。杨斐却不以为意，告诉吕婧一切都要用事实真相说话，如果这些人都是错的，决不能因为随大流而明知道是错还去做。吕婧无法说服杨斐，只好乖乖工作，但让她意外的是，杨斐还真找出了金茂的破绽。

5

金茂生产的新能源汽车多数被三家汽车租赁公司买走，而大街上却很少看见这三家公司用金茂的车，发现这一点之后，杨斐立刻怀疑金茂在搞新能源骗补。她想去金茂查看和这三家业务往来的细节，却被对方直接拒绝。

郁闷的杨斐在金茂的大楼外徘徊不愿离去，意外遇到了一个大学同学，两人一聊天，杨斐彻底傻了。这个同学是中建银行的，来金茂是为了催款。

原来这个同学是最近才进的中建银行，而且和班里同学来往不太多，所以杨斐之前向同学打听时才没找到他。按照这个同学的说法，金茂看似光鲜，其实已经快破产了，连工厂都停了一个多月了。杨斐一听工厂早就停了，那她那天看到的又是怎么回事啊！

顾不得和同学告别，杨斐立刻赶往金茂位于西郊的工厂。到了之后发现果然如同学所说，偌大个工厂，除了几个保安和门卫，里面空空荡荡，根本没有人。她想向门卫打听是怎么回事，门卫却格外谨慎，不但一个字不肯透露，还不客气地把她赶走了。

杨斐意识到，她那天在工厂里看到的都是假的，都是金茂做出来的假象。她立刻给陶远打电话，让陶远千万不要放款，但陶远却说款已经放出去了。杨斐把陶远叫到工厂，看到停工的工厂，陶远大吃一惊，顿足捶胸。

“大意了，还是大意了！”陶远摇着头说道。

“现在怎么办？”杨斐问道。

“马上回去，趁着金茂还没垮台，赶紧把钱要回来，晚了就来不及了。”陶远说完，拉着杨斐的手离开。

杨斐一时情急只顾着离开，根本没注意到陶远是拉着她的手在走的。陶远也是着急，刚开始也没意识到。走了几步之后，两人这才发现竟然手牵着手，慌忙撤开。气氛又有点尴尬了，杨斐不好意思地低下头，陶远也表情尴尬不知道该说什么。正在尴尬时，杨斐突然看到，陶远竟然在偷偷擦手。杨斐腾地就火了，刚才的尴尬全都没有了，她质问陶远道：“我的手脏还是怎么的，你擦什么呢？”

陶远本来就是偷偷擦的，没想到还是被发现了，只好说道：“不好意思啊，你别介意。”

杨斐仍很气愤：“我为什么不介意，没你这么欺负人的！”

陶远索性一边把湿纸巾拿出来光明正大地擦起来，一边说道：“你的手是不干净，刚才你是不是摸工厂的外墙了，你手上有土。”

听到陶远这么说，杨斐看了看自己的手心，还真有些土。她一阵尴尬，挤出一句“再不走就来不及了”，自顾自地走开了。

牵手和擦手的事暂时翻篇，两人以最快的速度赶回分行，本想立刻和行长商量，却发现办公区里乱糟糟的，总行的人正忙活着什么。

“总行的人干吗来了？”杨斐低声自言自语。

“不好！”陶远低声叫道，立刻走进行长办公室。

如陶远所料，东窗事发，行长被当场撤职，但出乎他意料的是他作为直接经手人却没受到任何惩罚。

李明山成了代行长，他上任的第一件事就是把杨斐降为客户经理，让王坤成为副主管，接手金茂的项目。杨斐知道李明山这么安排是为了让她避嫌，毕竟这个项目是在她手里成了这样，她也不好说什么，只是想看看王坤怎么解决。

王坤一接手项目，立刻公布了金茂的数宗罪，盲目扩张导致资金链断裂、搞垃圾资本回购、技术不过关、靠新能源骗补等。

杨斐这才明白过来是怎么回事，她被王坤耍了。如果裕和买金茂的资产真的是回购的话，那就是王坤找的那个总监骗了她，那个总监当然是受王坤指使。没想到自己聪明一世竟然被一个无赖给耍了，杨斐又气又急，正在郁闷时，王坤竟然还过来炫耀。

“卑鄙！没想到你是这样的人，我看错你了！”杨斐咬着牙说道。

“你看错我了？你是错把我当好人了还是当坏人了，我可没说过我是好人。”王坤笑着说道。

两人当众吵了起来，广大同事当然不肯错过，只是碍于两人都是领导不好得罪，不敢直接凑过来，却都竖起耳朵专心地听着，唯恐天下不乱。

“金茂的事是你搞的鬼，别以为我不知道。”杨斐气呼呼地说道。

“你自己搞砸了可别乱说啊，诽谤可是不对的。再说，搞出这么大的乱子你只是被降了个职，你不觉得奇怪吗？”王坤说道。

“你什么意思？”杨斐警惕地问道。

“是我向领导求的情，我说你一个新来的，又是个小姑娘，这件事都是行长的错，你只是能力差点，人还不坏，诸如此类，反正是好话说尽，磨破了嘴皮啊！你是不是得谢谢我。”王坤好像开玩笑似的说着，让人不知道他说的是真是假。

“我能力差？我倒要看看你怎么挽回损失！”杨斐十分不屑。

王坤从兜里掏出一张褶皱的纸扔给杨斐，杨斐打开一看，又是一惊，这是一份还款协议，王坤竟然真的把放出去的钱要回来了。

“我一定会报仇的！”杨斐撂下一句狠话。

“放心，我不会让你翻身的！你越犟打败你就越好玩。”王坤得意地说。

表面上和王坤逞口舌之快，但其实杨斐的内心又快要崩溃了，本以为到了分行能踏实工作、寻找谢羽陷害自己的证据，没想到却一次又一次成为职场斗争的牺牲品，而且竟然是栽在王坤这个无赖手里。杨斐极度郁闷，真想把桌子掀了直接走人，再也不受这份气了。正在她郁闷的时候，无意中看到陶远坐在自己办公室，仍是一副淡定的神情，兀自忙活着什么。她突然受到震撼，为什么行长被撤，陶远却毫发未伤？为什么她快被气死，陶远却依旧淡定？陶远应该是仅次于行长的第二大受害者才对啊！

其实陶远也不知道自己为什么没受到牵连，他觉得这件事并没有现在表面上这么简单，能保住他的一定是总行相当有权力的人，这个人为什么保他？总行这么快就知道金茂的事和这个人有没有关系？金茂这件事看似是李明山和王坤在搞鬼，但真的这么简单吗？实在是太蹊跷了。虽然心里疑惑，但陶远仍十分淡定，他这叫以静制动，以不变应万变。

虽然对陶远的人品持怀疑态度，但是他这份淡然和城府却着实让杨斐佩服。吕婧过来安慰杨斐，也不忘夸陶远几句，甚至还让杨斐去向陶远取经，学学怎么才能在这个分行更好地生存。杨斐确实好奇陶远是怎么做到的，耐不住这份好奇，她决定先搁置个人恩怨，找他聊聊。

下班之后，咖啡厅里，陶远和杨斐对面而坐。杨斐仍没摆脱上班时的烦躁和不爽，直截了当地问道："出了这么大的事，你怎么能这么淡定呢？"

陶远本来一直很镇定，但听到杨斐这么问，他似乎控制不住心中的怒火了："你这话什么意思？你觉得我应该是什么反应？"

杨斐还没发现陶远生气的点，又问道："你不觉得奇怪吗，邹行长当场被撤，连我都被降级了，怎么你却毫发无伤呢？"

陶远简直无奈了："你说我是该觉得你聪明呢，还是觉得你傻呢？"

杨斐这才意识到陶远情绪不对，反驳道："这个项目我一直都是反对的，现在栽了，你怪谁也不能怪到我头上啊，我现在是认真找你讨论问题，你这态度什么意思嘛！"

"这件事不就是李明山精心策划，你和王坤卖力执行的嘛。这件事行长固然有错，但是你觉得你那招欲擒故纵不曾推波助澜甚至起到决定性作用吗？你想知道我是怎么自保的是吗，想知道自己查去啊！"陶远怒道。

"没想到你的心思这么阴险狭隘，算我看错你了！"杨斐气得站起来，头也不回地走了。

杨斐本来就因为被陶远误解在生气，回到家看到王坤之后更加生气了。王坤正在翻箱倒柜，好像疯了一样在找东西，本来就脏乱的家这下更乱了。

张娜娜站在旁边任由王坤翻腾，只是乐呵呵地看着。

"你们俩干什么呢？"杨斐问道。

"他干什么我不知道，我看热闹呢！"张娜娜答道。

王坤瞪着杨斐："我工资卡是不是你拿走了！"

杨斐没心情理王坤，自顾自地往卧室走，王坤见状连忙拉住她，问道：“我工资卡是不是你拿的啊？！”

张娜娜说道：“你别诬赖人啊！你要说你丢了，那你随便翻随便找，但是你说我们偷你的卡那就是血口喷人了，那我就得踢你了。”

王坤简直要被张娜娜气炸了：“我的工资卡啊，我就剩那么点钱了，谁啊，这么缺德。”

“没错，是我！”杨斐说道。

杨斐这话一出，王坤还是大吃一惊。

“把卡给我！”王坤说道。

“没在我这儿，确切地说，也不是我拿的。”杨斐慢吞吞地说道。

“哦！”王坤拉长了声音说道，仿佛想到了什么。

杨斐点点头：“你猜到了是吧。”

王坤几乎崩溃地喊道：“你们太损了！”

张娜娜终于忍不住笑了出来：“不是她，不是她，是我们仨一起出的主意。”

王坤不死心地问道：“卡真的在我爸那儿呢？”

杨斐说道：“那还能有假？娜娜开的门，你爸亲自拿的卡。”

王坤一屁股坐到了沙发上，一副生无可恋的表情：“亲父子，亲父子啊，这是要赶尽杀绝啊！”

原来杨斐和张娜娜知道王坤工资并不算低，只要发了工资就又可以去挥霍。为了防止他挥霍，也为了治一治他的锐气，两人给老爷子出主意拿走他的工资卡，让他彻底没钱。工资卡没了可以补办，为了防王坤补卡，老爷子甚至连身份证都给拿走了。

“你在工作上干不过我，就用这种办法整我，有意思吗你？”王坤气愤地说道。

杨斐扑哧一声，乐了：“谁在工作上干不过你，我一心为工作，你却在背后耍阴谋，我没把你赶出去够便宜你了。你最好老实告诉我，金茂的事到底是怎么回事？”

王坤一脸不屑：“还我耍阴谋，就你这智商我都懒得跟你争辩。就为你这么个小虾米，我能做这么大个局？你也太把自己当回事了！”

这本是王坤的无意之言，杨斐却立刻意识到她之前完全想错了，金茂的阴谋针对的根本不是她，而是邹凯，她真的像陶远所说被利用了。可是王坤和邹凯有这么大的仇吗，要这么整他？她突然又想到陶远所说的这件事是李明山策划的。的确，行长下台，最大的受益者就是李明山，他顺势成了代行长，很可能会正式成为行长。可是那个慈祥敬业的李副行长会做这种事吗？杨斐不置可否，谢羽带来的伤害让她再次警觉，不要相信任何人。

要弄清王坤是不是和李明山勾结其实很容易，杨斐眉头一皱计上心来，她也是不屑地向王坤说道：“我终于明白了，这根本不是你策划的，你不过也是个可有可无的小棋子罢了，跟李明山比，你算什么啊。不过我不明白的是，你这么一个大少爷为什么要给李明山卖命呢？”

王坤一听这话气就不打一处来：“就李明山，他配给我提鞋吗？还我给他卖命，你还真敢说！”

杨斐继续问道：“难不成你是吃饱了撑的？”

王坤十分得意：“我们这叫各取所需。我呢，看不上邹凯软弱无能，我是为了分行好，他不走分行就没有前途。李明山哪有我这觉悟，他眼馋行长的位子多少年了。”

听到王坤这么说，杨斐对李明山彻底失望了，如果金茂的案子是针对行长的阴谋，那么以贷转存的案子不用说也是李明山给行长下的套。没想到自己被人卖了两次还在帮人数钱，杨斐简直顿足捶胸，暗骂自己太笨。

王坤不想再和杨斐争论，撂下一句“别以为拿走卡我就没办法了”，转身要回屋睡觉。

“你还有什么办法？”张娜娜好奇地问道。

“我还有车，我那辆跑车卖个两百万问题不大。”

王坤说完，张娜娜眼睛都直了：“我去，你每天开着两百万到处跑！”

杨斐还在想着李明山的事，听到王坤这么说，她下意识地瞟了一眼茶几上王坤的车钥匙。

酒吧里，陶远约了邹凯，两人经常这样喝酒聊天，不过最近他们不再是聊闲天了，而是相互交换信息。

邹凯在沙发上坐着，陶远端着两杯酒走过来坐下。

“平时总喝同一种，今天换换口味儿，尝尝这个怎么样？”陶远一边说一边把一杯酒放到邹凯面前。

“换换，是该换了。”

邹凯说着，和陶远象征性地举了下杯，两人浅浅地抿了一口酒。

“还行！”邹凯放下酒杯，笑着说道。

“分行的情况还好吧？”邹凯问道。

“什么情况你应该想象得到，李明山志得意满，牛得不行了。”陶远状态很随意，一边回答，眼睛仍在看着酒。

“没想到李明山这么阴险，想当行长可以理解，但是用这么卑鄙的手段，我真是没想到。”邹凯无奈地道。

“这件事没那么简单，李明山后面还有人。”陶远分析道。

“什么？”邹凯吃惊道。

“我为什么还好好地在分行待着？这才是整件事里面最大的疑点。还有个疑点，王坤为什么会卷进来？”陶远说道。

“王坤！”邹凯闻言一惊，“你确定王坤也参与了吗？”

陶远答道：“以贷转存案的时候，王坤把微博借给杨斐就已经很蹊跷了，这一次他又和李明山配合默契，这明显是提前计划好的。”

“以王坤的个性应该看不上李明山才对啊。”邹凯纳闷道。

“王坤肯定看不上李明山，他这么做一定还有其他目的，不知道他和幕后的人有没有关系。”邹凯思索道。

“对了，这两天您在总行有打听到什么消息吗？究竟是谁保的我？”陶远继续说道。

邹凯摇摇头：“要说关系，我在总行的关系还行。你也不认识高层的人啊，是不是你想多了，可能就是李明山为了让你背锅才留下你的吧。”

“不会，李明山不傻，他最怕的应该就是我被留下，而且以他的能力还做不到让我毫发无伤，一定还有别人在干预。”陶远语气肯定。

“可是总行为什么要蹚这浑水啊，谁闲得啊？”

“只有我能制衡李明山，留下我的人应该也是这么想的。他似乎不想让李明山完全控制分行，当然，也不想让我独自控制，他要的就是制衡。”

“我问了很多人，都说金茂的消息是政府的人透漏给上面的，至于这个透漏消息的人跟李明山认不认识，就不知道了。”

“再等等吧，这个暗中操作的人应该不会就此收手，他这么做总要有个目的，等他再出手，一切就都明朗了。”陶远说完，又喝了一口酒。

“对了，有查到杨斐的信息吗？”陶远又问。

“没什么有用的。因为业绩太突出，总行不喜欢她的人不少，但是听说她为人还可以，所以也有一帮朋友。她又闹出什么幺蛾子了？”

“以贷转存案的时候，如果说是李明山利用杨斐执拗的个性阴了咱们，还说得过去。但是这次事件，按照她的个性，被撤职之后她应该去找李明山闹才对，这件事她一点儿错都没有，但是她为什么一点儿动静都没有？”

“你是说杨斐和李明山是一伙的？”邹凯回忆道，“她确实跟李明山走得有点儿近。”

“如果不是她强硬地不上交资料，一直拖延时间，您会那么仓促地看都不看就把合同签了吗？”陶远问道。

“确实啊，”邹凯叹了口气，“本来我还想再查查，但是杨斐一直不给资料，金志茂那边又催，也怪我，太心急了。”

“难就难在这里了，耿直又偏执，这的确是杨斐的个性，她死死抓着没查明白的材料不肯放手完全是符合她的个性的，但是怕就怕万一她别有用心。我现在也不能确定她究竟是被李明山利用，还是合作关系。”陶远极少地露出疑惑的神情。

“那你更偏向哪种情况？”

“不好说，做最坏的打算吧。不管怎么样，杨斐不容小觑，要想对付李明山，至少不能让她挡路。”陶远说道。

“接下来我们该怎么做呢？”邹凯问道。

“两件事，”陶远喝了口酒，慢慢说道，“首先，不能让李明山正式成为行长。如果背后真的还有人的话，这点我倒是不太担心，因为背后的人费尽心思留下我，要我和他制衡的话，不会让他优势太大，所以肯定不会让他做行长。第二，不能让李明山和杨斐再合作了，把他俩关系破坏掉的同时，也该让杨斐吃点苦头了。”

邹凯气愤地说：“放心吧，有我在总行的关系，不会让李明山轻易得逞的。”

邹凯还有事先离开了，陶远还在喝着闷酒。此时他的心情很复杂，对于邹凯的离开，他既欣慰又自责。邹凯的能力的确一般，这些年为了帮邹凯维持业绩，他浪费了大量的时间，分行搞成这样邹凯有很大的责任。从工作的角度讲，他是希望邹凯离开，因为只有这样，他才能毫无顾忌地大展身手。但是从个人感情上来说，他又不希望这个亦师亦友的老师受到伤害。现在事情既然已经这样了，他完全没了顾忌，到了大展身手的时候了。

第二天一早，王坤开开心心地要卖车去。他的车钥匙上明明还画着玛莎拉蒂的标志，但到车库一摁，竟然是一辆哈弗响了。王坤不敢相信自己的眼睛，在车库里到处找，可哪有什么玛莎拉蒂的影子，只有那辆破哈弗。

王坤简直崩溃了，开着破哈弗一路颠簸到了银行，连车都没停好，就跑进去找杨斐去了。

杨斐还在纠结怎么面对李明山，摊牌吧，和代行长闹翻一点好处都没有，前几次吃的亏让杨斐意识到对付这种小人绝不能太光明正大；不摊牌吧，她实在受不了对这种人卑躬屈膝。和王坤可以明斗，和陶远可以争执，但是对付李明山这种阴险的小人，绝对不能这样。纠结再三，杨斐决定不动声色，疏远李明山，暗中找机会报仇。

“你跟我过来一下。”王坤打断了杨斐的思绪。

“有事吗？王主管，有事就在这儿说吧，我挺忙的。”杨斐坐在座位上，完全没有要起来的意思。

“你，你跟我过来！”王坤不由分说，拉着杨斐走到一边。

“我的车呢？”王坤怒问道。

“你的车？你没卖吗？两百万，够你花一阵子了吧！”杨斐装糊涂。

“少跟我装糊涂，我的车呢？！”王坤简直要崩溃了。

“你的车你问我干吗，没事我走了啊！”

杨斐刚要走，王坤一把拉住她。

“我的车呢？”王坤的语气由刚才的愤怒强硬变成了无奈。

“这次真跟我没关系啊，谁让你总把车钥匙扔客厅的，我只是给你爸打了个电话说你要卖车，然后给他开了个门，钥匙是他换的，车是他开走的，你要报警抓人也是抓他。”杨斐乐呵呵地说道。

“逼死个人啊！”王坤有气无力地说道，“好歹给我留个饭钱啊，他是真想玩死我啊！”

“放心吧，饿不死你。”杨斐说道。

王坤觉得杨斐话里有话，但再问什么，杨斐就不说了，自顾自地忙起来。

邹行长被撤一周了，这一周李明山忙着和王坤收回金茂的欠款，一直没有正式和陶远、杨斐谈过话。李明山清楚地知道，陶远根基很深，此次吃了个大亏肯定不会善罢甘休，而杨斐能力强、个性强，虽然现在还在自己的控制之中，但稍有不慎她就会惹出麻烦，这俩人不得不防。

银行里很多人在传陶远出卖邹凯才能安然无恙，一时间很多人对他指指点点，陶远也不生气，仍是心平气和，反倒是平时很敬重他的一些下属看不过去，和那些指指点点的人争吵起来。陶远告诉下属，吵没有用，清者自清，不用计较那些。虽然表面不动声色，但陶远的心里很明白，李明山这次触到他的底线了，他决定把李明山彻底清理出去。

李明山对陶远多少有些忌惮，赶走陶远这么个能人会让分行大为受损，但留下他又会让自己陷入危险。思前想后，李明山决定拉拢陶远，如果能让他和自己一伙，那就什么问题都没有了。

行长办公室里，李明山和陶远并排坐在沙发上。

李明山既客套又带有点讨好意味地笑着给陶远倒了杯咖啡。

“陶主管，尝尝，这是我专门托人从台湾带回来的，正宗的阿里山玛翡咖啡。”

陶远接过来，又放回到桌子上。“不好意思，我只喝茶，喝不惯咖啡。”陶远客气地说道。

“怪我，同事这么久了竟然不知道你只喝茶，怎么，对咖啡过敏还是什么？”李明山故作关切。

“没有，就是喝不惯，不喜欢喝。”陶远笑着说道。

“哦，这样啊，我倒是认识几个茶农，回头让他们寄点过来，保证纯天然。”李明山说着也笑了起来。

“副行长，不对，现在应该叫行长了，李行长找我有事吗？”陶远问道。

“也没什么事，这不上周一直忙着金茂的事，咱俩也没空好好聊聊。你在咱们分行人气和能力都是最强的，我能指望的人也只有兄弟你，所以想拉拢拉拢兄弟你啊！”李明山半开玩笑地说道。

“李行长你这就太看得上我了，我也不敢想业绩什么的，只要不犯错我就知足了。”陶远缓缓地说道。

“兄弟还在因为金茂的事上火呢？这件事又不怪你，是邹行长大意了，跟你没关系，我也跟上面详细解释了。对了，我已经向总行申请了，只要我这个行长的位置转正了，立马升你做副行长。其实咱俩也别分什么正副了，以后有什么事咱哥俩都商量着来，都是为了分行嘛！”

李明山这话不仅冠冕堂皇，还许诺了陶远特别大的好处。他本以为这样陶远应该识趣了，可不料陶远却根本不领情。

“我这能力做副行长肯定不行，李行长你还是别抬举我了。我是员工你是行长，有什么任务我尽我最大的努力，尽量不让你失望。”

陶远这话虽然客套，但李明山心里十分清楚，拉拢失败。不是朋友就是敌人，此时李明山虽然脸上还带着笑容，但在心里已经开始盘算怎么除掉陶远了。

在李明山看来，陶远城府深、稳重、不冒进，可以慢慢斗智斗勇，而杨斐就不一样了，看到杨斐和王坤当众吵架之后，他担心一旦杨斐发现自己在背后搞的那些阴谋，势必会竭尽全力对付自己。杨斐绝对是个不定时炸弹，找个借口赶走吧，李明山又觉得痛失这个人才，会让分行业绩受损，纠结再三，他决定再次拉拢杨斐。

例会上，杨斐正在和王坤斗气。

王坤向下属吴曦问道：“香港那个公司旅游地产的项目怎么样了，那个项目叫什么名字来着？”

吴曦吞吞吐吐，想说又不敢说。

“怎么了？有话就说，总不至于黄了吧！”王坤笑道。

“嗯。”吴曦怯怯地点点头。

“怎么，怎么回事？不是谈得好好的吗？”王坤有点吃惊。

吴曦看着杨斐，又不说话了。

王坤顺着吴曦的眼神看过去，就知道杨斐从中捣乱了。

杨斐开口说道：“王主管，请你以后擦亮眼睛，别什么人都往银行领，亏了钱你无所谓，大家是要跟着受连累的。”

“你把我的客户怎么了？”王坤问道。

“你的客户，假香港人；公司，香港注册的皮包公司；旅游地产，其实就是住宅楼，整个项目里没有一句实话。”杨斐得意地说道。

王坤显然没有料到会被杨斐查得这么清楚，一时有点不知所措。

“你没事查我的客户干什么！”王坤挤出这么一句话。

“你不也查我的客户了吗？不对，我是揭露假的，你是造假，咱俩不一样。”

“可以啊，不声不响就给我搞了个大破坏，我还真是小瞧你了。”王坤似乎又不生气了，反而像接受挑战似的提起兴趣来了。

“你是在玩火知道吗，就你那些垃圾项目，一旦垮台，损失会有多大你知道吗！”杨斐义正词严。

“少跟我来这套，你毁我一个项目，我也毁你一个，你等着！”

“你要毁我的项目，那我就抢光你的项目！”

这俩人发起狠斗起嘴来了，同事们一个个看得聚精会神，生怕错过某句精彩的台词，这一场大战够他们八卦好几天的了。他们只是当笑话看，但杨斐和王坤却是认真的，两人就这样杠上了，誓要把对方彻底打垮。

李明山在外面看着里面的一幕，也不制止，等他们散会之后，过了半天，他才把杨斐叫进了办公室。

“小杨啊，这段时间你受委屈了。”李明山摆出他的标准笑容。

“我？我受什么委屈了？”杨斐真想一脚踩死李明山，但表面上她只能装糊涂，装无辜。

“我都看见了，这个王坤真是越来越不像话！”李明山做出一副责怪王坤的样子。

“您说王坤啊，他的确不像话。”杨斐说道。

李明山从抽屉里拿出一个文件夹，递给杨斐。

“这是什么？”杨斐问道。

“这里面是王坤最近在做的几个项目，基本上所有信息都有，是给他搞砸，还是抢过来，你自己看着办。”李明山轻松地说。

“这，不合适吧，这资料您哪来的啊？再说，您这么帮我是不是有点过了啊？”杨斐有点纳闷。

“资料怎么来的你就不用管了，放心拿去用，没事。至于我为什么要这么做，不用我说你也应该明白，这个王坤其实没什么大毛病，就是目中无人，办事也不怎么牢靠。正好这次既能给你出口气，还能教育教育他，挺好的。”李明山解释道。

“我之前那都是根据证据查出问题的，现在要是拿了这些资料，那不就跟王坤一样了吗？”杨斐摇了摇头。

“小杨你糊涂啊，对付什么样的人就要用什么样的方法，对付王坤就得这样。”李明山说道。

杨斐拿起文件夹随手翻了翻，又放了回去。

“我不能拿，拿了这个不光是对我人品的侮辱，也是对我能力的侮辱。对付王坤，我还不需要外援。”

李明山见杨斐不肯拿走资料，只好变换方法。

“我就喜欢你身上这正直的个性，不拿就不拿吧。对了，最近工作还顺利吗？”李明山问。

“不太顺利。”杨斐直截了当。

“哦，怪我，你看我问的这问题。小杨啊，你的能力大家是有目共睹的，好好干，我不会亏待你，别说是副主管，就是主管，也没什么不可能。”

李明山想到金茂的事还没过去多久，这么问是有些不合适，于是赶紧转换话题，想用权力和地位拉拢杨斐。

“谢谢行长栽培吧，李行长你找我还有别的事吗？”杨斐实在不想和李明山继续假客气下去，但表面还是装得很客气。

“没了，没什么事，你忙去吧。”李明山笑着说。

出了李明山办公室，杨斐不禁头疼，看来以后是免不了要加入派系斗争了，至于站在哪一边，杨斐还没想好。当然，她完全看不上李明山和王坤，肯定不会和两人同流合污，而是否和陶远合作，她也没想好。刚来那会儿陶远就阴过她两次，还是毫无来由地阴，现在又误以为她和李明山勾结，这让她对陶远实在不敢信任。

何去何从？

杨斐一时拿不定主意，正好冷静晚上去她们家玩，她和冷静便讨论起来。

“情况就是这样，单打独斗肯定应付不了，可找人合作吧，那三个人好像没有一个好人，都不能让人信任。”杨斐把情况告诉冷静之后，不禁感慨。

“如果说李明山和王坤都有动机，这好理解，可是陶远为什么呢？你刚到分行，他根本不认识你，为什么要给你穿小鞋呢？”冷静也十分不解。

“所以说啊，你说他会不会被谢羽收买了？”杨斐始终有这个想法，可又觉得陶远那么清高的人不像是会跟谢羽打交道的。

“可能性不大，我查过，谢羽和他并不认识，俩人完全没有交集。”冷静肯定地说。

“嗯，那他究竟是为什么呢？”

“我们这么猜一点儿用都没有，走一步说一步吧，以后肯定会知道的。”

“嗯，先说眼下。”

“有时候，不一定非要完全信任才能合作，有共同利益，或者敌人的敌人，都可以做朋友。就好比国与国之间，完全是赤裸裸的利益关系，没有友情而言，利益一致就是朋友，不一致就是敌人。再者说，王坤也是个例子，他看不上李明山，但是在挤走邹凯这件事上，两人合作得多默契。你跟陶远虽然有矛盾，但是你们有共同的敌人李明山，你跟李明山有矛盾，但是你们有共同的敌人陶远，所以你的选择还是很多的。”冷静分析。

杨斐点点头：“道理我都懂，但是要做到你这么冷静，我怕我做不到啊！”

“那你想怎么做？”

杨斐想了一下：“理论上呢，对这三个人应该用不同的方法，对王坤，抓着他的把柄，让他在银行老实；对李明山，和他对我一样，阳奉阴违，表面友好背地里拆他台；陶远比这俩人都阴险，况且现在关系已经不好了，我始终不敢信任他，所以能合作就合作，不能合作的话还是躲着点比较好，至少别主动惹他。”

冷静不住点头：“你终于开窍了啊！”

杨斐呵呵一笑：“我说的是理论上，实际上我真想直截了当跟他们摊牌，大家靠能力比拼一场。”

“那你会被三个人合伙收拾！”

“我当然知道！”杨斐颇为无奈，“目前来看，王坤不用指望，太不靠谱；李明山摆明了是利用我，不喜欢；只剩下陶远一个选项，可是他这人阴晴不定的，我根本不知道他心里在想什么。”

“李明山是敌人，王坤暂且中立，陶远是有可能转变为朋友的敌人。要不这样，表面上先不动声色，然后偷偷观察陶远，最好能找到他的弱点或者把柄什么的，人只有在弱点暴露的时候才是最真实的。”

两人正在商量呢，王坤推门进来了。

“什么最真实的，你俩说啥呢？”王坤吊儿郎当地问。

“没你的事。”杨斐说着示意冷静先就这么定，然后玩起手机来了。

从此杨斐就开始关注陶远了，开会、吃饭、闲聊、工作，不论什么时候，她总会有意无意地看陶远，分析他做事说话的原因，但是陶远仍对杨斐不冷不热，好像压根没想过联合她一样。杨斐不知道是陶远城府太深，还是真的没想和她合作，越想不明白就越想，对陶远也就越关注。

心里一直胡乱思考着，杨斐的眼睛仍没离开陶远。上班时间，她无心工作，一直偷偷看着陶远办公室的门。门开了，陶远出来了，杨斐心想他又要去干什么，快跟上，然后不远不近地跟着他。杨斐一边跟踪一边思考，也没注意陶远进的是什么地方，跟着就进去了，进去之后才发现竟然是男厕所。一看到成排的小便池，杨斐心里一惊，暗叫这回丢人了，再一看，发现厕所里并没有人，或许人都在隔间里。

趁着没人发现，快走。杨斐这么想着，刚想离开，低头一看，陶远正蹲在洗脸池旁边擦鞋。陶远也正抬头看着她。

“你……”

没等陶远这句话问出来，杨斐慌忙说道：“走错了，不行啊！”

杨斐说完这句话，立刻往外走，走了没两步又回头，纳闷儿地看着陶远问道：“你蹲那儿干吗呢？”

陶远十分自然地答道：“擦鞋呢，我洁癖啊，你忘了？”

没想到陶远这么坦诚地对待自己的洁癖，杨斐感觉更尴尬了，她对陶远一笑，然后光速消失了。

陶远看得出来杨斐最近对自己比较关注，但没想到她竟然激进到连厕所都跟着进，哭笑不得的同时不禁也觉得挺有趣的。

杨斐的跟踪还没完，她觉得只了解陶远工作的状态是不完整的，还必须知道他生活中是个什么样的人。陶远的生活很单调，上班就工作，下班就回家，杨斐想了解他下班后的状态，只有跟踪他回家。

这一次，杨斐犯了和厕所那次同样的毛病，一边跟踪一边思考，一不留神跟着陶远进了他家的电梯。电梯里就他俩，陶远客气地问杨斐去几楼，杨斐才发现又暴露了，不禁在心里暗骂，自己聪明一世怎么总犯这种低级错误。

“你有朋友住在这边吗？”陶远假装糊涂，客气地问。

“是啊，是啊。”杨斐慌忙回答。

陶远不再说话，自顾自地站着，也不看杨斐，杨斐随便摁了一层楼，电梯一开飞快地逃了出去。

杨斐发现最近两天自己脑子里全是陶远，陶远吃饭、陶远说话、陶远午休、陶远走路，连睡觉时梦到的都是陶远。陶远的一举一动都好像刻在她心里一样，随时会被拿出来查看思索。

“我不会是中了陶远的毒了吧，太可怕了！”杨斐在心里想着，越想越觉得瘆得慌，因为这几天跟踪下来，她不但没找到陶远的破绽，甚至觉得他就是理想中完美的男人。“都说女人一遇到爱情就会智商变负，我连犯两次低级错误不会是因为对他……”杨斐不敢再想下去，直骂自己没出息，怎么会想到这些。想到这里，杨斐决定就此打住，不再跟踪了，因为她怕再继续下去不但没达到目的，自己再被陶远表现出来的假象迷惑就坏了。

杨斐的这些举动基本上都是内心戏，外人很难看出来她在想什么，但是吕婧却看出不一样了。一次吃饭的机会，吕婧忍不住问了出来。

“学姐，你这几天没什么事吧？”吕婧小心翼翼地问道。

“我？我能有什么事啊？怎么了？”杨斐回答。

“哦，没事就好，我看你最近总是走神，你在想什么吗？”吕婧继续说道。

“没有没有，可能是最近太累了，总犯困。”杨斐回答。

“你觉得陶主管怎么样？”吕婧不死心，继续拐弯抹角地问。

“一般。”杨斐回答。

“你有认真观察过他吗？他是那种深藏不露型的，不认真观察很难发现。”吕婧拿话引杨斐。

“你观察过？”杨斐反问。

“也不是特意观察啦，我跟你说他能在李行长的阴影下活得好好的，这就是能耐。”吕婧说道。

“说的倒也是，金茂的事一出，李行长和陶远的矛盾全行都知道了。你突然问我这个干吗？”杨斐问道。

“没，没什么。”吕婧不再说话了。

杨斐看出吕婧对陶远的心思，为了不让吕婧误会，她决定还是解释一下比较好，省得造成不必要的麻烦。

“你是不是看上陶远了？”杨斐笑着问。

吕婧闻言一愣，然后赶忙笑着摇头。

“学姐，你说什么呢？我跟陶主管，怎么可能？”吕婧尴尬地说道。

“你没有正面回答我的问题啊！不过看你这个回答，很明显你就是看上他了。这有什么不可能的，你年轻漂亮能力又强，哪点配不上他。”杨斐笑着说道。

“哎呀学姐，你就别开我玩笑了。”吕婧有点不好意思。

“你刚才拐弯抹角地问我，是不是怕我抢走你的‘老腊肉’啊？”杨斐的语气里带着玩笑的意味。

“不是，不是，学姐你怎么这么想啊！”吕婧连忙解释。

“行了，我怎么想不重要，你怎么想才重要。放心吧，你把他当成宝，我可不会，没人跟你抢。”

吕婧心里的石头终于落下了，下意识地露出了笑容，杨斐笑眯眯地看着她，她意识到自己在笑之后连忙收住笑容。

“学姐你就别开我玩笑了。”

“行了，想笑就笑，别憋着，这回放心了吧。”

杨斐拍拍吕婧的手，站起来离开了。

杨斐一走，吕婧立刻绷不住笑了起来。

吕婧倒是开心了，杨斐还在郁闷，对陶远的考察没什么实质性进展。到底要不要和他合作呢？他又是怎么想的呢？杨斐仍在犹豫。

杨斐自以为聪明的举动反倒让陶远误会了。她仍和李明山有说有笑，这让陶远深信她和李明山沆瀣一气，而傻乎乎的跟踪很容易就会让陶远误以为是在监视他，只不过这跟踪监视太低级而已。在陶远看来，这么直截了当地监视别人，也只有杨斐做得出来。陶远在心里暗想，必须要给杨斐点颜色看看了。

6

陶远坐在办公室里，透过玻璃门看着同事们有说有笑，但杨斐一到，他们立刻闭嘴干活去了。因为杨斐的个性和高压政策，同事们对这个魔鬼敢怒不敢言，怨气相当的大。陶远不慌不忙地从一个锁着的抽屉里拿出一个U盘，把U盘插到电脑上。U盘一打开，电脑上立刻显示出密密麻麻的文字和数据，陶远一目十行地看着。

这些可不是普通的数据，这是整个分行所有项目的详细资料。陶远用各种途径一直在收集分行里所有人的项目。这些项目哪里有问题哪里不合规，他全都了然于心，一般不会有严重后果的小问题他都会忽略。他收集这些资料本来只是为了实时掌握全行的业务以便更好地工作，但有这些东西在手，他想整谁简直轻而易举。

陶远随便找了几个杨斐手下正在做的项目，这些项目或多或少都有违规，在银行内部这些违规或许无伤大雅会被默认，但陶远知道，杨斐绝不会容忍这种行为，这点正是他可以利用的。他把杨斐叫进办公室，把这些资料扔到杨斐面前。

“这些项目都是你审批过的吗？”陶远的语气相当严厉。

杨斐有点意外，在她的印象里，陶远虽然阴险，但表面上却很少生气，今天这是怎么了？

“嗯，我都看了。”杨斐随便翻了下那些资料，随口答道。

“你仔细看看，这些项目哪个没问题！你想要业绩我不反对，但是最好别走歪路！”陶远的语气颇有训斥的感觉。

杨斐仔细对照了一下手下们交上去的资料和陶远给的另一份调查资料，这几个项目确实都有违规的地方。这让杨斐简直惊呆了，她最近事情太多了，一个不留神手下们竟然又开始糊弄。被陶远这个敌人骂，丢面子是小事，以后项目再出问题可就麻烦了。

“陶主管，监管不严是我的错，你放心，我会全部改正的。”杨斐语气坚定地说道。

“行了，你去吧。”陶远语气缓和了一些。

杨斐拿起桌子上的资料，气呼呼地走了。

对于杨斐的反应，陶远多少有些意外，他本以为杨斐会跟他争执几句，但没想到杨斐这么痛快地认错。对这种工作态度，陶远还是很欣赏的。

“杨斐是个好苗子啊，只可惜跟错人了。”陶远心里这么想着，无比惋惜。

杨斐回到办公室，大发雷霆，让相关的人认领自己的项目，把不合格的项目全部打回去，不准放款，同时她自罚当月绩效作废，相关的人当月绩效同样作废。这下民怨更沸腾了，因为这些项目她的手下人手一个，不多不少，每个人都被罚了。

突然有几个项目没通过，分行这个月的业绩明显更加不好看了。李明山问杨斐是怎么回事，杨斐实言以告，李明山虽然嘴上夸奖杨斐态度认真，但心里不免气愤，杨斐太较真了。手下们欲哭无泪，纷纷向李明山和陶远哭诉，陶远笑而不语看热闹，李明山却陷入纠结，要不要杀杀杨斐的锐气。

事情还没完，这帮手下为了报复杨斐，故意把她自己负责的金额较大的项目的资料换掉，每次杨斐审批完让人去交，手下的人就给换掉，这就导致杨斐这个项目一直不能通过，最后客户失去耐心，找别家银行去了。

王坤得意了，他在开会时点名批评杨斐态度差、能力差，杨斐没想到会被手下合伙陷害，郁闷之极，没心情跟王坤斗嘴，任由他训斥批判，懒得回嘴。私下里，王坤一副看热闹不嫌事大的架势问杨斐是不是得罪陶远了，他早就说过得罪谁也别得罪陶远，因为这种损招只有陶远有能力用。杨斐纳闷，别人都觉得陶远很好，为什么王坤却总说他不好，难道王坤真的和李明山一伙，跟陶远有直接的利益冲突?

“你怎么知道陶远是什么样的人？”杨斐直接问。

“我知道的多了。”王坤乐呵呵地说完就走开了。

冷静下来想一想，这件事确实是因为陶远拿出那些资料引起的。那些项目好像是精心被挑选出来似的，手下们每个人都涉及，这么一想，杨斐不难发现，就是陶远在整她。

“看来这是陶远的报复啊！他还是觉得是我害了邹行长。”杨斐这么想着，完全没有想要不要去解释一下。“亏我之前还想跟你合作，我就是傻，竟然对你这种人抱有幻想。”杨斐越想越生气。

忙活了一天，杨斐躺在沙发上闭目养神，试图理清银行里混乱的情况。

张娜娜坐在旁边一边玩游戏，一边嗑着瓜子。杨斐试图不让自己受张娜娜的噪音影响，但总会不自觉地跟着她嗑瓜子的节奏走神。

杨斐伸手一把把瓜子抢过来。

“别吃了，吵死了！”杨斐把瓜子放到一边。

张娜娜也不答话，也不生气，又从背后掏出一袋薯片，吧唧吧唧吃了起来。杨斐无奈地摇摇头，起身要进屋。

“你干吗去啊？”张娜娜闪着呆萌的大眼睛问道。

“躲你，看不出来啊！”杨斐没好气地说。

“哦，去吧！”张娜娜低头继续玩游戏。

杨斐无奈地看着张娜娜：“还是智商低好啊，没烦恼。”

“你才智商低呢！你这一回来就唉声叹气的，还怎么看我都不顺眼，谁又欺负你了啊？”

“你觉得我很好欺负吗，怎么每天都有人欺负我？”

“我不知道啊，这不是问你吗？”

“你可以这么问，工作又不顺心了吗？”

“你工作肯定不顺心啊，这还用问。”

“算了，跟你说不明白，我还是自已想去吧。”

杨斐说完，转身又要往卧室走。

门铃响了。

“谁啊？”杨斐问张娜娜。

“冷静呗！”张娜娜一边起身去开门，一边说道。

“来怎么也不提前说了？”杨斐问道。

“说了啊，跟我说了，没跟你说吗？”

杨斐打开手机，看到冷静下午说有事，她一忙忘了回了。

杨斐看手机的功夫，冷静已经抱着一只脏兮兮的小狗进来了。

杨斐和张娜娜一副生无可恋的表情：“这又是哪捡的啊？”

冷静随手把狗放到地上，小脏狗也不客气，四处溜达起来，张娜娜刚拖干净的地面上立刻出现一道道泥痕。

“冷静！我忍不了了！”张娜娜怒火中烧。

“淡定，地一会儿我再给你拖一遍，回头给你介绍个帅哥。”冷静不紧不慢地说道。

“看在帅哥的份上，行吧。”张娜娜这么轻易就被说服了。

杨斐也想抗议，可还没说话就被冷静怼回去了：“你闭嘴，它再怎么造也比你屋里干净，你没有发言权。”

杨斐无言以对，只好转移话题：“你下午说有事，有什么事儿啊？”

“不是什么好消息，你要有心理准备啊！”冷静说道。

“怎么了啊？”杨斐好奇起来。

“喏！”冷静打开手机，给杨斐看她录的视频。

视频里是一个装修高档的西餐厅，一个男人正在向一个女人表白，由于冷静是从背后拍的，杨斐一开始还没认出来，看了一会儿她突然反应过来，这个男人是谢羽，而这个女人是董事长的女儿。谢羽表白的同时，餐厅的电视里播放着制作精美的视频，杨斐看不清楚，好像是两个人在一起的照片和视频剪辑而成的。

视频里的谢羽看上去既真诚又浪漫，被表白的女人一副幸福的样子。

看了不到两分钟，杨斐的眼泪就快要流出来了。张娜娜一把抢过手机，关了视频。

“这种事儿你说不就行了，干吗还录下来刺激杨斐啊？”张娜娜十分气愤，又转头对杨斐说："妹妹别怕，明天我去揭穿他！"

"算了，我只是想找到被陷害的证据，他做什么跟我没关系。"杨斐把眼泪憋了回去，恢复了正常。

"你不想看我就给你讲吧，接下来这女的问谢羽，这么好的视频是谁做的啊，谢羽说，我啊，我可是个业余剪辑高手，还被电影剪辑师指导过呢！"冷静说完之后看着杨斐，似乎在等杨斐反应过来。

"然后呢？"张娜娜不明所以。

"你是说，陷害我的录音文件是谢羽自己剪辑的，所以我们才找不到证据。"杨斐若有所思。

"没错。"冷静回答。

听到冷静的回答，杨斐的心一下子沉了下去，他和谢羽认识这么久都不知道谢羽还会剪辑。而如果录音真的是谢羽自己剪的，只要他把制作文件毁了，然后死不承认，那他们就真的一点办法都没有了。

"也就是说，我们彻底没戏了！"杨斐陷入绝望。

冷静一时不知道该怎么安慰杨斐，也不说话了。

张娜娜看着沉默不语的两个人，更加着急，但她连是怎么回事都没完全明白呢，更别说出主意了。

"你们俩的意思是录音是谢羽自己剪的，只要他不承认我们就没证人了是吗？"张娜娜想要把事情搞清楚。

冷静点点头："以谢羽的为人，肯定早把那些原文件删了，只要他不承认，我们说什么也没用了，人证物证都没有。"

"文件删了可以还原啊，如果他电脑里真的有过那些文件，还原出来也就几百块钱的事。"张娜娜说。

杨斐突然眼前一亮："对啊！"

高兴了不到两秒，又失落了："剪辑应该用的是他家里的台式电脑，我们总不能去偷吧。"

"他的电脑总不能扔了，只要电脑还在，咱们就有机会。"张娜娜说道。

张娜娜的话提醒了冷静，冷静似乎想到了什么办法，嘴角露出笑容。

"你想到什么了？"杨斐问。

“一个损招！”冷静答。

冷静看了一眼杨斐，杨斐瞬间也笑了出来，只有张娜娜还不明白。

“你俩笑啥呢，傻了？”张娜娜郁闷地问。

“你就等着看吧！”杨斐故作神秘。

“说说，说说啊。”张娜娜缠着杨斐问。

“行了，冷静让你的狗去王坤屋里转一圈，这废柴又去哪鬼混了，现在还不回来。”杨斐说道。

“还是你损啊！”张娜娜哈哈大笑起来。

有冷静和张娜娜，杨斐至少回到家还可以轻松一些，可到了分行，四面楚歌的她，举步维艰。陶远才略施小计，她就成了众矢之的，一时有点不知所措。不过风水轮流转，谁都不知道下一秒会发生什么，意外又出现了。

李明山被贬回副行长，总行空降了一个新的行长。看到新行长，陶远恍然大悟，终于想通了事情的前因后果。而杨斐看到新行长，既惊喜又纳闷，因为新来的行长是原来的总行行长助理熊大海。

熊助理怎么来分行做行长了？杨斐完全没意识到自己在分行的形势会因此改变，而是一头雾水。

熊大海新官上任，还没来得及和杨斐叙旧，就风风火火地开各种会，详细地了解朝通分行的方方面面，大有要大展拳脚的意思。同事们对这个新来的行长议论纷纷，但都不知道他是怎么来到这个别人都避之不及的地方的。

李明山是最郁闷的，本来已经到手的行长职位，突然冒出来个熊大海，他对熊大海简直是恨透了。他的目标是行长，不管是邹凯，还是熊大海，谁挡路他就除掉谁，所以在熊大海刚来的第一天，李明山就开始计划挤走他了。

李明山还担心一件事，就是熊大海的到来会让杨斐的立场和地位发生变化。本来他利用杨斐躲避谢羽和初来乍到不了解情况，已经成功拉拢并利用了杨斐，最近杨斐虽然还跟他很客气，但总让人有种貌合神离的感觉。他不知道杨斐是不是提前知道熊大海要来，所以才放弃他这个大腿。如果真是这样，那他的麻烦会成倍增加，因为他深知，杨斐绝不是个省油的灯。

杨斐、熊大海、陶远，只能一一击破，李明山确定了这一基本方针之后，开始策划起下一步的行动。

熊大海初来乍到，不敢小觑李明山和陶远任何一个人。他把陶远升为副行长，让陶远和李明山平级，却不明确两人的职责分工，就这样让两人相互制约，同时分化两人的实力。陶远成了副行长，王坤顺势上升为资金运营部部长，而杨斐却没有升迁，仍是客户经理。

熊大海并没有对陶远和李明山表现出过多的热情，而只是同事间的客套。看到新来的行长并不拉拢这两个分行的基石，同事们也很奇怪，都搞不明白熊大海葫芦里卖的什么药。有些同事甚至觉得熊大海根本什么都不懂，待不了多久。

杨斐也搞不明白是怎么回事，因为实在想不明白，她不等熊大海知会，自己走进了熊大海的办公室。

"熊助理，不对，熊行长。"杨斐虽然感觉叫熊行长很别扭，但还是这么叫了。

"小杨啊，你看我一来到这儿净顾着忙了，都没找你聊聊，在这儿怎么样啊？"熊大海一副关切的样子。

"别提了，这个地方乱啊，乱七八糟。"杨斐吐槽。

"都怪我啊，非要把你安排到这里，你受委屈了。"熊大海说道。

"行长您这说的什么话，要不是您，我现在估计还在家哭呢，估计这辈子都进不了银行了。"杨斐笑着说道。

"你是个人才，就这么埋没了说是暴殄天物不过分吧。"熊大海说着也呵呵笑了起来。

"对了，熊……行长，您怎么来这儿当行长来了？"杨斐还是把疑问问了出来。

"一言难尽啊！"熊大海皱了下眉头，喝了口水，说道，"有两方面的原因吧，说得高大上一点，看到这个分行一直这么不死不活的，前行长又做出那样的事，我挺上火的，就想亲自来看看这里到底哪儿不一样，怎么就治不好。"

"我只能说这里哪儿都不一样。"杨斐开玩笑道。

熊大海继续说道："第二个原因，也是我的私心吧，你可能也知道，我这个年纪能做到总行行长助理的位置，是比较少见的，但是想再往上升也基本上没有空间了。”

“这个倒也是，我明白了，所以您想到分行做行长，积累一些更实用的经验，为了以后更好地升职。”杨斐豁然开朗。

“你说的没错，谁都想往上走，我也不例外，你可别笑我啊！”熊大海说道。

“我怎么会笑您呢，您这是靠自己的能力奋斗，而且来这种地方挑战自己，本身就很牛了。”杨斐夸赞熊大海。

“没有你我什么也做不了，所以以后我得靠你啊！”熊大海表情和蔼。

“这个您就放心吧，我会努力的，希望能把这个分行带回正路上。”

择日不如撞日，既然杨斐来了，熊大海索性让她坐下，向她打听起分行的情况。杨斐事无巨细，从李明山和陶远的明争暗斗，到王坤和下面人的懒散，再到好多人对陶远的迷恋崇拜，全都讲了一遍。杨斐对熊大海并没有太多戒心，相反，她觉得熊大海的出现完全扭转了局面，李明山绝对元气大伤，因此她对熊大海的到来还是很开心的。

晚上，陶远又去酒吧见了邹凯。

“事情基本上已经明朗了，金茂这件事背后的主使看似是李明山，其实李明山也被耍了，真正操纵这件事的是新来的行长熊大海。”陶远如是告诉邹凯。

“熊大海处心积虑地要做朝通分行的行长，这跟他总行行长助理的位子根本没有可比性啊，他为什么呢？”邹凯不明白。

“熊大海没有什么背景，能做到行长助理已经很难了。对于没有背景，没人支持的他来说，想再往上进入最上层，几乎没有机会。但是如果他在分行做行长就不一样了，如果分行业绩好，他升入总行做真正的行政领导就比较容易了。”陶远分析道。

“别的分行很难撬开，只有朝通分行是个缺口，很容易被打开，所以他才选了这里。”邹凯也明白过来了。

“没错，这个熊大海是我见过的心机最深的人了，从一开始他始终没有现过身，一直在借刀杀人，而且从一开始就铺好了整个局，先是把杨斐放进分行，再把你挤走，然后让我和李明山互斗，而他躲在暗处什么也不用做，就等着坐收渔翁之利。”陶远继续分析道。

“他要想控制分行，一定会对付你和李明山，他就不怕你和李明山联手对付他吗？”邹凯问道。

“他既然敢来，肯定做足了功课，我是打死也不会和李明山那种人合作，他肯定是看出这一点才敢有恃无恐地给我升职，让我制约李明山。”陶远答道。

“那现在怎么办呢？”邹凯继续问道。

“还不好说啊，走一步看一步吧！”

陶远嘴上这么说，是为了安慰邹凯，其实在他心里是想先观察一下熊大海的能力和为人，如果熊大海真能把分行治理好，他即使知道熊大海有私心，也没理由和他对着干。但如果熊大海和李明山是一路人，那他就要把这俩人同时清理出去。

“不能就这么便宜熊大海了，我得再去总行想想办法。”邹凯喝了口酒，恨恨地说道。

“嗯！”陶远说完也喝起酒来。

杨斐还有一件更重要的事，就是对付谢羽。

周末，谢羽好不容易睡个懒觉，一大早却有人哐哐敲门。谢羽开门，看到门口站着两个维修工模样的人，身上都带着齐全的维修工具。

“你们有事吗？”谢羽问道。

“哥们儿，你家电表跑得跟飞似的你知道吗？”其中一个高个子维修工说道。

“电表？怎么了？”谢羽纳闷道。

“别人一天用一度电，你一天十度，你没发现吗？”高个子维修工继续说道。

“没有吧，有吗？”谢羽不置可否。

“你这是民用住宅，照你这个用法用下去是要出事的，知道吗？你在家干什么了啊？”矮个子维修工不耐烦道。

“我没干什么啊，平时上班忙，我都不怎么回来。”谢羽解释道。

“可能是某个电器的原因，我们能进去看看吗？”高个子维修工说道。

“你们，是物业的吗？”谢羽多少有一些警惕。

“你这不废话吗，不是物业谁管你啊！”矮个子维修工不耐烦道。

“行吧，你们进来吧。”谢羽无奈地让两人进去。

高个子维修工进屋后也不去查看，而是站在原地和谢羽攀谈起来。

“装修得挺好的啊，你是做什么工作的啊？”高个子维修工问道。

“在银行工作，我怎么没见过你啊？”谢羽说道。

“物业有那么多人，你都见过啊，要不是今天上来，我对你也一点印象都没有呢！”高个子维修工笑道。

“说的也是。”谢羽说道。

趁着两人聊天的功夫，矮个子维修工在谢羽家到处查看，做出一副专心检查的样子，谢羽看到矮个子维修工确实是在检查线路和电器，逐渐放松了警惕。就这样，矮个子维修工进了谢羽的书房，看到了他的台式电脑。矮个子维修工蹲到机箱旁边装作查看线路，偷偷把一个小东西塞到了机箱里面。只要有这个东西，谢羽一开机，电脑就会短路。

东西装好了，高矮两人佯装没找到问题，推说可能是搞错了，便离开了。谢羽也没多想，回去继续睡觉。睡足觉之后，谢羽开电脑想玩会儿游戏，可刚打开电脑不到一分钟，电脑就自动关机，再也打不开了。

高矮两个人都是张娜娜找的，而搞坏谢羽电脑是寻找证据的第一步。谢羽的小区旁边有个修电脑的商铺，平时谢羽的电子产品都是在这里维修。杨斐以前总和谢羽去那个商铺，所以和老板认识。这个老板是个热心肠，又很有正义感，所以当杨斐把谢羽干的事一说之后，老板义愤填膺，说只要谢羽敢来修电脑，保证把他电脑里所有东西都给翻出来。

谢羽真的来修电脑了。老板以难修为借口要把主机留下几天，而这几天正是恢复数据需要的。

眼看着快要找到谢羽陷害自己的证据了，杨斐越来越紧张，连问恢复到什么情况了都不敢，张娜娜和冷静却等不及了，恨不得每天去问一遍。

看到杨斐三人总聚在一起嘀嘀咕咕，房间里另一个住客王坤感觉莫名其妙，总想凑过去偷听几句，但还没靠近，就被张娜娜抬起的脚吓了回去。

王坤在屋里待着无聊，便开着自己的破车在街上闲逛兜风。开了几天这个便宜车之后，他觉得这车开着也挺爽的，关键是不怕撞，撞散架了也不心疼。王坤这么想着，正得意的时候，真的撞了。一个中年男人抱着一盆花过马路，差点被撞，虽然人没事，但是花却被王坤的车碾了个粉碎。王坤下车查看情况，却被中年人拽着不放，那盆花是他刚花了两千块钱买的，还没到家就被碾了，必须赔。王坤一来根本没钱，二来又觉得这人在碰瓷，死活不肯给钱，最后闹到派出所，警察判定王坤全责。这下不赔钱不行了，王坤翻遍了电话本，给谁打都觉得没面子，最后只好给杨斐打电话，反正杨斐已经知道他所有老底了，再丢一次脸也无所谓。

杨斐风风火火地赶来，听完这奇葩的赔款后哈哈大笑，痛快地赔了钱，把王坤带回了家。

一回到家，杨斐就一副地主的架势坐在沙发上，王坤正打算往自己屋走，被杨斐叫住。

“那个，小王啊，别走，过来过来，跟你说个事儿。”杨斐像叫小弟似的。

“干吗？”王坤不耐烦。

“你撞人的这个事儿呢，我跟你爸——我的盟友说了，他一听你连两千块钱都拿不出来，很是心疼啊！”杨斐一副幸灾乐祸的表情。

“少跟我假惺惺，不给钱就别说那些没用的。”

“他就是让我给你钱的，哎呀，再苦不能苦儿子嘛，所以他给了我一笔钱，让我转交给你。”杨斐不紧不慢地说着。

王坤一听喜出望外：“钱呢？给我吧！”

王坤说着坐到杨斐身边，杨斐瞪了他一眼：“跟谁没大没小呢，站好！”

王坤仍旧坐着，没好气地：“快把钱给我。”

“你不站好我就不往下说了。”杨斐说完看着王坤。

王坤无奈地站了起来：“行了吧。”

杨斐强忍住不让自己笑出来，继续说道：“这个钱可以给你，但是你爸——我盟友说了，有条件。”

“什么条件？”

“从现在起，你哪天尊重我，我心情好呢，就给你两百，你哪天不尊重我，就没钱。”

杨斐这话刚说完，王坤转身就走。

“你等等，这什么意思啊，不想要钱了是吧？”杨斐说道。

王坤回身看着杨斐笑道："两百块钱就想让我出卖灵魂，这是你想出来的还是我爸想的？"

"当然是我啦，老爷子全力支持。"杨斐笑道，"对了，刚才在派出所我给你垫付那两千，是十天的量，从现在开始至少十天，你得听话啊，来，先叫声姐听听。"

王坤腾地就火了："做梦吧你，还尊重你，跟我斗，看我怎么收拾你。"

杨斐仍是笑呵呵的："你还想怎么收拾我啊。"

王坤想了几秒，坏笑起来。

"你笑什么？"

"我突然发现你这性格正是我喜欢征服的类型啊，我决定了，要让你心甘情愿服服帖帖地，等着我蹂躏你吧。"

杨斐愣了一下："你这话什么意思？"

"他要睡你。"张娜娜从卧室走出来。

杨斐的脸立刻红了："流氓！"

"这就叫流氓了？等我把你征服了，让你见识见识什么是真正的流氓。"王坤说着坏笑起来。

张娜娜乐呵呵地说道："你要睡她，难度可不小啊，谢羽追了好几年都没睡到。"

杨斐怒道："张娜娜你说什么呢？"

张娜娜走到王坤身边，拍了拍他的肩膀："小伙子有志气，万一你成功了的话别忘了叫我参观啊！"

杨斐脸红着站起来："你们两个这么下流，不理你们了。"

杨斐说着走进自己的卧室，砰地把门关上。

王坤乐呵呵地看着张娜娜："想要我成功，你得帮我啊。"

张娜娜刚才还笑呵呵的，这时候突然变脸："我跟她逗着玩的，敢伤害杨斐，信不信我踢死你！"

"切，杀人犯法知道吗！"

王坤自顾自地走进自己房间，开始盘算怎么征服杨斐。

杨斐以为王坤说的是气她的玩笑话，根本没往心里去。她现在心里装的，除了谢羽的事，就只有朝通分行了。

早上，杨斐一边想着谢羽的事，一边往银行走。快到银行门口时，她看到一帮人围在门口吵吵闹闹，好像出什么事了。

保安正在和这帮人理论，并且以报警为要挟让这帮人离开，而这帮人群情激奋，看上去恨不得连保安也打死，所以根本不理会保安，要让行长出来。杨斐快步走过去，站在了人群面前。

“各位，各位，大家稍微冷静一下，我是这里的员工，有什么事可以跟我说。”杨斐大声喊道。

没等人群开口，保安先偷偷拉了一下杨斐的衣角。

“杨小姐，你快进去吧，这帮人没法理。”保安低声说道。

杨斐没有回应保安，而是继续看着人群。

一个中年男人站了出来：“你是什么领导？”

“我是这里的客户经理，有什么事可以跟我说，我解决不了的话可以帮你们叫行长。”杨斐礼貌地答道。

“你们银行欺骗我们，说好的保本的理财产品，怎么我们的钱全赔光了！”中年男人气愤地说道。

听到对方这么说，杨斐立刻明白了，这帮人应该是遇到银行理财产品的“飞单”了。

所谓飞单，就是银行的理财经理以银行的名义兜售一些高风险的非银行经营的理财产品，但是他们并不如实告诉客户，而是骗他们说是银行的产品，客户多是出于对银行的信任，上当受骗。而当事情败露客户赔钱之后，他们又以产品不是银行的推脱干系，反正到最后绝不会赔钱。客户成了十足的冤大头。

“我明白您的意思了，你们放心，我这就回去细查，一定给你们一个说法。”杨斐说道。

“我们要说法有什么用，我们要钱，还钱！”中年男人说着，越来越激动。

“这位先生你先别激动，我一定会查清楚是怎么回事，看看你们的钱究竟去哪了。”杨斐耐心解释道。

“少废话，今天必须还钱！你算个什么啊，叫行长出来！”

中年男人说着快步上前就去推搡杨斐，杨斐毫无防备，眼看要被推倒了，陶远突然从后面出现，及时接住杨斐，一把把她搂在了怀里。

如果是偶像剧，这里应该有个慢镜头，男女主角应该深情互望，但这不是偶像剧，陶远并没有深情地看杨斐，哪怕一秒，而是在杨斐还没反应过来是怎么回事时，就把她松开了。

“没事吧？”陶远低声问道。

“没，没事。”

杨斐还有点蒙，可能是因为很久没有男人搂过她的腰了，她突然觉得陶远似乎从里到外地透露着一股温柔。

“这位先生，你别激动，不管有什么事情，我们都可以解决，动手打人都是违法的。”陶远平静地说道。

“你又是谁啊？”中年男人问道。

“我是这里的副行长。”陶远答道。

“副行长啊，我告诉你，我们已经上网查了，你们卖给我们的根本不是银行的理财产品。你这叫飞单，今天要是不赔钱，我就告你们去。”中年男人叫嚣道。

“可以，我也建议您走法律通道，该是我们银行的责任我们一定承担。”陶远说道。

“你什么意思，想赖是吧！”一个老太太站了出来，“那都是我们的血汗钱啊，你们还要不要脸了！”

“大妈您别激动，我答应你们，一定彻查这件事，尽最大的努力帮你们把钱找回来。”杨斐说道。

“小姑娘，我可就指望你了啊！”老太太似乎是在哀求杨斐。

“放心吧，你们把联系方式给我，然后让我复印一份你们的合同，我保证尽快给你们解决问题。”杨斐继续说道。

这群人低声议论了几句，然后同意了杨斐的提议，跟着她到银行挨个复印了合同，又和杨斐互换了联系方式，这才离开。

杨斐拿到那些合同后，就开始仔细查看，忙碌起来。她刚看了一会儿，吕婧过来告诉她，陶远找她。

“你究竟在想什么？”杨斐一进陶远办公室，陶远就抛出这么一句话。

“我？我怎么了？”杨斐觉得莫名其妙。

“飞单，你见过哪个银行主动为飞单赔偿客户的？你觉得你能让银行出这笔钱吗？”陶远继续问道，语气颇为强硬。

“我始终觉得飞单的事就是银行的责任，老百姓招谁惹谁了，凭什么钱扔出去了就没人管了！”杨斐语气也强硬起来。

“你改变不了这个事实！”

“我偏要试试！”

陶远叹了口气，不知道该怎么说下去。

“陶副行长，我不用你帮我，你只要别阻拦我就行了。”杨斐说道。

“其实我真不想管你，但是这件事怎么都跟我脱不开干系，不过我只能和你一起调查事故的责任人，怎么还钱我还真帮不了你。”陶远摇头说道。

“那你不许捣乱！”杨斐说道。

“我，捣乱？好吧，我不捣乱。”陶远懒得和杨斐争论。

“我看那些合同都是一个叫周文超的人经手的，我怎么没听说过这个人啊？”

杨斐突然转换话题，问起了飞单的事。

“这个周文超半年前就辞职了，现在好像在兴商银行吧，还是在做理财经理。”陶远答道。

“他为什么跳槽，这跳得好像没什么意义啊？”杨斐说道。

“我也不清楚，不过他经手的这些不是小数目，肯定不是他一个人能做到的，背后还有人。”陶远说道。

“嗯，我也这么觉得，你觉得是谁？”杨斐问道。

“没有证据，不要乱猜测，会影响你的判断的。”陶远说道。

“明天去找周文超去，他肯定知道什么。”杨斐说道。

“嗯，先把那些合同全理一遍，看看里面有没有什么漏洞或者有用的东西。”陶远吩咐道。

“嗯。”杨斐点点头。

杨斐知道陶远执意要参与飞单的调查肯定还有别的原因，她不得不防范陶远再次整她，但这也是个难得的和陶远直接共事的机会，她觉得或许可以利用这次机会把陶远的真面目公之于众，以报前几次被整之仇。

陶远老谋深算，怎么可能看不透杨斐的心思。他之前故意把那些有问题的项目均分给杨斐的手下，就是要让杨斐很轻易地看出来是他在整她，这是示威，现在他仍旧一点也不担心杨斐报复，他担心的是其他事。

7

“和陶远直接共事，这是多好的机会啊，我得想想怎么整这个道貌岸然的家伙！”杨斐躺在床上一直在想怎么整陶远，可直到睡着，她不但没想出什么办法，反而开始担心陶远利用这次机会再次整她。“防不胜防啊！”杨斐在心里叹气，警告自己一定要多长个心眼，不能再被陶远给耍了。

第二天一到办公室，杨斐就故作平静地去找陶远汇报工作，询问什么时候去找周文超对质。

“我昨天发现了点线索，王坤手下有俩人和周文超关系不错，而且也有嫌疑。这样，咱们分头行动，你去调查王坤，光明正大地查，敲山震虎。”陶远说道。

“那你呢？”杨斐不禁问道。

“我去找周文超，看看能不能问出什么。”

杨斐嘴上答应，心里却开始犯嘀咕了：“为什么找周文超不让我去？这个陶远又在搞什么鬼？不会又有阴谋吧？”

对付陶远不能有丝毫疏忽，杨斐当机立断，决定来个暗度陈仓。她偷偷给张娜娜打电话，让张娜娜紧急来分行援助她，然后把陶远的照片发给张娜娜，让她从陶远出银行开始跟踪，偷听陶远和周文超的谈话内容。张娜娜觉得好玩，但又不想白干活，于是趁机要价，让杨斐给她买半年的面膜，这才风风火火地赶来。

陶远一出分行，就被张娜娜盯上了。

陶远提前给周文超打了电话，约他在饭店见面。张娜娜尾随而去，坐在两人背后的座位上，偷偷拿出手机录音。虽然走了半年了，但周文超对陶远还算尊敬，说话十分客气。可聊了没几句，陶远就发现，这个周文超表面客客气气，其实嘴里没有一句实话，一直在推卸责任。

“你做了这么久理财经理了，飞单肯定没少做，但是你应该也清楚，不管你走到哪儿，根据法律都是可以追究你的责任的。”陶远不紧不慢地说着。

周文超早有心理准备，所以对陶远的话也不以为意：“陶主管，说实话我在朝通做的那些还不到一千万，比我狠的多了去了，也没几个真的被判刑啊！”

“那是银行在包庇他们，你不一样，你已经不是朝通的人了，而且你跟我没有一点利益关系，而我是打算帮客户的。”

陶远这话说得虽然平静，但周文超却有点害怕了，他害怕陶远真的对付他，于是连忙说道：“陶主管，就算追着我不放，我也没钱赔给他们啊，你跟我过不去干什么啊？”

“就凭你能做那么多飞单？都谁参与了？”陶远问道。

“这我不能说。”周文超直接拒绝陶远的问题。

“怎么向上面报告，怎么打这个官司，基本上都是我说的算，对了，你的直属上司老李是我大学同学，这你还不知道吧？”陶远说道。

“陶主管，你这有点威胁的意思了啊！”周文超说道。

“不是有点，我就是在威胁你，说了，我可以考虑在报告的时候忽略掉你，反正你也不过就拿了点零头，谁拿大头谁担责任。不说的话，我有太多办法让你在银行界消失。”陶远仍是语气平淡，但这话说出来，却极具杀伤力。

在旁边偷听的张娜娜简直惊呆了，这个看着斯斯文文一脸正义的老帅哥竟然这么狠，竟然会说出这么赤裸裸的威胁别人的话，而且还说得这么淡定。她不禁开始担心杨斐，跟这种人斗杨斐完全不够格啊。

“你能保证我不受连累吗？”周文超紧张地问道。

陶远也不抬头，继续说道：“看我心情吧，我现在心情还可以，但是你再不说的话，就不好说了。”

“刘骥，还有没有别人我不知道，但是我的很多单都是刘骥指导的，只不过都是由我出面去谈的。”周文超承受不了陶远的压力，连忙说道。

“你有证据吗？”陶远问道。

“这个，我怎么会想到留证据啊！而且刘骥是李明山副行长的人，我想着有他在背后，肯定不会有事，所以就让干啥干啥了。”周文超无奈地说道。

“我看到那些合同都是和一个叫中贸鑫投的公司签的，这又是怎么回事？”

“陶主管，这你还不明白吗？就是中贸鑫投委托我们干的啊！这个公司是个新秀，不过虽然表面上看起来很好，但是资金链早就出问题了，我听说他们最近又在融资呢！”刘骥答道。

“今天的事别跟别人说。”陶远都站起来要走了，又撂下这么一句话。

周文超连连点头：“放心，不会的。”

陶远故意不让杨斐跟着见周文超，是因为他猜到飞单的事和刘骥脱不了关系，而只要有刘骥，那李明山就更脱不了关系。以杨斐的性格和她跟李明山的关系，陶远担心她或许会去当面质问李明山是怎么回事，也或许会有极其小的概率向李明山通风报信。不管是哪种方式，一旦李明山知道自己被怀疑，一定会迅速毁掉所有证据，那样的话想抓到李明山就不可能了。所以陶远才布了个疑阵，让杨斐高调查王坤，一来拖住杨斐，二来让李明山放松警惕。

前几次吃了亏之后，杨斐的智商也在噌噌地涨，陶远怎么也想不到她会派人跟踪自己。不仅如此，为了不让陶远疑心，杨斐做戏做全套，真的高调地查王坤去了。她让王坤交出手下所有人近两年的所有业务资料，点明了要查飞单的事。王坤一听腾地火就上来了，在家欺负我还不够，现在还这么找茬，这是要疯啊，他直接回复什么也不给，爱咋查咋查。杨斐把王坤拉到角落，低声威胁，不交出资料就公开他被父亲扫地出门的事，王坤欲哭无泪，乖乖交出了资料。看到杨斐得意的样子，王坤暗下决心，一定要让杨斐哭着被自己蹂躏，就不信征服不了这个女神经。

李明山不明白杨斐怎么这么风风火火地查王坤去了，就算俩人有过节，这么做也不正常啊！谨慎起见，他还是把刘骥叫到办公室，问刘骥有没有留下任何和飞单有关的东西，刘骥表示每做一单就毁掉那一单的资料，连收钱的银行卡都是其他银行的，所以绝对安全。李明山仍不放心，让刘骥把原来的卡消掉，换个银行把钱转过去。

陶远回到分行的时候，张娜娜已经告诉杨斐成功录音，晚上回去就能听。杨斐在心里窃喜，陶远也不过如此嘛，还不是被自己算计了。不过表面上，她仍装作十分好奇地问陶远都问出什么了，陶远说没什么重要的，她也不再问，自己忙自己的了。

陶远这次是真没看出杨斐的小动作，他一门心思找刘骥涉案的证据。不过他还是慢了一步，如果刘骥的卡不注销，他找个关系很容易就能查出卡的交易记录，也就能看出中贸鑫投是不是给他打钱了。可当他查到刘骥在哪个银行开的户的时候，卡已经被注销了，现在他再想看那些记录就变得很麻烦，他不愿让朋友承担风险，只好就此作罢，另想其他办法。

杨斐已经迫不及待要下班回家了，看着时间一分一秒地过去，终于挨到下班，她第一个关电脑，嗖地飞奔出办公室，直奔出租屋。

张娜娜一边播着录音，一边分析加评论，说这个陶远不简单，跟他比王坤简直不入流，让杨斐小心点之类的。杨斐听完录音大吃一惊，也终于明白陶远为什么不让她跟着去了。以陶远的精明，肯定猜到这件事和李明山有关系，他又误以为杨斐和李明山走得很近。“这很明显是怕我给李明山通风报信啊！”杨斐恨恨地说道，“他竟然还以为我跟李明山是一伙的，亏我还觉得你聪明有头脑！”

张娜娜听杨斐骂陶远听得云里雾里：“什么意思？”

“一时也跟你说不明白，不过，娜娜，你今天立了大功，表扬一下啊。”杨斐缓和了一下情绪。

“切，我用你表扬啊，兑现你的承诺就好。”张娜娜咧着嘴说。

两人正想再斗几句嘴，杨斐的手机突然响了。拿出手机一看是冷静打来的，杨斐立刻想到了谢羽的事，难道硬盘恢复出来了？杨斐赶忙接电话，却听到了另一个消息。

“这次怨我，大意了，这么大的消息现在才知道。”冷静自责道。

“出什么事了啊？”杨斐追问。

“你们分行要被撤销了！”

“什么？！”杨斐闻言大吃一惊，“这怎么可能，好好的怎么会这样？”

冷静无奈地说道：“我也不太清楚，高层突然做出的决定，之前没有一点迹象。”

杨斐继续问道：“那我们这些人呢？”

“不太清楚，我再打探打探，具体的通知估计明天一早就会发到你们分行。”冷静说完，就把电话挂了。

陶远也第一时间得到了这个消息，一开始他也是大吃一惊，但很快他就明白是怎么回事了，这一定是邹凯对熊大海的报复。只是他没想到的是邹凯竟然有这么大的能量和狠心，为了对付一个人，竟然能毁掉一个分行。

第二天一到朝通分行，同事们都在议论这件事，整个办公室里乱糟糟的。行长办公室的门关着，透过玻璃，可以看到熊大海和李明山在说着什么。以杨斐的级别还不能直接去和熊大海商量事情，所以她老老实实地坐在自己座位上，听着同事们的议论。而陶远，则直接进了熊大海的办公室。

过了没多久，陶远和李明山从熊大海的办公室里出来了，杨斐看着两人，从他俩的表情上看不出任何事情。熊大海很快就把杨斐叫了进去。

“熊行长，撤销分行究竟是怎么回事啊？这也太突然了。”杨斐迫不及待地问道。

熊大海点点头：“是啊，小杨，能不能保住分行，全靠你了。”

熊大海这句话一出，杨斐更加莫名其妙，这是什么意思？

熊大海对这突如其来的消息也很震惊，但作为领导，他必须淡定，因此说话的语气里虽然有些许无奈，但完全没有员工们那么大的反应。

熊大海语气平和，继续告诉杨斐：“早上总行突然来了个文件，说朝通分行近几年业绩太差，还不如一个二级支行，他们定了个业绩目标，说如果咱们在一年内达不到这个目标，就把分行撤销，咱们所有人全分配到最基层的营业网点。”

“啊？！”杨斐惊讶道。

“是啊，我也很奇怪，怎么突然就来了这么个东西。小杨啊，既然事情已经出来了，咱们只能努力去解决。在这个分行我只信任你，所以我才说，能不能保住分行，全看你了。你不能让我失望啊！”熊大海满眼关切地看着杨斐。

“熊行长，你放心吧，我一定尽最大的努力，但是我也不敢保证啊！”杨斐犹豫地说道。

“有你这句话就够了，我们可以的。”熊大海鼓励杨斐道。

熊大海继续说道：“我已经让他们把所有客户的名单全部找出来了，不管是完成的还是没完成的，你先把手头的工作放一放，帮我一起理这些资料，然后去巩固老客户，寻找新客户。”

杨斐犹豫了一下，为难地说道：“行长，我手里还有个活没结束，这个活只有我能做，我想先把这个干完。”

“飞单的事？”熊大海问道。

“这个您也知道？”杨斐有点惊讶。

“你的性格我了解，想查就查吧，不过要快，时间不等人啊！”熊大海说道。

“嗯，我一定尽快。”

杨斐本来还想慢慢和陶远斗智斗勇，但是现在出了这档子事，她没心思也没时间慢慢来了。她直接找到陶远，问刘骥和中贸鑫投是怎么回事？

陶远一愣，没想到杨斐竟然知道了，不过他毕竟是身经百战，也不问杨斐是怎么知道的，只是说调查又出了问题，然后把刘骥账户撤销的事说了出来。

杨斐一听不禁来气：“你要不瞒着我，说不定现在已经查到刘骥的账户了，我知道你跟李明山有仇，但是你不能光顾政治斗争不管银行的工作吧！”

陶远想说什么，杨斐没给他机会，继续说道：“我没时间跟你闲耗，你的办法已经不行了，接下来按我的办法来。”

陶远问杨斐什么办法，杨斐只说了句跟我来，就自顾自地走开了。

陶远又吃了一惊，他没想到杨斐的办法竟然是直接找刘骥质问。

“这几天我在查理财产品飞单的事，你知道吧？”杨斐开门见山地问刘骥。

刘骥一听杨斐这么问，大吃一惊，努力压抑着自己的惊讶和紧张，说道：“嗯，我知道。”

杨斐继续说道：“周文超已经承认了，这里面有你参与。”

杨斐的语气斩钉截铁，给人一种不容怀疑的气势，刘骥一听更是一惊，但嘴上仍不承认。

“杨经理，这可不能乱说啊，你说我参与有证据吗？”刘骥问道。

"没有我会来找你吗，证据还在路上，你如果现在说的话我可以考虑帮你，毕竟飞单的事很多人都是睁一只眼闭一只眼，但是一旦证据来了，你想说也就晚了。"杨斐厉声说道。

刘骥一听杨斐并没有证据，立刻放心了，继续死不承认。杨斐无奈，只得离开，但临走之前仍告诉刘骥，证据马上就来。

杨斐一走到没人的地方，陶远立刻拉住她，厉声问她想干什么。杨斐也不解释，只说到时候你就知道了。陶远这下更加确定杨斐这是在给李明山信号呢，只是他没想到杨斐会这么明目张胆当着自己的面把机密说出去，这下更不好办了。

刘骥更不知道杨斐想干什么了，他左思右想坐立难安，只好去找李明山。李明山觉得杨斐只是在咋呼，根本没有证据，让刘骥把心放在肚子里，不管杨斐说什么不承认就是了。

又是糟心的一天，下班后杨斐拖着疲惫的身子回到家，一进屋就看见冷静、张娜娜和王坤三个人围在一起嘀嘀咕咕，不知道在干什么。

"你们三个干吗呢？"杨斐有气无力地问道。

看到杨斐，张娜娜腾地跳了起来，一脸激动的表情："老杨，渣男要完了！"

杨斐一开始没反应过来这话是什么意思，面无表情地看着张娜娜："渣男不在你身边站着好好的吗？"

王坤本来还挺乐呵，一听杨斐这么讽刺他，立马不高兴了："本来还想安慰你两句，你要这么说我，那咱俩就没话聊了。"

"谢羽的硬盘恢复了，你看看。"冷静说着把面前的笔记本端到杨斐面前。

杨斐一看，密密麻麻的全是音频文件，随便打开一个，都是她平时说话的录音。

"这个谢羽，这不知道从什么时候就憋着害你了。"王坤在旁边乐呵呵地说道。

杨斐既激动又有点难过，一时说不出话，只是看着电脑。

"你没事吧？"张娜娜看出杨斐脸色不好。

“没，没事。”杨斐终于开口说话，“谢羽，果然是你，果然是你！”

“你不会在心里还对他抱有希望吧！这不怪人家骗你，是你自己智商有问题。”王坤明显是看热闹不嫌事大。

“你闭嘴！”张娜娜瞪了一眼王坤。

王坤识趣地不再说话了。

杨斐的眼泪简直要出来了，她坐到沙发上，眼睛盯着笔记本，一言不发。

“接下来你想怎么办？”冷静问道。

杨斐收了收心神，平复了一下心情，用坚毅的语气说道：“等！”

“等什么？”张娜娜脱口问道。

“现在分行压力很大，我如果这个时候把精力放在自己的事上，分行很有可能就保不住了，而且现在拿出这些东西，对谢羽也不能造成致命的打击。我要等，等到最好的时机，只要这个东西一拿出来，一定要让他身败名裂。”杨斐眼里闪着泪花，语气却很平静。

王坤探了探头：“还是你们女人狠啊！”

三个女人懒得搭理王坤，王坤讨了个没趣，只好去自己屋里待着。进屋之后，他又开始琢磨，这几天听张娜娜和冷静断断续续地说了杨斐和谢羽的事，他最看不惯的就是靠女人上位的男人，更看不惯踩着女人上位的男人。不管出于什么原因，他都有必要教训一下这个人渣，而且关键是如果自己帮杨斐出气了，说不定杨斐一高兴就把钱给他了呢！

王坤打定主意，第二天一大早偷偷拿着那个装着证据的U盘，往总行去了。杨斐早上起来发现U盘不见了之后，问张娜娜放哪儿了，张娜娜这才想起来，早上上厕所的时候看到王坤鬼鬼祟祟的，不会是把证据偷走了吧？杨斐一听大吃一惊，慌忙给王坤打电话，问他在哪儿，王坤也不说在哪儿也不说干什么去了，只说让杨斐等着看戏。杨斐心都凉了，自己好不容易查出来的证据，难道就要这样被王坤毁了吗？

王坤不知道杨斐竟然误以为他要毁掉U盘，此时他正坐在总行谢羽的位置上，优哉游哉地等他来。总行有认识王坤的，不知道他坐在谢羽的位置上要干吗，但也都不敢过来询问。杨斐慌忙中给冷静打电话，说了王坤拿走U盘的事，冷静一边接电话一边在总行里面走着，一抬头看到了王坤。

杨斐火速赶往总行，同时冷静强拉硬拽把王坤从办公室拉了出来，拉到了总行外面的街上。冷静问王坤拿了U盘要干吗，王坤故意不说，让冷静着急。

王坤是铁了心要等谢羽来，因此坐在总行外面的花坛上不走，冷静也不敢离开，坐在他旁边看着他。终于，谢羽跟在人流中走了过来。看到谢羽，王坤站了起来，掏出U盘，走了过去。就在王坤要和谢羽面对面的时候，张娜娜突然从后面出现，一脚把王坤踹倒了。王坤被张娜娜死死摁在地上，疼得直叫，也顾不上说话了。谢羽被这架势吓了一跳，看到杨斐慌张地跑过来，更是莫名其妙。

“你们这是干什么呢？”谢羽问道。

“和你没关系，滚！”张娜娜毫不客气地说道。

冷静尴尬地看了谢羽一眼，杨斐则不看谢羽，蹲到地上去看王坤。谢羽讨了个没趣，只好走开。

张娜娜松手，王坤坐了起来，抹了把脸上的土，吼道：“你们还要不要脸，我要给你们出气，你们就这么对我！”

三个人都是一愣。张娜娜先问道：“出什么气？”

王坤说道：“我不是看杨斐被欺负得很惨又不敢来吗，我就想我帮你出气揭穿那个人渣，刚才差点就要揭穿他了，都被你们破坏了。”

杨斐突然十分感动，她没想到王坤这个吊儿郎当的公子哥竟然会为她这么做，更为自己误解王坤而感到惭愧。

张娜娜也有点不好意思，一把扶起王坤，帮他打掉身上的土：“你不早说，我们还以为你要毁了U盘呢！”

“你们这群女人啊！”王坤仍是气呼呼的。

“对不起。”杨斐终于开口了，“是我们太着急了，可是你也应该提前跟我们说一声嘛。”杨斐的语气颇为温柔，完全没有责怪的意思。

王坤被这语气惊到了，愣了一会儿才说道：“我不是想给你们个惊喜嘛！”

冷静见没什么事了，说道：“好了，都上班去吧，你俩的事去你们分行说。”

冷静说完自顾自地走了。

杨斐又温柔地问道：“你没事吧？”

王坤见状赶忙假装浑身疼：“哎呀，哎呀，刚才磕到了，好疼。”

杨斐刚要去搀王坤，张娜娜照他屁股上就是一脚：“别以为你屁股性感我就不敢踢你，装什么装。”

王坤出于惊吓嗷地叫了一声，杨斐被逗得笑了起来。趁着杨斐开心，王坤说道：“你看我虽然事情没办成，但是我的心你是了解的，你能不能……”

杨斐纳闷道：“什么？”

王坤叹了口气，说道：“能不能给我点钱。”

张娜娜立刻说道：“我说你怎么这么好心，原来是想要钱啊！”

杨斐也很泄气，刚才的感动基本上全没了。她掏出一百块钱，说道：“你把我们也吓得够呛，所以只能给一半。”

没等王坤回应，杨斐把钱塞给他，拉着张娜娜走开了。

一百块钱够干吗啊！王坤被逼无奈，找熊大海去了。熊大海的办公室里，王坤也不客气，也没有对上司的尊敬，直接坐到熊大海对面，满脸纠结的表情。

熊大海笑呵呵地看着他：“这是怎么了？”

王坤叹了口气：“熊叔，你这几天看见我爸没？”

“没有啊，你爸那大忙人，哪是我这个级别的人想见就见的啊，怎么了？”熊大海问道。

“这么说吧，你得借我点钱，至于为什么你就别问了，哪天见到我爸问他就行。”王坤颇为勉强地说道。

“我以为什么事呢，要多少？”熊大海不假思索地说道。

“先有个几万够花几天再说吧。”王坤皱着眉头，不好意思地说道。

熊大海随手掏出一张卡，说里面有十万，让王坤先花着，王坤也不客气，立刻装进了自己口袋。

“熊叔，看在这十万的份儿上，我可以帮你个忙，等着看热闹吧！”王坤乐呵呵地说道。

“你要帮我什么啊？”熊大海问道。

“惊喜，等着吧！”

这个时候时间还比较早，分行里上班的人还不多，李明山偶然经过熊大海办公室外面，无意中听到了里面的谈话。直到这时李明山才意识到，原来熊大海和王坤早就认识，而金茂的事明显是王坤和熊大海策划的，自己傻乎乎的成了替他们杀人的刀。李明山气急败坏，好像突然之间整个分行都成了他的敌人。王坤和熊大海一伙，杨斐借飞单之名调查刘骥，目标可能也是他，陶远就更不用说了，虎视眈眈。不仅这些，就连自己心心念念的分行都可能要被撤销。

“这是怎么了？怎么会这样？”李明山不禁郁闷起来，如果把这帮人都除掉，只靠他自己肯定保不住分行，可是如果不除掉这帮人，这帮人早晚会除掉他。

再三权衡利弊之后，他决定先拿王坤开刀，先把这个对业绩帮助不大，但总搅和的人挤出去再说。

王坤拿到钱之后直接去找杨斐，本想向她显摆，却发现杨斐根本不在分行。

杨斐拉着陶远去了中贸鑫投。两人此去的目的是交涉飞单的事，一是给中贸鑫投施压让他们赔付客户的钱，二是寻找刘骥和李明山涉案的证据。

在去的路上，陶远开着他那干净无比的车，杨斐差不多要习惯陶远的洁癖了，所以对这无比干净的车也没那么大的惊讶了。此时她正坐在副驾驶座上走神，她还在想着谢羽的证据和王坤的胡闹，一会儿为自己这么被人算计而伤心和气愤，一会儿又为王坤的行为感到好笑，脸上的表情忽悲忽喜。陶远坐在旁边看着杨斐，不知道她那神奇又独特的脑子里又在想什么。

“想什么呢？”这次陶远没忍住，直接问了出来，不论出于什么原因，他都需要多了解一点杨斐。

“没，没什么，快到了吧。”杨斐意识到自己走神了，连忙清了清思路。

陶远见杨斐不愿多说，也没再多问，一路无话，两人很快到了中贸鑫投。

中贸的人当然不配合，他们声称自己完全合法，一切都是依合同办事，根本没有赔钱的说法。两人威逼利诱软硬兼施，仍是无功而返。

无功而返在陶远的意料之中，既然已经这样了，他反而淡定了，要看杨斐怎么收场。

王坤看到杨斐不调查他了，自己手里又有了钱，一时十分得意，不但讽刺杨斐查错好人，还挑衅地说自己现在手握十万重金，到死也不会尊重她。杨斐只顾低头忙活，根本不理王坤。

杨斐当然知道翻明面上的资料找不出刘骥的破绽，但神奇的是她还是拿着证据去找刘骥了，为了让陶远信服，她还故意叫上陶远。

杨斐把一份银行交易记录和一个小本子扔到桌子上，让刘骥自己看，刘骥一看，脸都吓白了。不等刘骥看完，杨斐顺手又抢了回来。

“你，这是从哪儿弄来的？”刘骥心虚地问。

“这个小本儿，是周文超给我的，上面是他纯手写的。至于那份儿交易记录，你在银行上班，肯定知道即使销户了你的信息也不会销吧！”杨斐故意慢慢地说道。

刘骥仍然不肯相信，继续问道：“销户之后一般人根本没有权限查信息，你怎么可能？”

“这就不用你管了，我说过一旦证据到了你想说也晚了，但是大家同事一场，我再给你一次机会。”杨斐气势逼人。

“你让我说什么，我不知道你这是什么东西。”刘骥死不承认。

杨斐扑哧乐了，一边笑一边看着刘骥说道：“见过死不认账的，没见过你这么死不认账的。现在承认我还能保证内部解决，最多也就是开除，你想去别的银行也还有戏。不承认的话就只能走法律程序了，我跟周文超也是这么说的，他现在就等着作证呢！”

走法律程序意味着不但要丢了工作，很可能还要坐牢，刘骥心惊胆战，不得不承认。虽然他承认了，但是他也没有任何指证李明山的证据，并且他表示李明山做事滴水不漏，不可能找到证据。

杨斐怎么搞到证据的，陶远想不明白，刘骥一走，他就问出了这个问题。杨斐看到自己把陶远都唬住了，不禁哈哈笑了起来。

看到杨斐笑了，陶远立刻明白了：“你这招兵不厌诈用得很巧啊！”

杨斐摇摇头：“都是被逼出来的，我本来打算打草惊蛇，但是效果不大，实在没有办法了才这么做的。”

原来杨斐根本什么证据都没有，她根据客户那些合同上的时间和周文超的说辞大概推断出中贸鑫投给刘骥打钱的时间，然后自己做了一份假的银行交易记录；而那个小本子，是她逼着周文超写的。

陶远从心里称赞杨斐的机灵，但是她能唬住刘骥却根本唬不住李明山，这样一来就彻底没有机会揪出李明山了。他不知道杨斐是想丢掉刘骥这个卒保李明山，还是还有别的招数，于是问道："接下来呢？"

对于让李明山逃脱，杨斐也很无奈，但是她心里还有其他打算，看到陶远没有理解，她解释道："目前最重要的是保住分行，虽然我也很想整治李明山，但是要挖出他不知道要用多少时间，我们现在最缺的就是时间，耗不起啊！"

你想整李明山？陶远心里这么想着，不禁吃惊：这是什么情况？难道自己真的错怪杨斐了？以自己的观察和判断，怎么可能错怪她？他对杨斐的话不置可否，但表面上却按兵不动，平和地说道："所以你想先把事情解决，给客户一个交代，以后再慢慢想办法扳倒李明山。"

杨斐点点头，本以为陶远会生气骂她就是故意放掉李明山，但让她意外的是，陶远并没有这么说，而是皱着眉头提起了另一件事。

"你答应客户把钱要回来，只是这么一个说法恐怕不行。"陶远说道。

杨斐也很发愁，无奈地说道："是啊，本来银行就不会因为飞单赔偿客户，现在咱们分行又是在这么一个特殊的时候，不但没挣到钱，还要因为这种事赔钱，怎么可能？"

看着杨斐愁眉不展，陶远犹豫了一下，开口说道："我倒是有一个主意，不过不太光彩。"

杨斐喜出望外："什么主意？"

陶远继续说道："你最近跟王坤走得很近是吗，想要回钱非得王坤去不可。"

杨斐一听要用到王坤，立刻皱起眉头，那个无赖太难控制了。

王坤手握十万重金，下班后却没有出去花天酒地，而是早早地回到了他和杨斐的合租屋。他不是学好了，而是突发奇想要整杨斐，要为自己白天受到的屈辱报仇。张娜娜也回去得挺早，她一回去就看到王坤进了厕所，然后在厕所待了快一个小时，不知道在里面忙活什么。

杨斐回来得挺晚，回来之后也不洗脸刷牙，直接进屋倒头就睡。可还没睡两分钟，就听到张娜娜杀猪般的嚎叫，紧接着又是王坤杀猪般的嚎叫。杨斐慌忙出门，看到王坤被张娜娜死死摁在马桶上，反扣着双手。

"你们俩能不能消停一会儿。"杨斐不耐烦地说道。

张娜娜一边说话，嘴里还冒着泡，气呼呼地看着王坤："说，你都干了什么？！"

杨斐这才注意到张娜娜嘴里冒出来的泡，好奇地问道："娜娜，你吃什么了？"

"我说你在厕所蹲了半天在捣鼓什么呢，你，你竟然想害我！"张娜娜气呼呼地说道。

"到底怎么了啊？"杨斐越来越好奇了。

"他，他把牙膏全挤出去，然后把你的洗面奶弄到牙膏里了，我刚才去刷牙，越刷越不对劲，你看我嘴里的泡！"张娜娜说着手上用力，王坤疼得嗷嗷直叫。

杨斐走过去拍拍张娜娜的手，示意她放开，张娜娜很不情愿，但还是松开了。

"你又抽什么风呢？"杨斐问王坤。

王坤一边活动着被张娜娜拧得生疼的胳膊，一边抱怨道："本来想整你来着，谁知道你竟然邋遢到连牙都不刷就睡觉。你看看你屋里，你怎么不直接去猪窝里住呢，有母猪给你取暖，还能省房租！"

杨斐也不生气，苦笑着说道："你帮我个忙，这事儿就算过去了，我不跟你计较。"

王坤摇摇头："想让我帮忙得求我啊！"

杨斐转身往回走，一边走一边说："刚才给你机会了，别后悔啊！"

王坤立刻意识到自己的银行卡有危险，想到杨斐能偷他的工资卡，就必然也能偷这张卡。为了以防万一，他睡觉时把卡塞到枕头下面，但早上起床后发现还是不见了。

王坤简直怒发冲冠了，他也不敲门，直接推开杨斐卧室的门，但杨斐并不在里面。厕所有人，王坤也没多想，又直接推开厕所的门，这下尴尬了，刚上完厕所的张娜娜正在提裤子，看到王坤，竟然愣住了。王坤也是一惊，也愣住了。四目相对，几秒之后，张娜娜惊慌地提上裤子，又过了几秒，王坤杀猪般的嚎叫就已经传遍了整个楼层。

王坤负伤了！张娜娜没把他打死已经算幸运了。伤痕累累的王坤一走进分行，同事们立刻围了上来，都关切地问他怎么了，他谎称见义勇为和邪恶势力做斗争了，然后甩开同事，直接去找杨斐。杨斐一看就知道他又被张娜娜揍了，不禁笑了起来。

王坤强忍着怒火，压低声音质问杨斐："我的卡是不是你偷走了！"

杨斐十分痛快地答道："不是我，你爸亲自拿的。"

王坤根本不信："怎么可能，他晚上进我屋我会不知道？"

"那我进你屋你怎么不知道？"杨斐反问道。

"你信不信我报警，十万已经可以判刑了，快把卡给我。"王坤威胁道。

杨斐苦笑："我说的是真的，真的是你爸拿走的，没想到你跟熊行长还认识啊，你爸说他知会熊行长了不准再给你钱。"

王坤又要崩溃了，简直一句话也不想再和杨斐说，可他刚要离开，杨斐又叫住了他。

"昨晚上让你帮的忙，还记得吗？如果你帮我这个忙的话，我给你两百。"杨斐说道。

"不稀罕。"王坤说完扭头就走。

"那我只能把你的事儿都说出去了。"杨斐也不起身，但是声调稍稍提高了一点。

把柄被人抓在手里，王坤不得不认栽，不得不乖乖地跟着杨斐去中贸鑫投。

到了中贸鑫投，杨斐祭出王坤这个大杀器，赤裸裸地威胁起对方来。

"王坤你们应该都听说过吧，就是他。"杨斐指着王坤说道。

对方点点头："当然知道，我微博还关注了你呢，你好，你好。"

对方说着要和王坤握手，王坤也不伸手，对方十分尴尬。

王坤看了一眼杨斐，杨斐回了他一个眼神，他开口说道："她的条件很简单，把坑客户的钱都还上，否则的话我就发一篇微博，详细说说你们的经营情况和资金链情况，听说这两种情况都不咋地。"

对方颇为不屑："你公布我们经营情况怎么了？对我们有影响吗？"

杨斐答道："听说你们最近在融资，你说如果投资人发现你这公司根本不是看上去的那么好，他们还会投钱吗？"

这句话一出，对方立刻傻了，最后不得不答应赔钱了事。遇到飞单还能把钱要回来，客户们喜出望外，对杨斐千恩万谢，甚至做了个锦旗给她送了过去。看到锦旗，陶远笑而不语，王坤却十分不忿，明明是他把钱要回来的，结果自己却好像枪手一样，功劳都让杨斐领了。不仅这样，杨斐之前高调调查王坤时，查到他的下属也有飞单的情况，趁着制裁刘骥的机会，她把王坤的下属也说了出来。

这对王坤虽然不算多大的打击，但是屡次被杨斐欺负，他实在气不过，又和杨斐吵了起来。

杨斐和王坤的这一通争吵又被李明山看到了。李明山这次虽然没受到牵连，但也受惊不小。经过这件事，他清楚地认识到，即使自己不能收编杨斐，也决不能让她和陶远合作，这俩人一旦合作，他就再也没有翻身的机会了。想到这里，李明山不禁想出一个一石三鸟的计策，既能整治王坤，又能挑拨杨斐和陶远的关系，说不定还能拉拢一下杨斐。

飞单的事就此解决，回想起之前陶远的种种异常，杨斐觉得陶远一定是对她有误会，或许摊开了讲能消除误会，还能搞明白这一切究竟是怎么回事。杨斐下定决心，找陶远去了。

陶远没有在办公室，杨斐在里面等他时，无意中看到了桌子上陶远写的总结报告。杨斐意外发现，在陶远的报告里，周文超的责任被写得清清楚楚的。回想起录音里陶远答应放过周文超，又看到这个报告，杨斐立刻怒了，早把摊牌的事忘在了脑后。

陶远一回来，杨斐拿着报告立刻问道：“你不是答应周文超只要他配合就放过他吗？这报告是怎么回事？”

陶远一惊：“你怎么知道的？”

杨斐没好气地：“这个不用你管。”

陶远坐到座位上，淡淡地说道：“我没有那个权力。”

“你别找借口，我就没见过你这么没有信誉、两面三刀的人！”杨斐怒道。

“周文超做错了，违法了，如果这件事闹到法庭上，他在法庭上作证，法官可以给他宽大处理，但是我不能，我不是执法者，我的承诺没有任何法律效力。相信我，只能说明他智商不够。”陶远冷冷地说道。

陶远的话天衣无缝，杨斐一时竟然无言以对，尴尬地站在原地。

过了一会儿，杨斐终于说道："做不到你就不该承诺人家。"

陶远不想和杨斐争辩，索性不说话了。杨斐却不依不饶，想要陶远重写报告。

"法律的事跟你没关系，你既然答应了，至少在这份报告里不该再提到他了。"杨斐说道。

"你的意思是报告要重写？"陶远问道。

"对，必须重写。"杨斐语气强硬。

陶远看着气呼呼的杨斐，顿了一下，说道："你的能力我很欣赏，但是有时候不能太偏执，更不能太片面，这一次偏袒了周文超，他会觉得自己很安全，在兴商银行就会做更多飞单，就会有更多受害者，那些受害者又该怪谁呢？怪你吗？对了，中贸鑫投我也实名举报了，相关单位应该已经介入了。"

"什么？！"杨斐不禁吃了一惊，她虽然也没打算放过中贸鑫投，但没想到陶远的速度这么快。

抛开中贸鑫投不讲，单说周文超，杨斐想不出反驳陶远的措辞，在心里暗骂自己脑子反应慢，怎么每次都说不过陶远。但是转念一想，她觉得陶远说的确实也没有错，她真的没办法反驳。

陶远看出杨斐的尴尬，为了缓解气氛，他转移话题，问杨斐找他有什么事。杨斐哪还有心情摊牌，郁闷地说了句"忘了"之后，推门离开了。

8

飞单的事解决了，杨斐终于可以全心投入到银行业务上来了。在她处理飞单的这几天里，熊大海翻了所有新账、旧账，真的从里面找出一个不小的项目。这个项目本是王坤负责的，但因为杨斐来了之后到处搅局，项目已经停止了有段时间了。熊大海把项目重新提出来，希望杨斐再去联络，继续进行。

杨斐看到熊大海给的资料，这是一个叫远光的房地产集团的贷款案。之前杨斐给王坤捣乱时看到了这个项目，这是王坤所接项目里为数不多的比较正常的，她不明白王坤怎么把这个也停了。

本来熊大海点名要杨斐负责远光的案子，李明山知道后却去找到熊大海，提出了异议。

“远光这个案子之前王坤跟了有段时间了，对方和他称兄道弟的，关系还不错，我觉得现在如果突然换个人过去，可能对方会不太接受。”李明山如是说道。

熊大海当然不信任李明山，但是对王坤却十分信任。如果是杨斐负责，陶远势必要掺和进来，但如果是王坤负责，以王坤的个性，根本不会让陶远插手，这样的话功劳全是王坤和自己的，陶远和李明山只会更被动。

“李副行长对这个案子了解吗，看着进行得挺顺利的，怎么突然停了呢？”

熊大海虽然在心里认同了李明山的建议，但表面上还要再探探李明山的口风，看他究竟要干什么。

李明山不假思索，直接回答道："这个我也不太清楚，本来是前行长和王坤在做，我也是听前行长说起的。"

熊大海说道："我回头找王坤聊聊吧，如果他合适的话就还让他继续做。"

熊大海知道李明山肯定有所企图，但究竟是什么他还猜不透。因为并不知道李明山已经知道了他和王坤的关系，他还误以为李明山想拉拢讨好王坤。其实他完全想错了，李明山不光要利用这次机会打击王坤，还要讨好杨斐。

王坤还不知道自己又要负责远光的案子，此时的他正在外面蹭吃蹭喝。几个朋友不知道他落魄了，纷纷问他最近几天怎么没出来玩，怎么连个女朋友都没带。王坤随便编了个借口糊弄过去，就带着一帮人直奔酒吧玩去了。

如果王坤说了自己没钱了，那帮也并不缺钱的狐朋狗友肯定会替他付账，但他为了面子并没有说，这帮人还以为是他请客，玩着玩着就陆续走完了。等到结账的时候，他才发现，自己走不了了。

这下麻烦了，让朋友回来，太丢脸，不让朋友回来，被扣在这儿更丢脸。王坤被逼无奈，只得给杨斐打了电话。杨斐二话不说，交钱把他带了回来，但回到家之后，就开始算账了。

一进门，杨斐颇有点趾高气扬地说道："你尊重我一天，我应该给你两百，刚才你预支了两千，也就是十天的钱，这十天该怎么做知道吗？"

王坤一听，立刻不干了："什么叫预支？想让我对你点头哈腰，不可能。"

杨斐也不生气，继续说道："你爸说了，如果你拿了钱不办事，就上你微博把你被赶出来的事儿全发出去。"

王坤不屑："我的微博，你上得去吗？"

杨斐呵呵一笑："你的父亲，我觉得是世界上最厉害的父亲，他竟然连你微博的密保问题和邮箱密码都知道，不管你怎么改，他都能上。"

王坤实在没辙了，只好不耐烦地说道："行行行，你想让我干吗吧？"

杨斐志得意满："先去把我屋里地上的脏衣服捡起放洗衣机里，只许捡地上的，不许乱翻。"

王坤抗议道："尊重你不是做你的奴隶，让我进你那猪窝，还给你洗衣服，美得你！”

杨斐看着王坤摇摇头，示意他不要违抗她的命令。王坤做了个发狠的表情，然后乖乖地去给杨斐收拾卧室去了。

还是杨斐救走王坤的那个酒吧，陶远正在独自喝着酒。从王坤和狐朋狗友进去的时候，陶远就已经在了，只是他在角落，王坤没有注意。王坤没钱被扣，杨斐前来解救，陶远全看在眼里，他纳闷这两个人究竟是什么关系，怎么会这么亲密。陶远本来是个内心波澜不惊的人，但看到两人打打闹闹，他的心里还是微微起了一点涟漪，他并没有注意到自己内心的起伏，像往常一样，一个人喝完酒独自回家了。

回到家，陶远开始打扫屋子，和王坤毛手毛脚、骂骂咧咧在杨斐卧室乱撞不一样，他打扫得很细心。屋里本来就很干净整洁，他每天仍要打扫一遍，不知道是为了消磨时间还是因为强迫症。打扫完之后，刷牙洗澡，然后静静地躺到床上闭上眼等待睡着，整个过程都透露着冷清和孤独。杨斐偶尔也会想起这个问题，陶远这种社会精英大好青年怎么会生活得如此单调乏味，至于其中真正的原因，只有陶远自己知道。

王坤被杨斐折磨得心烦意乱，完全没有心思工作。熊大海把王坤的状态看在眼里，他了解王坤，本来也不打算用他，但是远光的项目的确他是最合适的，而且只要控制好他，还是可以一用的。不仅如此，熊大海心知李明山推荐王坤肯定有目的，如果不用王坤，就不能知道李明山究竟在搞什么鬼。只要知道敌人在做什么，就能想办法破解，但连敌人想做什么都不知道，那就无从下手了。万事都要了然于心的熊大海绝不允许情况超出自己的掌握。

熊大海把王坤叫进了办公室。

王坤很随意地坐到沙发上，自己给自己倒了杯茶，一边喝一边问道：“熊叔，找我有事吗？”

熊大海笑眯眯地看着王坤：“还没跟你爸和好呢？”

王坤一听这话，顿时气不打一处来：“他还没跟我认错呢！”

熊大海笑道：“亲父子，闹别扭也闹不了多久，找个时间回家看看也就没事了。”

王坤不想和熊大海谈这件事，于是问道：“你找我就为了这件事？”

熊大海摇了摇头："当然不是啦，远光集团你还记得吗？"

王坤想了一下："远光啊，记得，怎么了？"

熊大海说道："那个项目挺好的，怎么突然停了呢？"

王坤不假思索，随口答道："事儿太多把它给忘了，怎么，他们还没贷到款？"

熊大海点点头："这个项目还没结束，之前一直是你负责的，你跟那边也熟，我的意思是你继续把这个项目做完。"

王坤说道："我不管，杨斐跟陶远都那么强，你找他俩不就行了。"

熊大海耐着性子问道："为什么啊，这么好的项目你为什么不管呢？"

王坤说道："我连个工资卡都没有，挣再多提成我也花不了啊，还不如不挣。"

熊大海一听哈哈大笑："就因为这个啊，好办，这次的提成我给你发现金不就行了。"

如果换做以前，王坤肯定不会因为钱的事答应别人什么，但现在不一样，如果真能有这笔现金汇入，他不但不用受制于杨斐，说不定还能用这个项目在杨斐面前炫耀一下。想到这里，他一口答应。

"对了，你上次说要让我看个热闹，看什么热闹啊，我可还等着呢！"熊大海随口问道。

"唉，"王坤叹了口气，"本来想拿你的钱了替你办点事儿，结果谁想到钱还是被老头子给抢走了。不过熊叔你放心，既然我说了，就一定办，放心吧。"

王坤说完，风风火火地出去干活去了，熊大海不知道他又要出什么幺蛾子，但也没往心里去。

杨斐本来打算大干一场，但是得知这么大的一个项目竟然给了王坤之后，她百思不得其解，不知道熊大海这又是唱哪出。她问王坤是不是威逼利诱行长了，王坤得意扬扬，说谁的能力强，项目就由谁负责，在行长眼里，他才是最强的。杨斐被气得哭笑不得，跑去问熊大海怎么突然把项目给王坤了，熊大海故意把李明山举荐王坤的事说了，想看看杨斐什么反应。

杨斐一听是李明山举荐的王坤，更不明白了，难道李明山想巴结王坤？想再次和王坤合作挤走熊行长？以李明山的性格这种事他是做得出来的，他不会想利用这个项目陷害熊行长吧？想到这里，杨斐觉得应该提醒一下熊大海，让他提防李明山，可转念又一想，这些毕竟只是自己的猜测，没有真凭实据，最好还是自己先暗中调查一下，等有证据了再说也不迟。这次盯紧王坤，看他还能耍什么花样。

杨斐在脑子里不断思索理着头绪，熊大海坐在旁边看着，不打断她的思绪，等她回过神来，才和蔼地问："怎么了？想什么呢？"

杨斐笑了笑："没，没什么，就是想不明白李副行长为什么会推荐王坤。"

"说实话我也不明白，不过王坤确实是合适的人选，所以我就让他去了。"

"嗯。"杨斐点了点头。

出了熊大海办公室，杨斐就开始关注王坤了，她要看看王坤究竟能玩出什么花样。不过她这次的关注不是和王坤吵闹，而是在不引起王坤注意的情况下静静地看着他。这次不能用她擅长用的打草惊蛇，而是要用静观其变了。

两个本来拼得你死我活的人突然休战了，分行里的人议论纷纷，不知道两人的关系究竟是好还是不好。陶远本来就很好奇两人之间的关系，看到远光的项目被王坤抢走而杨斐毫无表示之后，他觉得是时候搞明白是怎么回事了。

这次毕竟关系到自己的幸福生活，王坤不敢怠慢，事事亲力亲为，十分细心。有个材料需要陶远审批，如果是以前，他根本不会自己去，随便打发个人给陶远送去就行，但这次不一样，他不但自己去找陶远，还破天荒地向陶远请教材料里的细节问题。对王坤的转变，陶远也很纳闷，看完材料，他和王坤闲聊起来。

"新车开着怎么样？你最近没什么事吧？"陶远笑呵呵地问。

"唉，别提了，总之就是倒霉啊！"王坤叹了口气。

"你最近在闹经济危机呢是吗，跟家里闹别扭了？有什么需要我帮忙的地方别不说啊，我肯定比杨斐好说话。"陶远好似关心又好似开玩笑地说道。

"哥，你怎么知道我跟杨斐的事的，她告诉你的？她还跟你说什么了？"

陶远知道王坤和杨斐肯定有事，但又不知道具体是怎么回事，于是故意把话说得模棱两可，要套王坤的话。王坤果然上当，误以为陶远已经知道他被赶出来的事了，心里不禁骂杨斐，不是说好保密的吗？

陶远看出王坤想套自己的话，看看自己知道多少，其实他什么也不知道。

“也不算她跟我说的，我无意中看到的吧！”陶远继续说得模棱两可。

王坤气呼呼地说：“既然你都知道了，我也不怕你笑话，你说她偷我的车、偷我的工资卡，连熊叔给我的卡他都偷，这世界上怎么会有这种女人。”

陶远表面上哈哈大笑，心里却十分惊讶，王坤口中的熊叔明显是熊大海，他早就看出两人的关系似乎有些亲近，现在看来果然如此。

“杨斐不是一般人啊，没想到连你王坤都拿他没辙。”陶远说着哈哈笑了起来。

“说多了都是泪啊，我跟你说她这个人记仇，你小心点。”王坤低声说。

陶远好奇地问：“她怎么记仇啊？”

“还不是金茂的案子，明明是李明山设计利用她，她自己也知道，但是她不去找李明山算账，总跟我过不去，我不也是被骗了嘛！”王坤气呼呼地说。

陶远听到王坤这么说，不禁心里一惊，但他表面仍很淡然，笑呵呵地说，“那她这不是记仇，就是跟你有仇啊，以她的性格明知道是李明山搞鬼却不去找他，这不合理啊！”

“我告诉你没什么不合理的。也怪我，她本来不知道是李明山在搞鬼，是我不小心说漏嘴了，所以她觉得我是同谋，恨上我了，你说我招谁惹谁了，我多冤啊。不过我看得出来，她在憋对付李明山的大招呢！”

听完王坤的话，陶远彻底明白了，他果然错怪杨斐了。他不知道是该怪自己被感性蒙蔽了双眼，还是怪杨斐个性太强，一想到自己错整了好人，他倍感惭愧。

王坤也不是傻乎乎地在被陶远套话，这都是他故意透露给陶远的，这也正是他要给熊大海看的热闹。他知道李明山觊觎行长的位置一定会对熊大海下手，而陶远和李明山因为邹凯的事势必成为仇人，杨斐这个左右摇摆的能人现在跟谁处得都很尴尬，如果能缓和杨斐和陶远的关系，他俩一起对付李明山，那李明山估计就不会有什么好日子了。明眼人都能看出来陶远讨厌杨斐就是因为金茂事件，只要把杨斐的责任推卸干净，陶远就没理由再讨厌杨斐，而两人又都恨李明山，这样两人就有了合作的机会。

“行了，我还得忙去呢，回头有空再聊啊！”王坤说着要往外走，刚走两步，又站住了，“陶副行长，我知道你也看不惯她，有机会替我整整她，让她知道知道咱们分行不是没有能人。”

王坤说完乐呵呵地走了，陶远笑着目送他离开，他一出门，陶远的表情立刻变回了深沉。抛开杨斐不提，王坤无意中还透漏了一个更重要的信息，就是他和熊大海关系匪浅。可以断定，挤走邹凯的阴谋是熊大海和王坤策划的，李明山聪明一世却也是被人利用了。以熊大海和王坤的关系来看，熊大海不会为了讨好王坤就把这么重要的项目给不靠谱的他，而且也没必要，这里面肯定有李明山的搅和。如果李明山不知道王坤和熊大海的关系，那就是他想讨好王坤，如果李明山已经知道了两人的关系，那就是他想利用远光整王坤。可这确实是个优质的项目，想利用这个项目整他又谈何容易。陶远不想过早下结论，究竟是哪种情况，很快就会有答案。

对于杨斐把自己的事说出去，王坤本来应该很生气，但一来陶远不是传闲话的人，这点他还算放心，二来现在忙于项目没时间和杨斐掰扯，所以他暂时没去找杨斐问罪，而是继续忙活他的项目。

经过几次和远光的联系，王坤很快把资料弄好，交给了授信管理部。李明山有一个心腹是授信管理部比较核心的成员，在他的知会下，这个心腹不但偷偷扔掉了几张资料，还改了几个电子文件的小细节，这么一搞，王坤的资料肯定过不了关。

资料被打了回来，王坤还没意识到有人搞鬼，而是误以为真的是自己大意了，毕竟这种事以前经常出现。可当他再把资料交上去之后，授信部仍是各种吹毛求疵各种为难他，就是不给批。直到这个时候，王坤才意识到，有人在搞鬼。只有李明山在授信部有人，那么搞鬼的就一定是他了。

王坤还没想出怎么对付李明山，远光的胡总就找上门了。不过胡总找的不是王坤，而是陶远。王坤以前和远光联络的时候陶远跟着去过一次，和胡总打过交道，胡总又知道这个王坤吊儿郎当不怎么靠谱，看到贷款迟迟批不下来，一时着急，他就直接找陶远帮忙来了。

胡总这一来，正中了李明山的下怀。李明山这几天一直让人偷偷监视陶远的办公室，等的就是胡总来找陶远，没想到他还真的来了。一看到胡总进了陶远办公室，李明山立刻去找熊大海，以让熊大海帮他看看新买的盆栽为借口去他屋坐坐，熊大海不好拒绝，跟着他出来了。两人走过陶远的办公室外，李明山假装随意地也要让陶远去看看，推开了陶远办公室的门。

就这样，胡总和熊大海见面了。李明山假装不知道陶远有客人在，可又站在那里不走，陶远只好向熊大海介绍了胡总。看到远光的老总亲自来了，熊大海问是不是项目出问题了，胡总向熊大海吐槽王坤。李明山替熊大海解围，说是自己推荐的王坤，责任在他，现在既然王坤胜任不了，那不如就按行长的意思让杨斐做吧。熊大海立刻看出李明山的企图，李明山这是一石二鸟，既想给王坤下马威，又想讨好杨斐啊！借力打力可是熊大海的拿手戏，他怎么会让李明山用这招对付自己，就算让杨斐做，他也不会让李明山捞到任何好处。

杨斐是谁？胡总不免又有了疑问。陶远把杨斐叫进办公室，向胡总介绍了之后，胡总出于谨慎，委婉地表示最好让陶远也参与进来，这样进度会更快。杨斐最近正在烦陶远，不愿和他合作，但熊大海为了尽快搞定这个项目，一口答应。

送走这一大票人，陶远自己坐在办公室，终于想明白了一切。现在看来明显是他之前猜的第二种情况，李明山知道自己被王坤和熊大海耍了，借这个机会打击王坤，讨好杨斐。现在他参与进来一定是李明山没有想到的，而且只要有他在，绝不会让李明山的任何计划得逞。

又被陶远猜对了，李明山没想到客户会点名要陶远参与，这下想单独讨好杨斐基本上没有可能了。事情已经这样了，李明山只好调整战略，改为以挑拨杨斐和陶远的关系为主，以讨好杨斐为辅。

杨斐对李明山的举动却有点懵：李明山不是要讨好王坤吗？怎么又把活给我了？是他在给王坤下套吗？难不成他还在想替我整王坤，然后拉拢我？

杨斐猜对了前一半，却没猜到李明山调整之后的计划。她本来对陶远就有意见，现在又在思索李明山的意图，所以在和陶远一起去远光集团的路上一直眉头紧锁一言不发，陶远问她事情，她也是有一搭没一搭地回答。

本来就是自己愧对杨斐，陶远心虚，于是客气地问："是我惹你了还是王坤惹你了啊？"

杨斐淡淡地说："没人惹我。"

陶远笑了："如果是因为王坤在你家给你捣乱，那你找他算账去；如果是因为周文超的事，那你就太没劲了。"

杨斐听完一惊："先不说周文超的事，你怎么知道王坤在我家？"

陶远答道："王坤跟我说的，你偷了他的车，偷了他的卡。"

杨斐气呼呼地说道："好啊王坤，不让我说自己倒先告状了。"

陶远饶有兴趣地问道："你们俩究竟什么情况？"

杨斐警惕地看着陶远，意识到他知道的并不多，于是冷笑道："这我可不能告诉你，我要说出来你再利用这件事暗中害我怎么办？"

杨斐这本来是玩笑带嘲讽的话，陶远却认真了，他意识到自己在杨斐心中的形象已经差到极限了，连聊点家长里短的事杨斐都这么防备着他。这样下去误会只会越来越大，以后会更难相处，本来就是自己有错，陶远索性把话说开，一次性解决算了。

"你是不是对我有什么误会啊？"陶远试探地问。

杨斐看了陶远一眼，认真地说道："不是误会，我有证据。"

"这我倒要听听了，你有什么证据。"陶远想看看杨斐都知道什么，于是饶有兴趣地说道。

杨斐想了想，犹豫要不要摊牌，陶远一直看着她，用眼神告诉她快点说。杨斐看着陶远，择日不如撞日，摊牌就在今天了，她索性说出来，看陶远怎么解释。

"我刚到分行的时候，是你让我把任务给小花的，可是你又私下跟小花说你不知道，还故意给她别的任务，让她跟我对着干。还有，你肯定看到我跟王坤吵架了，你还故意让我跟他一起出去。那时候我初来乍到根本不认识你，你为什么要这么整我？还有后来，我说了多少次我跟李明山不是一伙的，可你就是不信，还故意找我的茬。"杨斐越说越气愤。

陶远听完哈哈笑了起来，杨斐一看陶远这反应，不知道他是心虚还是没往心里去，于是更加急躁地问："你笑什么啊，是不是心虚得不知道该怎么回答我了？"

陶远不再笑了，而是认真地看着杨斐，说道："杨斐啊，我认真地给你解释一下，没有开玩笑，认真地解释，所以请你相信我，好吗？"

杨斐不置可否："你先说我听听。"

陶远说道："一开始小花那件事，我那是在考验你的能力。"

杨斐对这个答案十分意外："什么意思？"

陶远继续答道："你在总行的业绩很亮眼，在你来之前我打听了一下，都说你能力很强。我毕竟不认识你，不知道你的能力到哪个程度，所以就想考验一下你，看你是不是真的那么厉害。"

杨斐对这番说辞有点怀疑，接着问道："你那是考验吗？"

陶远答道："你还没来我就推荐你做代理副主管，你不觉得奇怪吗？这本身就是对你能力的考验啊！还有，小花的事是考验你和同事相处的能力，王坤那件事考验的是你的业务能力，你都过关了。"

杨斐又问："我过关了然后呢？"

陶远答道："然后我就可以相信你，委你以重任了。"

"可是你后来也没相信我啊！"杨斐气愤地说道。

"那是我的错，我向你道歉，我不该没搞清楚情况就意气用事，你放心吧，我会在你下属面前帮你说清楚的。"

没想到陶远突然态度这么好，杨斐百思不得其解，不过她又觉得陶远的话完全合理，也只有这么一个解释。突然发现原来陶远这么重视自己，她心里还有点窃喜，但对陶远做的其他事，她还是不敢恭维。

"你怎么突然态度这么好，是不是又想害我？"杨斐警惕地问。

"你不相信我，我理解，不过我还是恳请你信我一次，我以前误会你和李明山勾结，昨天最终确定你也是被利用之后，我挺惭愧的。"陶远诚恳地说道。

杨斐对陶远这些道歉的话不置可否，不知道该不该相信，但是看着陶远诚恳的眼神，她又觉得不能有假。不管怎么样，既然人家道歉了，自己就没必要再端着，至于这道歉是不是真的，再观察吧。

想到这里，杨斐笑道："看你认错的态度还不错，给你个机会，不过我会一直看着你，要让我发现你还有别的想法，可别怪我不客气。"

陶远呵呵笑道："行，谁让我有错在先呢！对了，现在你可以告诉我，你是怎么知道周文超跟我说了些什么的吧？"

杨斐闻言哈哈大笑，然后把张娜娜跟踪录音的事说了一遍。

陶远不得不服，杨斐的精明和手段总能让他眼前一亮。

两个人聊了一路，不知不觉已经到了远光的大楼外面。杨斐只顾着想事情，走路没看脚下，眼看要走到一个下水道的雨水箅子上面。这是一种小网格的雨水箅子，如果杨斐的脚落到上面，那么她的高跟鞋的鞋跟九成会卡到网格里面，这样的话就算鞋没有弄坏，她也必然会被搞得十分狼狈。陶远看到了这个雨水箅子，只是还没来得及告诉杨斐小心，杨斐就要落脚了，说时迟那时快，陶远情急之下只好一边拉住杨斐一边把自己的脚垫到了杨斐的脚下面。

杨斐被陶远这一举动吓了一跳，看到脚下的雨水箅子后才反应过来。虽然这个举动很小，但看着陶远黑亮的皮鞋上被踩的那个脚印，杨斐突然有些感动，这种细心又贴心的举动最容易让女孩子感动。虽然心里感动，但杨斐并没有表现出来，而是客气地说了句谢谢后，就要蹲下帮陶远把鞋印擦掉。陶远不让她擦，只说要迟到了，项目要紧，然后接过她手里的纸随便擦了一下，站起来就走了。

对常人来说鞋上有个没擦干净的鞋印根本不算什么大事，但陶远可是疑似有洁癖加强迫症的人，杨斐看着他鞋上那个还留有明显痕迹的鞋印，想着陶远不会因为这个难受吗？陶远真的很难受，为了不在杨斐面前表现出异常，他一直忍着。整个和远光谈判的过程，陶远时不时地会看一下脚下皱一下眉，甚至总在走神。坐在陶远旁边的杨斐把他这个举动看在眼里，越来越担心他会被一个脚印逼疯。算了，还是帮他一把吧，杨斐这么想着，故意把笔扔到地上，然后借蹲下捡笔的机会掏出张纸把脚印给他彻底擦干净了。陶远察觉到异常，低头一看，心里一惊。杨斐擦完脚印十分自然地坐回到椅子上，对陶远会心一笑。陶远心里瞬间万分舒畅，对杨斐的好感度噌噌上升。

“刚才的事，谢谢你。”出了远光的大楼，陶远礼貌地说道。

杨斐嘿嘿一笑：“我就说洁癖和强迫症不分家吧，刚才是不是差点把你逼疯了？”

陶远尴尬地笑了笑，没有答话。

杨斐看出陶远的尴尬，忙改口道：“你别往心里去啊，我开玩笑的。”

就这样，两个出门时还明显在闹别扭的人，回去的时候竟然变得十分融洽。李明山看到两个人十分融洽不禁纳闷，他俩出去经历了什么，怎么变化这么大？王坤看到后却在窃喜，这俩人看来已经说开了。

李明山顾不上别的，计划还要进行。他私下找到杨斐，十分客气地说很看好杨斐，他在授信部有人，这次一定帮杨斐快速完成项目。杨斐心里讨厌李明山却不能表现出来，只能客气地说“谢谢”之类的，总之两人的谈话都很不走心。

李明山本来是私下讨好杨斐，却不料被王坤看到了。王坤本来就觉得李明山在整他，看到这一幕才意识到，李明山不光要整他，还要讨好杨斐。他的火腾地就起来了，直接走到李明山面前，恶狠狠地看着他。

“老李，你什么意思啊？”王坤没好气地问。

李明山被这一问搞得措手不及，忙赔笑道：“王坤啊，怎么了？”

“你说怎么了？我说我的资料怎么总过不了审，原来是你在搞鬼啊！你这是利用完我了，又想利用杨斐啊！”

王坤的话直白到让杨斐难以置信，杨斐虽然吃惊，但站在旁边也不离开，也不掺和，等着看两人的热闹。王坤的声音很大，很快同事们都聚集过来了。李明山害怕王坤再说出什么来，赶忙把同事们都打发走，笑着让王坤去他办公室说，一边说还一边拉王坤走。王坤纹丝不动。

“我知道了，你是不是知道我跟熊行长的关系了。知道你本来想要别人却被人耍了，所以恼羞成怒了。”王坤冷笑着说道。

“兄弟，有些话能说，有些话别乱说，你这是怎么了，有事咱们坐下来好好说啊！”李明山恨不得直接捂上王坤的嘴。

王坤所说的“耍”明显是指挤走邹凯的事！

杨斐一直没有想过挤走邹凯还有熊大海的份，听到王坤这么说，大吃一惊，她想不明白熊大海为什么这么做，难道只是为了当上这么一个分行的行长吗？这么做值吗？

杨斐愣神的功夫，王坤已经被李明山拉到办公室里。李明山仍是满脸堆笑，让王坤不要生气，有意见慢慢说。王坤也不客气，只说以后再想整他，手段高明点，别这么明显，然后大摇大摆地走了。

王坤走后，李明山气得差点把桌子掀了。此仇不报还怎么混！李明山暗暗发狠，要给王坤点颜色看看。

王坤逞了口舌之快了，却无意中把熊大海最想保存的秘密告诉了杨斐。为了确认王坤的话是气话还是真话，下班之后，杨斐叫来冷静，决定对王坤来一场大审判。

王坤在外面穷逛到半夜才回去，一开门看到屋里灯火通明，杨斐、冷静和张娜娜坐在沙发上齐齐地回头看他。这和父母把他赶出来的情景十分相似啊！王坤顿觉不妙，也不理三人，径直往屋里走。

“站住！”张娜娜开口了。

王坤乖乖地站住，回头对张娜娜咧嘴一笑：“那个啥，我有点困，先去睡了。”

“过来！”张娜娜一副命令的口吻。

王坤想发火又不敢，只好一边不情愿地走过去，一边不耐烦地问：“你们又要搞什么啊？”

“杨斐，你问！”张娜娜虽然仍是一副认真的样子和命令的口吻，但整个神态却十分滑稽，杨斐看着她差点笑出来。

杨斐清清嗓子：“金茂的事是你和熊行长设计的？你们为什么这么做？”

王坤一听到杨斐这么说，不禁吃了一惊：“你怎么知道的？”

这话刚出口，王坤就想起自己白天怒骂李明山时说的话，意识到是自己说漏嘴了。

“熊叔，我对不住你了。”王坤自言自语道。

张娜娜站起来抬起脚，一副挑衅的样子看着王坤，厉声说道：“你说不说！不说我今天踢死你！”

王坤瞪了一眼张娜娜，伸手把她的脚放到地上：“有事儿说事儿，老抬脚干吗？没错，是熊行长策划的，我是帮凶，怎么样，是不是很牛，关键不是把陶远和邹凯耍了，而是把李明山也耍了，这就叫借刀杀人。你看我搞出这么高明的计划，我骄傲了吗？我自豪了吗？我甚至连炫耀都没有。你们要不问，我还不说呢，这有什么的，不就是智商高点吗？别崇拜我啊！”

杨斐没心思和王坤贫嘴，她虽然有心理准备，但从王坤口中确认之后仍觉得难以置信，自言自语道：“没想到熊行长为了自己的私利竟然这么阴险！”

“人嘛，物竞天择，这个没有对错，看不开只能说明你还年轻。”王坤吊儿郎当地说道。

冷静一直没有说话，直到这时才开口问道：“你们是从什么时候开始计划的？”

王坤皱着眉头想了想，说道：“没多久吧，也就是从周至以贷转存之后开始的。”

杨斐问冷静：“你怎么想起问这个了？”

冷静说道：“为什么会这么巧？熊大海要来朝通分行而你也在这里？如果他们早就开始计划这件事，那么陷害你有熊大海的份儿，不过现在看来是我想多了。”

杨斐打从内心佩服冷静的思维能力，她就没想这么远。不过虽然熊大海没有害她，她对熊大海的看法仍然有了很大的改变，不知道该不该继续相信这个对自己有大恩的人。冷静告诉杨斐，凡事多留个心眼，不要相信任何人。如果是以前，杨斐肯定十分不屑，但经历了这些事情，她不得不直面这句话，不得不对身边的人增加防范之心。

杨斐不想和熊大海闹得不愉快，因此叮嘱王坤一定不能让熊大海知道今晚的事。王坤本来还担心杨斐告诉熊大海自己很没面子，听杨斐这么说，赶忙答应。

第二天，杨斐装作什么事都没发生，对熊大海也和往常一样，但在她心里，那句“不要相信任何人”仍然挥之不去。难道在这个分行就真的没人可以相信吗？杨斐想来想去，最后觉得如果说有谁可以信任，也只有陶远了。自从陶远解释了考验她的事之后，她觉得陶远对她还算坦白，相比其他人，陶远至少是在为银行的大局考虑，而不是只想着权力的斗争。

本来杨斐在自己心里已经把陶远洗白了，但在上厕所的时候，意外又出现了。杨斐坐在隔间里，听到两个女同事在闲聊，闲聊的大概内容是自从邹凯走后陶远越来越掉价了，这次竟然连客户经理的单子都抢。杨斐一开始还纳闷陶远抢谁的单子了，接着再往下听，她立刻明白了。两个同事说远光的老总来分行点名让陶远负责，其实是陶远提前和远光勾结好的，他既想抢功，又不想让别人觉得自己是主动抢功的，所以才自导自演了远光点将的那出。

杨斐坐在隔间里连外面说话的是谁都不知道，对这对话的内容也完全不信，她觉得陶远不是那样的人，只是不知道这些人为什么会这么传。

这两个人不是平白无故这么说的，而是有人指使。指使他们的正是李明山。为了让杨斐反感陶远，李明山找了两个女下属，让她们趁杨斐在厕所时故意把这个消息说给杨斐听，让杨斐怀疑陶远。李明山当然知道只是这么几句闲话杨斐不会完全相信，他还有第二招。

李明山让授信部的人给远光的老总打电话，用一个无足轻重的问题反复纠缠，远光的胡总被烦得不行，问怎么才能解决。授信部的人说其实也不是大问题，如果上面有人关照一下的话，他的领导也不好说什么。胡总心领神会，下班后把陶远约出来商量这件事，陶远一听这根本不算问题，满口答应。

另一方面，李明山派人跟踪陶远，得到他和远光老总见面的地址后，立刻以让杨斐帮他和王坤和好为由非要请杨斐吃饭，杨斐推辞不过，只好拉着吕婧一起跟他走了。李明山把杨斐和吕婧带到了陶远所在的饭店旁边的饭店，但故意从陶远那个饭店前面经过。陶远和客户坐在靠窗的位置，一边吃饭一边聊着，李明山从旁边经过假装没看到，却故意引杨斐看到。看到陶远不带她私下和远光的人见面，想起白天厕所同事的对话，杨斐开始有点信了。她不能立刻进去当场对质，因为那样就在客户面前太丢脸了。她假装没看到陶远，很自然地走了过去。

杨斐觉得如果陶远真的是在和她抢功，那就太掉价了，她绝对看不起这样的人，但如果事情并不是这样呢？如果自己错怪了好人呢？为了验证一下是不是这样，第二天一早她就去了陶远办公室，直接告诉陶远，远光的项目她一个人就可以了，让陶远退出。

“怎么了？我参与有什么问题吗？”陶远莫名其妙，不知道杨斐又在搞什么鬼。

“就是因为没有问题，我觉得你完全没必要在这个项目上浪费时间，我自己就行。”杨斐说道。

陶远看出这里面有事，再次问道：“真的没有事吗？”

陶远看着杨斐，杨斐毕竟心里有事，眼神有点闪烁，就是这一瞬而过的闪烁，让陶远确定这里面肯定有问题。

“行，我退出。”陶远干脆地答道。

“你退出了？”杨斐有点意外，也有点惊喜，脸上浮现出了一丝笑意。

陶远笑着说道：“你是有多不愿意和我合作啊，一听到我退出这么高兴，还是怕我抢你的功劳啊！”

陶远这句话正说到杨斐心虚的地方，杨斐赶忙说道：“没有，你怎么这么想呢！”

杨斐满意了，看到陶远如此痛快地退出，她意识到陶远根本没有抢功的想法，确定了这一点，她心满意足地离开了。看到杨斐这么反常，陶远当然猜到又有人捣乱了，他也不解释，静观其变，等着看背后的人究竟要干什么。

杨斐竟然直接去让陶远退出，然后陶远真的就退出了，李明山的算计再次落空，不禁大失所望。前面已经做了那么多工作了，李明山不想就此放弃。李明山看得出来，杨斐对他的态度大不如前，拉拢杨斐不会有以前那么容易了，就算帮她做成这个项目她也不一定会领情。想到这里，李明山决定临时改变策略，给杨斐捣乱，嫁祸陶远，让陶远坐实想要抢功的罪名。

陶远猜到不是李明山就是熊大海在搞鬼，鉴于之前王坤被整，这次仍是李明山搞鬼的概率更大。他也不干别的事了，专心盯着这两个人。盯了两天，除了李明山最近比平时都晚下班，其他的并没有什么异常。陶远想到王坤的失误，觉得李明山晚回去很可能是想趁别人都走了之后在杨斐的资料上做手脚。为了验证这个想法，他以请大家吃饭为由带走了最后在加班的人，把李明山自己留在了分行。

第二天，就在杨斐要上交资料的时候，陶远提醒杨斐再检查一遍。看着陶远认真的样子，杨斐觉得他没有开玩笑，于是又认真地看了一遍，果然找出了被人改过的地方。杨斐问陶远怎么知道资料被人改了，陶远也不回答，只是说整个审核过程一定要让熊行长亲自监督。杨斐立刻明白了，李明山又在搞鬼。她心领神会，去向熊大海求助，最后熊大海亲自监督，李明山的手下没时间做手脚，审核顺利通过了。

又是自己误会陶远了，杨斐虽然在心里自责，但表面上仍不愿向陶远低头。陶远也不和她计较，一笑置之。因为擦鞋的事，陶远不仅仅是对杨斐的看法有了很大改观，甚至对她的好感也增加了不少。杨斐也是如此，经过这个项目，她觉得陶远虽然性格和人品还待考察，但多数时候也是自己误解了他。

两人的关系缓和了一些。陶远觉得只要任何事都和杨斐开诚布公地说，基本上可以把她的行为控制在可接受的范围内，而自己在杨斐心中的形象也有了很大的改善，接下来如果能让她认清熊大海的真面目，或许就真的可以拉她入伙了。杨斐已经对熊大海不怎么信任了。在这个分行里，如果说能信任，除了陶远，她找不到第二个人，因此，她基本上已经确定可以和陶远合作了。

9

“陶远应该是朝通分行最靠谱的人了，和他合作应该没错。”冷静一边说一边肯定自己似的点了点头。

张娜娜在旁边一脸不屑：“切，他和杨斐斗的时候你怎么不说！”

杨斐这次似乎是和张娜娜在一条战线，也起哄地说道：“没错，这次我同意娜娜的观点。”

冷静也据理力争：“我之前不是说过嘛，陶远和李明山，甚至王坤你都可以选，但是以你的性格选陶远的可能性最大，我是不是说过他是可能会变成朋友的敌人？”

关于要不要和陶远合作，这三个人正激烈地讨论着，观点不外乎两个，合作或者不合作。张娜娜自从跟踪陶远看到他威胁别人后，始终觉得杨斐跟他根本不是一个量级，怕杨斐被耍。冷静倒不担心这个，陶远虽然有问题，但是相比朝通的其他人，已经算是圣人了，她担心的反而是杨斐真的和陶远走得近的话会出现其他问题。

“这会有什么问题啊？”杨斐不解地问。

“你想想，远光的案子是谁在搞鬼，又是谁在背后破坏你和陶远的关系？”冷静问。

“李明山！”杨斐恍然大悟，她当然知道李明山不想看到她和陶远合伙对付自己，所以才会处心积虑破坏他俩的关系。

“我知道你什么意思了，如果李明山看到我跟陶远关系好了，肯定会再对我下手。”

“没错，李明山的目标是陶远和熊大海，但是你对这三个人中的任何一个来说都是重要的帮手，所以不管你跟谁走得近，都会遭到其他人的攻击，不好办啊！”冷静忧愁地说。

“熊大海应该还好，他现在还很信任我，只是李明山，有点麻烦。不过这样也好，我正想找机会收拾他呢，还怕他不找事儿呢！”杨斐自信地说。

“真有事儿了再说，不过你也没必要主动招惹他。他在分行这么多年，根基深厚，没那么容易对付。跟陶远处好关系就好，别明说，让他感觉到你跟他是一伙的就行了，点到即止啊！”冷静语重心长地说着，好像长辈教育晚辈一样。

“嗯，我明白。”杨斐答道。

“你们就为那么点儿权力至于吗？想不开。”张娜娜叹了口气。

三人正说着，王坤乐呵呵地从外面进来，凑到三人跟前。

“你们说啥呢？谁想不开？”王坤乐呵呵地问。

“不该你打听的少打听，知道得太多会被灭口的。”杨斐冷冷地说。

“杨斐你玩儿大了是吧，都敢用灭口威胁我了，我是你吓大的！”王坤不服气。

张娜娜动了动脚。

王坤立刻识趣：“你们聊，我还懒得理你们呢！”

钻进自己屋里，王坤又开始嘀咕，距离自己扬言蹂躏杨斐也有一段日子了，自己以前不能说阅女一千，但八百也是有的，怎么到杨斐这儿这么久就没进展呢，甚至连她们三个的小圈子都没打入。

王坤深感失败，看来要改变一下思路，曲线救国了。要想搞定杨斐，就要先融进她们的小圈子，要想进入她们的小圈子，突破口只有张娜娜，因为冷静的冷静和智商常人根本玩不转。想到这些之后，王坤不禁嘿嘿一笑，对付张娜娜还不简单！

自从和陶远冰释前嫌以来，杨斐逐渐对他放松了警惕，也能和他有说有笑了。李明山看在眼里，痛在心里，杨斐一开始本来是他的，怎么就被陶远一点一点给撬走了呢?

让李明山更闹心的还在后面，开会时，陶远提出一个工作计划，杨斐十分欣赏，只觉得太合她心意了，因此毫不掩饰地赞赏并且赞同。为了在熊大海面前表现一下，也为了不让陶远顺利，李明山提了意见。

“陶副行长的计划挺好，真挺好的，如果能成功的话咱们分行今年的业绩基本上可以顺利完成，不过有一个问题。”李明山客气地说。

熊大海一脸认真地听着，杨斐不知道他是在认真思考陶远的计划，还是在观察陶远和李明山的矛盾。

李明山继续说道：“陶副行长这个计划跟小杨刚来的时候搞得有点像啊！都很激进，说实话，小陶，这不是你的风格啊！你忘了被业绩逼得搞以贷转存那个同事了吗？现在这个东西我就怕再出现那种情况，咱们分行真的再也承受不起一点负面新闻了。”

陶远微微一笑，刚要反驳，杨斐却腾地站了起来，她实在忍受不了李明山这副嘴脸了。

“李副行长，我那时候要提高业绩，要用什么方法，您可都是同意的，怎么现在到您这儿又成反面教材了？就算我那个是反面教材，您再看看陶副行长这个，哪一条不是稳扎稳打循序渐进的，我真看不出来哪里激进到会把同事逼疯的地步。”

“小杨，我没有说你不对。当然，你的初衷很好，发现问题了改正再学习不就行了。”李明山仍然十分和气。

熊大海也不说话，他早就想看今天这一幕了，有这一幕，说明杨斐和李明山基本上算是彻底撕破脸了。他也看出杨斐现在跟陶远关系不一般，这点他倒暂时不是很担心，因为陶远比李明山正直，也更为银行着想，杨斐收服陶远为他所用正合他心意。

杨斐还在和李明山争执：“我希望您认真看看这份方案，不要盲目反对，毕竟业绩不够，分行被撤对您也没什么好处。”

李明山被杨斐怼得无话可说，他只能忍着气，佯装慈祥：“小杨你别激动，我答应你，再好好看看就是了。”

陶远没想到杨斐会这么替他出头，与其说是意外，不如说是受宠若惊，会议结束之后，他以讨论项目为由把杨斐带进自己的办公室。

“你今天的表现，是因为李明山，还是因为我啊！”陶远笑着问。

陶远的语气本来没什么异常，可能是因为他太帅了，或者太有魅力，杨斐不知怎么的从他的语气里感受到一丝暧昧，好像陶远在撩她。

“我，我因为你什么啊，就是表达我的意见嘛！”杨斐故意表现出一丝不耐烦，同时转头看向别处，以掩饰自己的心虚和不好意思。

“你怎么了？”陶远看出杨斐不好意思，但没明白她为什么不好意思。

“什么怎么了？有事儿快说！”杨斐继续假装不耐烦。

“我就是觉得挺受宠若惊的，你这么为我出头。只不过，以李明山的性格，你当着那么多人让他难堪，我怕他会对付你啊，毕竟在外人看来你一直很尊重他。”

“如果他对付我，你帮不帮我？”杨斐本想说出要一起对付李明山和熊大海，但总觉得有拉帮结派的感觉，所以还是没说出口。

“帮！”陶远肯定地答道。

“有你这句话就够了，记住，要坦诚。我还有事儿呢，先不跟你说了啊。”杨斐说完看了陶远一眼，转身出去了。

陶远没想到经过这么久的误会，杨斐竟能这么快就转变对他的态度，而且这自来熟的劲儿好像他们一直以来不是对头而是朋友。

“以后会更有意思！”陶远想到这里，会心一笑。

被杨斐当众驳得哑口无言，李明山心里很不爽，他开始觉得以前对杨斐太客气了，是时候给她点颜色看看了。他从自己的关系网里挑出一个客户，让下属通知杨斐去和客户见面，维护关系。杨斐一开始还没太在意，可见到客户之后才意识到这就是李明山的报复。

这个客户爱喝酒，本来该在办公室的会面被他安排在了饭店。杨斐不喜欢这种场合，也基本上不能喝，自己一个漂亮姑娘被四五个中年男人围在中间一杯杯灌酒，这要真喝多了出点什么事可怎么办啊？

在入行之前，杨斐早就对酒桌文化有所耳闻，有那么一部分客户不好好谈生意，就爱在酒桌上分高低，多少客户经理为了业绩一次次喝进医院。她一开始就很反感这种方式，所以很少出现在这种场合，即使出现了，也是能不喝就不喝，从没喝多过。但是今天不一样，今天就她自己，这几个虽然不是什么大客户，但也不能一点面子不给。喝，不安全；不喝，又不能一走了之，而且如果不喝，李明山就可以说她敷衍客户。豁出去了，杨斐给张娜娜打了个电话之后，开始和这帮中年男人杯来盏去，几个人十分高兴，直夸李明山找的这个姑娘懂事。

杨斐还是撑不住了，去厕所吐了两次之后本想靠着微弱的意识离开，却又被出来找她的客户扶进包间。几个人看着杨斐醉得不省人事，都乐呵呵地看着大老总，大老总装模作样地问杨斐家在哪啊，送你回家吧。杨斐睡着了当然没有反应。大老总又一副为难的样子说既然不知道杨小姐家在哪，我就辛苦一下照顾她吧。几个手下心领神会，光速消失。

就在这大老总扶着杨斐要离开的时候，张娜娜终于出现了。

第二天，杨斐因为宿醉头疼得厉害，整个人的状态都不好了。陶远一看就知道她喝多了，便问她为什么喝酒。

“别提了，李明山的报复来了，他故意给我找了个爱喝酒的客户让我去陪，幸亏张娜娜去得及时，再晚一会儿我要是被人带走了，说不定现在就……”杨斐说到这里气得咬牙切齿。

“这才是第一次，李明山肯定不会就此罢休。”

“是啊，我也想到了，实在不行我就直接不去，他还能怎么着我。”

“其实这件事很容易解决。”

“怎么解决？你又有什么馊主意了？”杨斐问。

“你别说，这次还真是个馊主意。”陶远意味深长地笑了起来。

杨斐立刻明白了：“你上次这么笑是，想让我找王坤帮忙，那帮人都怕他。”

陶远点点头：“已经开始有默契了，这是个不错的开始。”

杨斐又觉得陶远在撩她，于是赶紧反驳：“谁跟你有默契！”

“但是王坤跟我是对头啊，他不会帮着别人灌我酒吧！”杨斐又有点担忧。

“放心吧，王坤虽然爱玩，但是护花的觉悟还是有的。”陶远说道。

果然，李明山又给杨斐安排了一个客户，会面地点又是饭店。

这次不得不找王坤了，杨斐心里想着，开始到处找他。回家打开门却发现王坤竟然跟张娜娜抱在一起。看到张娜娜满脸春色，杨斐赶忙把两人拉开，关心地问王坤是不是张娜娜欺负他了。

“你说什么呢？什么叫我欺负他啊，是他追的我好吗？”张娜娜立即反驳，嘴角还露着笑意。

“这是什么情况，你给我解释一下。”杨斐有点蒙地问王坤。

“这个嘛，小孩儿没娘，说来话长，我跟娜娜……”

王坤刚要说，杨斐又把他打断了。

“车上再说，你现在跟我走。”杨斐说着，拉起王坤就走。

“去哪啊？”王坤一边往后退一边问。

“就是，去哪啊，他现在是我的了，你要征用得先问我。”张娜娜跟着起哄。

“李明山又安排我去喝酒，你得去帮我。”杨斐解释道。

“那得去，去吧小宝贝儿。”张娜娜挑逗王坤。

“我凭什么帮你啊，我有什么好处。”王坤仍然原地不动。

“她好歹是我闺蜜，给点面子，去吧。”张娜娜哄着。

王坤不情愿地跟着杨斐走了，好像刚被张娜娜消费过，又要被杨斐享用一样。

去饭店的路上，杨斐开始盘问王坤：“你究竟想干什么，娜娜是个单纯的女孩儿，你敢伤害她的话我可不会放过你。”

王坤依旧吊儿郎当：“你现在是有求于我，说话是不是应该客气点啊！”

杨斐也不示弱，掏出四百块钱：“现在我是买家你是卖家，态度好点，说，你想干什么。”

如果是在以前，王坤肯定骂回去了，可穷了几天之后他发现四百块钱也能买不少东西，于是乐呵呵地把钱收起来之后，说道：“钱都给我了，也就是这两天不用尊重你了呗，想知道我怎么跟张娜娜搞一块儿了是吧？”

王坤当然不能说追张娜娜是为了融进她们的小圈子然后征服杨斐，把这个目的隐去之后，他添油加醋地讲起了自己克敌制胜的妙招。

“你们，到哪种地步了？”杨斐谨慎地问。

王坤突然贱兮兮地靠近杨斐，低声说道：“其实吧，娜娜只是开始，我不是说过要蹂躏你嘛，现在我的目标扩大了，我要让你们三个都知道我的厉害，她是第一个，你是下一个。”

杨斐闻言气得啪地给了王坤一个耳光，王坤猝不及防，吓了一跳："逗你玩呢，你怎么还动手了。"

杨斐气愤地说："我还是那句话，绝不许你伤害娜娜。"

王坤没好气地说："你看她那样子，谁伤害谁还不一定呢，我还怕被她伤害呢！"

一路嬉笑怒骂着到了饭店，坐到饭桌旁之后，杨斐不禁又佩服起陶远，因为王坤的胡搅蛮缠确实很适合这种场合。王坤根本不管什么规矩，没等那几个客户灌酒，就先灌起他们，这几个人知道他的背景，也都不敢得罪。王坤喝一口别人喝一杯，就这样没过多久，他就把所有人都灌到桌子下面了。杨斐呆呆地看着，还没反应过来是怎么回事，战斗就结束了。

就这样，不管李明山给杨斐安排多难缠的客户，有王坤保驾护航，每次她都很轻松。看到王坤也和杨斐一伙了，李明山更加着急，现在他基本上是被孤立了。如果这样坐以待毙，自己估计也蹦跶不了几天了。李明山必须加快步伐，显示一下自己的权威。陶远不好对付，但是想整王坤还是比较容易的。他故意让杨斐在王坤需要和客户签合同的时候出去应酬，杨斐不知道王坤还有别的事，非拉着他跟着。相比工作，王坤更喜欢在杨斐面前逞英雄，所以他想都没想就跟杨斐走了，把自己的客户忘得干干净净。这下李明山有把柄了，他找到熊大海，添油加醋地告了王坤一状，说他太散漫，给分行造成的损失不计其数，不能再放在客户经理的位置上。熊大海本就被王一图关照过要让王坤吃点苦，既然李明山这么说了，他便顺水推舟地提出要不让王坤去做大堂经理吧，正好治治他的脾气。这个提议正合李明山心意，这样一来王坤就没精力也没机会帮杨斐了，他才能更好地各个击破。

这时候王坤正跟张娜娜腻歪，两人瘫坐在沙发上一边看电影一边相互喂着零食，王坤觉得时机差不多了，便打听起杨斐的事。"你跟杨斐是发小是吧，她小时候就这个德行吗？"王坤装作漫不经心地问。

张娜娜也不看王坤，随口答道："杨斐那可是学霸、神童。别人家的孩子，这个梗你知道吧，她就是那种人，从小就让我们羡慕嫉妒恨啊！"

王坤附和道："果然从小就不招人喜欢。"

张娜娜推了一下王坤："说什么呢，我能说她，你不能说，你知道她小时候多不容易嘛！”

“怎么不容易了？我看她生活不能自理的劲儿应该是从小被宠坏了才对吧。”

“你知道什么啊，杨斐她爹辜负了她妈，她妈可能是怕女儿以后再走她的老路，所以拼命往女强人的方向培养她。你看她现在，就是她妈培养的结果，事业上的女强人，生活上的低能儿啊！”

张娜娜说到这里，王坤哈哈大笑：“何止是低能儿，要不是胸口突出一点儿，我都怀疑她是不是女的。不过这种人一般都会有点怪癖，她有什么只有你跟冷静你们仨才知道的怪癖吗？”

张娜娜警惕地看了王坤一眼：“你问这个干吗？”

王坤随口答道：“闲聊嘛，八卦，有吗？跟我说说。”

张娜娜一脚把王坤踢下沙发：“去去去，一边儿待着去，跟你女朋友打听别的女的，你觉得合适吗？”

俩人正打情骂俏呢，杨斐带着王坤被贬为大堂经理的消息回来了。一看见王坤，杨斐就止不住地笑，笑到弯着腰话都说不出来。王坤纳闷，她这又是受什么刺激了。

杨斐终于不笑了，开口说道：“我跟你说过多少次，对工作上点心上点心，你以为银行是你家的啊，现在报应来了吧！”

王坤纳闷地问：“什么意思？”

杨斐说道：“你果然还不知道啊，你，王大公子，又放客户鸽子。客户怒了，熊大海和李明山为了安抚客户让你去当大堂经理，明天你直接去一楼上班，不用上二楼了。”

王坤仍有点不敢相信：“熊叔，他会这么对我？他疯了吧！”

杨斐幸灾乐祸地说：“你说你不好好跟客户签合同去又跑哪儿潇洒了？”

王坤白了杨斐一眼，没好气地说道：“你说呢？帮一个白眼儿狼对付一群色狼，早知道白眼儿狼这么不懂感恩，就应该把她扔色狼群里，让她赤条条来赤条条去。”

杨斐这才意识到王坤爽约是为了帮她，一时不知道该说什么了。

王坤立刻说道：“没话说了？看来你也不是一点儿良心没有。”

杨斐愣了一下，反驳道：“你帮我，我是该谢谢你啊！但是你的工作态度又不是这一两天的事，总之我希望你到了大堂能认真负责起来，好好干，小伙子，前途无量。”

杨斐说着拍了拍王坤的肩膀，自顾自地走了。

张娜娜好奇地问道：“做大堂经理是升官了还是降了？”

王坤没理张娜娜，拿出手机拨通了熊大海的电话。熊大海人精一样，这个时候怎么会接他的电话。王坤打了半天没人接，只好气呼呼地吃零食，准备明天再找熊大海算账。

第二天一大早，王坤直奔熊大海办公室，问他什么意思。熊大海难免一通连哄带安抚，告诉他只是暂时的，先干几天再找个机会跟客户道个歉就让他回来。任凭熊大海怎么开导，王坤就是不干，他觉得大堂经理要一直在大堂站着，不自由，而且伺候人的活他才不干，他宁可辞职。

王坤气呼呼地从熊大海办公室出来，正好看到原来的大堂经理搬着东西往楼上走，一把拉住他，没好气地说道：“先别着急收拾吧，我不干了，这大堂经理估计还是得你干。”

大堂经理一听连忙说道：“王经理，别啊，你看我这刚上楼还没坐下，你好歹让我坐两天。”

没等王坤回答，杨斐走了过来，乐呵呵地说道：“王经理脾气挺大啊！这要是把你放在下面，还不把办业务的客户全吓跑了啊，我觉得你不干是对的，支持你。”

王坤走到杨斐面前，瞪着她说道：“恩将仇报，兔死狗烹，卸磨杀驴，你看我以后还管你不管！”

杨斐也不生气，继续说道：“管你还是要管的，你有这个义务，而且虽然做大堂经理你不在行，但是跟那帮乌合之众胡搅蛮缠是你的强项啊，别浪费你的才能。”

王坤说道：“你知不知道大堂经理要起早贪黑在银行守着，跟柜员差不了多少。”

杨斐点点头：“这不原来的经理在这儿吗？你问问他。”

王坤坏笑道：“我还就不走了，我就做这个大堂经理，没日没夜在大堂待着，谁叫我也不走。”

杨斐虽然意识到自己有点过了，再让王坤跟她去应酬可能不太容易了，但话呛到这里也不能认输，她故作硬气地说：“好好在大堂待着，好好服务客户，我忙业务去了。”

王坤本来是要走的，怎么被杨斐几句话激得就去做了大堂经理，他有意离开吧，但话已经说出去了，没办法，硬着头皮待几天再说吧！

陶远在不远处看着杨斐和王坤打嘴仗，无奈地摇了摇头。在他看来，杨斐和王坤有很多优点，但脾气暴是他俩共同的缺点，俩人这样一吵正好中了李明山的下怀，李明山要再让杨斐去应酬，王坤应该不会再跟她去了。

午饭的时候，陶远把杨斐叫到办公室，责怪她不该和王坤闹翻，杨斐却毫不在乎，这不叫闹翻，这是他俩的正常交流。

“很明显李明山以为咱们三个要合起伙来对付他，他有点坐不住了，要不然怎么会对王坤这么狠。你跟他这么一吵，你觉得他还能帮你去挡酒吗？”陶远说道。

杨斐也意识到这个问题了，但口舌之快已经逞了，走一步算一步吧。

“如果他再让你去应酬，你随便找个人替你去，自己不要去了。”陶远嘱咐道。

“不好吧，别人去了也得被灌啊！再说李明山摆明了要整我，我一次不去，还能每次都不去啊！”杨斐为难道。

“能拖一次就拖一次，那些人知道你不好对付之后，你请他们喝酒他们都不会陪你了。”陶远说道。

“我尽量吧，一直这样下去确实是个问题，我得来个一招制胜的，让他们再也不敢跟我喝酒。”

陶远忙问道：“你又想干什么啊？”

杨斐答道：“还没想好。”

王坤的大堂经理生涯开始了。按照惯例，每天柜员和经理至少要比开门时间早到半个小时，开早会，整理东西之类的，但是王坤第一天就缺席早会，直到开门半小时后才慢吞吞地出现。他也不上楼也不换工装，而是直接在大堂的椅子上一坐，掏出手机玩起了游戏。来办业务的人逐渐多了起来，整个大堂都在忙碌，只有王坤，仍旧头也不抬地玩着游戏。

一个大妈晃晃悠悠地走到王坤身边，用手轻轻拍了拍他，王坤不耐烦地抬头看了一眼，又继续低头玩游戏，一边玩一边应付道："有事儿吗？"

"小伙子，你帮我看看这个是不是这么填的？"大妈说着把一张单子递到王坤面前。

王坤把游戏暂停，接过单子也不看，问道："你怎么不找工作人员，找我干吗啊？"

大妈为难地说道："他们都在忙，有个小伙子说你是经理。你是经理吧，怎么跟他们穿的衣服不一样啊，之前那个经理去哪了？"

王坤站了起来："谁跟你说我是经理的？"

大妈也开始不耐烦了："你要能看就给我看一下，看不了就还给我。我发现你们的服务态度真的是越来越不像话了，整个假经理骗我们老人家呢，是吗？"

王坤客气地说道："您老想投诉是吧，那儿有电话，那儿有投诉箱，要不您先去投诉，就投诉他们经理。"

大妈有点蒙："你真不是经理？"

王坤一脸正经地说道："您上当了。"

大妈将信将疑地刚要走开，一个保安走了过来，冲王坤点了点头说道："王经理，取号机坏了。"

大妈本来要走，听保安这么一叫，又回过头看王坤，王坤一脸尴尬地冲大妈笑了笑。

保安再次说道："王经理，你看一下吧，取号机坏了。"

王坤不耐烦地说道："坏了跟我说有什么用啊，我会修啊！"

保安客气道："不是让您修，跟您报备一下。"

王坤挥了挥手："不用报备，你们就当我不存在，该干吗干吗。"

保安也不敢多说，转身走了，大妈又回来了："你真是经理啊？"

王坤点点头："怎么的吧？"

大妈郁闷地摇了摇头，一句话没说，扔下单子走了出去。

就这样，王坤带头在大堂糊弄敷衍客户。该他管的，不该他管的，他都不管，能推就推给别人，不能推就让顾客去别的地方办，没过两天投诉电话都要被打爆了。熊大海找王坤聊天，想让他认真一点，他嘴上答应，但一下楼就立刻恢复原状。他不但自己不好好干，还总占着窗口跟里面的女柜员聊天。本来窗口就不多，这下更紧张了，客户们一个个等得骂骂咧咧的他也全不在乎。几天下来，来这儿办业务的客户人数直线下降，整个大堂都清净了。

几乎所有人都看热闹不嫌事儿大地跟着王坤起哄，只有杨斐，把大堂的情况看在眼里。

从来到分行到现在，杨斐进步了很多，大多数时候都能冷静分析情况，但一涉及王坤，她又头脑发热不顾后果地想去教训他了。本来陶远让她少跟王坤有正面冲突，她也一直在忍，但是看到王坤这么胡闹，她实在忍不住了，直冲下大堂，一把把吊儿郎当坐着的王坤拽了起来。

“你要玩回家玩去，这个大堂有你还不如没有！”杨斐气愤地说。

王坤没有生气，反而一副终于遇到知音的样子，一把握住杨斐的手：“你看出来了，你终于看出来了！以你的智商都看出来了，怎么他们就没看出来呢？”

杨斐没想到王坤会是这种反应，一时更加气愤：“我真没见过像你这样不负责任，还这么理所当然的。”

王坤还是不生气，这次换成了委屈的表情：“我不想当这个大堂经理，他们非要我当，我治下的大堂就是这样，不喜欢可以把我撤了啊！”

杨斐无奈了：“你就这样吧！”

杨斐气呼呼地来，气呼呼地走，王坤根本没往心里去，一看大堂没有客户了，便招手叫过来两个保安，三个人躲在桌子后面斗起了地主。

熊大海比杨斐还焦心，再让王坤这么搞下去，银行关门算了，他无可奈何，只能把王坤调回后台。

“坤儿，你还想回二楼吗？”熊大海把王坤叫到办公室，直截了当地问。

“我想不想也不是我自己说的算啊！不过我感觉熊叔你应该也看出来了，我这个人不适合在前台，还是后台比较适合我。”王坤乐呵呵地说。

“你算是让我见识到什么是不负责任了，我真的是没辙了，再让你在下面待两天，咱们干脆把一楼的业务关了算了。”熊大海生气地说。

“那你想怎么办啊？”王坤问。

熊大海为难地说道：“可以让你回二楼，不过你得给我时间找个新的大堂经理。两天，你好好干两天，我让你回来，这样行吧？”

王坤满意地点点头：“就两天啊，多一天都不行。”

王坤高兴地从熊大海办公室出来，又遇到了杨斐，这一次杨斐似乎有点愁眉不展。

“这是怎么了？刚才训我的时候不挺来劲的吗？”王坤拦住杨斐问。

“你跟我走！”杨斐说着便拉王坤走。

王坤挣脱，笑着说道：“我知道了，又有应酬了，现在想起我了，对不起，我得上班，没时间。”

杨斐不情愿地赔了个笑脸：“麻烦您，再帮我一次行吗？”

王坤哼了一声，说道：“不行，没空。”

杨斐也不想求王坤了，摆了下手：“不帮拉倒，没了你我还不活了怎么的。”

杨斐说完匆匆离开了，王坤看着她的背影，纠结了一下，转身找陶远去了。

饭桌上，杨斐本想不管他们怎么劝就是不喝，但是这帮人前几次都被王坤害惨了，这次一看王坤不在，哪还能放过杨斐，连哄带灌，硬是把杨斐灌醉了。杨斐还有点意识，踉跄着想要离开，这帮人怎么肯放她走，一把把她摁回椅子上，又要灌她酒。杨斐不肯再喝，一个客户一边说喝完这杯每个月再多存5000万，让杨斐识点相之类的，一边端着酒杯硬往她嘴里倒。杨斐也顾不得别的了，到嘴里的酒一滴没咽全喷在了这客户脸上。客户顿时怒了，说了句“不识抬举”后扯住杨斐的衣服刚要给她一耳光，饭店包间的门突然被推开了，张娜娜威风凛凛地站在门口。

张娜娜一看杨斐被欺负了，那还了得，冲上去不由分说把在场的几个男的狂揍一顿。几个人被打得头破血流、哭爹喊娘，女侠张娜娜扶着喝得晕乎乎的杨斐在几个服务员惊异的眼光中扬长而去。

第二天杨斐从宿醉中醒来，问起昨天的事才知道张娜娜把客户毒打了一顿，她一边叫好，一边产生了一个疑问：张娜娜怎么知道她在那儿的？

“王坤让我去的。”张娜娜随口说道，“不是你让他告诉我，让我去接你的吗？”

杨斐心里突然升起一股热流，没想到王坤看着吊儿郎当的，关键时刻还是挺有义气的，可是王坤又是怎么知道她在哪儿的呢？

“我问陶远了，陶远告诉我的。”王坤睡眼惺忪地从卧室出来，看到杨斐第一句就这么说道。

“你怎么知道我在想什么？”杨斐诧异道。

“陶远说的，你肯定会好奇我怎么知道你在哪儿的，我直接告诉你，解决你一切疑问。”

“谢虽然是要谢你，但是别以为你帮我一次我就会对你在大堂胡闹不管不问。”杨斐这话说得不是很有底气。

“无所谓了，今天是我大堂经理的最后一天，明天咱就回二楼了！”王坤得意地说。

杨斐摇了摇头：“意料之中。”

让杨斐意料之外的是被打的那几个客户，他们直接找到李明山，对李明山威逼利诱，必须把杨斐赶走，否则他们把所有业务全部迁走。李明山也傻了，本来想教训教训杨斐，没想真赶她走，真把她赶走了不就把熊大海和陶远都得罪了？他再三安抚客户，最后提出让杨斐去前台做柜员，以示惩罚，几个客户这才勉强答应。熊大海没想到李明山还有这一招，但事已至此，他不得不同意李明山的提议。

经过这一次，熊大海对李明山更加警惕了。陶远到现在并没有闹什么幺蛾子，相反，跟杨斐关系越来越好，李明山却不然，一直在背后搞小动作。他本想留着李明山制约陶远，现在看来，要想让他老实待着，必须让他知道自己的位置了。

熊大海找杨斐谈话，把客户的投诉和李明山的建议说了出来，杨斐一听就郁闷了，这就是李明山处心积虑想要的结果。她不想去做柜员，于是说：“那几个也不是特别大的客户，损失他们，我再把同样的业绩补回来就是了，这个风气不能要啊！”

熊大海摇摇头：“小杨，你不明白啊！咱们说到底还是服务行业，要口碑啊，这次如果维护你了，以后谁还敢跟咱们应酬啊？”

杨斐无话反驳熊大海，一时愣在原地。

“你是个人才，肯定不能让你一直做柜员，你先委屈委屈，待不了多久的。”熊大海劝道。

“我不委屈也不行啊，您说什么就是什么吧，我听从安排。”杨斐郁闷无比。

10

从熊大海办公室出来，杨斐就闷闷不乐的，她坐在自己的座位上看着电脑屏幕发呆，等着人事的调派通知。陶远很快就知道了，他把杨斐的状态看在眼里，想安慰她几句却又觉得安慰有时候并不适合她。吕婧也看出杨斐的异常，关切地问她怎么了，杨斐没心情解释，只说让她自己待一会儿，很快就会知道怎么了。吕婧关心杨斐，又不想让她心烦，于是去找陶远打听。

在陶远面前，吕婧简直想把自己变成个完美的人，说话温柔又不失力量，举止大方又带点可爱，这是她私下练了多少次的行为举止。可陶远似乎对她的用心完全视而不见，只是客气地把杨斐的情况简单叙述了一下。虽然每次和陶远接触之后都会对自己失望，这次也不例外，不过这次吕婧却顾不上自己，一心想着怎么安慰杨斐。

杨斐不用别人安慰，自己郁闷了半天之后，想着反正已经这样了，倒不如利用这个机会重整一下大堂的风气。想到这里，她又精神抖擞，恨不得立刻下楼干活。可转念又一想，她只是个柜员，又有什么资格去重整大堂呢？瞬间，杨斐又蔫儿了。

“好在王坤要离开大堂了，否则他一个人就能把我气死！”杨斐胡思乱想，一会儿兴奋，一会儿失落，一会儿又庆幸，可到最后，也没定下最终的行动方针。

吕婧还没想出怎么安慰杨斐，就到了下班时间。她无意中一抬头，看到杨斐竟然跟着陶远走了。好奇心驱使，她偷偷地跟了过去。

陶远也担心杨斐的斗志受到打击，所以以请她吃饭为由想要开导开导她。直到坐到餐厅，杨斐突然意识到，这是他俩认识这么久陶远第一次请她吃饭。吕婧跟到餐厅外面，纠结了一下之后告诉自己，陶远肯定是要开导安慰杨斐，他俩之间没有火花，再待下去怕被人发现，吕婧悄悄地离开了。

杨斐闷闷不乐地坐着，陶远问她吃什么，她只说“随便”。陶远随便点了几个菜，便开始端详她。

“你这么看着我干什么？认识你这么久了，第一次请我吃饭，后悔了？”杨斐郁闷地说。

“你不说我也没注意，咱们俩好像还真没这么单独吃过饭。”陶远说。

“你是不是已经知道我要去做柜员了？”

“熊行长已经把你的调派跟我说了，你是怎么想的啊？”陶远饶有兴趣地问。

“我还能怎么想啊，本来还想跟你一起振兴分行呢，可结果呢？想认真做点事情怎么就这么难呢？”杨斐不禁发起了牢骚。

陶远扑哧乐了：“跟我一起？你之前没说过啊？”

杨斐意识到说漏嘴了，不好意思地瞥了陶远一眼：“我今天没心情，你别拿我开玩笑了行吗？你有什么要安慰我或者开导我的话，快点说。”

陶远愣了一下，想不到还有人这么直接地让别人开导，他笑着说：“你还是挺有主见的，别人的开导对你来说很难进到你的耳朵里，所以我不是想开导你，而是想听听你的打算，你想怎么做这个柜员。”

杨斐无精打采地歪着头：“还能怎么做，让怎么做怎么做呗。我虽然没做过柜员，但是可没少听他们的抱怨，没有技术含量、没有前途、挣着卖白菜的钱操着卖白粉的心、被客户骂死也不能还口，等等。而且关键是现在分行正是需要业绩的时候，你不让我多拉几单业务，让我坐在柜台后面等着看分行关门啊。所以我现在能坐的只有在柜员岗上好好表现，争取早日回到二楼。”

杨斐越说越郁闷，陶远仍是一脸微笑地听着。

“你觉得现在前台的状态怎么样？”陶远问。

“什么怎么样？”杨斐不解。

“员工的工作态度、客户数量、客户满意度之类的吧！”陶远答道。

“本来就不怎么样，被王坤那么一搞，现在还有人来办业务吗？”杨斐气呼呼地说。

“你不是想改革吗，还记得你刚来的时候在前台的改革吗？”陶远说。

杨斐点了点头：“你跟我想到一起了，可我只是个柜员，哪有能力和资格去改革啊？”

陶远笑了笑：“你听我分析一下，看看我的角度对不对啊！”

杨斐好奇地看着陶远，等他继续说下去。

“其实这也不完全是坏事，首先，李明山跟咱们斗了这么久，他占到什么便宜没？并没有，你一次都不让他赢，一点儿甜头都不给他，你不怕他狗急跳墙跟你同归于尽啊！在不能克敌制胜之前，韬光养晦、以退为进这些都是不错的方法。再说你的改革，你在前台的改革之所以失败，那是因为前台不归你管啊，现在你去了前台，王坤被调回来，也没人给你捣乱了，不正是个好时机吗？你说你只是个柜员，大堂那些人并不这么认为，谁不知道你是行长面前的红人，行长怎么会让你一直做一个小小的柜员，最多也就半个月一个月，你就可以回到原来的岗位上。以你的能力和以后的职位，大堂想巴结你的人肯定不在少数，所以你说话应该比经理还好使。”

听完陶远的分析，杨斐不禁点头：“要说心机深想得远，我还是很嫩啊！”

陶远笑了笑：“我只是想问题的角度全面了一点儿而已。”

杨斐觉得陶远说的不无道理，或许前台改革就看她这次的行动了。她随手端起一杯水，略带讽刺口吻地说道：“我发现你真是个人才啊！我得敬你一杯，你说你要用你这小心思害谁，谁还不得死得透透的。”

陶远微笑着端起水喝了一口，好像把杨斐的讽刺当作了夸奖，又好像完全没把她的话放在心上。

第二天人事调派就下来了，杨斐去柜台做柜员，由吕婧临时代替她原来的位置。下楼之前，杨斐嘱咐吕婧细心努力，吕婧眼泪都快出来了，对杨斐依依不舍。

“学姐，没有你我肯定不行，你要不再去跟行长说说，这算怎么回事嘛！”

吕婧不舍地说。

“我相信你，好好干，我肯定不会一直做柜员的，放心吧。”

杨斐简单嘱咐几句后搬着东西下楼了，吕婧心情有点复杂，既有对杨斐的不舍，也有对新职务的忐忑和激动。这个时候，她还没把杨斐和陶远的关系放在心上。

柜员生活第一天，由于之前王坤的捣乱，现在来办业务的人并不多了，整个上午也没几个客户。几个柜员倒也清闲，和杨斐聊聊闲天，气氛还挺轻松。王坤已经不是大堂经理了，反正这几天客户是不会多了，所以新的经理还没定下，大家也不着急。

今天本该是王坤回归二楼的第一天，但是他第一天就没来上班，他请假和张娜娜郊外谈情去了。郊外谈情是张娜娜的说法，王坤想象的场景是两个人开着车到了郊外，在群山环绕寥无人烟的小溪边浪漫地野餐，说不定还能发生点其他什么的，但是到了地方才发现自己还是太单纯啊！张娜娜带他去的哪是什么郊外，完全是荒山野岭。

张娜娜不光爱健身，还是个登山爱好者，王坤这才知道她所谓的郊外谈情是什么。山下的一个小村子里，张娜娜、王坤和另外几个驴友一同下车后，王坤不知道张娜娜从哪儿变出个三十多斤的大登山包，愣要让他背着。王坤虽然不情愿，但是来都来了，硬着头皮也得上啊！他一使劲把包背好，然后发现背着这大包别说爬山，平地走都费劲。

“要不咱们回去吧，你看这到处都这么脏，你小姑娘家家的，衣服弄脏多不好。”王坤开始劝张娜娜。

“小点声，让别人听见丢人！”张娜娜低声训斥王坤，“在户外谁还在乎衣服干不干净啊！我跟你说，你可不能掉链子，让我丢脸看我回去收拾你！”

王坤欲哭无泪，这不是他想要的恋爱，他也不想要这恋爱，他只是想打败杨斐，怎么就被拐到这种地方来了啊！

爬升，爬升，还是爬升，无穷无尽的爬升。王坤满身大汗，衣服都湿透了，累到似乎感觉不到自己的腿了。实在走不动了，他把包往地上一扔，坐在地上休息起来。张娜娜让别人先走，自己留下陪着他。

“还有多久才到头啊？你们是吃饱了撑的吗，这是往哪儿爬呢啊？”王坤气喘吁吁地说。

“这才走了 5 公里，今天要走 18 公里呢！歇 5 分钟喝口水，赶紧走。”张娜娜催促道。

“啊？我不走了！”王坤郁闷道。

“你想好啊，你不走我走，这已经进山了，你自己可出不去。”张娜娜威胁道。

“我的车震，我郁闷啊！”王坤低声咆哮。

“你说什么？”张娜娜似乎听到“车震”俩字，“你再说一遍。”

王坤赶忙改口：“没，没什么，这包里都是什么啊，这么重。”

“露营的东西啊，水，锅，吃的，我早上装包你没看见吗？”张娜娜诧异地问。

“早上净顾着喷香水了，没注意你。对了，杨斐跟你爬过这种山吗？”

“还杨斐？你连冷静都追不上，要是杨斐现在估计都到山顶了。”张娜娜嘲讽地说。

“不是吧？完了，难道真动起手来我连杨斐都打不过？”

“你这一身肌肉到底是怎么来的，不该这么弱啊！”张娜娜纳闷道。

“算我倒霉，遇到你们这群妖魔鬼怪。”王坤更郁闷了。

张娜娜突然小声说道：“你怕蛇吗？”

王坤立刻警惕地看向四周：“哪有蛇？”

张娜娜又问一遍：“问你怕吗？”

王坤也不敢逞英雄了：“怕，你别吓我啊！”

张娜娜低声道：“怕就背上包，赶紧走。”

王坤道：“你少唬我，这还不到 5 分钟呢！”

张娜娜指了指王坤后面，王坤扭头一看，一条大拇指粗细的小黄蛇正溜溜达达地往他这边爬。王坤吓得浑身起了一层鸡皮疙瘩，猛地站起来就跑。张娜娜一把把大包背上，把自己的小包挂在胸前，追上王坤。

“包，你让我背啊！”张娜娜喊道。

“小点声，别惊动那蛇。”王坤说着乖乖把包背上，快步走了起来。

“那蛇没毒，而且才那么大点儿，你怕它干吗啊！”张娜娜一边笑一边跟着说。

一天走下来，晚上躺到帐篷里的时候，王坤完全没心思欣赏银河、没心思感受山风，张娜娜躺在他旁边他也一点邪念都没有了，他只有一个念头，睡觉。

第二天，王坤几乎是被张娜娜拖回家的，他感觉自己的两条腿肿胀酸疼，这时候让他截肢他都会考虑。杨斐还纳闷这俩人干吗去了，看到王坤的样子，她立刻笑了起来。

“笑吧，笑吧，我无所谓，你明天去帮我请一个星期的假，我要养伤。”王坤瘫在沙发上郁闷地说。

杨斐用手轻轻晃了下王坤的腿：“你这也没受伤啊，而且我现在不比以前了，我成柜员了，帮你请不了假。”

王坤一听腾地坐了起来：“你说什么？你怎么成柜员了？”

“还不是那天你不陪我去喝酒，娜娜把客户打了，这是给我的惩罚呗！”杨斐说得相当淡然。

王坤若有所思地坏笑起来，杨斐不明所以。

“你又想干什么坏事？”杨斐问。

“那可不能告诉你。”王坤说完一瘸一拐地进屋换衣服了。

第二天，王坤一瘸一拐地走进熊大海办公室，他要继续做大堂经理。熊大海怎么会肯，他再待下去就真的没人来办业务了。王坤再三保证，一定好好干，不糊弄，熊大海将信将疑，还是答应了。王坤吊儿郎当地走下楼，把大堂经理的胸牌戴在衣服上，开始在杨斐面前晃悠，杨斐简直惊呆了，冤家啊！好在柜员在玻璃里面，大堂经理多数时间在玻璃外面，王坤暂时整不到杨斐。

清闲，杨斐这两天没什么事，做得最多的就是观察旁边的人。她旁边窗口的柜员林莉不到三十岁，据说还没男朋友，整天是愁云惨淡，“上班如上坟”应该说的就是她。杨斐既不解又有点心疼，便敲了敲林莉的桌子，和她聊起来。

“我看你总心情不好，没什么事吧？”杨斐关切地问。

“我有吗？”林莉莫名其妙地问。

“怎么没有啊，都在你脸上写着呢！”

“唉，”林莉叹了口气，“每天过这种生活，怎么可能心情好啊！”

杨斐没作声，示意林莉继续说下去。

林莉开始大倒苦水：“我研究生一毕业就进了咱们这儿了，当时说的是做半年柜员，再转其他岗，现在都两年了，还是柜员。每次得到的回答都是等机会，等机会，像我这种没有一点儿门路的难道就真的只能做柜员吗？日复一日重复着这种机械的工作，累死累活不说，还上下不讨好，客户也骂，主管也骂。我这岁数也不小了，同学不是买房、买车，就是嫁入豪门，我这种生活什么时候是个头啊！”

杨斐点了点头：“那你为什么不辞职呢？以你的学历找个好点的工作应该不是问题吧！”

“每天都在想辞职，下不了决心啊！以前觉得银行的工作体面又稳定，谁知道是这样的啊！我也在网上找了些工作，总觉得不合适，一直拖着，就拖到了现在。”

“路是自己选的，你既然选这条路就要承担这条路带来的风险和痛苦，就像你觉得其他工作不合适，其实是你不想承担那条路的风险。不管选哪条路，有什么风险，至少你得开心啊，是吧？我觉得如果不满意现在的状况的话，完全可以改变，再惨还能惨到什么地步。”杨斐好像演说家附体似的，滔滔不绝。

两人正聊着，一个中年妇女走了进来，这个妇女手里拿着个存折，直奔王坤而去。

“您办什么业务？”王坤问。

“我，我，密码忘了。”中年妇女支支吾吾地说。

“没什么人，你也别拿号了，一号窗口，去吧。”王坤说着指了指杨斐的窗口。

“嗯，谢谢。”中年妇女说着走了过去。

杨斐一看来人了，赶忙坐好，露出标准的微笑：“您好，您办什么业务？”

中年妇女面露难色，说道：“是这样，这个存折是我爸的，我爸上个月去世了，我想把里面的钱取出来，但是我不知道密码。”

杨斐一听，也为难起来，这种情况可以说是银行的终极难题之一啊！

“您这种情况比较复杂，我们肯定不能给您取，您得先去您户籍所在地的公证处开个继承人证明，然后带着您父亲的死亡证明……”

杨斐还没说完，中年妇女打断了她：“怎么你们这儿也是这样啊？”

“啊？”杨斐没听明白。

“我去了好几家银行都这么说。我只知道里面大概有二十多万，具体是多少弄不清楚，没有你们的证明公证处不给我公正，我孩子上学需要钱，你就通融一下，通融一下给我取出来吧！”中年妇女央求道。

“对不起啊，我们有规定，真的不行，我也想帮您，真抱歉。”杨斐满含歉意地说。

杨斐正在解释的时候，一个中年大汉大踏步冲了进来，径直走到杨斐的窗口前，问中年妇女道：“取了吗？”

中年妇女摇了摇头。

中年大汉瞬间变脸，气愤地喊道：“把你们行长叫出来，还有没有王法了，我们老爷子存的钱，为什么不让我们取！”

杨斐慌忙解释，一边解释一边让旁边人把王坤叫过来，王坤站在旁边乐呵呵地看着，就是不上前。杨斐越来越没耐心，看到王坤在后面看热闹后，开口说道：“这样吧，我级别低，解决不了您的问题，后面，后面傻笑那个，那是我们经理，您找他行吗？”

中年大汉扭头看见王坤，走过去一把抓住他的衣领：“你今天不把钱给我我跟你没完！”

王坤正乐呵呢，被这突然的一抓吓了一跳，他一把挣脱，冲杨斐做了个回头收拾你的表情后，对大汉说：“大哥，你别着急，不是我们不给你取，是所有银行都不给你取，你要闹换个地儿闹，在我们这儿没用。”

中年大汉一听更来气：“我不跟你说，把你们行长叫下来！”

中年妇女赶忙过来拉住她丈夫，低声道：“你小点声音，你这样人家更不给咱解决了。”

中年大汉声音更大了：“媳妇儿你别怕他们，我跟你说银行就是奸商，我的钱凭什么不给我，快去把你们行长叫过来，我要投诉。”

王坤也怒了：“给脸不要脸是吧！”

中年大汉也不说话了，抬手就要给王坤一巴掌，幸亏杨斐从里面出来及时把王坤往后拉了一把。

五个窗口一共五个柜员，只有杨斐出来拉架了，其他四个老柜员一看就是经验丰富，没少遇到闹事的，就在里面不出来，你再怎么骂总打不到我。

王坤一看自己差点挨打，也豁出去了，直奔过去就要打人，杨斐和那中年妇女各自拉着各自的人，一时整个大堂乱作一团。

保安一边拉架一边找人上去找个能管事的，陶远一听说下面打起来了，慌忙走了下来。

“都住手！”陶远一声喊，王坤和那大汉都停了下来。

“这位先生，有什么事咱们好好解决，打架解决不了问题，打架只能把警察招来。”陶远客气地说。

“还威胁我，有种你报警啊，你谁啊？”大汉不屑地说。

“我是这儿的副行长，有什么事可以跟我说。”

中年妇女连忙赔笑，满含歉意地说：“对不起啊，是我们不对。”

大汉又想发怒，中年妇女一把把他拉到身后，对陶远说道：“我们的确是急需要钱，要不然肯定不会这么着急，我们老爷子本来很健康，谁知道突然就走了，什么遗言都没留下。”

陶远从这三两不着的话语中听出了缘由，又是亲属去世取不出钱的。

“这样吧，您先回去，明天再来，我们给您想办法。”陶远说。

“这还差不多。”大汉一边瞪着王坤一边说。

王坤一看自己被瞪又要上手，杨斐一把把他推到一边。

中年妇女千恩万谢地拉着大汉走了，陶远看了看王坤和杨斐，什么都没说，径直回楼上了。

杨斐愣了：“这算怎么解决啊，明天来了不还是闹吗？”

王坤气呼呼地指着保安：“刚才拉我干什么，打啊！”

保安摇摇头：“不敢啊，客户投诉我们要被辞退的。”

杨斐顾不上王坤，追着陶远上了楼。

一进陶远办公室，杨斐便质问起来：“你这也叫解决问题啊，他们明天来了不得闹得更厉害！”

陶远不慌不忙，递给杨斐一杯水：“别着急，我让他们走是因为大家都看着呢，不好说话，明天他们来了，你把他们叫到没人的地方，再解决。”

杨斐更不明白了：“怎么解决？”

“动动脑子啊，想想。”

杨斐莫名其妙：“想不出来。”

陶远不再卖关子了：“明天他再来，你让他在门外面监控看不到的地方等你，过个十来分钟你再出去找他，问老人身份证注销没。如果没注销，让他随便找个老人的哥哥、弟弟、表哥、表弟什么的，跟老人有五分相似足够了，然后让这个老人出面去别的银行办重置密码。”

杨斐佩服地伸出大拇哥：“陶行长，老狐狸啊！”

陶远回以微笑。

“如果身份证已经注销了呢？”杨斐又问。

“那就做好他们再闹的准备吧！”陶远说话的语气还是那么轻松。

这一天杨斐都很忐忑，毕竟刚做柜员，这种阵仗还没见过。第二天，那俩人果然又来了，杨斐按照陶远教的，私下问他们老人的身份证注销没，得知没注销后便把陶远的办法告诉了俩人。

让杨斐意外的是，她告诉那俩人去别的银行办去，俩人心虚，带了老人的弟弟又来了朝通分行。经过之前那么一闹，谁不知道这老头是假的，杨斐看着窗口外面的老头，为难起来，办还是不办？中年妇女看出杨斐的为难，便问有什么问题，杨斐把心一横，应该不会有事，便办了起来。

杨斐在给老人办业务改密码，大厅里的保安和保洁低声议论起来，都说不知道是谁出的主意，真是高啊！正巧熊大海从外面回来，看到保安们议论纷纷，便站在旁边听了几句，把杨斐违规给老人办业务的事全听到了。保安发现熊大海后慌忙各自忙活去了，熊大海也没说什么，自顾自地上楼了。

陶远又帮了自己一个大忙，杨斐觉得上次陶远都请她吃饭了，应该回请一次，感谢一下。杨斐选了上次陶远请她的那个餐厅，因为她怕去别的陶远不熟悉的地方，万一引发他的洁癖就麻烦了。

杨斐心情不错，跟陶远越聊越多，自己的心情、和王坤的打闹，讲得是滔滔不绝。干讲不过瘾，杨斐又想和陶远喝一杯了，于是让服务员端上一瓶红酒。

陶远一看酒上来了，笑着说："你还没喝够啊，看来那些客户把你灌得不够惨啊！"

杨斐一边倒酒一边说："不一样，那种场合能跟这种场合比吗，咱俩算朋友吧，算吗？"

陶远点点头。

杨斐接着道："算就行，那今天就是朋友聊天高兴，少喝点，你控制着我点，别让我喝多就行。"

"你喝多什么样我可是见识过，放心，不能让你喝多。"

陶远说过这话没过多久，就发现自己根本控制不住杨斐。可能是做柜员这几天来一直挺压抑，今天终于做了件助人为乐的事，杨斐一高兴根本停不下来，没一会儿就喝得迷迷糊糊，话都说不清了。陶远刚想扶着她离开，她不小心打翻一个盘子，衣服上弄得都是油和菜，这下陶远纠结了，嫌她脏。

没办法，陶远给吕婧打了电话，问杨斐家住哪儿。吕婧一听杨斐喝多了赶忙要来接她，去接之前还给张娜娜打了个电话。张娜娜一听杨斐和陶远在一起，还喝多了，这多好的机会啊，不能送回来。吕婧不太明白，为什么不能送回来，张娜娜说杨斐需要男人的呵护，陶远虽然有点腹黑，但是最近经过冷静的洗脑，她觉得这个人还不错，可以跟杨斐玩一玩。吕婧一听这说的都是什么话啊，执意要去接杨斐，张娜娜再三要求不准去接，接了就和她翻脸。

吕婧纠结了，虽说杨斐在陶远那儿住过一夜没发生什么，但总这样发生什么的概率会越来越大啊！张娜娜也挺难缠的，杨斐就住这一次应该没事，吕婧相信陶远的人品，说服自己不去接杨斐，然后借口自己加班走不开，杨斐家又没人，就不管了。

陶远没办法，只好忍着杨斐身上的脏东西，艰难地把她拖回了家。这次和上次不同，上次杨斐喝多的表现是乱说话乱跑，这次她很老实。陶远把杨斐放到床上，正在纠结怎么把她的衣服脱掉的时候，杨斐突然吐了，吐了一地，床上也粘到一些。陶远一看这场面，自己也差点吐了，他连忙转过身不敢看杨斐，过了一会儿，让自己定了定心神，他又转回来，小心翼翼地跳过杨斐的呕吐物，大声问她还吐不吐，要吐赶紧去厕所。杨斐还有点意识，晃晃悠悠地爬起来往厕所走。

杨斐走到客厅，没忍住，又吐了。

客厅又是一大摊!

陶远崩溃了!

杨斐吐完抹了把嘴，晃晃悠悠地回床上继续睡了。

看着地上那摊难闻又恶心的呕吐物，陶远浑身发起抖来，站都站不稳了，一个踉跄差点摔倒。他直接蹲在地上，久久站不起来。

过了许久，陶远强挣扎着站起来，缓慢地走到门口，开门，出去，把门关上，站在门外倚着墙不住地深呼吸。

“怎么办？怎么办？”陶远从来没有这么慌乱过。

思忖良久，陶远掏出手机，上网搜了个家政公司的电话，想打电话叫人来收拾，但这时候已经是半夜一点多了，电话那头听到让现在去拖地，骂了句“神经病”就把电话挂了。

陶远使劲跺了跺脚给自己鼓劲，宁愿被熏死也不能让那两摊东西在屋里过夜。下定决心，陶远哆嗦着把门打开，又进来了。

杨斐睡得很香。

陶远一口气戴了四个口罩，三双手套，鞋套雨衣什么的都装备上了，这时候如果有防毒面具就更好了。装备完毕，陶远拿着扫帚开始一点点挪向呕吐物，他咬着牙用拖把轻轻碰了一下呕吐物，立刻受不了了，把拖把一扔转过身去不敢再看。

以这种状态，陶远花了一夜的时间，都没把呕吐物收拾干净。客厅的收拾干净了，整个客厅擦得甚至比原来还亮，但是卧室那摊却没能弄完，天就亮了。

杨斐醒了，这一觉睡得身心舒畅，醒过来才发现自己怎么又跑陶远床上了，再一看，陶远蹲在卧室的一角瑟瑟发抖，衣服上还沾了些好像拖地的脏东西。

“你干吗呢？”杨斐问。

陶远没有回答，依旧在抖。

杨斐意识到有问题，连忙下床查看，可刚踩到地，就觉得脚下黏黏的，低头一看，她差点吐了，踩自己呕吐物上了！陶远正抬头看杨斐，一看到她踩呕吐物上，终于忍不住吐了出来。

陶远吐完也顾不上别的了，直接跑进厕所，衣服也不脱，打开淋浴就开始冲。杨斐也想冲冲脚，可刚一靠近，陶远立刻躲到一边。

杨斐终于意识到，自己昨晚吐过之后，陶远洁癖和强迫症的极限应该被触及了。

“对不起啊，我不是故意的。你，你先洗着，我去收拾。”

杨斐说完拿起拖把迅速走出厕所。

经过一阵慌乱的收拾，至少看上去没什么脏东西了。杨斐满意地去厕所找陶远，却看到他还在瑟瑟发抖地冲着澡。杨斐意识到问题的严重性，连忙把水关了，把自己的脏衣服脱掉后紧紧抱住他。

就这么抱了好久，陶远终于恢复了。他先是洗了个澡换了身衣服，又让杨斐洗了个澡穿了件他的衣服，然后俩人又来了一遍大扫除，又洗了个澡换了身衣服，这才算结束。

一天就这么过去了，俩人连班都没上，扫了一天地。杨斐欲哭无泪，本来开开心心地请陶远吃饭，怎么会变成扫了一天地啊！

陶远也没怪杨斐，只说以后还是少喝点酒，杨斐哪还敢反驳，连忙说：“不喝了，以后打死也不喝了。”

郁闷归郁闷，但对于陶远，杨斐既愧疚又担心，她不敢想象这一夜陶远是怎么过来的，那得多难受啊！再三确定陶远没事之后，她才悻悻地离开。

回到自己卧室，躺在床上之后杨斐翻来覆去却睡不着，陶远精神崩溃的样子在她脑子里挥之不去。一个问题跑进杨斐的心里，陶远究竟受过什么刺激，才能变成今天这个样子，究竟有什么心理阴影，才能让他一个大好青年过着那种近乎变态的压抑的生活。她爬起来用手机上网查了些有关洁癖的资料，没什么实质性的收获。

对杨斐而言，陶远始终有一层不薄不厚的神秘面纱，让杨斐总有一种距离感。

“要彻底了解陶远，必须搞清楚这个问题！”杨斐暗下决心，要查一查陶远的过去。考察陶远的过去就此成为杨斐对他的调查的最后一个环节。

陶远真的是没什么朋友，第二天杨斐拐弯抹角通过各种途径，好不容易才找到陶远的一个大学同学。她直接去找那同学，开门见山地说自己是陶远的朋友，想帮他解决强迫症，要打听一下他过去的经历。这同学听到杨斐是出于对陶远的关心，便开口说了起来。

“陶远以前挺正常的，挺开朗的一个人，人缘也不错，特别是跟他女朋友的感情，那叫人羡慕啊！”同学一边回忆一边说。

“什么？陶远有女朋友？”杨斐十分惊讶。

“唉，死了。”同学叹气道。

“啊！”杨斐更加吃惊，“是得病了吗？”

“车祸，具体的我们也不知道。说是她突然跑到大路上，车辆躲避不及撞到的，总之就是悲剧。陶远好像就是从他女朋友车祸之后开始变的，越变越奇怪，以前的他别说洁癖了，农村出来的，多少保留了点野地里撒欢的习惯，能多爱干净啊！可是自从他女朋友车祸去世之后，他整个人都变了。我也觉得奇怪，你说女朋友出意外跟他爱不爱干净有什么关系啊！”同学滔滔不绝地说着。

这下杨斐更好奇了，要说女朋友的死让他难过失落，哪怕整个人阴郁了都有可能，可这跟洁癖有什么关系啊！杨斐左思右想，越想越入迷。她平时喜欢看美剧，这时候突然想到《纸牌屋》里面有个情节，腹黑的男主角躲在暗处，在地铁进站的一瞬间把一个姑娘推下了铁道，最终姑娘被认定为跳轨自杀。想到这里，她又想到一个已经忘了名字的电影里的另一个情节，电影里有个人因为失手杀了自己亲近的人，把房子弄脏了，从此之后精神异常，害怕房子里有任何脏东西，而外人不知原因，只是以为是洁癖。

想到这里，杨斐吓得觉都不敢睡了，她告诉自己，不会的，陶远虽然腹黑，但不至于杀人吧！越不让自己往这个方向想，就越不自觉地往这个方向想，杨斐越想越害怕，越想越觉得十有八九就是这样。

话说回来，如果陶远真的是杀人犯，杨斐在他家那么造，岂不是很危险！

11

“你别说了，太吓人了！你以后还是不要跟他来往了！”杨斐刚分析完陶远有杀人嫌疑，张娜娜就说出了上面这句话。

冷静无奈地摇了摇头：“就算他性格有缺陷，离杀人还远着呢！你俩别乱说。现在你在朝通的情况很微妙，这个时候可别给我整什么幺蛾子啊！”

张娜娜反驳道：“你没看见他威胁那个男的，那气场，吓死人啊！”

冷静说：“那你还让杨斐喝多了去他那儿过夜！”

张娜娜也开始后怕起来：“我要知道他是这样的人，我说什么也不能把斐往老虎嘴里送啊！”

冷静又说：“你们俩冷静点，这都是杨斐的猜测，一点儿证据都没有。”

杨斐若有所思地说：“不行，我得继续查。”

在杨斐内心深处当然不希望陶远有任何黑点，但是有时候越关心就越担心，越容易胡思乱想。

三个人正讨论热烈的时候，王坤从外面回来了。一看到三人开小会不带自己，王坤就满满的挫败感，都把张娜娜追到手了，这仨人怎么还防着他。

王坤乐呵呵地凑过去，也不说话，听他们说。

“以后不管再发生什么情况，尽量不要和陶远单独相处，更不能去他家过夜了。”张娜娜仍是一脸后怕的表情。

杨斐点点头。

王坤一听这情况，明显是陶远对杨斐做什么了，立刻怒问道："你跟陶远干什么了？"

杨斐三人都没注意到王坤的出现，他这冷不丁地一说话，三人吓了一跳。

张娜娜先骂道："你啥时候回来的，谁让你听我们说话了！"

王坤仍是一脸正气："亲爱的你先别说话，现在是杨斐的问题，杨斐你跟陶远到底怎么了？"

杨斐一副无所谓的样子看着王坤："你是不是问得有点多了啊，我要是就不告诉你呢？"

王坤气呼呼地说："你们仨，就胡闹吧，早晚让陶远整死你们。"

王坤这话本来是诈他们三个的，杨斐听到后愣了一下，冷静根本没往心里去，只有张娜娜，立刻联想到杀人的事，慌忙问道："你这话什么意思？你也知道陶远的事？"

王坤发现诈唬成功，立刻一副什么都知道的样子："那是，不过你得先告诉我杨斐干什么了。"

杨斐刚要拦着张娜娜，张娜娜已经说了出来："她昨天喝多了在陶远家住了一夜，在他家地上吐了。"

王坤一听更气了："我说你昨晚上怎么没回来，没想到你是这样的杨斐，喝多了就跟人往家里跑，算我看错你了！"

杨斐听得脸都红了，指着王坤气得说不出话。张娜娜啪地打了王坤的头一下，让他少废话，先说陶远的事。王坤嘿嘿一笑，他还没杨斐了解陶远，但是杨斐随便跟人过夜这事儿不行。说到这里，王坤又开始打听杨斐和陶远都干什么了，气得杨斐要揍他。张娜娜突然意识到王坤是她男朋友，这么关心杨斐算怎么回事，一时醋意上来对王坤拳打脚踢，王坤招架不住，仓皇而逃。

杨斐开始疑神疑鬼起来，就连早上去上班时看到一个大妈在取款机前汇款都觉得有问题。这大妈一边打着电话，一边紧张地操作着取款机，杨斐怎么看都觉得不对劲，于是走了过去。

杨斐客气地问："您好，我是银行的员工，有什么要帮您的吗？"

大妈紧张地摇了摇头，眼神躲避杨斐。杨斐一看，肯定有事儿!

“您是在给谁打电话吗？”杨斐又问。

大妈用手捂着手机的话筒，低声说：“姑娘你要帮我啊，我儿子出事了，我得交两万块钱才能救我儿子，你帮我转一下账行吗，我谢谢你了啊！”

杨斐听完马上就明白了，电信诈骗，她赶忙说：“阿姨，您这是遇到电信诈骗了，别理他们就行了。”

手机那头已经开始催促了，大妈紧张地让那边再等一下，又开始鼓捣取款机。任凭杨斐怎么劝，大妈就是不信。

杨斐急得就差直接把大妈推开了，眼看着款被汇了过去，手机那边还在嘱咐大妈回家等消息，24 小时不要跟别人联系之类的。这时候王坤吊儿郎当地走了进来，杨斐赶忙叫住他，让他帮忙。

王坤走过去直接抢过大妈的手机，示意大妈不要出声，然后把手机开了免提。

“就是你们这帮骗子骗我妈是吗？！你他妈说谁出事了，是你爹出事了吧！”王坤大声骂道。

对方误以为正主回来了，立刻挂断了电话，任凭王坤再怎么打，一开始是不接，后来直接关机了。

王坤把手机还给大妈：“看到了吧，就是骗子。大妈啊，以后遇到这种事先给你儿子打个电话确定一下，然后打 110 报警，你连人家的面都没见过就敢汇钱，不是找骗呢嘛！”

大妈委屈地说：“我儿子是船员，这个时候估计在非洲的海上呢，根本联系不到啊！”

“我的钱！”大妈突然想起钱已经被骗了，急得都要哭了。

“转账汇款 24 小时内是可以撤回的，放心吧！”杨斐安慰大妈道。

大妈对杨斐和王坤简直是千恩万谢，非要找行长表扬他俩，杨斐好不容易才把她送走。

陶远进来的时候也看到了这一幕。如果是之前，他肯定会来询问情况出谋划策，但是今天不一样，自从被杨斐看到自己失控的样子之后，他不知道该怎么面对杨斐了。可能是觉得自己丢人丢大了，也可能是不想让别人看到自己最脆弱的一面，总之陶远此时只想躲着杨斐。杨斐也是一样，她真怕陶远是杀人犯，哪还敢接近他。

倒是王坤，送走大妈之后，看到陶远在不远处，直接走过去把他叫了过来。

陶远和杨斐，四目相对，眼神都很闪烁。

王坤知道杨斐吐了，陶远崩溃了，俩人没有发生不可描述的事，所以也不介意，跟陶远说起了刚才的事，问陶远有没有什么好的办法治治电信诈骗。

“个人能力有限，咱们最多也就是在分行宣传一下，对大局作用不大。”陶远说。

“说得也是。”王坤附和道。

陶远始终在躲避杨斐的眼神，他不知道其实杨斐也在躲避他的眼神。三个人都没话说了，一时场面尴尬起来。

陶远最先开口：“你们忙，我先上去了。”

杨斐很想知道陶远所说的在分行宣传是怎么宣传的，但是又不敢跟他说话，纠结良久，直到陶远转身都走了两步了，才开口问：“怎么在分行宣传啊！”

对这突然一问，陶远也有点意外，本以为可以逃离这个尴尬的场面，可要跟杨斐细聊起来，场面岂不是更尴尬。

就算尴尬也不能在王坤和大庭广众之下尴尬啊！陶远把心一横：“我们到办公室说吧！”

杨斐犹豫了一下，跟着陶远走了。她一边走一边回头，王坤不明白什么意思，只是笑嘻嘻地看着她，直到她回了好几次头之后才不耐烦地问：“看什么呢，赶紧上去啊！”

杨斐定了定神，随口说道：“早会不开了啊，没空！”

陶远办公室里，只有他和杨斐两个人。

两个人都有点局促，都没有开口说话。陶远低头假装摆弄文件，杨斐低头假装看手机。

还是杨斐先开口了：“那天晚上，对不起啊，你没事了吧！”

陶远客套地笑了笑：“都过去了，别提了。你，你不是问怎么宣传吗，其实很简单，找一些容易上当的群体，把他们聚到大厅，当着他们的面挨个给骗子打电话，教他们识破骗子的伎俩。”

杨斐听完忍不住笑了："这招，也就是你能想到。"

杨斐刚说完，意识到自己有点失态了，连忙绷住笑："好办法，我这就去实施。"

杨斐说完慌忙离开。

冲着杨斐的背影，陶远说道："不是我想到的，网上看的。"

杨斐走远了，陶远长出了一口气，自从杨斐来了之后事情就不断，所有的平衡都被打破了，连他自己的生活都被搞乱了。杨斐简直就是个麻烦精，可是她身上又有很多特质让陶远很欣赏，善良、真诚、执拗、风风火火。陶远有点纠结，再跟杨斐走得近的话，不知道又要被她惹出什么麻烦，可是不跟她走得近吧，自己又觉得可惜。

陶远的思绪正在乱飘，李明山笑呵呵地敲了下门然后走了进来。

陶远从座位上站起来："李副行长，有事吗？"

李明山笑呵呵的："也没什么事，就是想找老弟你聊聊。要不咱们去我那儿，喝口茶？"

陶远想看看李明山又要搞什么，于是点头同意："行啊，恭敬不如从命。"

到了李明山办公室，李明山热情地又是让座又是泡茶，一阵忙活之后，终于喝上茶了。陶远一边品茶一边问："李副行长，你不会真的只是叫我喝茶吧，有什么事直说就行。"

李明山凑到陶远跟前，低声说道："其实还真有件事想跟你聊一下，我前两天无意中听见王坤和熊行长聊天，你猜我听到什么了？"

陶远看着李明山，等他继续说下去。

李明山顿了一下，继续说道："我听见熊行长和王坤在聊金茂的事，整个金茂事件从头到尾都是他俩设计的。我知道这件事你一直对我有误会，但是我可以告诉你，邹行长被撤跟我没有关系，都是熊大海设计的。"

陶远十分淡然地答道："我知道。"

李明山不禁一惊："你知道？"

陶远仍很淡然："对啊，熊行长一来我就知道了。"

李明山为什么突然要跟陶远说这个？这要从他这几天对时局的重新思索说起。自从杨斐和王坤都去了大堂，二楼少有地保持了几天的平静，李明山本想利用这个机会尽快解决熊大海，可把所有现状都分析一遍之后，他又变换了思路。在他看来，现在分行的状况可谓是风雨飘摇，总行随时都有可能把分行撤销。如果这时候行长出问题被撤或者辞职，那么总行很可能以此为借口会直接把分行撤掉，分行都没了，那他所有的努力就都白费了。所以在分行被撤危机解除之前，熊大海暂时不能走。如果留下熊大海，他就得防范熊大海对付他了。

怎么才是对自己最有利的局势呢？李明山再三思索，最后觉得保持分裂是最好的。怎么个分裂法呢？首先，决不能让陶远和熊大海亲近，哪怕是通过杨斐这个桥梁间接亲近也不行，一旦他们三人合伙了，那就完全没他李明山的戏唱了；其次，继续瓦解陶远和杨斐的关系；第三，要让杨斐和熊大海的关系产生间隙。想让熊大海放弃杨斐，他一时还想不到办法，但是要让杨斐疏远熊大海，还是有计可施的。

怎么让陶远和杨斐疏远熊大海，“金茂事件”成了李明山手里的利刃。他觉得一旦陶远知道是熊大海在幕后陷害邹凯，绝不会再和熊大海合作；而以杨斐耿直的个性，知道自己被熊大海利用害人之后，情绪也会有很大的触动。但他没想到的是，其实杨斐和陶远都知道这个秘密。

当听到陶远淡然地回答自己早就知道的时候，李明山内心一惊，有点搞不清状况了，他试探性地问：“既然老弟你早就知道，我倒挺想听听你的看法。”

陶远之前猜得果然没错，李明山已经知道熊大海和王坤利用他，这几次整王坤也就说得通了。他知道李明山把这件事告诉他的目的当然是防止他和熊大海合作，而之所以直接表明自己早就知道，是为了打击李明山，让他有种原来并没有把控全局的挫败感。

“你是怕我跟熊行长走得太近了对你不利吧？”陶远喝了口茶，也是笑眯眯地说。

李明山表情有点尴尬，想笑笑不出来，想严肃又严肃不起来，最终他还是收起笑脸，严肃地说：“没错，现在看来你之所以没对他下手，应该和我没下手是一个原因吧！”

陶远装糊涂：“什么原因？”

李明山又恢复了微笑：“话都说到这个份儿上了，老弟你就别装糊涂了。”

陶远笑道："你是不是觉得再撤一个行长分行就保不住了？"

李明山点头："果然英雄所见略同啊！"

陶远摇了摇头："我可没这么想，如果熊行长能把分行搞好，为什么不帮他呢？"

李明山简直惊呆了，一时不知道该说什么。

陶远站起来："放心吧，李副行长，不管要不要对付你，我都不会跟熊大海站到一起的。"

陶远说完自顾自地走了。

李明山不置可否，不知道该相信陶远哪句话。不过经过这次谈话，他对局势又有了新的思索，决定暂时还是不要和杨斐说这件事，先观察情况，万一杨斐也知道，自己就要二次丢人了。

陶远看出了李明山所有的想法，他知道李明山现在不敢有大的动作，所以只是打击他一下，便没再往心里去了。

杨斐也没闲着，为了按照陶远的办法宣传，她让吕婧发挥人脉找来了很多大爷、大妈、家庭主妇，整个分行的大厅很快就挤满了人。杨斐坐在玻璃窗后面，把外面的话筒关了，外面说话里面什么也听不见。然后她示意大家安静，听她挨个给各种骗子打电话，教大家识别骗子的常用手法。

第一个骗子。

杨斐："你好，你昨天给我打电话了是吗？"

骗子："你好，我是华农银行信用卡中心的，请问你叫什么名字？"

杨斐小声对观众说："还是以我们银行的名义骗的。"

骗子："你说什么？"

杨斐："没什么，我叫杨毁，毁灭的毁。"

骗子："名字挺特别啊！有个叫杨毁的今年 4 月在华农银行大望路支行办理了一张额度 50 万的信用卡，请问你是吗，请把你的身份证号说一下，我核实一下。"

杨斐随便编了个身份证号。

骗子："就是你，是这样的，这张卡是你本人办的吗？"

杨斐："对啊，就是我本人办的，怎么了？"

骗子："吹牛吧你！"

骗子挂了电话。

大爷、大妈们哈哈大笑起来。

杨斐说道："我根本没办过啊！如果我说不是我办的，你们知道骗子会怎么说吧，说我的信息被盗用啊，信用卡要我还啊，要抓我坐牢啊之类的，我再打过去给你们演示一下。"

杨斐又拨了过去，这次骗子说什么她就顺着往下说，一直到骗子给了她一个警察的电话号码，让她找这个警察报警，杨斐又打这个假警察的电话，先是要警员编号，又假装自己是警察，说在警察系统查不到他，最后吓得假警察直接求饶。

之后杨斐又给其他类型的骗子打了电话，分别有冒充淘宝客服的、冒充公检法系统说信息被冒用犯法的、冒充某公司说中大奖的、冒充熟人借钱的，最后连重金求子的电话都打了。一通电话打下来，竟然花了两个多小时。杨斐口干舌燥，咕嘟咕嘟灌了两口水，又向大家介绍起各种电信诈骗和银行的相关条例。

这场宣传异常成功，成功挽救了分行大厅岌岌可危的客户数量。人们一看这个分行这么有意思，这么负责任，口口相传，又都来这里办业务了。

熊大海把杨斐的这次宣传也看在眼里，杨斐是提高业绩的中坚力量，他怎么能一直让她做柜员浪费时间，可是要让她回来又要有个合适的理由。这次宣传是个功劳，熊大海不仅全分行高调表扬，还找来记者采访报道，并且向总行申请表彰。私下里，熊大海找到杨斐，告诉她总行的表彰很快就到，表彰一到，立刻让她回到原来的岗位。

对于熊大海的提携和帮助，杨斐心里不免感动，可一想到熊大海利用自己挤走邹凯，她又有点害怕，担心这些都是有目的的。可自己不过是个小小的客户经理，熊大海是行长，除了让自己给他多拉点业绩，还能有什么目的呢？拉业绩是自己分内的事，就算没有表彰也是要做的。就这样，杨斐纠结起来，对熊大海的情感也变得复杂起来。

来办业务的人多了，杨斐也终于体会到真正的柜员的生活了。一个字，忙！忙得晕头转向，午饭一直拖到下午 3 点才吃上，尿憋到膀胱要爆炸，可就是走不开，去厕所都是一瘸一拐两腿并拢走过去的。

客户多了，奇葩客户也就多了，杨斐见到随地吐痰，又不小心把存折掉到痰上的，关键掉上之后，客户随手捡起来就递了进来。杨斐犹豫了，接还是不接，这要是让陶远看见，不得恶心死。还有拿着假钱来存钱的，钱假到上面的人物竟然失真，关键客户死活不让没收，非说是新版人民币。有拿着别人身份证来开户，杨斐看出身份证和本人不一样之后，对方谎称整容了，死活非要开户的。

杨斐累死累活焦头烂额，王坤一边看她的笑话，一边抱怨好不容易把客户都赶走了，非要搞什么防骗宣传，来这么多人，弄得他连玩游戏的时间都没有了。

大厅生意火爆，分行的口碑直线上升。李明山意识到，杨斐很快就要回二楼了，而熊大海的一系列举动很可能会让杨斐感恩戴德，看来要多关注杨斐了。

总行给了杨斐一个不大不小的表彰，吕婧的工作又陷入停滞，熊大海把这两个借口结合起来，给杨斐恢复了职位。临走之前，杨斐又和那个压抑的柜员林莉谈了一次，她本想劝林莉不要束缚自己，不料林莉却说自己已经提出辞职了，她要往前走一步，不能一直停滞不前。杨斐突然觉得很受震撼，人生就该这样，不要瞻前顾后、怕东怕西。

王坤一看杨斐都走了，自己在大厅还有什么意思，跟熊大海打了个招呼之后也就回来了。

一个专营化工用品的进出口公司需要贷款 5000 万，但是各种资料却都不怎么严谨，作为抵押物的很多化工原料价格又飘忽不定，面对这种情况，吕婧左右为难，项目进展缓慢。这个项目，只有杨斐可以搞定。

吕婧有点郁闷，她虽然极力掩饰，但杨斐还是看出她有点闷闷不乐，似乎也不怎么想跟杨斐说话。

“心情不好啊，是因为那个项目吗？”杨斐关切地问吕婧。

“没有，有点不舒服。”吕婧敷衍道。

“不行就早点回去，有什么事就跟我说啊！”杨斐关心道。

“嗯！”吕婧应了一声，低头忙活起来。

杨斐也没在意，她根本没意识到吕婧不光是因为工作受挫，更大的原因是她和陶远一起过的那一夜。两人同居一夜，第二天都没来上班，来了之后看对方眼神闪烁，吕婧把这些都看在眼里。她不知道究竟发生了什么，但她确定肯定是发生了什么。

王坤闲不住，又想和杨斐较量了。他直接找到杨斐，挑明了要抢进出口公司这个项目。杨斐根本不把王坤放在眼里，但让她没想到的是经过和她的几次较量，王坤进步神速，这次甚至要在杨斐的团队里找个内应。

赵胜品三十四五岁，是杨斐团队里最不服她的一个。他觉得杨斐年轻、没资历，根本没有资格做自己的上司，而且如果不是杨斐的空降，这个组长基本上就是他的了，所以杨斐做了这么久的组长，他始终是最不服杨斐，也最不听从命令。这种人不做王坤的内应和助攻，简直是浪费！王坤私下找到赵胜品，一说要合伙对付杨斐，赵胜品简直觉得天遂人愿，满口答应下来。

和赵胜品联络完之后，王坤偷偷回自家公司，动用公司的资源把那个进出口公司彻查了一遍，连公司员工家有几口人都查清楚了，这一次他一定要把杨斐打得落花流水。

突然有了这么一个项目，杨斐一时也顾不上陶远了，一心扑在工作上。王坤依旧吊儿郎当，到点儿下班，杨斐却埋头在杂乱的资料里，加起班来。

回到住处，王坤照旧和张娜娜打闹调情，顺便挖点杨斐的黑料。俩人玩得正高兴的时候，突然有人敲门，张娜娜一开门，吃惊不小，因为来人竟然是杨斐的母亲赵小兰。

“阿姨！您怎么来了？快进来，快进来！”张娜娜又惊又喜，慌忙把赵小兰让进屋里。

赵小兰乐呵呵地走进屋，把行李箱随手一放，开始在屋里打量起来：“小斐呢？”

张娜娜笑着说：“加班呢，您还不了解她啊！”

赵小兰也笑着说：“我能不了解吗，她可是我的杰作，加班好，加班挺好。”

王坤头一次听到有亲妈不说自己女儿加班累，而是加班好的，想要嘲讽几句，但赵小兰毕竟是长辈，又是第一次见，他没忍住小声不屑地哼了一声之后，连忙收起自己不屑的表情。

赵小兰注意到王坤，便问：“这个小伙子，是谁啊？”

王坤刚要说话，张娜娜忙走到他前面，一把把他拉到身边：“这个，王坤，杨斐的男朋友！”

王坤闻言一惊，盯着张娜娜看，用眼神问她又搞什么鬼。张娜娜偷偷拧了一下王坤，示意他装下去，王坤不敢反抗，连忙赔笑道：“阿姨，你好！对，我叫王坤，杨斐的男朋友。”

赵小兰打量了王坤一下：“嗯，小伙子挺精神，哎，不对啊，小斐的男朋友不是叫小谢吗，你怎么姓王啊！”

张娜娜连忙说：“他以前谢顶，大家开他玩笑，给他起了个外号叫小谢。”

王坤从来没听过这么牵强的理由，差点笑喷了，他强忍着笑点头表示张娜娜说得对。

张娜娜见赵小兰一直打量王坤，又要问什么，连忙岔开话题：“阿姨，这么晚了，您怎么突然来了？”

赵小兰的眼神终于从王坤身上移开：“杨斐调了工作我一直也没来看过她，最近也不听她提小谢的事儿了，我怕她工作跟感情出问题，就想着过来看看她。”

张娜娜点点头：“这样啊，您来没跟她说吗？”

赵小兰道：“说了啊！不过看今天这样子，她应该是忘了。”

张娜娜责备道：“哎呀这个杨斐，您说您要来这么大的事儿她也不说一声，王坤，你去接一下杨斐吧，让她赶紧回来。”

王坤有点不情愿：“啊？”

张娜娜给他使个眼色：“你快去接她去吧，几点了还加班！”

王坤连忙答道：“嗯，我这就去，阿姨您稍等啊！”

王坤说完推门出去了，一出去，他立刻变脸：“莫名其妙啊，这又是要搞什么啊！”

办公室里，杨斐正在埋头工作，加完班的陶远从自己办公室走出来，看到整个办公区就剩杨斐自己了，他想过去打个招呼，又有点纠结，一时站在不远处停了下来。杨斐感觉到有人，抬头一看，看到了陶远。陶远一看自己被看见了，硬着头皮走了过来。

“还不回去吗？”陶远说。

“一会儿就走，你……”杨斐也不敢和陶远直视，“你怎么还没走啊？”

“加了会儿班，走吧，我送你回去。”陶远虽然有点心理阴影，但是这点绅士风度还是要有的。

“不用了！”

几乎是陶远说完送自己回去的同时，杨斐这三个字脱口而出。

两人都是一愣。杨斐也没想到自己会这么着急说出这么一句话，连忙给自己圆场：“我还得一会儿呢，你先回吧，不用等我了。”

“嗯，这样啊！”陶远说着点了点头。

两人都不说话了，场面更尴尬了。

陶远转头看了看四周以缓解尴尬：“那行吧，你再忙会儿，我先走了。”

杨斐连忙答道：“嗯！”

陶远说完刚要转身，王坤风风火火地跑了进来。

“远哥也在啊，怎么这么晚还没走呢？”王坤先跟陶远打招呼。

“这就走，你怎么回来了？”陶远问。

王坤没回答，而是直接走到杨斐身边，然后才说：“还不是为她！”

杨斐没好气地看着王坤：“我又怎么招你了？”

王坤也没好气：“你没招我，你妈来了，让你赶紧回去呢！”

杨斐直到这时候才想起母亲要来的事，一拍脑门说了声“坏了”，也顾不上跟陶远客气了，拉着王坤就往外走。看着杨斐的背影，陶远叹了口气，心想这个冒失的女人不知道又闯了什么祸，得知母亲来看自己的第一反应竟然是“坏了”。

回家路上，杨斐愁眉不展，神情紧张。

王坤好奇地看着她：“你愁啥呢？你妈来了你怎么这么紧张呢？”

杨斐忧愁地说：“我跟我妈说过谢羽是我男朋友，但是后来那些事我没跟她说，要是让她知道我跟谢羽那些烂事儿，她肯定接受不了。我本来还想先瞒着，但是她这一来，肯定要见我男朋友啊，这不就瞒不下去了吗！”

王坤终于明白张娜娜为什么要自己冒充杨斐男朋友了，他微笑着看着杨斐，表情淡然地说道："别着急了，阿姨已经见过你男朋友了。"

杨斐大惊："什么？！她见谢羽了？"

王坤不慌不忙："谢羽是你男朋友吗？"

杨斐有点晕："什么意思？我妈见谁了？"

王坤笑道："你那屋里就我一个男的，你妈还能见到谁啊？"

杨斐还没明白，于是逼王坤说清楚，不然让张娜娜揍他。王坤哭笑不得地把张娜娜让他假扮男友的事说了，杨斐更是哭笑不得。虽然暂时糊弄老妈了，但是要假装王坤女朋友，这也太难为自己了。

一回到家，杨斐和赵小兰坐在沙发上聊起天，王坤就开始忙活了，端茶倒水洗水果、跑前跑后伺候人。赵小兰看到这小伙挺勤快的，不住地点头表示满意。

王坤为什么突然这么懂事了？他可不是为杨斐。他一直想搞定杨斐，但是连追张娜娜这种方法都奏效不大之后，他突然觉得这次是个好机会啊，搞不好假戏真做，那自己不就成功了，等赵小兰一走再把杨斐甩了，大仇得报！杨斐虽然知道王坤肯定有所图谋，但是至少表面上表现得挺好，所以还是挺感激的，对王坤的态度也好了很多。

对于王坤受杨斐母亲之托跑来接杨斐，陶远心里多少有点触动。夜里，卧室静得出奇，独自躺在黑暗中整洁的床上，陶远翻来覆去，一闭眼就是王坤气喘吁吁跑来找杨斐的场景。自从那天喝多之后，不光自己在躲杨斐，似乎杨斐也在躲着他，陶远心想可能杨斐看到他这近乎变态的洁癖之后，想离他这个奇葩远一点吧，除此之外也没别的什么原因了。陶远不禁苦笑，或许自己和杨斐的合作还没开始，就要结束了。

杨斐在家里跟王坤假装亲近，但是一到银行，两人就又成了对头，不争个你死我活不罢休。银行没人知道他俩私下的情况，对两人的不对付也司空见惯，但是赵小兰的突然出现，让整个分行的八卦瞬间热闹起来。

赵小兰去银行给杨斐送饭，也给王坤带了一份，到了办公室先见到了王坤。王坤十分热情，跟她有说有笑，同事们一开始都不知道这老太太是谁，直到杨斐出现喊了句妈。杨斐责怪母亲突然跑来自己工作的地方，让她不要再来了，母亲也不生气，让她和王坤多吃点饭。王坤和杨斐也顾不上同事的眼光了，瞬间变身恩爱情侣。赵小兰一走，两人相互白了对方一眼，拿着自己的饭各自吃去了。

同事们全都傻了，都开始传王坤和杨斐地下恋都见家长了，在银行还假装是对手，可是看两人斗的狠劲儿，又不像是恋人啊！

陶远也看见这一幕了，他猜到王坤可能在假装杨斐的男朋友，可是为什么要假装呢，难道杨斐的母亲也是逼婚狂吗？他胡乱猜测了几个原因，都不能说服自己，这件事在他心里挥之不去，让他总不能集中注意力。

“我是不是对杨斐有点过分关注了？”开工作会议时，陶远还在走神想这个问题。

熊大海问陶远项目进展怎么样，陶远正在走神，他问了两遍才回过神来。李明山开玩笑说陶远也有走神的时候，是不是在想项目的事。杨斐却觉得奇怪起来，陶远最近越发的不正常，她偷眼看陶远，正好和陶远眼神对上，吓得连忙低头。

在杨斐心底，她还是愿意相信陶远只是一个有性格缺陷的天才，而不是丧心病狂的变态杀人犯。

“不能再这样了，查！万一是我想多了呢！”杨斐这么想着，下定决心要把陶远洁癖的原因找到。

下班，杨斐硬着头皮走进陶远办公室，陶远看到杨斐也有点吃惊。

“有事吗？”陶远问。

“嗯，上次防骗宣传的事，一直都没谢你，我想请你吃个饭。”杨斐磕磕绊绊地说。

陶远笑了笑：“不用了，那也是我的工作。”

杨斐忙道：“用，吃吧吃吧，地方我都找好了。”

陶远突然谨慎起来：“你是不是有什么事，有事说就行。”

杨斐连忙解释：“没事，我能有什么事啊！请你吃饭，我最近不是在做那个进出口的项目嘛，顺便让你指导指导我。”

陶远仍有点为难。

“不喝酒，这次绝对不喝酒，放心吧！”杨斐保证道。

就这样，陶远被杨斐带走了，这次两人去的是一个环境优雅的西餐厅，一人点了份牛排，没有酒。

陶远也想换换思路，所以吃饭时把心思都放在工作上，询问杨斐项目的情况，杨斐大概介绍起来："这个公司的证件、资产负债表、账目流水看着都没问题，但是看他的发货单，什么商品都比别人价低，而且主要对象不是欧美那些大国，而是中东非洲拉美的各种小国。网上有很多外贸骗子公司，这个公司看着像，但是又找不到证据，这就是吕婧一直为难的地方，而且他们没有工厂，只有化工原料，那东西价格飘忽不定，咱们总不能因为它的价格变动每天去找事儿吧！"

陶远点点头，一边吃一边分析起来。

陶远的话，杨斐一句也没听进去，因为她突然注意到陶远切牛排的动作，这动作精准而高效，似乎随手轻松一碰，就能按照一定的纹路把牛排切成一块一块的。杨斐不禁联想到陶远这么娴熟的技术是不是只用在切牛肉上，他这技术不会是剁了她女朋友练出来的吧！不对不对，杨斐又转念一想，陶远女朋友是车祸死的，没被分尸。

杨斐胡思乱想着，自己吓唬自己，本来她想今晚找借口去陶远家住，半夜找证据，但是一想到这些，又有点发怯了。"别乱想，不会的，不会的，他又不是汉尼拔。"杨斐在心里安慰自己，暗暗给自己鼓劲。

"对了，我刚想起来，我们屋的人都去旅游了，今天晚上没人，我忘带钥匙了，能不能……"杨斐说到一半不好意思说了。

"什么？"陶远问。

"再去，你家借宿一宿啊！"杨斐露出怯怯的表情，"你放心，绝不弄脏一点东西。"

陶远苦笑着说："你的借口是不是太随意了，说吧，为什么想去我家？"

杨斐死不承认："真的，真的是没带钥匙。不信你给王坤打电话，他和娜娜陪我妈出去玩了。"

"好吧。"陶远答应道。

陶远知道这么问杨斐不会说，现在最好的办法是静观其变，看看杨斐究竟要搞什么鬼。杨斐没想到陶远会这么痛快答应，心里又有点犯嘀咕了，自己不会有危险吧！她又看看陶远，怎么也看不出陶远有要杀人的凶相，尽管如此，跟陶远回家的路上，她还是提心吊胆的。

这计划是杨斐下午突然想到的，她只跟张娜娜说了一声，而忘了跟王坤和母亲说自己晚上不回家。赵小兰给杨斐打电话，杨斐手机静音没听到。看到王坤在玩游戏，赵小兰问他杨斐去哪了，他哪知道啊，随口回了句“加班呢吧”。正巧张娜娜下班回来，赵小兰又问张娜娜，张娜娜这才发现杨斐又给她留了个烂摊子，于是随便编了个借口，说杨斐有个女同事身体不舒服，她要照顾女同事晚上不回来了。赵小兰信以为真，对王坤却不满起来，因为她觉得王坤作为男朋友，连自己女友晚上不回来都不知道，太不负责任了。为了女儿的以后，为了让王坤更好地照顾伺候关心杨斐，赵小兰决定定向改造王坤。王坤一听还要改造，顿时不想干了，可一看见张娜娜要打死他的眼神，他又不敢反抗了。

半夜，杨斐蹑手蹑脚地摸到陶远房间外面，仔细听着卧室里的动静，确定陶远睡着了之后，开始在他家乱翻起来。说是乱翻，其实是很小心地翻完一个东西再放回原地。客厅、厕所、储物间，杨斐到处都翻遍了，没找到一点和陶远女友有关的东西，连一张照片都没找到，好像这个人从来没存在过一样。

杨斐不禁又嘀咕起来了：“难不成陶远为了忘了女朋友把所有东西都扔了？可他们不是感情很好吗，陶远应该留点东西经常怀念才对啊，什么都不留，这不正常啊！”

四处都找遍了，什么都没有。杨斐心想，不入虎穴焉得虎子，自己虽然身在虎穴却什么都没得到，那是因为还不够深入，陶远的卧室还没看呢！

“回去睡觉，明天早上趁陶远洗漱时快速搜查他的房间。”杨斐主意一定，蹑手蹑脚回到自己房间，睡觉之前，她再三确定房门已经反锁，这才安心睡了。

第二天一早，杨斐早早地起来洗脸刷牙，表现得十分自然。陶远似乎也没怀疑什么，也是很自然地进厕所关上门开始洗漱。

陶远一关上门，杨斐分秒必争，窜进他的房间，开始到处乱翻起来，抽屉、衣柜、床头柜、地毯下面、床上，简直是地毯式搜索，可仍是什么都没有。杨斐一边趴在陶远床上乱翻着被子和枕头一边自言自语道：“会不会在床下面？”她站在床边盯着床看了一下，用力拉了一下床板，没拉动，又用力拉了几下，还是没动。

“不是往上拉的吗？”杨斐纳闷道。

“往后拉！”陶远的声音出现在身后。

“哦！”杨斐随口答道，然后准备拉床板。

突然，杨斐意识到陶远在身后，慌忙转身，看到陶远毫无洗漱的痕迹，此时正站在她身后面无表情地看着她。

12

“你在干什么？”陶远问。

杨斐从陶远脸上看不出生气的表情，但也看不出其他表情，不知道他在想什么，心里越发地紧张起来。

“没，没，我的头绳掉床下面了。”杨斐支支吾吾地说。

“借口太随意了，换一个。”

“那就，钱掉里面了，一百块钱。”杨斐说笑了起来，她想用这尴尬的笑容消除一下当下的尴尬。

“昨天晚上也是在找钱吗？”

陶远这句话一出，杨斐当场傻了，还以为自己做得神不知鬼不觉，其实全在人家的掌控之中。

“你说什么呢？我不明白啊！”杨斐开始装糊涂。

陶远开始循循善诱：“你如果真的什么东西落这儿了，我帮你找。”

杨斐赔着笑说：“不用了，就这样吧，早饭吃什么啊？”

陶远没理杨斐，继续说：“如果你有别的目的，我希望你告诉我，不是你说过要坦诚的吗？”

杨斐犹豫了几秒，还是不敢说出实情，于是继续打哈哈：“没什么，真的，你别多想了，昨天晚上是我冒失了，你别介意啊！”

杨斐说这话时眼神又开始闪烁，不敢直视陶远的眼睛。

陶远知道这么问也问不出什么了，只好作罢，自顾自地做早饭去了。杨斐想走又不敢走，这时候着急走明显就是心虚，但是坐在餐桌前等早饭的时间着实漫长。吃早饭的时候两人又各有心事相互猜测对方的想法，场面相当诡异。

陶远看得出来杨斐还是不信任他，但是究竟是什么原因让杨斐大半夜在他家乱翻，这让他想不明白，如果只是想找工作上的信任，有必要这么折腾吗？陶远看着杨斐，越看越不明白，他不禁在心里感叹，能让他看不明白的人没有几个，杨斐就是其中之一。

王坤早上起来也很郁闷。一大早，他睡得正香的时候，赵小兰直接把他从床上拉起来，要开始他的改造之路。首先，做早饭，赵小兰说了，我们杨斐不会做饭，也是不可能学做饭的，要做我们杨家的女婿，做饭是必备技能。王坤从小娇生惯养，别说做饭了，连燃气灶怎么用都不知道。赵小兰发现王坤竟然比杨斐还白痴之后，不禁大跌眼镜，语气严厉地手把手教起来。

怎么打鸡蛋，怎么切菜，怎么开火、倒油，王坤搞得手忙脚乱，十分狼狈，赵小兰还在旁边喋喋不休。他实在气不过，开口问道："为什么杨斐不能学做饭，女人做这个不很正常吗？"

赵小兰一听就来气："凭什么女人做这个就正常，这种伺候人的活我们小斐是绝对不能做的，她的定位是女强人，不是家庭主妇。你也别有什么心理负担，我跟你说，要做我们家的女婿，就要有甘愿做小斐背后的男人的觉悟，你有吗？"

王坤差点乐出来，连忙点头："有，我有，说实话我挺不喜欢上班的，吃软饭我能接受。"

赵小兰瞪了王坤一眼："别说得那么难听，赶紧做。"

王坤手忙脚乱一个早上，做出来的菜色香味一样也不占，张娜娜尝了一口直接吐了。王坤又不服了，好歹是我的劳动成果，怎么一点也不尊重人，做得再难吃也比杨斐那个懒货强。

趁赵小兰不注意，王坤偷偷跟张娜娜抱怨，终于知道杨斐的个性是哪来的了，完全是这个妈一手教出来的啊！张娜娜让王坤不要胡说，杨斐的母亲这辈子很不容易，被男人伤过，所以对男人特别没有安全感，能这么对他已经是很客气了。王坤有点不屑，被伤一次就变成这种奇葩，只能说明内心不够强大啊！

忙活了一个早上，一到银行，没睡够的王坤就开始犯困，一想到赵小兰的折磨，他就懒得搭理杨斐。杨斐因为陶远的事心虚得很，整个人状态也不怎么好。陶远心里有疑问，多少也有点走神。三个人的状态都不好了。李明山有点不明所以，这三个人究竟在搞什么，一会儿好得跟一个人似的，一会儿又这样，难不成是因为抢杨斐翻脸了？这种情况虽然是他所乐于看到的，但鉴于这三人关系反复无常，他还是留了个心眼，时刻留意着杨斐和陶远的动静。

杨斐上班忙工作，下班也没闲着，她通过之前陶远那个同学辗转竟然找到了陶远女友的姐姐家。杨斐自称是陶远的女朋友，想了解点陶远前女友的事情，不料那姐姐听完之后突然激动起来，大骂陶远害了她妹妹，还警告杨斐离陶远远点儿，和他在一起不会有好结果。杨斐再问具体是怎么回事，姐姐却不愿再多说，把她赶了出来。这下杨斐更害怕了，害怕到连招呼都不敢跟陶远打了，看见他直接跑掉，连陶远拉来的项目都不敢接了。

陶远简直无奈了，真不知道杨斐在搞什么，问她什么也不说，整天神经兮兮的，看见他跟看见鬼似的。不把事情弄清楚，杨斐就不会正常。陶远找到杨斐，摆明了说有什么问题可以问，他一定回答，杨斐哪敢问啊，打死不说，两人又不欢而散。

王坤下了班很不愿回家，家里那个折磨人的老太太太吓人了。可回去晚了还是要被老太太数落，死就死吧，王坤硬着头皮还是回去了。

果然，赵小兰准备了各种项目等着王坤呢！首先还是做饭，赵小兰拿出一条活鱼要教王坤杀，这东西滑不溜秋的，王坤抓都抓不住，鱼从手里逃脱在地上乱跳，他一路从厨房追到厕所，最后鱼直接跳进了马桶，他都没抓住。

鱼是吃不了了，换别的吧！王坤在厨房好像打仗一样，噼里啪啦地差点把厨房炸了，终于做出一锅黑乎乎不知道是什么的东西。赵小兰垂头丧气，直言这个女婿不合格。

第二个项目，打扫卫生。在赵小兰的监督下，王坤开始拖地，整间房子，一个死角不留，每天都要拖两遍。赵小兰一说完，王坤当时就想摔拖把。

“阿姨，我还是觉得两个人过日子嘛，有活一起干，为什么要这么娇惯着杨斐呢？”王坤还不死心，想让赵小兰知道自己不对。

赵小兰理直气壮地说：“就你这想法你就成不了大事，人生下来就是有社会分工的，不是所有人都要干一样的工作，你说对吧。我们家小斐那是事业型，是要做大事成就一番事业的，这种小事除了浪费她的时间，还有什么用！”

王坤反驳道：“古人说一屋不扫何以扫天下，您这理论连古人都不同意。”

赵小兰有点不高兴了：“你是不是犯懒不想干活，不想干可以，我们小斐又不是靠男人活着的，我觉得你对她来说是可以替换的。”

王坤都吃惊了，这当妈的话说得也太直接了，说不过，还是低头干活吧！

正干着活，王坤突然想起一件事，于是开口问赵小兰：“阿姨，杨斐的屋子自己从不收拾，也是您不让她收拾吗？您看她屋里乱的，哪像个姑娘的房间啊！”

赵小兰没有生气，而是深深地叹了口气：“唉，我也知道我有点极端，可是不极端怎么能成功呢！你不知道我们娘俩以前经历过什么，所以你不理解我也不怪你。其他事情其实我也没觉得自己太过分，只是收拾屋子这件事，确实挺对不起小斐的。”

王坤问道：“这有什么对不起的啊？”

赵小兰坐到沙发上，示意王坤也坐下。王坤一看不用干活了，连忙坐在她旁边。

赵小兰道：“小斐小时候是个特别爱干净的孩子，每天回家都把自己的衣服和东西收拾得整整齐齐的，收拾完自己的还去收拾我的，这样每天就浪费了她挺多的时间。我为了让她集中精神学习，只要一看见她收拾屋子就骂，有几次还动手打了她。孩子犟啊，不管你怎么打骂，还是照收拾不误，我一生气就把她的衣服全扔在地上，逼着她坐在衣服堆上学习。她哭了得有两个星期，后来就习惯了，回家把东西往地上一扔，就看书去了。本以为过段时间她就会忘了这件事，谁知道她从此落下病根儿了，好像不知道有衣柜似的，不管干净的还是脏的，都是随手扔，改不了了。”

王坤突然对杨斐有一丝心疼，这孩子小时候过的都是什么生活啊，哪有这样的妈啊！

赵小兰一把握住王坤的手："孩子啊，小斐不会收拾屋子，你去帮她收拾一下吧，我希望以后你能慢慢引导她，让她把这个习惯改了。"

王坤说："这也是要浪费时间的，可以吗？"

"把衣服随手一叠放衣柜里花不了多少时间，这不算伺候人的技术，她好歹是个社会精英，也不能太邋遢了。"

赵小兰说得伤感起来，自己走到杨斐屋里关上门休息了，王坤还在回味刚才的话，张娜娜回来了。张娜娜一看屋里只有王坤，直接扑到他身上。

"哎呀，这几天你一直装杨斐男朋友，我都快忘了你是我男朋友了。"张娜娜坏笑。

王坤没心思跟张娜娜逗，来回躲，张娜娜一把把他摁住，坏笑道："还想躲，老实点让我占点便宜，对了，阿姨去哪儿了？"

王坤指了指杨斐的房间："屋里呢！"

张娜娜吓得连忙从王坤身上爬下来，整理了一下自己的衣服，低声问道："这才几点，她怎么自己进屋了？"

王坤也低声说道："刚才聊到杨斐不收拾屋子的事，好像把老人家聊郁闷了，自己进屋了。"

张娜娜叹了口气："杨斐不收拾屋子这个毛病啊，可能是她妈最大的心结了，你不知道杨斐小时候是怎么被她妈摧残的啊！"

王坤低声道："有所耳闻，这么看来杨斐也不容易啊！"

张娜娜不屑道："废话，太不容易了，所以以后你别总跟她对着干，让着点她。"

王坤又道："你说杨斐她妈这算精神障碍吗，她到底受过什么刺激啊？"

张娜娜索性把王坤拉出房间，坐在楼道里给他讲了起来。

"阿姨她年轻的时候是大学生，她那个时候的大学生可是很厉害的。在她大二的时候遇到了大学刚毕业的杨斐爸爸，两人未婚先孕，阿姨就离开学校回家生孩子了。那时候她刚上大二，其实还没学到什么技能呢，杨斐爸爸又忙，她就一个人在家带孩子，就这样完全成了家庭主妇。如果当初没遇到杨斐爸爸的话，阿姨现在应该也是独当一面的牛人了。"

"杨斐她爸后来出轨了？"

“何止是出轨！一开始他们家挺一般的，后来杨斐爸爸做生意赚的钱越来越多，就又找了个年轻漂亮的。他不是在外面偷着养，而是带回家要让小老婆和杨斐妈一起生活，这阿姨怎么能同意啊！杨斐爸爸就骂阿姨没用，什么也不会，对他的事业一点帮助都没有，就会洗衣服做饭之类的，最后离婚，就给杨斐留了点生活费，财产基本上自己都带走了。”

“这样也行？”

“等到要自己养家养孩子的时候，阿姨才发现自己什么也不会，挣不到钱。她干了很多体力活，你绝对想不到有多辛苦。从那时候她就立志，不要让杨斐走她的老路，要想彻底不依靠男人，必须自己有能力，也就是因为这个，她才那么摧残杨斐的。”

“你要这么一说吧，感觉也情有可原。”王坤听完张娜娜的讲述，也不好意思再讽刺赵小兰了。

张娜娜继续说：“杨斐的脾气你也知道，犟啊，都可以说是偏执了，小时候经常跟她妈对着干，她妈都是哭着打她，一大一小两个女人在家哭，没人管，想想就可怜啊！”

王坤被张娜娜这句话触动了，但嘴上还在硬撑，故作不屑地说：“杨斐这犟脾气，早晚得吃亏。”

不料张娜娜又说：“不用等早晚，这不正吃着亏呢吗？”

王坤没明白：“什么亏？”

张娜娜惊讶地问：“你不知道？”

王坤就是不知道，摇了摇头。

“就是她去你们分行啊！当时谢羽陷害她，总行说只要她承认就可以从轻处置，熊大海还给她找了个比银行工资高的地方让她低调辞职去上班。可是她一口咬定自己是被陷害的，说什么也不走，就要证明自己的清白，还要顺带证明自己有能力拿那个什么‘金牌客户经理’。总行她肯定待不下去了，为了证明自己的清白，她主动要求来你们这全国垫底的分行的。”

王坤一直以为杨斐是被贬到这里的，没想到还有这么一段故事，一时对杨斐也颇有点佩服起来。想起在酒吧和杨斐第一次见面，那时候正是她被陷害的时候，她得承受多大的压力啊！王坤突然觉得自己那次在酒吧和杨斐打架很不应该，自己什么都没弄清楚就一直针对杨斐就更不应该了。

“嗯，我总这么针对她，好像是有点过分啊！”王坤下意识地说出这句话。

张娜娜猛地拍了王坤一下，高兴地说：“你总算意识到自己的错误了！”

王坤这才反应过来，自己把心里话说出来了，嘴上又开始逞强：“可是我就喜欢做过分的事，我没说自己错了啊！”

张娜娜气得抬脚就要踢，王坤吓得连忙站起来，一溜烟跑进屋里了。

王坤对杨斐的看法已经有了翻天覆地的改变，这时候如果还是想着打败她、睡她就太不仗义了。外贸公司的项目还在进行，杨斐始终不敢确定这个公司是否完全合法，已经打算放弃贷款了。王坤之前做了那么多工作，就为了和杨斐斗，现在突然放弃又觉得有点可惜，他决定把陷害继续下去。不过在陷害之前，他先把解决方法备好了。这一次，他纯粹是想看看杨斐的能力够不够，要怎么解决这场即将到来的危机。

王坤在没告诉外贸公司的情况下让自家公司的高手做了很多假信息，交给赵胜品，赵胜品把这个拿给杨斐。杨斐仔细核对，始终没看出问题，这才安心把外贸公司的资料上交授信部。授信部通知贷款审核通过的时候，外贸公司的老总十分惊喜，连连感谢。

一切都很顺利，贷款很快发放下来了。可就在贷款发下去的第二天，杨斐收到消息，那个公司多次用假货或者不发货的方式欺骗外商，已经被查封了，老板跑了。

果然是个诈骗公司！怎么就没看出来呢！杨斐百般自责，连忙查看那公司的账户，钱早被老板卷走了，而那些作为抵押的化工原料也根本不是那个公司的，一切都是假的。这就是典型的骗贷。这下坏了，妥妥的不良资产。

陶远当天就知道这件事了，他顾不上杨斐最近对他的抵触，第一时间把杨斐叫进了办公室。

“外贸公司骗贷，具体是怎么回事？”陶远问道。

杨斐虽然有点怕陶远，但工作还是要认真对待的，何况是自己的工作出了问题。

“后来拿过来的资料都很正常，我去考察了几次，也没发现问题，应该有人在暗中帮这个公司骗贷，你觉得会是李明山吗？”杨斐分析道。

陶远摇头：“不太可能，李明山要的是行长的位置，要做行长首先得有这个分行，这种时候被骗贷的消息传出去对分行一点好处都没有，甚至可能会让总行下决心直接把我们撤掉，所以李明山也就是让你去陪个酒、把王坤赶到大堂，做一些对大局没有损伤的小动作。”

杨斐纳闷：“除了李明山，谁还跟我有这么大的仇呢？难道是谢羽？”

陶远道：“没有根据的猜测毫无意义，是谁在搞鬼可以慢慢查，当务之急是想办法把损失降到最小，同时封锁消息，决不能让这件事传到分行之外。”

杨斐点头：“我同意，资料都是赵胜品拿来的，现在最好的方法就是从他身上顺藤摸瓜，最好是能查出来幕后的人和老板的去向。对了，现在除了你，还有谁知道这件事？”

陶远想了想：“行长和李明山应该也知道，资产管理部有几个人吧，行长应该打过招呼了，所以目前情况还好，但是时间不多，尽快查。”

“嗯！”

从陶远办公室出来，杨斐思索了一下，觉得还是去跟熊大海汇报一下比较好。熊大海正要找她，看到她敲门进来，不禁笑了起来。

“小杨啊，我正要去找你呢，快，坐，坐。”

杨斐不好意思笑了笑，坐到熊大海对面的椅子上。

“行长，我是来向你检讨的，辜负你的期望了。”杨斐略带歉意地说。

“你是说骗贷的事？谁没有失手的时候啊！放心吧，我已经让人封锁消息了，现在知道这件事的不到十个人，你别有心理负担，专心把钱追回来就行。有信心追回来吗？”

“嗯！”

“具体是怎么回事我就不问了，我对你有信心。”熊大海鼓励杨斐。

“谢谢行长，那我忙去了。”

“去吧！”熊大海和蔼地笑着。

出了行长办公室，杨斐不禁在想，这个既器重又信任她的行长，怎么看也不像是背后使阴招害人的人，或许自己还是太嫩了，看不透人的内心，也或许行长的坏只针对别人，对她是真的好。她还是不太愿意相信自己对熊大海而言只是个利用价值很高的工具。

现在不是理这些东西的时候，杨斐收了收心绪，找赵胜品去了。

“外贸公司那些资料你哪来的？”杨斐很有气势地问赵胜品。

赵胜品本来以为王坤只是想把活抢过去，没想到他会来这么一招，心里也很后悔，但是这时候要是承认了，自己以后就别想在银行混了。

“就是正常途径收集的啊！我也不知道会有这么大的问题。”赵胜品狡辩道。

“行。”杨斐说完，转身就走。

杨斐知道赵胜品虽然心高气傲，但是懦弱怕事，对付他其实很容易，只要把他的心理防线打破就行。杨斐回到座位上上网搜了些银行员工犯法被抓导致家庭凄惨的新闻，打印下来之后直接甩给赵胜品，然后严厉地说道：“你的行为已经是犯罪了，现在说出来我还能帮你，等我自己查出来，你就等着警察找你吧！”

赵胜品本来就心虚，看完杨斐给他的新闻，更害怕了，他纠结半天，终于在下班的时候在杨斐回家路上拦住了她。

赵胜品一把鼻涕一把泪，恨不得给杨斐跪下，不住地忏悔，请求杨斐放过他，他孩子才两岁，这个家不能没有他。赵胜品拿出手机给杨斐看孩子的照片，杨斐本来想把他抓个典型，但看到孩子之后，她又心软了。

“你把实情原原本本告诉我，然后全力帮我追缴贷款，我可以答应替你隐瞒，我不是为你，是为这个孩子。”杨斐没好气地说。

赵胜品如蒙大赦，感激不尽，脱口而出一句话：“王坤。都是王坤让我干的，资料也是他给我的。”

“竟然是王坤！”

杨斐怎么也没想到王坤会对她这么狠，一时又惊又气，二话不说大踏步回家兴师问罪去了。

王坤正被赵小兰拉着学做饭，杨斐一进家门，直接把他拽进自己屋里，砰地把门关上。赵小兰和张娜娜都傻了，不知道究竟发生了什么，连忙把耳朵贴在门上仔细听着。

“你已经犯罪了你知道吗，经济诈骗，足够把你送进牢里了！你平时怎么针对我，怎么跟我捣乱都行，现在我严肃地问你，你究竟是怎么想的，脑子进水了吗？”杨斐劈头盖脸地训起来。

王坤立刻明白自己被出卖了，低声说了句：“赵胜品这个靠不住的，这么快就把我卖了。”

杨斐又说：“赵胜品跟这件事已经没有关系了，你告诉我你究竟是有多恨我，为了整我甚至连犯罪的事都敢做！”

王坤连连赔笑：“没那么严重，别生气，淡定，淡定啊，我跟你闹着玩呢！”

杨斐更生气：“有这么闹着玩的吗？钱追不回来我被开除，你进监狱，你这叫闹着玩！”

王坤还是很淡定：“放心，有我在，没人能开除你，放心吧啊！”

杨斐简直无奈了，有气无力地说：“大哥，别吹牛了行吗，你再不帮我把钱找回来你永远别想回来了，我就算想帮你也帮不了。”

王坤试探地问：“我都这么整你了你还想帮我啊，圣母啊！”

杨斐已经出离愤怒了：“行吧，你就这个态度，那我只有报警了，到时候让你爸想办法捞你吧。”

杨斐说着拿出手机就要拨号，王坤一看她要来真的了，连忙抢过她的手机，赔着笑说：“着什么急嘛，我帮你把钱要回来不就行了。”

杨斐眼前一亮：“你知道那个老总在哪儿？你知道他把钱弄到哪儿了？”

王坤得意地说：“我要不掌控全局，敢这么冒险地把钱给他贷出去？”

杨斐不耐烦：“少废话，快点说。”

王坤拿出手机，给杨斐看了张照片，照片里一个中年男人西装革履正在和人谈笑风生。

“我老早就找人一直跟着他呢！他人虽然不在国内，但是他的钱还没来得及转出去。”王坤说着给杨斐的手机上发了张银行卡的照片，“他的钱都在这个账户上呢，这虽然是个外资银行，但是毕竟是在国内，你应该搞得定吧！”

杨斐点点头：“我明天就去交涉，这个不难。”

王坤又说：“他在北京有两套房，名字都是他老婆的，一套房怎么也值个八百一千万的，抵消他来回倒腾那笔钱的时候被划掉的费用一点问题都没有。”

杨斐对王坤露出赞赏的目光：“行啊，这些我都没查到，你是怎么查到的？”

王坤嘿嘿一笑："你一个小银行职员，我背后可是我爸的整个集团，查个人还不简单。"

杨斐又问："你还没说为什么要帮这么一个人坑自己银行。"

王坤苦笑道："我闲得啊，我帮一个完全不认识的人，你看不出来吗，我就是整你玩儿呢，这回你承不承认吧，是不是被我打败了？"

杨斐哭笑不得："你赢了你赢了行了吧，我输了，我求你以后放过我！"

王坤乐呵呵地说："一看就是气话，你从心里根本就还是不服我。"

杨斐瞪了王坤一眼："想让我服你，下辈子吧！"

杨斐说完打开房间门示意王坤出去，门刚一打开，张娜娜和赵小兰立刻进来了。

赵小兰关切地问："斐，怎么了这是，跟小谢吵架了？"

杨斐不耐烦地说："没事了，都解决了。"

王坤怯怯地看着赵小兰："阿姨，您还是叫我小王吧，小谢这个名字已经过时了。"

第二天杨斐立刻行动，很快便和另一家银行协商好，完全没惊动警方，私下就把问题解决了。钱都追回来之后，杨斐才通知了警察那个老总所在的地方，警察跨国追缉还是把他给抓回来了。

从王坤勾结赵胜品开始，李明山就在旁边看着，一直了解着全部的情况，他一副看热闹的心态看王坤和杨斐斗，本以为这件事会让这俩人彻底决裂，但没想到的是杨斐几乎是神速收服王坤，把钱要回来了。

"看来他们的关系已经超出我的想象了，不好办了。"李明山不禁叹气。

这件事自始至终杨斐没再提过赵胜品的问题，赵胜品感恩戴德，对杨斐不但再无怨言，也不允许组里其他人说她不好。赵胜品都尊重杨斐了，其他人也把她的业绩看在眼里，都很佩服她的能力。杨斐怎么也没想到，组里人一直不服她的问题竟然就这么意外地解决了。

陶远本来还想着怎么帮杨斐解决问题，没想到杨斐自己这么快就解决了，完全没再找他请教或者寻求帮助什么的。对杨斐的能力，他深感欣慰，但对杨斐没来找他，他也深感失落。

“再这么下去就要完全失去杨斐了，必须搞清楚她究竟在想什么。”陶远暗下决心。

直接找杨斐谈不会有效果，陶远再三思索，决定去找冷静。

咖啡馆里，陶远和冷静对面而坐。这两个沉着冷静的板砖脸坐在一起，一时还真看不出谁更冷静一点。

陶远先开口说：“虽然有点冒昧，但是你是你们三个姑娘里唯一能看清楚局势的，我找你应该没错。”

冷静喝了口咖啡，不紧不慢地说：“是不是最近杨斐又不正常了，跟你疏远了？”

陶远点点头：“看来我没找错人。”

冷静继续说：“咱俩接触并不多，你是个什么样的人我都是听杨斐和其他人说的，所以对你，我觉得我可能并不能有完全正确的判断。”

“你可以先说说你的判断。”

“不能说，说出来，不管对还是不对我的底牌就都没了。”

“我很希望你对我的判断是正面的，因为只有这样，你才会帮我。”

“你想知道杨斐为什么冷落你？”

陶远点点头。

冷静道：“在这件事上，我也觉得杨斐反应过度了。她的性格你也了解，她不知道什么叫适可而止，她好奇的事不查个底儿朝天肯定不会罢休，所以我觉得你如果不想跟她闹僵的话，最好还是爆点隐私给他，坦诚一点。”

陶远问道：“她在查我的什么隐私，总不至于在查我的洁癖是怎么来的吧？”

冷静没说话，只是看着陶远。

陶远立刻明白被自己说中了，不禁皱了皱眉。

“她纠结的点在你的女朋友是怎么去世的，她的去世又怎么影响了你。我这么说你别介意啊！”

陶远有些意外：“她怎么知道这些的？”

冷静道：“她的能力你还不了解吗，她想知道的事早晚会知道的。”

陶远虽然表面上还很平静，但心里已经很生气了。他并不想让别人知道自己的隐私，尤其是那段自己都不想提及的感情经历，就算杨斐从此再不信任他，他也不愿这段往事被人翻出来，再往他那陈年的伤疤上撒盐。

杨斐这个时候也没闲着，她突然想到邹凯是陶远的大学老师，应该对陶远多少也有些了解，于是她去见了邹凯。

没想到会被杨斐约见，更没想到杨斐是为打听陶远的事而来，邹凯十分意外，但对杨斐却很有警惕心。他不知道杨斐的目的，当然也不会随便把陶远的隐私告诉别人。

杨斐见邹凯不肯说，耐心地解释道："邹行长，你要相信我，我是关心陶远，我想知道他强迫症的病因，好帮他克服，你不希望他克服强迫症，成为一个不那么压抑的正常人吗？"

邹凯虽然觉得杨斐说得对，但仍有戒心，只说自己也不了解，如果杨斐真关心陶远的话就去问他自己好了。

直到这个时候，杨斐才意识到，自从开始调查陶远强迫症原因以来，她对陶远就再没坦诚过，为什么不直接问陶远呢，万一他自己说了呢？不过现在说什么都来不及了，如果在知道陶远女朋友之前问，或许还不会有什么心理压力，但现在陶远可是有杀人嫌疑，她怎么还敢直接问。

邹凯最终还是什么也没说，杨斐失败而归，大为失落。陶远跟冷静分别，刚要给杨斐打电话，邹凯的电话就打过来了。邹凯告诉陶远杨斐在打听他，问他最近是不是出什么事了。陶远没想到杨斐都打听到邹凯那儿去了，顿时更加生气。

这个时候冷静也给杨斐打了电话，她把自己见陶远的事大概跟杨斐讲了一遍，让杨斐小心点，因为看陶远的状态似乎是生气了。杨斐大呼冷静这是害她，刚挂了电话，陶远的电话就打来了。

"你在哪？"陶远直截了当地问。

"有，有事吗？"杨斐心虚地问。

"给我发个定位，我过去找你。"陶远一副命令的语气。

"今天有点晚了，有什么事明天上班说吧。"杨斐答道。

"有件事我要跟你说清楚，就现在说，告诉我你在哪！"

杨斐觉得该来的总要来的，于是把自己的位置发给陶远，然后坐在路边公园的长椅上忐忑地等待他的到来。

很快，陶远就开车到了。

陶远下车，杨斐看到他似乎气势汹汹的，下意识地站到了路灯下面最亮的地方。

陶远走近杨斐，不等她开口，直接说：“你以为你是谁，你有什么权力调查我的隐私！”

杨斐有心理准备，但陶远这么直接的话还是让她有点不知所措。

“我……我没有恶意，我是想帮你。”杨斐挤出这么句话。

“我不需要！”陶远说得斩钉截铁。

杨斐有点被吓到了，下意识地后退两步后，才说：“陶远你冷静点，你不是说过咱们要坦诚吗，我真的没有恶意。”

陶远道：“坦诚说的是工作，不是和工作毫无关系的私生活。请你分清楚工作和生活，不要自以为是，不要给我也给你自己找麻烦。”

杨斐也生气了，她鼓起勇气说：“你这人就是有病，我关心你，想帮你，你这态度算怎么回事啊！”

杨斐说完又下意识地退了两步，以防陶远暴怒对她不利。

陶远不愿多说，最后说：“我话就说到这里，希望你尊重我。”

陶远说完转身就走，杨斐气得使劲拍了一下路灯杆。

“狗咬吕洞宾，谁稀罕管你似的！行，我不管你，你爱怎么着怎么着！”杨斐赌气说。

陶远走了，杨斐又给冷静打了过去。

“陶远把我骂了一通，让我不要管他的闲事。”杨斐对着手机说。

冷静道：“意料之中，你还打算管吗？”

杨斐犹豫了。

冷静道：“回家吧，我现在也过去，晚上跟张娜娜挤挤，正好去看看阿姨。”

杨斐道：“行吧，见面再说吧。”

以杨斐的性格，陶远越不让查她就越好奇越想查，可现在陶远已经翻脸了，而且调查遇到瓶颈，接下来该怎么办还真是个问题。杨斐家里，冷静和张娜娜也是一筹莫展，一时想不到什么好的办法。王坤洗完澡出来，无意中听到他们要调查陶远，又乐呵呵地凑了过来。

“你们又要搞什么啊？跟我说说呗！”王坤说。

“不该你问的别打听。”杨斐没好气地说。

王坤不屑道：“切，我都听见了，你们在调查陶远，没查出什么吧？”

张娜娜推着王坤往屋里走：“我们的秘密，你快进屋吧。”

王坤一边被推着走一边说：“你们别总把我排除在你们的小圈子外面啊，说不定我还能帮上忙呢！”

杨斐喊住张娜娜：“让他回来。”

张娜娜松开王坤：王坤笑嘻嘻地走回来。

杨斐问：“你是不是知道什么？”

王坤道：“我跟陶远不熟，能知道什么啊！不过你们可以去找邹凯，他是陶远的大学老师，陶远一毕业就跟着他，只要不是特别隐私的，他应该都知道。”

杨斐无奈道：“我还用你提醒，邹凯知道得再多，他不告诉我啊！”

王坤问：“你们为什么要查陶远啊？”

杨斐道：“这个不用你管，没你事了，回屋睡你的吧！”

王坤刚进屋，赵小兰从杨斐卧室出来了，她在卧室里多少听到些外面的对话，出来后低声问杨斐：“陶远是谁啊？”

杨斐随口答道：“我一个同事，工作的事，妈你怎么还不睡呢！”

说者无心听者有意，赵小兰觉得陶远跟杨斐应该有事儿，既然杨斐不说，那她就只好自己去看了。第二天趁着杨斐上班，赵小兰以办业务为名在朝通分行打听起陶远，结果不管问谁，对陶远都是满满的崇拜；陶远出门她又偷偷尾随观察了一番，最后得出结论，这个几乎完美的人跟杨斐才是合适的一对儿，王坤跟陶远完全没有可比性。

赵小兰不敢冒失地跟陶远接触，而是回家教育起王坤和杨斐，什么不要被世俗观念束缚啊，遇到爱情就要去追啊，不合适不要勉强在一起啊！杨斐听得迷迷糊糊，不知道老妈又在搞什么。王坤听出来赵小兰明显是对他不满意，这是暗示杨斐甩了他啊！

王坤好像故意气赵小兰似的，一把搂住杨斐：“阿姨，你放心，不管谁反对我都不会不要杨斐，我们是不会向世俗观念低头的。如果我爸妈反对，我就跟他们断绝关系，他们的财产我也不要了，我吃定杨斐的软饭了。”

杨斐一把推开王坤，瞪了他一眼。

赵小兰不知道王坤的家世，也没想起来问。听到王坤说财产，还以为王坤吹牛，讽刺地说：“孩子你这么想就不对了，你父母的财产那是他们辛苦一辈子就为了留给你的，不管多少，该要还是要要的。”

杨斐提醒老妈道：“他爸是全城首富，你说财产多少。”

赵小兰哪肯相信：“你们就别唬我了，就他这样，还全城首富的儿子，我信你才怪。”

杨斐用手机上网搜出王一图的信息给赵小兰看，赵小兰惊呆了，这小子真是首富的儿子啊，那怎么沦落到跟你们合租了！

赵小兰偏执地认为人越有钱越不靠谱，对王坤的印象更差了，连改造都懒得改造他了，而是开始在王坤面前说杨斐各种不好，不拆散他俩就不回去。王坤简直无语了，现在的家长都这么不按常理出牌吗？对待子女的感情也太儿戏了。

杨斐没心思和王坤打闹，她的心思还在陶远身上，就这么放弃实在不是她的性格，思考再三，她又找邹凯去了。

为了取得邹凯的信任，杨斐把自己喝多在陶远家乱吐的事说了，并且详细描述了陶远精神崩溃时的样子。邹凯听得唉声叹气，直言陶远不该过这种生活。

杨斐趁势说：“我想帮他，但是首先我得知道他究竟为什么会这样，邹行长请你相信我，我真的是想帮他，看得出来他很痛苦，如果我不帮他，我真怕他会一直这样。”

邹凯无奈地叹了口气：“小杨啊，我相信你，你不就想知道陶远的过去吗，我告诉你就是了。”

13

“陶远出生在一个很普通的小村子，家里很穷，他从小就跟着父母在农田里劳作，所以要说爱干净，真谈不上。他很有志气，很努力，是他们村第一个考上名牌大学的。上大学的时候他也挺穷的，经常到处打工，后来他就认识了小侯，那个去世的女朋友。那时候的陶远阳光帅气，充满斗志，小侯被他迷得不行不行的。小侯的家庭是比较典型的一线城市中产阶级，说富裕也不算特别富裕，但是也足够她从小到大生活富足而幸福了。俩人挺相爱的，小侯也给了陶远挺多帮助，不管是生活上的照顾，还是经济上的接济。

“大学时期的感情多半还是比较单纯的，可两人毕业之后，小侯的家里就开始反对了，他们家看不上陶远的出身。为了跟陶远在一起，她几乎每天都在跟家里争吵，最后干脆从家里搬出来和陶远同居了。陶远很珍惜和小侯的感情，但是生活中的柴米油盐种种琐事跟浪漫的爱情总是有点格格不入，俩人的问题在同居之后开始出现了。

“小侯很爱干净，已经到了洁癖的地步，陶远虽然在他大学寝室已经算是最干净的，但在小侯这儿离过关还远着呢！一开始陶远全力在改，可是那时候他们刚毕业，陶远刚进银行，还没转正，基本上是压力最大最忙的时候，有时候半夜两三点回到家，累得只想躺下就睡。可是小侯非逼着他洗洗涮涮，差不多又要花掉一个小时。各种扫，各种擦，陶远少得可怜的休息时间全用在打扫卫生上了。

“陶远越来越忙，小侯的洁癖又控制不了，俩人逐渐开始吵架了，袜子乱扔、鞋上的土掉到地面上了、身上有汗味儿，任何一点小事两人都能大吵一架。就这么吵了一段时间之后，两个人应该都意识到了他俩其实并不太合适，可是毕竟好几年的感情了，两人谁也不愿先提分手。就这样又别扭地过了一段时间，直到一次吵得不可开交，陶远一气之下提出了分手。小侯哭着跑了出去，然后就在街上出了车祸。

“直到现在，陶远也没搞明白，小侯的车祸究竟是意外，还是她主动寻死。不管是哪种可能，陶远都难从自责中脱身。如果不提分手就不会出事了，如果不吵架就不会出事了，如果自己爱干净点就不会出事了。陶远连着旷了三天的班，如果不是有我顶着，他那时候就被开除了。这三天他把自己关在屋里谁也不见，不管我怎么打电话，怎么敲门，他就是不出来。三天之后，他就成了现在的陶远了，阴郁、洁癖、强迫症。

“别人不知道，但是我可以肯定，在陶远心里，如果他不变成现在这样，就对不起小侯的死，他根本无法释怀。”

邹凯讲完了，杨斐没想到真相竟然会是这么一个故事，一时唏嘘不已，连连叹气。

“小侯有可能是自杀吗？”杨斐问。

邹凯摇摇头：“不知道，这个可能永远也不会有人知道了。我也问过陶远这个问题，不过他认为小侯是因为他的背叛自杀的。”

杨斐发愁道：“如果陶远这么想，那他就更加自责，更不能原谅自己了。”

邹凯叹了口气：“谁说不是呢，陶远也算是我看着成长起来的，我是真希望他能好啊！”

杨斐无心再和邹凯交谈，此时她心里更多的是对陶远的愧疚，人家那么悲情的一段爱情故事，竟然被自己想象成变态的犯罪片。一直以来还因为误会陶远对他又是冷落，又是冷嘲热讽的，真是太不应该了。

和邹凯分开之后，杨斐本想打车回家，可能是因为一直在想着陶远，司机问她去哪的时候，她随口说了陶远家的地址，自己还没发觉，直到车到了才发现自己说错目的地了。既然都到了，杨斐下了车，在陶远家的小区里找了个长椅坐下，又思考起来，该怎么办呢？怎么面对陶远，怎么帮他释怀？

尴尬的是，杨斐正低头想着怎么帮陶远，正在跑步的陶远恰巧跑到了她身边。

“你怎么又来了？”陶远冷不丁地说。

杨斐吓了一跳，抬头看见陶远突然出现，一时不知所措，只好微笑着看着陶远，然后在脑子里搜索合适的借口。

“笑什么？说话。”陶远又说。

杨斐怯怯地说：“我要说我走错路了，你信吗？”

“赶紧回家吧，时间也不早了。”陶远说完自顾自地就要离开。

“那个！”杨斐喊住陶远，“邹行长……”

“邹老师怎么了？”

杨斐犹豫了一下，择日不如撞日，反正早晚都要挑明，不如现在就说。

杨斐顿了一下：“邹行长都跟我说了，小侯姐姐车祸的事，我知道你心里有愧，但是……”

杨斐刚要开口开导陶远，话还没说出来，陶远就打断了她。

“停！”陶远厉声喝止，“我不知道你是怎么让邹老师告诉你的，我现在再跟你说一遍，这件事跟你没关系，不要多管闲事。”

杨斐也怒了：“我还没说话呢，你知道我想干什么吗，就让我少管闲事！”

陶远问道：“你想干什么？”

杨斐真诚地说：“我想帮你，你看你一个大好青年，要是能从过去的阴影里走出来，要是没有强迫症，你说你得多受欢迎啊！”

陶远无奈道：“你说得倒是挺直接的。”

杨斐又道：“话糙理不糙啊，你自己想想是不是。”

陶远挑衅地问：“你为什么要帮我？”

杨斐不知道该怎么回答，自己也没想过为什么要这么上心地帮陶远，她犹豫起来，低声问自己：“为什么？为什么？”

“我们是朋友啊，工作上的合作伙伴，我不能看你在火坑里不管你啊！”杨斐大声说。

陶远平静地说："你觉得是火坑，我觉得是天堂。你的好意我心领了，但是我希望你别只从你的角度出发替我考虑，我这样真挺好的。"

杨斐着急了："你怎么油盐不进呢，你这样也能叫好，你还知道什么是生活吗？"

陶远也急了，怒斥道："你怎么油盐不进呢！我说了让你别管闲事，你听不懂是吗！"

杨斐压不住火了，跟陶远吵了起来："我关心你，你这是什么态度，能不能别动不动就发脾气。我现在严重怀疑你跟小侯姐姐吵架多半是因为你这臭脾气，在人前装得挺和善，谁知道你背地里是什么样啊！"

陶远突然靠近杨斐，身体紧紧贴在她旁边，就这么近距离地面对面看着她，压低声音，略带威胁的语气道："不准你再提她！"

杨斐被吓到了，愣了几秒后一把把陶远推开，发怒地说："你有病吧！我还懒得管你了！"

杨斐说完气呼呼地走了，留下陶远呆呆地在原地站着。

这一夜，陶远的强迫症更严重了，他发疯似的把屋里里里外外全擦了一遍，又一遍一遍地洗澡，累到虚脱，才倒在床上睡着了。

杨斐也很郁闷，回到家看到自己屋里不知道又被谁收拾了，便没好气地把衣柜里的衣服随手扔了一地，赌气地自言自语道："不就是乱点吗，这不挺好的吗，想不开！"

王坤正伺候赵小兰喝茶了，进屋一看刚收拾好的又给扔乱了，顿时欲哭无泪，一把把杨斐推开，手忙脚乱地把她的衣服捡起来揉成一团堆到衣柜里，迅速把衣柜关上。

"再往地上扔我打死你！"王坤吓唬杨斐道。

杨斐瞪了王坤一眼："再说一遍！"

王坤立刻求饶："你就行行好吧，凑合一夜，你扔一遍你妈就让我收拾一遍，我累啊！"

杨斐赌气地说："我就很随和，放衣柜就放衣柜呗，放哪儿不是放啊！"

王坤不知道杨斐的话是针对陶远说的，还误以为自己治好了杨斐多年的邋遢，乐呵呵地找赵小兰邀功去了。

王坤一走，杨斐看着干净的地面，开始浑身难受，她偷偷拿出一件衣服扔到床脚，然后只看着床脚那一块地方，心里顿时舒服多了。

第二天上班，杨斐和陶远好像仇人似的再无半点交流，就连走路碰了个对脸都谁也不理谁，开会的时候更是全程连眼神交流也没有。李明山已经习惯他们关系时好时坏了。他告诫自己，不要被现在的表象迷惑，说不定明天这俩人又好得如胶似漆了。王坤不知道发生了什么，他还等着看杨斐跟陶远一起斗李明山呢，怎么俩人突然跟变成仇人了似的！

忍不住好奇心，王坤找杨斐打听去了。

“你又怎么得罪陶远了？我看他最近好像对你意见挺大啊！”王坤坐到杨斐旁边，低声问。

“你没事干是吧？去把这些资料送到授信部。”杨斐说着递给王坤几张纸。

王坤当然不会伸手接，又说：“我级别比你高好不好，让领导给你送资料，给你脸大的。问你话呢，怎么回事啊？”

杨斐不耐烦地看着王坤：“我不想回答，看不出来吗？”

王坤不死心：“说说吧，好歹我是你男朋友，得关心你不是。”

杨斐又忙活起工作，不看王坤：“我忙着呢，你要想知道就问陶远去。”

王坤讨了个没趣，自知肯定是问不出什么了，反正闲着也是闲着，他真的找陶远去了。

“远哥，你跟杨斐最近怎么了？闹别扭了？”王坤坐在陶远办公室的沙发上，漫不经心地说。

陶远笑了笑：“先别说我，你跟她最近怎么了？在一起了？”

王坤连忙摆手：“我可收服不了她，这不她妈来了嘛，她以前跟她妈说自己有个男朋友，说的是谢羽，后来谢羽那么整她，她哪敢跟她妈说啊，就让我假装几天。我跟你说，她妈那才是奇葩中的奇葩，摊上这么个妈，杨斐也算是可怜啊！”

陶远在心里长出了一口气，果然是假装的。

王坤又说：“我可把什么都跟你说了啊，你是不是也该跟我说说了。”

陶远笑着说：“我能有什么事啊！杨斐你还不了解，到处闯祸，我这几天烦她，懒得理她。”

王坤不信：“远哥你这就不够意思了，跟我说说呗，为什么烦她。”

陶远敷衍道：“也没什么为什么，她就是不招人喜欢。”

王坤无奈道：“就知道你不会说，我就多余问，不过我可得给你提个醒，杨斐还是要哄着点的，你这么对她，回头把她推到敌人的怀抱，后悔可就来不及了。”

陶远笑着说道：“放心吧。”

王坤不知道陶远这个“放心吧”是什么意思，看来陶远对他有戒心，不让问拉倒，王坤乐呵呵地出去玩去了。

这一天杨斐的心情都不怎么好，一下班，她就打卡出门，想早点回家睡觉。刚出银行大门，一胖一瘦两个看上去三十多岁的妇女拦住了她。

瘦女人问杨斐：“你是杨斐吗？”

杨斐不认识这俩人，以为是客户，忙客气地说：“嗯，我是，您有什么事吗？”

胖女人突然一巴掌拍到杨斐脸上：“我打死你，就是你害我老公！”

杨斐被这突如其来的打骂搞蒙了，直到胖女人又一巴掌过来时她才下意识地躲开，一边躲一边问：“你们是不是搞错了，我不认识你们！你先别动手，有话慢慢说！”

胖女人不由分说，拉扯住杨斐的衣服就要撕扯，杨斐努力挣扎，暂时还没还手，嘴上还在问是怎么回事。

胖女人一边撕扯一边说道：“你认识周至吗？就是你，害得他丢了工作，到现在连个工作都找不到，我们全家就是被你毁了，我今天跟你同归于尽！”

杨斐明白是怎么回事了，因为以贷转存案，周至被开除后上了银行的黑名单，到现在也没能在业内找到个工作，这俩女人其中一个应该是周至老婆。杨斐用力挣脱，严厉地说：“你再这样我还手了啊！周至他为了自己的私利弄虚作假，银行给他的惩罚是完全合理的，你在这儿闹也没用。”

瘦女人站在旁边犹豫不决，打也不是，拉架也不是，胖女人一听杨斐这么说，更生气了，又要过来撕扯杨斐。围观看热闹的人越来越多，这些人指指点点低声议论，没有一个上前劝架的，银行的保安看到外面有情况，立刻跑了出来，可刚要拉住胖女人，胖女人大喊一声："谁敢动我，我就脱衣服告你猥亵！"保安只得护住杨斐，任凭胖女人怎么撕扯，一直挡在杨斐面前。

胖女人好像发了疯似的，一边跟保安打一边喊旁边的瘦女人："姐，你愣着干吗呢，上啊！"

瘦女人站在杨斐侧边，保安只顾着挡胖女人，侧边是个漏洞。只见这瘦女人犹豫了几秒后，从包里掏出一大袋红油漆，撕开袋子就朝杨斐泼了过来。杨斐吃了一惊，但躲已经来不及了，就在这千钧一发的时候，陶远突然出现，挡在杨斐前面。所有的油漆一点没浪费地全泼在陶远脸上和身上了。

陶远看着自己满身血红，下意识地用手摸了一下，然后看着自己身上的血愣愣地站在原地，好像定住一样。他想起了女朋友车祸现场满身的血迹，想起自己在女朋友死后在屋里擦了三天地，想起自己抱着女朋友满身是血的尸体大哭。

胖瘦两个女人看到陶远反常的反应，都吓得不敢再动了。

杨斐惊魂未定，连忙叫陶远："陶远，你没事吧，陶远！"

陶远毫无反应，好像根本听不见似的。

杨斐晃了晃陶远："陶远，你别吓我啊，你怎么了！"

胖女人见情况不妙，大喊一声"你们讹人"，拉着瘦女人一溜烟跑了。

陶远仍低头看着自己身上的油漆，一动不动。

杨斐十分着急："你说你这有洁癖的人你帮我挡什么啊，陶远！"

杨斐说着又使劲晃了一下陶远，陶远这才反应过来，表情痛苦地看着自己身上。

杨斐连忙把他的外套脱了下来，一边脱一边安慰道："没事，没事，咱马上回家洗啊！"

杨斐转身看向两个保安："借你外套用一下，你的也给我！"

俩保安不明所以，但还是连忙把外套脱了下来。杨斐把一个外套给陶远穿上，把另一个外套系在他腰上，尽量把有油漆的地方全都挡上不让陶远看到，然后随手招了辆出租车。出租车司机看到陶远身上的油漆，有点为难，杨斐急忙道："多给你五百，快点走。"

司机一听多给这么多，踩上油门就走了。

杨斐和陶远走了，看热闹的人里有几个银行的员工，这几个人也不知道具体是怎么回事，但杨斐和陶远的绯闻以及陶远奇怪的病也够他们传几天了。

到了陶远家，陶远还有点蒙，杨斐把他推进厕所，他也不脱衣服直接打开淋浴就站在下面冲。杨斐不知道该怎么办了，总不能帮陶远洗澡吧，可也不能让他这么冲着啊！管不了那么多了，杨斐先把淋浴关了，然后开始脱陶远的衣服，陶远迷迷糊糊的也不反抗。杨斐把他脱得只剩内裤之后，打开淋浴帮他洗起来。没过一会儿，杨斐自己浑身也被淋得湿透了，她也顾不上了，给陶远洗干净擦干之后，扶着他进卧室。

突然，陶远一把抱住杨斐，深情地说："小猴子，对不起，我现在也有洁癖了，你能原谅我吗？"

杨斐愣了一下，过了一会儿，见陶远还不放开，便轻轻地拍了拍他的肩膀，低声说："我原谅你了，咱们先进屋。"

杨斐慢慢从陶远的怀抱里钻出来，把他扶进卧室，扶到床上，温柔地看着他。

"你怎么那么傻呢？帮我挡之前，你没想过自己会变成这样吗？"杨斐轻声说完，情不自禁地摸了下陶远的脸。突然，她意识到自己似乎在发情，连忙打了自己的手一下，然后回到厕所洗了个澡，随便找了件陶远的衣服穿上，便开始拖地。她刚才湿漉漉的扶陶远进卧室，地上留了一排水印，万一一会儿陶远正常了，看见屋里这样，别再吓傻了。

杨斐撅着屁股擦起地来。陶远躺在床上，脑子里全是因为不爱干净和女朋友吵架的画面。杨斐把地拖得太滑了，一不小心摔了一跤，疼得哎哟了一声。陶远脑子里正在过电影，突然听到杨斐的叫声，猛地从回忆里醒了过来。

"你干什么呢？"陶远问杨斐。

杨斐一看陶远正常了，高兴得手舞足蹈："你正常了！你终于恢复正常了！刚才吓死我了！"

陶远这才意识到自己在床上躺着，身上干干净净，好像洗过澡一样，再一看，他才意识到自己只穿了个内裤，这内裤也不是他早上出门时穿的！

陶远纳闷地问："我记得我被人泼了一身油漆，然后就不记得了，我怎么在家呢，谁给我洗的澡换的衣服？"

杨斐的脸腾地就红了："我不知道，我擦地呢，忙着呢！"

杨斐不敢再看陶远，擦起地来。

陶远立刻明白了，肯定是杨斐给他洗的澡，连内裤都给他换了。陶远也有点不好意思了，憋了好久才说出两个字："谢谢！"

杨斐也没回答，把拖布放回厕所后，再三确定都擦干净了，才回到卧室。

"那个，我的衣服湿了，得把你的衣服穿走了，你有塑料袋儿吗？我把湿衣服装走，用塑料袋儿不会往你地上滴水。"

陶远隐约记起杨斐给他洗澡的画面，杨斐浑身湿漉漉的，踮着脚尖给他擦洗脸和脖子。

"有，有！"陶远连忙说。

陶远起身找了个塑料袋儿，杨斐去厕所装自己的湿衣服。

陶远站在杨斐身后，犹豫了一会儿说："谢谢你了。"

杨斐根本不敢回忆刚才洗澡的画面，陶远一说话，她又控制不住地回忆起来。为了避免尴尬，她连忙说："是我该谢谢你才对，你明知道自己有洁癖，还替我挡那一下。"

陶远没再说话，杨斐手忙脚乱地把湿衣服装好之后，一刻不停，仓皇逃出了陶远家。

杨斐回到家，赵小兰看到她穿了件男人的衣服，自己的衣服却湿漉漉的，连忙问她怎么了。杨斐不知道该怎么解释，只好说被洒水车弄湿了，随便穿了件同事的衣服。王坤也回来了，事情发生的时候他还在银行，杨斐一走，他很快就听到了传言，回来一看杨斐还穿着陶远的衣服，立刻坏笑起来。杨斐怕王坤说漏嘴，直接把他推进他自己的房间，然后自己也回屋换衣服了。

晚上，杨斐睡不着觉，脑子里总是想着给陶远洗澡换内裤的画面。她索性爬起来去找张娜娜聊天了。张娜娜还以为杨斐又遇到难题了，听完杨斐的讲述，她忍不住哈哈大笑起来。

"你可还是个黄花大闺女呢，够放得开的啊！跟我说说，当时什么感觉，有没有什么不一样的反应。"张娜娜调侃道。

杨斐脸又红了："你还有没有正经，不跟你聊了啊！"

张娜娜努力做了个正经的表情："你是怎么下得去手把内裤都给他换了的？"

杨斐为难地说："本来洗的时候我没给他脱，但是你不能让他湿着躺床上吧！"

张娜娜伸出大拇哥："牛，水土不服就服你！"

跟张娜娜嬉笑几句，杨斐的心里轻松多了。但是陶远可没人聊天解闷，漫漫长夜，一个人躺在床上，陶远现在脑子里全是杨斐拖地装衣服的画面，偶尔也掺杂一点模糊的杨斐湿漉漉地给他洗澡的画面。

陶远知道自己的异常肯定被银行的同事看到了，明天上班肯定有各种版本的流言，但他对这些根本不在乎，他知道流言会随着人们注意力的转变很快就会消散，事后没人会在意那些，那些对他也造不成任何伤害。他现在关心的是杨斐，没想到杨斐会为他做到这个地步，杨斐也是小侯死后第一个这么深入走进他生活的人。不管他承认还是不承认，杨斐已经在改变他的生活了。他不知道对杨斐是该感激还是该厌烦，该接受还是该排斥，他从来没有这么为难过。接受杨斐，就意味着对小侯、对小侯的感情的背叛，他不愿背叛，但他又很想接受杨斐，似乎已经回不到没有杨斐时的生活状态。

"走一步说一步吧！"陶远嘴里嘟囔着，"只要不背叛小猴子。"

经过这一次，杨斐更想治好陶远的强迫症了。如果没有这两次突发事件，陶远的弱点根本不会暴露出来，如果他没有这个弱点，那他将会是个多厉害的人，厉害的正常人。不管是从感激陶远的角度，还是惜才的角度，她都觉得应该帮陶远。但是直接说要帮他的话，陶远肯定不会同意。这一次，杨斐决定明修栈道，暗度陈仓，偷偷给陶远搞破坏。她给陶远发信息求和，承诺自己不再强行帮陶远治强迫症，希望能回到之前友好的合作状态。

陶远收到杨斐的信息，莫名地开心，好像所有问题都解决了，既可以和杨斐恢复关系，也没有了背叛去世的女朋友的问题。他欣然同意，还发信息为自己之前发脾气道歉。就这样，两人面都没见，就和好了，可陶远怎么能想到，杨斐有一百种怪招在等着他呢！

第二天一到银行，杨斐就忙活着翻看了最近的所有项目，最后从里面挑出一个贷款催收的项目。杨斐深知每天去找陶远闲聊肯定行不通，最好的办法就是有个项目能和他一起做，而普通的项目根本不需要他那个级别的参与，所以要找就要找一个很难解决的。这个催收的项目虽然涉及款项不多，只有500万，但是贷款人意外去世，只留下一个还在上高中的女儿，作为抵押的公司连年亏损，收回来也是个烂摊子，怎么收！

这个项目是吕婧负责的，杨斐把吕婧叫了过来："催收那个进展怎么样了？"

吕婧本来还好，一听到问这个项目，立刻皱起了眉头："不好办啊，虽然贷款人的妹妹有个小工厂，但是不管说什么她根本不肯还啊，我还在想其他办法。"

杨斐说："你把所有的资料都给我拿一份，我好好研究研究。这个你就别管了，我帮你想办法。"

吕婧有点意外："学姐，这就是个烂摊子，你没事吧，主动要接这种活？"

杨斐又道："这你就不用管了，救你于水火，你不愿意啊！"

吕婧笑了笑："愿意倒是愿意，就是有点不明白。"

杨斐道："交给我还不放心啊，放心吧，我一定帮你把这个问题解决。"

吕婧本来就不喜欢催收的工作，她不太喜欢对公的氛围，所以是极少数自愿从对公转为对私客户经理的。这个项目是她去年做对公客户经理时经手的，所以即使现在她成了对私，这个违约仍要由她解决。她本来就不喜欢这种项目，更不愿去催收债务，因此杨斐突然接手，她还是很开心的。

吕婧把资料都给了杨斐，杨斐研究半天，拿着资料进了陶远办公室。看到杨斐进了陶远办公室，吕婧这才明白，原来杨斐是想利用这个项目接近陶远。原来的开心一点儿也没有了。此时的吕婧只剩下愤怒，本来昨天泼油漆事件她就对杨斐有点介意，现在看到这一幕，她可以确定杨斐对陶远有意思，这是赤裸裸地找借口和陶远培养感情。最尊重的人成了情敌，还是强劲的情敌，吕婧十分难受。但她喜欢的男人，就算现在只是暗恋，她也不想让别人靠近，她在心里暗下决心，要把杨斐赶出场外，同时自己抓紧时间进场。

杨斐敲门进了陶远的办公室，进去之前她先深呼吸了几口，给自己做了心理准备，但是一看见陶远，她还是忍不住脸红了。

陶远也觉得有点尴尬，想用聊天化解尴尬，连忙问："有事吗？"

杨斐站在办公室中间，连坐下都忘了，也是连忙说："嗯，有个活，不好办，想麻烦你帮忙。"

陶远听到是讨论工作，心里轻松了许多，让杨斐坐下慢慢说。

杨斐把资料递给陶远，陶远一边看，她一边介绍情况："贷款人得了个急性病意外去世，他有个小公司专门经营茶叶的，亏损了好几年了。他一去世，公司马上倒闭了，他那些作为抵押的库房都被变卖补亏空了，公司都没了，抵押的股份也就更不用提了，反正就是钱没人还，抵押物收不回来。"

陶远翻了一下资料："这上面说他有个妹妹，也是做生意的。"

杨斐点点头："开了个小工厂，前几年效益不好，去年换了批新设备应该是提高效率了，今年效益还挺好。"

陶远点点头："查得倒是挺细的。"

杨斐笑道："不是我查的，吕婧查的，我看她实在没办法了就帮她把这个活揽过来了。"

陶远摇头道："你揽了个烂摊子啊！"

杨斐问："你说咱们该怎么办？"

陶远想了一下："目前看来，只能让他妹妹还。"

陶远一边说，翻到了资料的最后一页，纸上粘了个死苍蝇。陶远吓一跳，下意识地往后躲了一下，把那张纸盖上之后推到一边。

这死苍蝇是杨斐故意摁在上面的，办公室里太干净找不到苍蝇，为了找它，杨斐跑了好几个公共厕所。看到陶远的反应，杨斐会心一笑，她就是要用这种小细节一点一点影响陶远，只要陶远能适应这种小细节，那就离治好病不远了。

陶远表面上基本上没表现出什么，如果不是杨斐早有预谋，她也看不出陶远内心的波澜。陶远镇定了一下，仍是若无其事地说："资料你拿走吧，再给我发一份电子版的，我研究一下，下午去见见那个妹妹。"

杨斐在心里偷着乐，嘴上说："电子版我一会儿给你发一份，这个你先看着，仔细看啊，每一页都得看。"

杨斐说着就出去了，她一关上门，陶远迅速地用手指夹着那份资料扔进了垃圾桶。

下午，两人有说有笑地从陶远办公室出来，要去见客户。李明山一直在暗中监视着陶远和杨斐，发现两人和好，并且要一起做催收的项目后，他有点坐不住了，这一次他必须给两人捣乱，不能让两人合作成功。仅凭他一个人现在已经无法对付杨斐和陶远了，他需要外援。分行就这么多人，可用的也就这几个，他思来想去，最后决定厚着脸皮去找王坤和好。

饭点早过了，王坤还在食堂逗打饭窗口的小姑娘，李明山找了过来。小姑娘一看副行长来了，急忙走开了。王坤没想到李明山还能主动来找他攀谈，一时嘚瑟起来。

“李副行长，难得啊，怎么想到跟我聊天了。”

李明山满脸堆笑：“小王啊，我觉得咱俩之间有点误会。大家都是一个分行的，我又是领导，应该有点领导的样子，这不主动来找你道个歉，消除误会，最重要的不能因为个人误会影响工作不是。”

王坤冷笑道：“今天是怎么回事啊，这都误会多久了，您现在才想起来道歉。”

李明山都不知道该怎么接这话，只好硬着头皮说：“我的疏忽。”

王坤又道：“李副行长，无事献殷勤，非奸即盗啊，你也别跟我绕弯儿了，说吧，又想让我帮你害谁？”

李明山连忙打断王坤：“你看你这说的，咱们都是为工作，不害人。”

王坤不耐烦道：“行了，咱俩不是一路人，和好是没戏了，你就说你想干什么，我听听对我有没有好处。”

李明山低声道：“对你没好处我能来找你吗？”

王坤感兴趣起来，凑到李明山跟前，低声道：“那你说说吧。”

李明山低声道：“我看得出来你跟杨斐关系不一般，我就不点破了，你跟熊行长的关系我也不点破了，最近陶远跟杨斐走得可是有点近，陶远是邹行长的心腹，杨斐是熊行长的心腹。邹行长是被谁赶走的我也不点破了，陶远一旦把杨斐收服了，对你我、对熊行长会是什么影响，也不用我点破了吧！”

王坤一副十分同意的表情，连连点头：“李哥说得对，我怎么就没想到呢，然后呢？”

李明山拍了下王坤：“还然后，兄弟你还不明白吗？不能让他俩走太近。”

王坤装糊涂问道：“怎么才能不让他俩走太近呢？”

李明山低声道：“我大概有个计划，不过需要你帮忙。”

王坤满口答应：“行，这个忙我帮。”

李明山脸上立刻露出笑容，王坤不知道李明山是真的相信他会帮忙，还是又想在背地里搞鬼。

李明山笑着道：“一言为定，哥哥就靠你了。”

王坤应道：“放心吧，需要我的时候告诉我就是了。”

14

郊区，一个很不起眼的院子里一座很不起眼的小厂房。杨斐和陶远来到工厂外面，和门卫交涉要进去找死者的妹妹胡总，门卫却态度蛮横，以胡总并没有交代有人要来为由不让他们进。

两人站在门外，仍不肯离开。

“这个胡总前几天就开始躲着我们了，说什么也不见。”杨斐为难地说。

“想见到她并不难。”陶远低声说。

“你有办法？”杨斐眼前一亮，连忙问。

陶远没再说话，径直走到门卫那里，和门卫交流了几句，然后回来拉着杨斐就走，走到门卫的视线盲区后静静地等着。杨斐纳闷这又是搞什么，问陶远，陶远笑而不语。过了大概两分钟，陶远带着杨斐再次走到门口，这一次门卫不见了，大门留了个缝，两人从缝里进去，大摇大摆地走进了厂房。

杨斐还没明白是怎么回事，低声问陶远：“你到底是怎么做的啊？”

陶远低声答道：“我给了他五百块钱，让他去上个厕所。”

杨斐撇嘴道：“我还以为你多牛呢，原来是塞钱了。”

俩人本来还有说有笑，可是一进厂房，陶远的脸色立刻变了。

这是个专做垃圾小食品的工厂，杨斐之所以要带陶远来这儿，就是因为她猜到这里可能会不太干净，但是她没想到，这里不干净到她都有点接受不了。

地上满是泥水，各种辣条、豆干的原料，各种添加剂，还有些不知名的粉末和液体随意地在地上扔着，几个工人穿着脏得看不到原来颜色的胶鞋在中间走来走去。两个工人连手套都不戴，随手抓着原料来回搅拌。苍蝇在周围飞来飞去，嗡嗡不断。

杨斐一阵反胃："这就是新闻上曝光的黑心小作坊啊！"

陶远起了一身鸡皮疙瘩，整个人站在原地呆住了。这次他没有失去意识，只是纠结要不要往前走，再往前走，就必须踏入泥水了。

一个工人走过来，好奇地看着两人问："你们找谁？"

陶远还在纠结，杨斐连忙说："我们找你们胡总。"

工人也没多想，只说了一句胡总办公室在楼上，就忙活去了。

"走吧！"杨斐幸灾乐祸地说。

杨斐在前面故意大踏步地走着，陶远在后面把脚轻抬轻放，恨不得一点水花都不溅起来，鞋已经脏了，决不能再把裤子弄脏。

一步一挪，终于到了胡总的办公室。俩人推门进去，刚做完自我介绍，胡总立刻不耐烦了。

"你们烦不烦，我跟我哥都分家快二十年了，他的贷款凭什么我还啊！再说了，你们也看见了，就我这小作坊，我自己都快活不下去了，哪有闲钱给你们啊！"胡总不耐烦地说。

"您跟死者是直系亲属，法律上是有规定的，我们现在私下找您，也是不想走法律途径，那样的话对您造成的麻烦更大。"杨斐客气地说。

杨斐偷眼看了陶远一眼，只见他脚下小动作不断，一直在地上蹭鞋，虽然尽力在装作正常的样子，但还是能从他的表情上看出一丝别扭和痛苦。

杨斐轻轻碰了下陶远，示意他说话，陶远反应过来，尽力做到和颜悦色地说："我刚才一路走过来看了看这个厂，你这厂子应该不合规吧，以我的经验来看，手续应该也没办全。"

胡总立刻警惕起来："我还没问你们呢，你们怎么进来的？"

陶远笑着道："你的门卫对外来人员那么严格，并不单是防我们银行的人，主要是防卫生、工商部门和媒体吧！"

胡总没好气地说："你什么意思？"

陶远又狠狠往地上蹭了一下鞋："我们是来解决问题的，没什么意思。"

胡总又道："我这人还就不怕威胁，这一套设备才多少钱，你让我还的可是500万，你想举报我，举报去好了。"

陶远又要说话，一个穿着脏胶鞋、工装已看不到原来颜色的人，推门进来。

"胡总，有人找你。"工人说。

"又是谁啊？"胡总不耐烦地说。

工人想离胡总近点说，但是陶远在前面挡着，这工人很自然地用自己脏兮兮的手拨了陶远一下，嘴里说着"让一下"，从陶远身边走了过去。之后别人再说什么话，陶远就都没注意了，他所有的注意力全在自己身上那个脏手印上。

怎么从厂房出来的，陶远印象也不深刻了，走到车旁，他让杨斐把车里的纸抽拿出来，开始擦鞋擦衣服，一包纸抽都擦完了，他还觉得不过瘾，最后干脆把鞋脱掉，在脚上套了个袋子才肯坐到车上。

回去的路上，杨斐故意抱怨道："你后来怎么不说话了，我感觉你再威胁她几句，很可能她就答应还钱了。"

陶远反驳道："是吗，我怎么记得她说她不怕威胁呢！"

杨斐道："后面的你不记得了？"

陶远纳闷道："后面她不就出去见客人了吗，咱俩被赶出来了。"

其实陶远说的没错，但杨斐看到他那个时候神情恍惚，现在在故意逗他玩。

"你又断片儿了，那个胡总出去之前说让咱们等她，她回来跟咱们谈，可是你非要离开。你这一给她时间喘息，她肯定就要想办法了。"

陶远摇摇头："不对，我没断片儿。"

杨斐哈哈大笑起来："你还挺不好糊弄。"

陶远专心开车，不说话了，杨斐又说："你怎么知道她那个厂子手续不全的？"

陶远说："保安那么谨慎，里面那么脏，胡总办公室里也没看见经营许可证，回去查查她那个厂，肯定有问题。"

杨斐点点头："这种小作坊的产品基本上都流到乡村跟郊区的小卖铺便利店里了，害人不浅啊，等钱追回来就举报她。现在去哪啊？"

陶远立刻回答："回家，洗澡。"

杨斐笑道："你现在在我面前一点也不掩饰了啊。"

陶远一直被杨斐讽刺，现在他头脑恢复清醒了，要反击了："我的什么你没看过，我想掩饰也没什么可掩饰的了。"

杨斐当然知道陶远说的是洗澡的事，脸腾地就红了，假装生气地说："你不能回家，先送我回家。"

陶远答道："行，先送你回家。"

杨斐和陶远走后，胡总在会议室见到了正在等她的李明山。李明山在杨斐和陶远进来之后没一会儿就来了，杨斐两人离开时，他就坐在会议室，隔着墙听到两人一边说话一边走远。

见到李明山，胡总满脸堆笑："李副行长，稀客啊，怎么想到来我这小作坊了？你不会也是来要债的吧？"

李明山露出标准的笑姿："我们分行俩精英都要不到钱，我就别不自量力了。"

胡总一边给李明山倒水，一边说道："那你就是来帮我的喽！你们银行的人不会真的去举报我吧？"

李明山笑道："放心吧，他把你举报了，你的厂被关了，他们还问谁要钱。只要你不给钱，他们就不敢举报你。不过你要是还了钱，以杨斐的性格，不把你的厂子弄倒闭绝不会罢休。"

胡总连连点头："那我更不能还钱了。"

李明山又道："其实你什么都不用做，跟他们耗着就行，不过几百万的贷款，等他们没耐心了也就不了了之了。"

胡总道："必须耗着。"

嘱咐完胡总，李明山胸有成竹，以胡总胡搅蛮缠的劲儿，杨斐他们别想要到钱了。这本不是个多大的案子，可李明山做到这个份儿上了还没停止，离开胡总的厂子，他又计划着让王坤作为内应打探杨斐和陶远对这个案子调查的程度。

到了杨斐家小区门口，陶远让杨斐下车，杨斐却坐在车上不下去。

“你是不是还没去过我家，上去坐会儿吧。”杨斐不怀好意地说。

陶远苦笑道：“你就别整我了，我连鞋都没有。”

杨斐指了指后备厢：“鞋不在那儿吗，去我家，我给你把鞋洗洗，要不然你回家还是要把地面踩脏。”

陶远命令道：“赶紧下车。”

杨斐纹丝不动：“哎呀走吧，哪有姑娘主动请你上楼还不去的，太不懂事了。”

陶远摇摇头。

杨斐又道：“你磨蹭这一会儿，我都把鞋给你洗干净了。”

陶远拗不过杨斐，思索了一下，不情愿地点了点头：“去把鞋给我拿过来吧。”

两人一进家门，陶远正在脱鞋，赵小兰迎了过来：“闺女回来啦！”

杨斐简单几句介绍了陶远，然后拉着他就往自己卧室走。赵小兰一看杨斐都把陶远领家里了，看来两人关系还真挺不错。

杨斐推开卧室的门：“你在床上坐会儿，我给你洗鞋。”

陶远看见杨斐卧室里脏乱的样子，立刻把头转了过去：“我在沙发上坐会儿就行。”

杨斐的目的是让陶远看到她的卧室，现在目的已经达到了，所以也没强迫陶远：“那行吧，你爱坐哪儿坐哪儿吧。”

杨斐给陶远洗鞋去了，她卧室的脏乱在陶远脑子里挥之不去。陶远不禁纳闷，杨斐是故意弄那么乱整他还是平时就这样，怎么会有邋遢成这样的姑娘！赵小兰和陶远聊天，他有一句没一句地搭着，脑子里全是杨斐的卧室。

送走陶远，赵小兰问杨斐究竟是什么情况，杨斐不知道该怎么解释，只好说：“他精神有问题，我在给他治病呢！一时也解释不清楚，你有什么不明白的问王坤好了，他都知道。”

回家的路上，陶远还在思考，他已经看出来了，杨斐嘴上说放过他，但今天的小动作明显是针对他的洁癖。按理说他应该很生气，但是一想起杨斐这一天的举动，他竟然不自禁地笑了。“这个杨斐，也算是无所不用其极了。”想到这里，陶远又想起杨斐的卧室，又开始纠结她是不是真的那么邋遢。

杨斐自我感觉今天还算成功，讨债不成功，但是给陶远治病还算成功，至少陶远没翻脸。她已经不能满足于只是搞点小意外小破坏了，应该来点更深入的试探。

第二天，杨斐以出外勤为借口又把陶远从银行拉出来了，这次她把陶远带到了一片玉米地里。

一下车，陶远有点不明所以："你带我来庄稼地里干什么？"

杨斐解释道："有个菜农想要贷款100万种蔬菜，包的就是这片地。这茬玉米收过之后，这里就变成菜园了。"

陶远猜出杨斐的想法，讽刺道："你现在连一百万的项目都要接手了吗？"

杨斐笑道："这不正好带你出来兜兜风嘛，咱们银行没几个真正了解农业的，你家以前不也种地吗，你给看看，这地方适不适合种菜。"

陶远家虽是农村的，但他离家多年，在老家县城给父母买了房子，加上工作繁忙，一年也不一定能回到农村一次。和大多数常年生活在城市里的农村人一样，农村的生活方式他早就不适应了。

陶远不自觉地想起小时候的生活，正在想着，杨斐冷不丁把他推到玉米地里，玉米叶上的脏东西弄了他一身。

"你有完没完了！"陶远怒斥道。

杨斐吃了一惊，坏了，陶远生气了。

"我跟你闹着玩呢！"杨斐满含歉意地说。

陶远索性跟杨斐摊牌："我知道你想干什么，你能不能别再在我的洁癖上浪费时间了。"

杨斐争辩道："你为什么就是不肯往前走一步呢，为什么就是不肯让我帮你呢？"

陶远冷漠道："我这样挺好。"

陶远说完往车的方向走去，杨斐很不开心，站在原地没动。

陶远走到一半又停下，回头说："如果你还想好好工作的话，我不希望再有这种无聊的小心思，自作聪明！"

杨斐一听这话更生气了，气得直跺脚，恨不得当场骂陶远两句。

陶远在车边把身上的脏东西掸干净，坐到车上，摇下车窗问："走不走！"

杨斐生气地答道："不走！"

陶远不再说话，摇上车窗开着车自己走了。

看到陶远真走了，杨斐更气愤了，挥着手跳着骂起来："你还真走啦，你给我停下，还要不要点脸了，真把我一个人扔下！"

陶远没理杨斐，径直开走。他也不知道自己为什么突然生气，为什么不等杨斐，可能是如果再不表现出气愤，杨斐会越来越深入地介入他的生活。他害怕有人介入他的生活，害怕有人改变他的生活状态。这种生活虽然枯燥乏味，但这是他的舒适区，良心上的舒适区，感情上的舒适区，他不愿走出去。他当然知道杨斐是好心，是关心他，但是接受杨斐的关心就表示要忘记和女友的过去，他觉得忘记就是背叛，走出阴影就是背叛，他不能在女友因为他而死之后背叛那段感情。他可以逃避杨斐，但是无法逃避那段在他心里留下永久疤痕的感情。

杨斐管不了他的想法，此刻只剩下生气了。这荒郊野外的怎么回去啊！她走了好久才遇到一个农用拖拉机，坐着拖拉机走到有公交车的地方，转了两趟公交车才回到银行。回到银行的时候，她的形象已经相当狼狈，同事们都拿异样的眼光看着她，组员们更是关心地问她怎么了。她不能解释，只好随口说工作不顺，没赶上车。

吕婧一直注意着陶远，她看得出来今天陶远从外面回来心情不太好，又看到杨斐这么狼狈之后，她猜到这俩人可能又吵架了。自己如果不行动，暗恋永远是暗恋，只会便宜了杨斐，打定了主意之后，吕婧决定今天就行动。

下班，陶远开着车在路上行驶着，远远看见吕婧一瘸一拐地在前面走着。车行到吕婧旁边，陶远停车问她怎么了，吕婧表情痛苦却仍做坚强的样子说道："没什么，就是脚崴了一下。"

"你家住哪，上车吧，我送你回去。"陶远很自然地落入了吕婧的苦肉计中。

坐在车上，吕婧只是客气地表示感谢，并没有说太多其他的话。陶远询问她的伤势，问她用不用去医院看看，她只推说回家休息一下就好了。她深知陶远不会对主动往上靠的庸俗的人感兴趣，因此她早早地就做了功课，不给陶远任何暗示，让陶远认为只是偶遇送她回家，只有这样，陶远才不会过早对她反感。

到了吕婧家楼下，陶远问吕婧自己能不能行，吕婧连忙回答自己可以，再次感谢后便下了车。下车之后她故意一瘸一拐，然后一下没站稳摔了一跤。陶远见势连忙下车把她扶起来，主动提出送她上楼。

进了家门之后，吕婧让陶远在沙发上歇会儿，她去倒水。陶远看吕婧行动不便，便让她在沙发上坐着，自己给她倒水去了。

“你还有什么需要吗？真不用去医院看看吗？”陶远把水递给吕婧，再次问。

“不用了。”吕婧坚强地摇摇头，“就是崴了一下，我自己抹点药就好了。”

陶远看到吕婧的茶几上放着一本玛格丽特·杜拉斯的《情人》，眼神便留在了那本书上。这书是吕婧故意放的，她通过观察打听得知陶远喜欢看电影，对法国电影和文学都很喜爱，于是上网搜了些相关的东西，最后决定买这本书装门面。

“你也看过这本书吗？”吕婧装作随意地问。

“嗯。”陶远点点头，没有多说什么。

吕婧用欣赏的语气说：“我挺推崇杜拉斯的，不光是她，整个左岸派的作品我都很喜欢。”

陶远颇为意外：“你对左岸派也有了解？”

“上大学的时候喜欢看电影，就选修了几门跟电影有关的课，看了挺多法国电影。”

“嗯，挺好的。”

“陶副行长，你也喜欢左岸派吗？”

“还行吧。”

其实吕婧只是知道左岸派是法国电影界一个松散的电影流派，更深入的就不了解了。如果陶远真要跟她探讨，那她两分钟就能露馅，不过陶远不是有那种闲情的人，看她没事了，便要离开。

“你自己能行的话我就回去了。”陶远客气地说。

吕婧意犹未尽，却又没有什么留下陶远的理由，只好说道：“谢谢你了啊，陶副行长！不好意思，我不能送你了。”

陶远笑了笑：“你自己注意点就行。”

吕婧也笑了笑。

陶远一走，吕婧立刻恢复正常，脚伤也是装的。她兴高采烈，初战告捷，她反复回忆了自己刚才的表现，从性格到谈吐再到品味，都没问题，陶远对她的印象应该不错。有了这一次的成功，吕婧给自己加油："吕婧，你可以的，不就是一个陶远吗，你想要什么，什么就是你的。"

杨斐很郁闷，一想到回家还有老妈和王坤的折磨，她连家也不想回了，索性加班继续寻找那个茶叶公司的线索。王坤也没走，看到杨斐唉声叹气地加班，又贱兮兮地过来看热闹了。

"怎么了这是？工作失败还是感情受挫啊？一定是工作失败，咱俩感情挺好的，我没给你挫折吧！"王坤乐呵呵地说道。

杨斐没好气："知道我工作失败还来烦我。"

王坤继续讽刺道："你说你长得丑、能力差，脾气还这么不好，以后怎么嫁人啊，真要像你妈说的那样做个光棍女强人啊，想想也挺惨的。"

杨斐正烦着呢，索性跟王坤斗起嘴来："你说你长得也丑、能力也差，脾气也不好，你怎么就不发愁呢！"

王坤得意道："我有钱。"

杨斐讽刺道："有钱人，哪儿逍遥去哪儿待着吧，穷人还得挣钱养家糊口，对了，这个月的生活费就不给了，反正你有钱。"

杨斐刚说完，肚子咕噜噜叫了几声，她这才想起来，光顾着生气呢，午饭都忘了吃了。

王坤见缝插针："穷人饿得连饭都吃不起了，我今天发发善心，带你吃好吃的，龙虾见过没，我带你吃大龙虾。"

杨斐又讽刺道："行了吧你，我看你是最近几天吃自己做的饭要吃吐了吧，你做的那玩意儿猪都不吃，你自己怎么下得去嘴的啊！想让我请你吃好吃的就得说点我爱听的。"

王坤不肯示弱："我是带你见世面，爱去不去。"

杨斐又低头忙活起来："不爱去，不去。"

王坤贱兮兮地低声说道："不白吃，我给你内部消息，绝密情报。"

杨斐冷笑道："你能有什么情报啊？"

王坤忙示意杨斐小点声，又低声说："你想想，你对那谁、那谁的真面目都是从谁那儿了解的？"

杨斐道："说的也是，你到底有什么情报？"

王坤道："情报是要花钱买的。"

杨斐不耐烦道："行，不就吃龙虾吗，走！"

烧烤摊上，一大盘麻辣小龙虾在王坤面前摆着，王坤简直无语了："这是龙虾吗？你管这玩意儿叫龙虾？"

杨斐乐呵呵地说："麻辣小龙虾不也带龙虾俩字儿吗，你可不能有歧视。"

王坤一边剥皮一边说："我就没见过你这么抠的。我要喝酒，洋酒。"

杨斐道："他们只有啤酒和白酒。"

王坤嚼了一个小龙虾，砸巴着嘴道："味道还行，啤酒就啤酒吧。"

王坤想起杨斐两次喝醉住在陶远家，突然想自己也可以灌醉她让她出点小丑，于是开始灌杨斐喝酒。杨斐不屑于跟王坤喝酒，一开始推三阻四，可几杯下肚之后，那些烦心事又被勾了出来，借酒消愁，没一会儿就喝多了。王坤为了灌杨斐，杨斐喝一杯他喝一杯，他高估了自己的酒量，杨斐喝多的时候他也喝得神志有点不清了。

杨斐喝多了又开始骂人了："我掏心掏肺地给你治病，你不感谢就算了，还把我，扔在荒地里，你不是个男人。"

王坤喝得晕乎乎的，乐呵呵地附和："对，你不是个男人。"

杨斐看了王坤一眼，突然端起酒泼了他一脸，王坤一边用舌头舔脸上的酒，一边问："你干什么，我不洗脸。"

杨斐盯着王坤道："陶远，我还不理你了，懒得管你。"

王坤呵呵笑："你瞎啊，我是王坤。"

杨斐又泼了王坤一杯，王坤抹了把脸说："说了我是王坤，不是陶远，你还泼我。"

杨斐道："刚才那杯是泼陶远，这杯是泼王坤的。你也不是好人，我讨厌你。"

王坤道："对，我不是好人。"

杨斐突然哭起来，一边哭一边说："你花心，好吃懒做，吊儿郎当，你都这么烂了我也没瞧不起你啊，我还让你住我家里，你跟陶远一样，不知道感恩。"

王坤反驳道："我不是帮你去找谢羽打架了吗！"

杨斐抹了把眼泪："我就想好好工作，怎么就那么难呢，别人针对我也就算了，你好歹还假装我男朋友，你也针对我，为什么总是要针对我啊！"

王坤本来跟杨斐对面而坐，他晃晃悠悠地走到杨斐身边，在她旁边坐下，把胳膊搭在杨斐肩膀上，满嘴酒气地说："兄弟，我以前是挺烦你，不过后来你妈总教育我，娜娜也教育我，我知道你不容易，我现在不烦你了，不烦你了。"

杨斐一把推开王坤："那你还跟我作对。"

王坤又把胳膊搭在杨斐肩膀上，"我也要面子啊，不跟你作对不就是被你收服了吗，那我太没面子啊！你不知道，知道你从小到大的经历还有主动来朝通之后，我真的佩服你是条汉子啊！"王坤说着拱手抱拳，"真的佩服你是条汉子。"

杨斐一把推开他："我是条汉子还用你说。"

王坤笑着说："我敬你是条汉子，竟然还说想睡你，我要真睡了你那不成搞基了啊！"

杨斐也跟着笑："连大哥都敢睡，信不信我让你变成我妹妹。"

王坤又把胳膊搭在杨斐肩膀上，豪气地说："大哥，我以后不跟你做对了，以后我罩着你。"

杨斐摸摸王坤的头："还是让大哥罩着你吧。"

旁边吃饭的人都看傻了，不明白这俩人是神经病还是在演戏，都什么乱七八糟的。

这俩人还没完。

杨斐严肃地看着王坤："二弟，你空口白舌说服我了，明天酒醒了你要不承认了怎么办？"

王坤醉醺醺地说："你说怎么办就怎么办！"

杨斐刚才的状态好像酒醒了似的，不过就那一会儿，这会儿又开始糊涂了："咱俩拜把子，一个头磕地上，谁也不准反悔。"

王坤猛点头："同意。"

俩人并排跪着，冲小龙虾磕了仨头，一起说道："小龙虾在上，我俩拜把子了，再跟对方作对，不是人！"

旁边看热闹的人都笑傻了，一个看热闹的人纳闷："按照电视剧里，这种情况俩人应该相互表白才对啊，这怎么还敬你是条汉子，还拜上把子了，这神经病啊！"

俩人又你一杯我一杯地喝起来，老板也不敢过来劝，直到俩人都睡着了，老板才从杨斐身上摸出手机，用她的指纹解锁后，给她妈打了个电话，然后张娜娜来把俩人带走了。

第二天早上醒过来，杨斐因为宿醉，头疼难忍，王坤也一样。两人以同样难受的表情同时打开卧室的门，在客厅相遇了。看到对方的一瞬间，两人都不好意思起来。

杨斐先开口道："你去卫生间？你先去？"

王坤连忙摆手："你先，你先，我不着急。"

杨斐客气地笑了笑，王坤也客气地笑了笑，两人都觉得对方的反应太诡异了。为免尴尬，杨斐不再看王坤，转身往厕所走。

"你是不是……"王坤在身后说，"昨晚喝多了。"

杨斐猛地回头："你是不是想赖账？！"

王坤不好意思起来："原来你也记得啊！"

杨斐再次逼问："你是不是想赖账？！"

张娜娜从房间出来，看到这架势，还以为王坤真把杨斐怎么了，一脚踢到王坤屁股上，把王坤踢了个趔趄，然后厉声问道："你把杨斐怎么了？"

杨斐吓一跳，连忙拉住张娜娜："别动手，别动手，他只是认我当大哥了。"

杨斐冲王坤一笑："是吧，二弟。"

王坤垂头丧气："以后再也不喝酒了，丢人啊！"

张娜娜哈哈大笑："昨晚上去接你俩的时候，老板还问我你俩是什么关系，我还纳闷呢，哈哈哈哈！"

王坤又说："宝贝儿，咱俩得分手了。"

杨斐瞪了王坤一眼："对大哥不敬是吧，叫谁宝贝呢！"

张娜娜白了杨斐一眼："跟我说呢！"

张娜娜又看向王坤："咋的，跟我玩得不嗨啊！"

王坤解释道："跟你在一起本来就是为了混进你们的圈子，好实现我当初吹的牛，现在她都成我大哥，咱俩不合适，你还是找个体力好的陪你爬山吧！"

张娜娜一脸怒气："好啊，果然目的不纯，你说分手就分手啊，我跟你没完！"

张娜娜说着要打王坤，王坤立刻看向杨斐，杨斐忙拦住张娜娜。

"娜娜，给我点面子，刚做我小弟就挨打，说不过去，再说你俩真不合适，别回头真让他把你给耽误了。"杨斐劝道。

"不行！"张娜娜不依不饶，"你给我等着，等阿姨走了我再收拾你。"

杨斐突然想起昨天王坤曾说有重大情报，于是问道："你昨天吃饭前说有秘密消息，是什么消息。"

王坤一摆手："其实也没什么，李明山找我合作，要我密切注意你那个催收的项目，我就是想提醒你他可能又要搞鬼。"

杨斐纳闷道："这么小的项目，而且本来也不是我的不良，他能搞什么鬼啊？"

王坤道："那得你自己查了。"

李明山可能真的和这个项目有关系。陶远查了一遍死者的妹妹也就是那个胡总的人际关系，发现她和李明山的老婆是高中同学。再翻看茶叶公司的资料，同时比对它近几年的效益，陶远又发现这个公司贷款的时候被严重高估，作为抵押的库房和公司股份按当时的情况算根本不够500万，正常情况下不可能贷出这么多钱，这笔贷款本身就有问题。

陶远直接去找吕婧："你做茶叶公司那个项目的时候，有发现那个公司的资产有什么问题吗？"

吕婧不明所以，答道："那是个小项目，进展很顺利，我这种经验少，所以想让授信部的帮忙把关，不过授信部很痛快就批了，出问题了吗？"

陶远点点头："没有，只是有点疑问，你忙你的吧。"

陶远一走，吕婧又开心了。陶远已经好久没有主动找她问过什么，现在都开始主动找她问项目的事了，而且问的好像还是无关紧要的。她不知道陶远只是不想和杨斐说话，却误以为陶远对她有好感了。

杨斐也查出问题了，她发现贷款发下去之后那个茶叶公司并没有资金注入，这也是导致公司亏损更大的原因。钱没注入茶叶公司，能去哪儿呢，总不是贷款人都给花了吧？杨斐觉得跟陶远闹别扭归闹别扭，工作还要继续，于是硬着头皮找陶远去了。

“我是来谈工作的。”杨斐一进门，先亮明立场。

“嗯。”陶远答道。

“我发现贷款发下去之后并没有注入那个茶叶公司，但是钱确实花了，不知道去哪儿了。”杨斐一边说一边偷眼看陶远，观察他对自己的态度。

陶远说：“贷款的时候茶叶公司的资产被严重高估，一个连续亏损几年并没有资产的小公司怎么从银行把钱贷走的，这是个疑问。另外，你说钱没打到公司的账上，他妹妹工厂是什么时候换的设备？”

杨斐想了一下：“大概是钱发下去之后两个月吧，你的意思是，钱让他妹妹花了？”

陶远答道：“有个假设，垃圾食品工厂证件不全无法从银行贷款，茶叶公司面临倒闭无力回天，妹妹利用哥哥的公司骗到贷款用来更新换代设备，虽然是哥哥的名义，但贷款其实是她一直在还。有一天哥哥突然去世了，她觉得贷款是哥哥名下的，哥哥死了这笔钱也就跟着不用还了。”

杨斐想了想：“茶叶公司按理说也贷不到钱啊！”

“至少茶叶公司证件齐全，作假难度更小，而且如果他们在银行有熟人，就更好办了。”

杨斐连忙问：“熟人是谁？”

陶远答道：“胡总和李明山的太太是高中同学，贷款授信部又批得很痛快，这里面应该有问题。”

杨斐恍然大悟：“怪不得李明山让王坤打探催收的情况，果然跟他有关系。”

陶远问：“王坤又怎么了？”

杨斐得意地说：“王坤现在是咱们的人，放心吧。”

两人相视一笑，但同时，两人好像同时想起还在跟对方闹别扭，又连忙尴尬地低下头不看对方。

“没什么事我先出去了。”杨斐说完，迅速逃出陶远办公室。

王坤从杨斐的座位前经过，杨斐拉住他，低声说：“我们查出那笔贷款不合规，很可能是经李明山的手办的，你去敲敲他，看能不能查出有用的信息。”

王坤嘿嘿一笑，也不说话，径直走开了。

王坤直接走进李明山的办公室。

一进李明山办公室，王坤一屁股坐在沙发上，面露愁容。

李明山不明所以地问：“怎么了兄弟？”

王坤道：“麻烦了，你说的那个催收的项目，杨斐说她查到那笔贷款不合规，你老婆我嫂子还跟他们是什么同学关系，这件事看来要扯到你头上了。”

李明山叹了口气：“他们就是冲我来的啊！”

王坤又问：“李哥你跟我说句实话，区区 500 万的小单子，真是你做的吗，就为这么点小钱，你至于吗？”

李明山低声道：“我可跟你把实话说了啊！贷款人的妹妹跟我老婆关系挺好，人求到咱们了，不帮不合适，而且，她那个垃圾食品小工厂，别看厂子不大，每年的效益也挺客观的，贷款促成之后，她给了我老婆一些股份，每年分的钱也够花了。”

王坤又道：“你堂堂一个副行长，还用靠小工厂的分红生活吗？”

李明山笑道：“你家财大气粗，哪知道我们这些小老百姓的难处啊，孩子上学，老人看病，什么不需要钱啊！我这点工资，九牛一毛。”

王坤又道：“你老婆收人家钱，你不怕被杨斐查出来啊？”

李明山冷笑：“分红是胡总私人账户打的，账上根本没有，除了胡总跟会计，没人知道。再说，我还能等到他们查我？那就太被动了。”

王坤离开后，李明山以检查项目为由，随便抽了几个项目，让手下们把相关的资料全部交上来，其中就有茶叶公司催收这个。

杨斐不得不上交资料，但是她很清楚，李明山拿到所有资料之后完全可以绕过她直接处置这个项目，一旦李明山把项目做成不良资产，不但再查下去毫无意义，她和吕婧可能还会受到牵连。

15

王坤也不敢怠慢，下班后回家第一件事就是把情况告诉杨斐。杨斐思前想后，时间紧急，必须找到突破口，胡总肯定不好突破，那就只剩下会计了。杨斐给吕婧打电话，问她对工厂的刘会计印象怎么样；不料吕婧却说会计姓张，是个老头，人还好，但是有点愤世嫉俗。杨斐明白了，原来经手的会计辞职了，如果那个会计真是个愤世嫉俗的人，或许真能问出点什么。她立刻联络陶远，让陶远帮忙寻找那个会计的下落，找到之后立刻去谈判。

第二天一大早，陶远收到消息，张会计在安徽的一个农村养老。他把消息告诉杨斐，杨斐建议立刻出发，去找张会计。

陶远有点犹豫地说："李明山把资料都要过去了，很可能会做成不良。如果咱俩都不在，他万一今天就弄，咱们连个拖延时间的人都没有。"

杨斐道："他不能这么明目张胆吧，这样也太明显了，资料收过去第二天就做成不良，明显是心虚啊！再说，你必须去啊，我需要你的谈判技巧。我也得去，农村嘛，万一脏啊什么的，我还得救你。"

陶远思索了一下："赌一把，就赌李明山不敢这么明目张胆。"

话不多说，两人急忙离开银行，驱车前往火车站，买了张高铁票就往安徽去了。两人一走，李明山便拿着资料去了负责贷后管理的资产负债管理部。

高铁转公共汽车，最后又坐了半个小时三轮车，天快黑的时候，两人终于到了那个村子，但结果却让他们大吃一惊。张会计说自己根本不知道分红的事，胡总从来没跟他说过。陶远突然反应过来了，这是李明山的调虎离山之计，他和杨斐都不在，李明山就可以随意处置那个项目，甚至可以以杨斐的名义提出把项目做成不良资产。

现在意识到这个问题也晚了，天黑了，他们没有交通工具出村子，只好先在张会计家住一夜。陶远给资产管理部的人打了个招呼，如果李明山施压不太狠的话，拖到他回去再解决。

张会计家空房不少，但是打扫干净的却没有一间。在别人家借住，陶远又不好麻烦人家，只好硬着头皮让张会计随便安排了一间房间，杨斐住在他隔壁。

吃饭的时候，陶远就有点洁癖发作，看碗不干净、看锅不干净、看地面不干净、看桌子不干净，他一点食欲都没有，没吃几口。热情的张会计不知道他有洁癖，还以为饭菜不合胃口，一个劲儿地责怪老伴做得不好吃。杨斐一边让张会计不用管陶远，一边看着陶远坏笑。

终于吃完饭了，农村没有什么娱乐设施，老两口早早地就睡觉了。陶远在那间屋子里根本待不住，索性搬了个小凳子坐在院子里。凉风阵阵，乡村静谧的夜晚让人感觉异常舒适。陶远陶醉在凉风和静谧之中，杨斐本来床都铺好了准备睡觉，发现陶远在院子里之后也出来了。

“我猜你就在那屋里待不住，你就打算这么在这儿坐一夜啊！”杨斐问。

陶远仍旧一副享受的表情：“在这儿坐着有什么不好的。”

杨斐在陶远旁边的地上坐下，陶远看到她直接坐地上，脸上的表情又有点异样。

杨斐说道：“这次可不是我故意害你啊，我也不知道这地方交通这么差。”

陶远道：“我也没说怪你。”

杨斐又道：“我有点纳闷，就你这病你回农村老家是怎么待的啊？”

陶远叹气道：“好多年没在农村那个家过过夜了，就算过年回家也是白天去拜访下亲戚朋友，晚上就跟父母回县城的家住了。”

杨斐明白了："原来这样啊，那万一遇到像今天这种情况，你不也得想办法吗？你说我现在愿意帮你，你就好好配合多好啊，何必呢？"

陶远道："你何必呢，你为什么就不肯放过我呢？"

杨斐深情地看了陶远一眼，夜色深沉，院子里的灯光并不算明亮，两人又是背对着灯光坐着，所以陶远并没注意到杨斐看他的眼神。

"你真想知道吗？"杨斐说，"其实我也不知道为什么，每次一想起因为我喝多和帮我挡油漆的时候你痛苦的样子，我就很难受，不想看你一直陷在那种痛苦里。"

陶远一时不知道该说什么，他不敢看杨斐，因为他怕看到杨斐的眼神，他知道杨斐此刻的眼神可能会很深情，但是他不知道该怎么回应杨斐的眼神。

"可能我内心是个圣母婊吧！"

陶远刚才还很纠结，杨斐这句话一出，他扑哧就乐了："哪有这么说自己的。"

杨斐认真地说："那你说还能有什么原因，总不是因为我喜欢上你了吧！"

陶远愣了一下，立刻说："这种话不能乱说。"

杨斐也意识到自己说错话了，连忙转移话题："行了，不聊了，睡觉去吧！"

陶远没动。

杨斐站起来，又蹲下了："你真打算就这么坐一夜啊！"

陶远没有任何反应。

杨斐站起来一边走一边说："行，你坐着吧。"

杨斐进屋了。

陶远仍旧坐在那里，心里有些不平静，杨斐刚才的话什么意思，难道真的对他有感情了？怎么可能？他俩从对头转成朋友也没多久。想到这里，陶远又想到另外一个问题，他对杨斐又是什么感觉？陶远告诉自己，他对杨斐什么感觉也没有，只是最近一系列巧合让两人经常在一起而已。

陶远正在思考，杨斐也搬了个小板凳，拿了件外套又出来了。

杨斐坐到陶远身边："刚才的话没说完，让你坐着我自己去睡有点不落忍，你坐到几点我就陪你坐到几点，讲义气吧！"

陶远笑了笑："想坐就坐，撑不住就睡去。"

杨斐也笑了笑："看咱俩谁先撑不住。"

两个人又有一搭没一搭地聊了几句，杨斐逐渐睡意上来，倚着陶远睡着了。陶远一动也不敢动，生怕自己动一下会把杨斐弄醒，他觉得杨斐最近一定很累，就算这么睡能多睡一会儿也行。

第二天一早，张会计看到两人坐在院子里依偎着睡着了，连忙把两人叫醒，问两人怎么在院子里睡了。杨斐忙解释说俩人觉得院子里有风舒服玩浪漫，结果睡着了。

天亮了，昨晚的浪漫和悠闲没有了，杨斐和陶远需要马上赶回银行，以防李明山把那笔贷款做成不良资产。他们赶到银行的时候已经是下午了，李明山知会过资产信贷管理部之后，最终要做成不良还需要李明山的签字，而李明山正打算签字。

资产管理部已经批过了，现在所有东西都转到李明山手上了，再去找资产管理部已经没用了，唯一的办法就是和李明山谈判。陶远建议让王坤去，因为只有王坤能毫无底线地给李明山压力，实在不行还能用微博曝光李明山来威胁他。杨斐却犹豫了，她越来越意识到想要一次性把钱全要回来已经完全没有可能了，就算和李明山谈判成功，最好的结果也不过是胡总继续按期还贷款。犹豫良久，她决定自己去找李明山谈判。

陶远隐约觉得杨斐又要出幺蛾子，但一时还没想出她究竟要干吗。杨斐去和李明山谈判的时候，他把王坤叫到办公室，详细询问了这两天李明山的动静，并且把张会计的事说了。王坤一听自己被耍了，这才明白过来，原来李明山根本没想和他合作，也早就想到他会通风报信，所以故意用假情报迷惑他们，然后给自己留了足够的时间摆平一切。

王坤不禁骂道："这个老狐狸，这次栽他手上了！"

没过多大会儿，杨斐就从李明山办公室出来了。一出李明山办公室，她直接进了陶远的办公室。陶远和王坤连忙问杨斐谈得怎么样。

"我让李明山做成不良了。"

"为什么啊？"王坤不解地问，"你让我去跟他谈啊，我用微博曝光他，就算整不死他也能恶心恶心他。"

陶远开口说："我早该想到你会这么做了。如果找到李明山和胡总勾结的证据，你或许可以以此作为筹码让他们一次性把钱还清，但是如果没有证据，你会牺牲银行的利益。”

杨斐道：“我额外多做几倍的业绩，把钱再挣回来。”

王坤还是不明白：“你俩是心有灵犀吗，我怎么听不明白。”

陶远解释道：“那个垃圾食品工厂生产的东西有很大的安全隐患，杨斐一天都不想让那个工厂开下去，之前还是为了要钱忍着，现在不用要钱了，估计那个工厂活不过明天了。”

杨斐道：“我答应让李明山做成不良，条件是他去稳住那个胡总，让胡总放松警惕，好让警察把他们端了。”

王坤问：“李明山能相信吗？”

杨斐道：“我说了那个厂不倒我就跟他没完，而且我已经做了这么大的让步，他不会因为那么一个不相干的小工厂毁了自己的前途。”

王坤不禁讽刺道：“哥，你还真是个圣母婊啊！”

杨斐也不生气，嘿嘿一笑：“我也觉得，你说我可咋整？”

陶远没想到他俩现在处得这么融洽了，对于王坤的讽刺，杨斐不但不反击甚至还自黑，这让他有点意外。

王坤还是有点不服气，要去找李明山打架，杨斐拦住他，讽刺道：“你省省吧，你斗不过他，好好听哥的，我帮你收拾他。”

陶远忍不住好奇：“你怎么成他哥了？”

杨斐哈哈大笑，把喝多了拜把子的事讲了一遍，陶远听完也是哈哈大笑。

熊大海从陶远办公室门外经过，无意中听到里面陶远、王坤和杨斐三人的说笑声，心里不禁纳闷，杨斐究竟是用什么方法把这俩人都给收到帐下的？和李明山的担心恼怒相反，熊大海很高兴，杨斐是他的心腹死忠，王坤和他有一层朋友的关系，陶远再为他所用，要振兴这个分行做出业绩根本不在话下了。

熊大海这次失策了，而叫醒他的人竟然是谢羽！

下班后，一个清净的茶馆里面，熊大海约见了谢羽，两人称兄道弟，关系似乎十分要好。

“算算我到朝通分行也大半年了，咱俩这是第一次一起喝茶啊！”熊大海抿了口茶。

谢羽道："是啊，都太忙了。"

熊大海笑道："大忙人你没事能找我喝茶，有什么事就说吧。"

谢羽看了下四周，确定四周并没什么人之后才说："哥你知道朝通分行业绩不达标就要撤销是谁搞的鬼吗？"

熊大海问道："谁？"

谢羽道："我跟我女朋友的父亲聊天，他无意中提起来的，是邹凯。"

熊大海道："我还真是小瞧了这个邹凯的能力了。"

谢羽道："如果邹凯知道是你把他弄下去的，那么说陶远也早就知道。这个陶远可是邹凯的心腹死忠，你把这个人留在身边不安全啊！"

熊大海想起杨斐、王坤和陶远的说笑声，心里突然一惊，如果陶远早就知道内幕，那么会不会是陶远收编了杨斐和王坤，而不是杨斐收编他俩？如果真是这样的话，那可就不妙了。想到这里，熊大海不禁有点懊悔，自己还是低估了陶远，轻敌了。

谢羽看熊大海陷入思考，好奇地问："熊哥，有什么问题吗？"

熊大海皱了下眉："最近陶远、杨斐和王坤仨人走得很近，我本来还觉得是好事，陶远也能为我所用了。刚刚你这么一说，现在我不得不担心，杨斐已经叛变了啊！"

谢羽一副早知当初的样子说："当时我就说直接把她赶走吧，你非要让她去朝通，我就知道留着她早晚是个祸害。"

熊大海道："现在只是猜测，杨斐没理由帮陶远对付我，不到万不得已，我还不想放弃她。"

谢羽苦口婆心："你把她再提拔回总行，让她找我报仇啊！"

熊大海道："我什么时候说还让她回总行了，最好的结果也就是我升回总行，她留在朝通做个领导。"

谢羽道："以她的能力，不加以制止的话早晚还会被总行挖回来。"

熊大海笑道："有你在，你能让她回去吗？"

谢羽无奈道："说不服你，你看着办吧。不过熊哥，我可得提醒你，妇人之仁不能有啊，你也不想兜这么大一圈却前功尽弃吧！"

熊大海点头："放心。"

以熊大海的性格，发现杨斐有危及他事业的可能，哪怕一点点可能，他都应该毫不犹豫地除之而后快，可现在他却在犹豫。对杨斐，他虽然毫无保留地利用，但在内心深处也有一丝的愧疚，他在分行给杨斐争取荣誉，既是拉拢杨斐让她更努力工作，也是在为她以后的发展铺路，以此稍稍减轻点自己的愧疚。当初谢羽陷害杨斐的时候，他第一时间就发现了漏洞和证据，但是他没有帮杨斐，而是利用这个机会把杨斐送进了朝通分行。挤走邹凯，自己来朝通是他计划很久的事，但是一直缺少一个得力的手下一起去朝通做业绩。杨斐，正是他所需要的得力的人。他知道谢羽攀上董事长的家族后多半会顺风顺水，所以拿着证据去找谢羽，要把谢羽也变成为他所用的人。谢羽很识趣，和他结成了联盟。谢羽答应帮熊大海在总行上位，熊大海答应在分行控制好杨斐。

必须得尽快查清杨斐是否已经被陶远收编，熊大海在心里盘算着，该怎么调查呢？

杨斐还在纠结陶远强迫症的事，这次虽然又和好了，但总用这些小细节影响他不但有种隔靴搔痒的感觉，对他俩的关系影响也很大，总因为这些事吵架闹别扭，说不定哪一次就真的反目了。张娜娜把杨斐要治陶远强迫症的事跟王坤讲了一遍，王坤听后不禁坏笑起来，他有办法。杨斐瞥了一眼王坤，觉得他肯定又要出馊点子。

王坤不以为然，凑到杨斐跟前说："对于脏累，我是深有体会啊，跟娜娜爬山那次，差点要了我的命，你要是能把陶远也给弄山里，包治一切。"

张娜娜附和道："这还真是个办法，少带点水，到时候没水喝了看他喝不喝山泉水，做饭的时候故意扔进去两根干草，看他吃不吃。那地方啥也没有，不由得他不吃不喝。"

王坤又道："没有干净的地儿，想怎么治怎么治。"

杨斐犹豫道："是不是太狠了，万一他真的不吃不喝，别真出什么事。"

张娜娜道："你傻啊，你偷偷藏一瓶水在包里，看他实在渴得都要晕了还不喝溪水，再给他。"

杨斐又道："但是我让他去，他肯定也不去啊。"

王坤道："骗啊，就像娜娜骗我那样，就说去郊外野餐，一下车四面荒山，车一走他除了跟着你，哪也去不了。”

杨斐点了点头：“前海山我也去过一次，离市里近，但是也够野，露营一夜，第二天原路返回的话应该还可以，可以试试。”

王坤摩拳擦掌：“有好戏了。”

第二天一早，杨斐还没来得及去找陶远，先被熊大海叫进办公室了。

“我看到有一笔几百万的不良，本来是吕婧负责，后来又改成你负责了是吗？”简单几句客套话之后，熊大海切入正题。

杨斐答道：“行长，这个我可以解释。”

没等她说完，熊大海又说：“我听说是陶远和李明山两个副行长要求你做成不良的。”

杨斐连忙解释：“行长您听谁说的啊！这事儿是我跟李副行长商量定的，但是跟陶远没关系啊，陶远一直主张继续要的。”

熊大海点点头：“哦，是这样啊。小杨，我不是不相信你，只是有点好奇，你为什么主动把项目做成不良啊，这不是你的风格啊！”

杨斐把那个垃圾小食品工厂怎么不合规怎么祸害社会讲了一遍，熊大海认真地听着。

杨斐说完，熊大海笑道：“那这么说，你跟李明山可比陶远高尚多了。我有时候也觉得这个陶远有点阴郁，跟这种人打交道可是得小心点啊！”

如果熊大海一上来就说陶远，杨斐肯定会意识到他别有居心，但熊大海厉害的地方在于他有耐心，耐心地听完杨斐关于项目的所有话，在聊项目的中间穿插着对陶远和李明山的调侃，杨斐怎么也不会想到这是对她忠诚度的测试。

“陶远还可以啦，比李副行长的人品好多了，行长，李明山副行长才是该小心的。”杨斐脱口而出。

“不对吧。”熊大海装作饶有兴趣地道，“我怎么听说陶远和李明山都对我有意见，都想着挤走我呢，你是不是最近跟陶远关系好，跟李明山关系不好，所以有主观偏见在里面啊！”

“行长你的消息有误，陶远对行长的位置又不感兴趣，为什么要挤走你啊！”杨斐这时候还没想太多。

“不好说，也不一定挤走我就是要当行长啊！”

杨斐心里开始嘀咕起来，她并不知道陶远早已知道是熊大海赶走的邹凯，但看熊大海现在的状态，有可能是心虚，也有可能是发现陶远已经知道了，所以要套她的话。

“那还能有什么原因啊！”杨斐也就思索了几秒，怕熊大海看出异样，连忙开玩笑地说。

“可能是我想多了，权力斗争害死人啊！不过陶远的能力还是值得肯定的，好好干，几百万的不良对你来说不叫事儿。”熊大海笑着说道。

从熊大海办公室出来，杨斐陷入纠结，熊大海怎么会怀疑陶远要对付他呢，真的只是心虚吗？可陶远如果早就知道熊大海干的那些事，又为什么要跟我走这么近呢？该不该提醒陶远呢？

杨斐本想暗示陶远一下，可转念又一想，现在是分行存亡的关键时刻，让陶远和熊大海闹翻有百害而无一利。而如果陶远早就知道，那就根本不用她提醒，陶远心思那么深的人这点防备心还是有的。目前分行的运行还算不错，各项业绩也都在进步，不管陶远知不知道，维持现状是最好的选择，至少表面上的和谐不能打破。

可是如果不提醒陶远，万一熊大海真的要对他下手呢！熊大海可不是李明山，没那么好对付。杨斐纠结起来，说也不是，不说也不是。

最终，她决定先观察几天，看看陶远是不是已经知道熊大海陷害邹凯的事，也看看熊大海对陶远究竟是什么态度。她不想让这两人中的任何一个离开，一是因为个人感情，一是因为不管他俩谁离开对分行都是致命的打击。

打定主意之后，杨斐稍稍安心，这件事可以慢慢来，今天最重要的是约陶远去爬山。

“有事吗？”杨斐一走进陶远办公室，陶远就满含警惕地问，担心她又要作妖。

“也没什么事。”杨斐眼神闪烁，观察陶远的心情怎么样，发现他似乎心情还好，接着说：“这周六日你没什么事吧？”

陶远问：“你有事吗？”

杨斐没理陶远，自顾自地说：“你平时连门都不出，能有什么事，那就是没事了，咱们去郊外野餐吧。”

陶远立刻答道："不去。"

杨斐坐到陶远对面，一脸恳求的表情："去吧，我保证没有其他心思，就是单纯想约你出去玩。"

"你为什么想约我出去玩啊？"

杨斐思索几秒，答道："我喜欢跟朋友一起去郊外，看看山看看水，特别惬意，还没跟你一起去过呢！"

陶远还是很坚决："不去。"

杨斐不耐烦道："你怎么才肯去吧？"

陶远也道："你怎么才肯不让我去吧？"

杨斐摇了摇头，叹口气："这样吧，只要你跟我去野餐，我以后再也不提你洁癖的事。"

陶远也摇摇头："你的话我能信吗，这是你第一次说不管我强迫症吗？"

杨斐无奈了："你信我一次吧，大哥，是我请你去玩，别搞得像我求你似的行吗，让别人知道多丢人啊！"

陶远道："那你别求我不就行了，忙你的去吧！"

杨斐猛地拍了一下桌子，厉声说："去不去！不去信不信我每天烦你，烦死你！"

陶远知道杨斐肯定又在耍什么心思，但是不去的话她绝对可以每天烦自己。左右权衡了一下之后，陶远决定，再忍受这最后一次，于是说："我要跟你去了，你以后不准再烦我。"

杨斐痛快答道："放心，说话算话。"

陶远看着杨斐："我都去了，你还不走，还有事吗？"

杨斐接着说道："你的衣服不行，去郊外动弹不开，下班跟我走，我带你买几件衣服去。"

陶远不耐烦道："行，随你摆布吧。"

杨斐乐呵呵地从陶远办公室出来了。吕婧从她进去到出来，一直在看着她，看到她开心的样子，不由得怒从心头起。

就在杨斐和陶远聊天的这段时间里，熊大海已经理清思绪，制订好计划了。刚才和杨斐谈话时杨斐那几秒的停顿被熊大海看在眼里，他很清楚地意识到，杨斐在犹豫，在思考怎么应付他，这种情况只有一个原因，杨斐肯定知道什么，而且隐瞒了。

“不论杨斐是不是被陶远收编了，至少她已经不信任我了。”熊大海清晰地认识到这一点，他不允许任何人阻碍她，哪怕是有一丁点阻碍他的可能，哪怕是他愧对的杨斐，都不行。既然杨斐已经不信任他了，那他就要做最坏的打算，所谓先下手为强，他必须在陶远和杨斐危及他之前先下手。

自己动手不是熊大海的风格，他最擅长的就是借刀杀人。借谁的刀呢？当然是李明山的。他在心里做好计划之后，给谢羽打了个电话，要谢羽和他一起设个套利用李明山。一切准备妥当之后，他把李明山叫进了办公室。

李明山也不知道熊大海找他什么事，进入办公室后十分客气地跟熊大海打招呼。

“熊行长，您找我？”李明山客气到有点谄媚的样子。

熊大海也是一副和蔼、客套的样子，让李明山坐到自己对面，然后说：“也没什么事，就是聊聊。”

李明山笑道：“您想聊什么啊？”

熊大海似笑非笑地说：“我看到又多了一笔不良啊，虽然数额不大，但那也是不良，麻雀肉也是肉啊！”

李明山忙说：“这件事是这样的……”

没等他开始说，熊大海打断他：“我听说这本来是那个叫吕婧的客户经理的催收，杨斐硬抢过来之后发现要不回来，就不顾你的反对强行做成不良了。明山你这样可不行啊，你是副行长，她区区一个客户经理，还没王坤级别高，你这样可服不了众啊！”

李明山本来以为熊大海要找他兴师问罪，却没想到会有这番对话，他不明白熊大海是什么意思，于是试探性地说：“也怪我，一时心软，熊行长，这都是您听谁说的啊？”

熊大海一摆手：“这你就不用管了，明山啊，我知道你对我有成见，从我一来你就对我有想法，我能理解，但是从我来之后对你还可以吧？”

李明山心里想，可以个屁，一次次利用我对付别人，但嘴上不能这么说，嘴上还要带着笑说：“那是，行长对我当然可以，不过我对你能有什么成见啊，你别听别人乱说。”

熊大海接着道：“成见不成见的先放在一边，离一年的期限就剩几个月了，虽然现在业绩挺好，但是我还是有点担心啊，这个时候咱们必须放下成见，团结一心，要不然分行取消了，对你我都没好处。”

李明山点点头：“行长说的是。”

熊大海又说：“你跟陶远关系也不怎么融洽吧！”

李明山笑道：“熊行长您还真是无所不知，我跟陶副行长，有点小矛盾吧，不过不影响大局。”

熊大海道：“我也不太喜欢这个陶远，你说能力吧是有点能力，但是毛病太多，不喜欢。人啊，不能太恃才傲物，会让人反感，一让人反感，那他就危险了。”

李明山附和道：“陶远确实毛病挺多，我跟他的矛盾也基本上都是因为他的毛病。”

熊大海道：“我听说你跟陶远斗了好几年了，好像没占到什么便宜啊！”

李明山笑了：“行长您这都从哪听说的啊？”

熊大海突然变得严肃起来：“知道为什么赢不了吗？”

李明山顺势问道：“为什么啊？”

熊大海讳莫如深地说：“他有邹凯做靠山，即便邹凯不在了，在总行的人脉还在，你有什么？你怎么能势均力敌？”

李明山装作恍然大悟：“哦，我明白了。”

熊大海又恢复笑容：“闲聊，你别往心里去啊！好好干，有我的好处肯定就会有你的。”

李明山附和着笑着。

从熊大海办公室出来，李明山开始揣摩熊大海究竟是什么意思。想到最近陶远、杨斐和王坤三个人关系的融洽，李明山觉得熊大海应该是害怕了，害怕杨斐和王坤跟陶远一起收拾他，他不爱自己动手，这又是想借刀杀人啊！不过仔细想想，熊大海说得也有道理，李明山需要总行有人帮忙，可是谁能帮他呢？李明山把总行的人在脑子里过了一遍，最后发现，只有谢羽最合适，因为他看得出来，谢羽是最想把杨斐赶出银行体系的人。熊大海料到李明山必定会找和杨斐有仇的谢羽，所以提前和谢羽计划好，只要李明山去找他，就会落入他们的圈套。

李明山暗下决心："借刀杀人就借刀杀人吧，先把陶远赶走再说，只要小心注意，就不信熊大海还能有什么小动作。"

下班后，杨斐开心地带着陶远找了一家户外店，给他买了从里到外一整套，速干衣裤、冲锋衣裤、轻量羽绒服、高帮登山鞋，甚至还让他试了个好大的登山包，他试背之后觉得还行，杨斐也二话不说买下了。

陶远看着这一大堆衣服，不禁纳闷："去野餐需要这么多东西吗？"

杨斐呵止陶远："你都答应了，不许反悔，老实听我的没错。"

陶远有预感，这次绝对是个大麻烦，但是既然答应了，硬着头皮跟她走吧。

"还有个问题，"陶远又问，"这些衣服今天晚上洗了明天能干吗？"

杨斐猛地拍了下脑门："坏了，把这个给忘了，速干衣肯定能干，但是冲锋衣不能用洗衣机洗啊。"

陶远无所谓道："那就不带了。"

杨斐摇摇头："带还是要带的，放心吧，我给你洗，保证不耽误事。"

陶远将信将疑地说："洗不干净我不穿的啊！"

杨斐扑哧乐了："你还是那个阴沉腹黑的副行长吗？还洗不干净不穿啊，跟个小姑娘似的。"

陶远一副无所谓的样子："你说什么也没用，洗不干净我是绝对不会穿的。"

杨斐答应道："放心，给你洗干净，细菌都给它洗死。"

冲锋衣因为外面有特有的防水涂层，只要雨不太大，是可以用来防雨的，因为这个原因，它不但不能用洗衣机洗，甚至连手搓都要求很高，因为会伤害防水涂层。不能拧，不能晒，洗起来太麻烦了。杨斐把新买的衣服都带了回去，一回家，立刻把其他衣服扔进洗衣机，然后找了个刷子开始里里外外刷那件价值三千多的冲锋衣。

杨斐一遍又一遍地刷，满头大汗，一边刷一边抱怨："我招谁惹谁了啊，这破衣服怎么这么难弄，男人的衣服怎么都这么大啊！"

张娜娜看到杨斐在刷新衣服，不禁纳闷道："洁癖连新衣服也不能穿？"

杨斐没好气地说："可不是，难伺候啊！"

张娜娜笑道："你说你为这个陶远也算是操碎了心磨破了手，你这是为什么啊，你喜欢他！"

杨斐连忙用水往张娜娜身上撒："瞎说什么呢！"

张娜娜躲开杨斐的水："那我找不出第二个原因了。"

杨斐又干起活来："我也不知道为什么，就是想帮他，看到他痛苦的样子，我也很难受。"

张娜娜道："不用解释了，越抹越黑，不就是发情了吗，没什么不好意思的。"

杨斐呵斥张娜娜："说什么呢，怎么什么话到你嘴里就变味儿了呢。"

俩人聊得正开心，赵小兰从外面回来了。

一进屋，赵小兰便加入聊天："什么话变味儿了？斐你擦的这是谁的外套啊，看着像个男的的啊？"

杨斐随口道："王坤的。"

赵小兰一把拉住杨斐，厉声说："这种活是你干的吗！王坤呢，你叫他出来！"

杨斐看母亲要去找王坤，连忙拦住她："妈，你这是干什么啊，衣服不是王坤的，我们一同事的，明天要用，他没时间弄，我就替他擦一下，多大点事儿啊。"

赵小兰还是不信："你可不能骗我啊！这种给人洗衣服伺候人的活不是你干的。"

杨斐应和道："我知道，我才不会干那种活呢，你去歇着去吧。"

赵小兰走了两步，又转回身说："这是不是那个陶远的啊，那小伙子虽然不错，但是他再好你也不能跨过底线啊！"

杨斐不耐烦道："我知道，放心吧，我的底线高着呢！"

赵小兰进卧室了，杨斐和张娜娜对视一眼，无奈地笑了笑。

第二天杨斐早早起床，在张娜娜的帮助下把帐篷、睡袋、食物和水之类乱七八糟的东西装了满满一大包，陶远的衣服塞不下了，她把衣服塞到一个袋子里，背着大包拎着袋子晃晃悠悠地出门了。

到了陶远家楼下，陶远背着昨天买的那个偌大的空包悠闲地等着杨斐。杨斐一看陶远那么悠闲，自己却背着大包累得走路都费劲，顿时不平衡，把自己包里的东西拿出一半塞到陶远包里。陶远一看，这乱七八糟的都是什么啊，杨斐解释野餐当然要带食物和锅碗瓢盆。

两人开车到了郊区的一个村子里，把车停到村子里之后又包了一辆村民的面包车，一路颠簸到了一处荒无人烟的进山口。这里虽然看着很荒很野，但其实离村子并不远，而且一路上下山都有小路，沿着路走并没有危险性，但是陶远不知道，一看眼前的山，立刻后悔了，他不知道郊区竟然还有这种地方。可是后悔也晚了，面包车已经走了。

“走吧！”杨斐乐呵呵地看着陶远说。

“你确定这叫野餐，不叫野人吗？”陶远犹豫道。

杨斐拍了下陶远的肩膀，豪气地说：“放心吧，我不会害你的，跟着我，保你没事。”

陶远摇了摇头，脚丝毫没有动弹的意思。

杨斐在陶远后面推着他往前走，一边走一边说：“哎呀来都来了，不跟我走你也回不去啊，走吧走吧。”

陶远不得已往前走起来，边走边说：“你不会是想这次来个一招制胜要在山里给我下套吧！”

杨斐忍不住乐了，她不得不佩服陶远的智商，竟然被他给猜中了。

“我可没那么想，就是单纯地想让你呼吸呼吸大自然的新鲜空气，别总在屋里待着。”杨斐嘴上不肯承认。

没走一会儿，陶远就出汗了，身上一有汗，他立刻不自然起来，想擦却又没有东西擦。杨斐看到他难受的样子，随手把自己手腕上绑的头巾递给他：“这个擦汗用的，绑手腕上就行。”

陶远接过来擦完汗之后犹豫起来，要不要缠在手腕上？杨斐看他犹豫，走到他身边直接替他缠上了。

“户外的人都不嫌脏，这不算什么。”杨斐一边缠一边说。

陶远努力不让自己看那个头巾，可是汗一直出，他不停地擦，越擦越难受，最后干脆不走了，他要休息。要休息可以，但一停下来之后他发现四周不是草地就是泥土地，根本没有能坐的地方。杨斐一屁股坐在地上，表情十分享受，他却一脸鄙夷地看着杨斐，直直地站着。

“坐下歇会儿啊！”杨斐招呼陶远。

“我才不上当。”陶远仍旧不坐。

陶远不肯坐下休息，又背着个大包，出汗多喝水就多，他没有户外经验不知道水要省着点喝，结果走到下午，到了扎营的山顶的时候，水竟然快被他喝完了。杨斐明知道水快没有了，却也不吱声。

看到杨斐要搭帐篷，陶远慌了，连忙说：“不下山了吗？”

杨斐应付道：“大哥，几点了，下不去了。”

陶远后悔道：“杨斐你够狠啊，我这次算是完了。”

杨斐不理陶远，继续搭帐篷。陶远本来还挺生气，但帐篷一搭好，他立刻坐了进去。走了一天了，能就这么坐着简直太舒服了，不过他享受了不到两秒，立刻又难受起来，因为他注意到了自己出过汗后黏糊糊的身体和满是泥土的鞋。

“你要想换衣服就换。”杨斐说。

陶远躲在帐篷里换了衣服，心里舒服了很多。当他从帐篷里出来的时候，杨斐已经把小气罐和小锅拿出来开始煮面了。陶远觉得挺新鲜，凑过去看，可刚看了一分钟，就看见一阵风把几根干草吹进了锅里，然后杨斐想都没想伸手就拿了出来。

“这饭你自己吃吧！”陶远完全没了兴致。

“又怎么了啊？你这有点矫情了啊！”杨斐讽刺道。

饭做好了，陶远说什么也不吃。杨斐故意把零食面包之类可以开袋即食的东西带少了，俩人吃了顿午饭后就没什么了。陶远死活不肯吃面，只有饿肚子了。

杨斐美美地吃完收拾完，陶远躺在帐篷里面露难色，不洗澡怎么睡觉！杨斐也不管他，钻进帐篷躺到他旁边，闭着眼休息。

“早点睡，明天还得早点下山呢！”杨斐闭着眼说。

“我忍！”陶远无奈地说。

陶远给自己心理暗示，闭着眼不看就好了。他本以为自己这一夜会很难受，但毕竟白天累了一天，结果闭上眼不到十分钟就睡着了。看着他熟睡的样子，杨斐很有成就感，能让他在这种环境下睡着就是成功。

第二天更惨，因为没有水了。风吹日晒，没有水，走了没多久陶远就不行了。路边有小溪，杨斐用水瓶灌了溪水就地美滋滋地喝起来，喝完之后又灌了一瓶，拿到陶远面前。

“你喝吧，我不喝。”陶远看都不看那瓶水。

“不喝你走不出去。没跟你开玩笑，这水很干净，矿泉水。”杨斐正经地说。

陶远仔细看了看那水，明显看到里面有些细小的漂浮物，于是又摇了摇头。

杨斐说：“那些是矿物质！”

陶远有气无力地说：“走吧，快点下山。”

又走了一段，小溪又出现了，杨斐又美滋滋地喝饱了水。陶远本来还好，但这次看见水，突然嘴唇就干得要裂开了，整个人晃晃悠悠地就倚着包坐到了地上，意识变得模糊了。

严重缺水！

杨斐看到陶远的样子，意识到自己玩大了，连忙拿着水瓶往陶远嘴里灌水。陶远紧闭着嘴就是不喝。

杨斐急了：“你还要不要命了！”

陶远不说话，闭上眼。

杨斐再次给陶远灌水，陶远还是闭着嘴不喝。

杨斐恳求道：“你就喝一口吧，我求你了，喝一口，咱们就能下山了，我以后再也不折腾你了。”

陶远还是没反应。

杨斐害怕陶远晕过去，连忙拍拍他的脸，陶远睁开眼，用虚弱的眼神白了他一眼，又闭上了。

杨斐又求：“我错了，我不该把你拉到这种地方，但是你也不能死在这儿啊！”

陶远虚弱地说：“我要谢谢你，如果今天真能死在这儿，我要谢谢你。”

杨斐更着急了：“你胡说什么呢，你不能死，你怎么能死啊！”

陶远摇了摇头："小猴子能死我为什么不能？"

杨斐的眼泪止不住地流了出来，她再次拿起瓶子："你喝一口，喝一口我以后再也不烦你了。"

陶远说："我活着就是对小猴子的背叛，可是我没有勇气，没有勇气去找她，今天这样挺好。"

杨斐拿出手机："你以为你真能死啊，我一个电话把救援队叫上来，一个小时就能把你送下去！"

陶远挤出个微笑："没信号。"

因为原定路线在修路过不去，所以杨斐没去她去过的那条线，这条线路她之前完全没走过，完全是靠张娜娜的介绍和户外软件指路，她忘了山里可能没信号的情况了。这下她真的慌了，她环顾四周，突然看到小溪的上游被杂草和石头包围着。

"上面没人经过，那里的水绝对没有杂质，我去给你取。"

杨斐说完把瓶子里的水全倒了，拿着瓶子朝上游走去。

溪水边的石头很滑，草也很滑，小溪的一侧是杨斐所在的草地，另一侧半米之外则是一个几十米的断崖。杨斐蹲在石头上只顾低着头舀水，舀出来半瓶一看有杂质就倒了重新舀，来回反复了好几次，依旧没舀出没有杂质的水。陶远的意识虽然有点模糊，但靠着他强大的意志力，对周围的环境和杨斐的举动还是知道得很清楚。杨斐一遍一遍把水舀好了又倒了，他都看在眼里。他觉得杨斐实在找不到干净的水就会放弃，可没想到的是杨斐就是不死心，为了弄到没有杂质的水，越来越靠近断崖那侧。

陶远想叫杨斐回来，却看到她前一秒还在舀水，下一秒随着一声尖叫突然就消失了。

杨斐坠崖了！

陶远整个人突然就精神了，这时候什么也顾不了了，他扔下包踏着水快步跑到杨斐坠崖的地方，看到杨斐两只手紧紧抱着一块石头，脚下是深渊。

"别动，我救你上来。"陶远说着四处打量，想找个东西让杨斐抓着，可是哪有东西能抓啊！

杨斐还算镇定，安慰陶远道："没事，一时半会儿掉不下去。"

陶远急得不行："你就别开玩笑了。"

实在没有东西可利用，陶远只好趴到小溪里，用力拉了下一块石头确定它足够结实后，另一只手伸向杨斐。杨斐抓住陶远的手，然后一点一点小心翼翼地用脚踩着崖壁往上挪，直到脚踩到刚才手抓的石头之后，才借着陶远的拉力爬回了小溪里。

有惊无险，两人爬过小溪，躺在旁边的草地上，呼呼地喘着粗气。

过了许久，陶远开口说："你不要命了！"

杨斐道："我是想治好你，不是想害死你，如果今天你死在这儿，那就让我也摔死吧！"

陶远深深地叹了口气："你这是何必呢！"

杨斐道："我也不知道我这是何必呢！"

陶远又道："这两天做了我最近几年从来没做过的事，踩泥，蹚水，不洗澡，浑身湿透躺在这儿，好像又回到了最初的样子。"

杨斐问道："最初的样子不好吗？"

陶远道："好，可是那已经不是我的生活了。"

杨斐肯定道："那是你的生活，这才不是。"

陶远道："或许吧！"

杨斐本来垂头丧气，听到这三个字，突然眼前一亮，连忙爬起来看着陶远说："你同意了！"

经历了杨斐几次三番的折腾，加上这次别有用心的野营、九死一生的意外，陶远被杨斐感动了。他不知道自己是被杨斐的韧劲感动了，还是不忍心再看杨斐为了他这么冒险，总之他想让步了。他知道让步就意味着对小侯的放弃，可现在他却只想让步，这个决定让他又陷入纠结和痛苦。

杨斐很聪明，只从那"或许吧"三个字就能听出他内心的松动。趁热打铁，杨斐丝毫不给他犹豫和痛苦的时间，继续说："你说了就不能反悔。哎呀你行了，看你那一脸纠结的表情，脸都要扭曲了，快起来，走了走了！"

杨斐说着就要拉陶远起来，可一站起来才发现自己浑身湿透后薄薄的衣服很透，内衣裤一览无余。她赶忙又蹲下了。

陶远懒洋洋地说："别藏了，跟我没看过似的。"

杨斐立刻想到给陶远洗澡那次，脸腾地就红了：“你不是没意识了吗？你怎么会记得？”

陶远道：“我睁着眼看着你给洗的澡，谁告诉你我没意识了？”

杨斐又气又恼，一把把陶远推到水里：“流氓啊你，让你洗个够。”

陶远笑着从水里爬出来，杨斐又要去推他，他忙说旁边是悬崖，杨斐这才住手。

“其实我迷迷糊糊的，看得不清楚，记忆也不清楚，不过刚才看得倒是挺清楚的。”陶远开玩笑道。

和杨斐的打闹让陶远暂时从纠结里解脱了。陶远在杨斐的监视下皱着眉狂灌了一瓶山泉水之后，两人背对背又把昨晚换下来的衣服换上，一路打闹着下山了。

16

灯光昏暗的咖啡馆里，音响低声播放着优雅的西方音乐，客人不多，三三两两地分布在各个角落，有的专心玩着手机，有的低声私语。最里面的角落里，李明山正盯着外面，好像在焦急等待谁的到来。

谢羽出现在李明山的视线里，四处张望。李明山忙站起来，举手轻声叫了声“谢主管”，谢羽看到李明山，快步走了过来。两人客气地握了个手，同时落座。

“哎呀，一直听说谢主管年轻才俊，也没机会结识，真是惭愧啊！”李明山谄媚地开场道。

谢羽回以微笑：“李副行长你可别这么说，不过咱们虽然在一个系统里，确实交集不多，李副行长你今天怎么有空请我喝咖啡了啊，不会真的只是要结识我吧？”

李明山道：“谢主管不愧是精英，直奔主题，跟你谈事情效率肯定高，不像我们这些人，客套半天还说不到正题上。”

谢羽道：“李副行长你都这么说了，咱们就别客套了。”

李明山喝了口水，低声说：“我觉得你我在有件事上可以合作一下。”

“什么事？”

李明山仍旧低声道：“杨斐，你想让她永远离开银行体系吗？”

谢羽谨慎地问："老哥这话什么意思？"

李明山笑道："老弟你不用这样，我既然来找你，就说明对你和杨斐的事多少了解一些。你想搞她，但是分行没人，我想搞她，总行没人，咱俩正好互补。"

谢羽笑道："李副行长，你不是在开玩笑吧？"

李明山严肃地说："你看我像开玩笑吗？"

谢羽突然伸出一只手，要和李明山握手，李明山连忙握住谢羽的手。

两人紧紧握了下手。

谢羽低声说："这事成了，大家都有好处。不过万一出了问题，你知道我绝对不会出面的。"

李明山笑道："放心吧，不过老弟，你有什么计划吗？"

谢羽低声道："计划当然有，不过还得慢慢来。"

杨斐根本不知道她已经被阴谋包围了，还在乐此不疲地给陶远捣乱。她故意把水洒在陶远茶几上，把陶远的桌子弄乱，地上扔点碎纸，如此等等的小损招层出不穷。陶远被搞得心烦意乱，想发脾气却只能忍着，不禁大呼后悔对杨斐心软。杨斐幸灾乐祸似的，告诉陶远木已成舟，天下哪有卖后悔药的！

办公室是待不下去了，陶远罕见地没事在办公区到处溜达。同事们不知道发生什么事，都觉得奇怪，平时不怎么出来的陶副行长今天似乎特别喜欢溜达。陶远人缘不错，大家纷纷跟他打招呼聊天，吕婧当然也在其中。陶远对谁都很客气，对吕婧也是一样，但正是这和别人一样的客气，让吕婧心情很不好，因为这说明陶远对她并没有特殊的重视，更别提感情了。

杨斐的几个下属看陶远总在附近溜达，而杨斐又不知道去哪了，正好组长不在可以和陶副行长聊会儿，于是硬拉着陶远到他们的办公区，叽叽喳喳地聊起来。吕婧本来还挺有兴致，但看到陶远对她没有丝毫不一样之后，失落地坐回座位，静静地看着陶远在那帮人的包围里打太极一样地敷衍他们。

杨斐办完事回来了，看到陶远又坐在她的座位上影响员工工作，顿时又有点生气。

"陶副行长，今天不忙啊，怎么有闲心影响我的人干活啊？"杨斐阴阳怪气地说。

赵胜品连忙打圆场："组长，是我们非拉着陶副行长聊的。"

陶远站起来笑了笑："你们组长回来了，我得撤了，要不然连我也得挨骂。"

同事们都是嘿嘿一笑。

陶远转身正要走，杨斐冷不丁地踩了一下他的鞋。他那原本擦得锃亮的皮鞋上清晰地出现了一个脚印。这一幕被所有人都看在眼里，大家也或多或少都知道陶远的洁癖，都心想这下杨斐完了。可是出人意料的是陶远只是皱了下眉，甚至皱完眉还对杨斐笑了笑，然后不紧不慢地走了。

吕婧更是吃惊，她不相信陶远对杨斐好到连洁癖都不在乎了，她宁愿相信陶远根本没有洁癖。为了验证自己的想法，她借口上厕所偷偷跟着陶远，陶远进办公室后她故意走得很慢，用余光往办公室的门缝里看去。她看到陶远一进办公室立刻蹲下猛擦起鞋来。

这下吕婧更郁闷了。

吕婧一天都闷闷不乐，杨斐跟她说话也有点爱答不理。杨斐一开始只是以为她不舒服或者心情不好，但看到她看陶远的眼神，想起她最近这段时间都有点低沉，杨斐意识到，她可能在吃醋。想到这里，杨斐这才开始细细思考，自己这些天对陶远所做的那些事情，远超过普通朋友的范围了。

"我把陶远，还是当作朋友吗？"杨斐在心里想着这个问题。想起两次喝多了陶远的照顾，想起陶远两次精神崩溃，想起两人在农村和山里依偎在一起过夜，杨斐突然不敢想了，她开始意识到，她不会是喜欢上陶远了吧！

杨斐还没理清自己对陶远究竟是怎么回事，但她不忍心吕婧因为这些事情心情郁闷，因此，她硬着头皮找吕婧聊了聊。

"你最近好像挺低沉的啊，有什么事吗？"下班后，杨斐坐到吕婧身边，关切地问。

"没有啊！"吕婧摇摇头。

杨斐道："我看你最近不怎么想理我呢，你要有什么想法要跟我说啊。"

吕婧挤出个笑脸："我对你能有什么想法啊！学姐你想多了。"

杨斐道："希望是我想多了，没事就好。你要真没事，那我走了啊！"

杨斐说着站起来要走。

"学姐！"吕婧叫住杨斐，"有个问题我不知道能不能问。"

杨斐笑着说："想问什么就问啊，是不是想问我最近怎么跟你的陶大帅哥走那么近？"

吕婧不好意思地笑了笑。

杨斐随口说道："我真不明白，陶远究竟哪好啊，他到底对你做了什么，让你这么神魂颠倒的？"

"我刚来的时候他还是客户经理的组长。这分行的人你也知道，我刚来那会儿受欺负，根本融不进去，只有陶远对我好，带我入行，教我很多东西，给我找客户，没有他我在这儿根本站不住脚。"吕婧深情地说着。

"就因为这个？"杨斐问。

"那时候他对我很好，我看得出来，跟对别人不一样，他身上还有很多特质，都是特别吸引我的，帅、能力强、暖、精致，多得数不过来。"

"那你怎么一直什么表示都没有啊！"

"我来了不到半年他就升到资金运营部做主管了，以他的能力和职位，再看看我的，当时真的说不出口。再后来他越来越忙，接触越来越少，一拖再拖就到现在了。"

"哦，原来是这样啊！"杨斐若有所思地点点头。

"学姐，我都说完了，你能跟我说说你跟他是怎么回事吗？"吕婧问。

杨斐一时不知道该怎么解释，只好应付道："最近总是有各种事情，阴差阳错的，总能凑到一起，我也挺奇怪的。"

吕婧对这解释根本不买账："你有没有发现陶主管看你的眼神不一样？"

杨斐愣了一下："不会吧，我怎么没注意，你想多了吧？"

吕婧道："我怎么想不重要，关键是你怎么想的，你对陶主管真的一点意思都没有吗？"

杨斐笑道："我能有什么意思啊！我们俩是两个极端，他有洁癖，我那么邋遢。"

吕婧道："可是今天你踩了他的鞋他也没生气。"

杨斐开始心虚了："我最近帮他治他的洁癖来着。"

吕婧疑问道："你为什么要帮他治？他为什么要让你帮？"

杨斐不知道该说什么了，一时愣住了。就在她思考怎么说的时候，吕婧的表情已经变了，憎恨在吕婧脸上一闪而过。当杨斐纠结地看着她的时候，她又恢复了平时无辜可怜的样子。

不等杨斐开口，吕婧说："学姐你什么也不用说了，我都明白。"

杨斐忙问："你明白什么了啊？"

吕婧笑道："感情的事不能勉强，这不会影响咱俩的关系的。"

杨斐还想说什么，吕婧接着说："没事你就赶紧下班回去吧，我得把手里的活忙完。"

杨斐道："那你也早点回去。"

杨斐迷迷糊糊地离开了，她本想安慰吕婧，但似乎搞砸了。

李明山早就注意着杨斐和陶远在银行的一举一动，杨斐和吕婧这场各怀心事的谈话当然也被他看在眼里。李明山看得出来，吕婧和杨斐根本不是一路人，而现在因为陶远，吕婧对杨斐早就是阳奉阴违了。之前李明山一直在等，但看到今天这一幕，他觉得或许利用吕婧给杨斐个出其不意的机会来了。

李明山的想法和吕婧不谋而合。

吕婧生活在一个典型的小市民家庭，从小受到父母为了贪便宜无所不用其极的言传身教，虽然她不屑于父母的行为，但在内心深处，她是深受影响的。她真正看上了什么，谁敢跟她抢，她也会不择手段。现在杨斐在跟她抢男人，她深爱的完美的男人，她再也无法容忍了，必须把杨斐赶走，不能让陶远身边有任何对她造成威胁的女人。在这个分行，和杨斐真正作对的只有李明山，她别无选择，要想搞杨斐，只能和李明山合作。至于什么时候和陶远表白，在陶远面前内心自卑的她还没有想好。

吕婧还在盘算怎么找李明山谈，李明山先来找她了。

李明山把她叫进了办公室。

"李副行长，您找我？"吕婧一进门，弱弱地说。

"小吕啊，坐！"李明山一边说一边走到门口把门关上。

吕婧看到李明山关门，立刻警觉起来。

李明山笑道："别害怕啊，我是想跟你商量点比较机密的事。"

吕婧问："什么机密的事啊？"

李明山笑道："你是不是对杨斐很不满啊？"

吕婧连忙摇头："我跟杨组长只是普通的同事，谈不上满不满的。"

李明山笑道："你就不用瞒我了，首先，我表明一下立场，我是你这队的。"

吕婧疑问道："我不太明白。"

李明山笑道："我这两天跟另一个年轻人学到一件东西，就是效率，为了效率我也不跟你拐弯抹角了啊！我要对付杨斐，你参与不参与？"

吕婧惊道："啊？副行长，您开玩笑呢吧？"

李明山道："我会跟你开这种玩笑吗？杨斐犯错被赶到柜台，本来你的组长当得好好的，凭什么她一回来就把你又换下来了。如果没有她，陶远还不早晚是你的，可现在呢，陶远他拿正眼看你吗？"

吕婧弱弱地说："他以前也没拿正眼看过我。"

李明山道："小吕，这是个机会，我希望你能把握。你想想，没有杨斐，你的事业，你的感情，还有障碍吗？"

吕婧没想到想什么来什么，正想找李明山合作，没想到他倒先开口了。不过她比杨斐机警得多，担心李明山别有所图，或者只是利用她，关键时刻会抛弃她，所以表面上还是要装一装的。她装作犹豫不决，既不说同意也不说不同意，要再考察一下李明山。

李明山道："我不强迫你，不过我希望我能信任你。你可以好好考虑一下利害关系。"

吕婧点点头："副行长这点您可以放心，谢谢副行长对我的信任。"

从李明山办公室出来，吕婧基本上已经打定主意了，只待时机合适，立刻和李明山合作。

杨斐回到家，发现赵小兰正在收拾东西，一看就是要走。

"妈你这是干吗呢？"杨斐好奇地问。

"我得回去了，有事儿。"赵小兰一边收拾一边说。

杨斐道："怎么突然就要回去啊，有什么事啊，这么着急？"

赵小兰道："咱们小区 24 楼有个男的打老婆，我得回去主持正义去。"

杨斐扑哧乐了："您，主持正义？还要警察干啥？你以为你是谁啊，梁山好汉？"

赵小兰反驳道："我怎么不能主持正义了？不怕告诉你，你妈我现在可是小区妇女权益保护协会，简称女权协会的发起人和负责人。"

杨斐笑着问："你这协会有多少人啊？"

赵小兰道："现在是没多少人，但是我们在发展啊！你什么意思，我的女儿，你作为一个女性，怎么那么不注重女性的权利呢，我从小是怎么教你的！"

杨斐无奈道："您说的对，女权，不过在咱们国家，像您这么大岁数的女权主义者真不多啊！一般像您这样的老太太每天最想的事应该是抱孙子传宗接代，闺女的终身大事什么的才对。"

赵小兰不屑道："陋习，落后思想，不跟你说了，我得走了，主持正义去。"

杨斐一把拉住母亲："走什么啊，几点了，明天早上我送你走。"

赵小兰无奈道："明天一早就走啊！"

杨斐道："一早有火车吗，最早的车不得10点多了啊！"

赵小兰无奈道："买第一班车就行。"

第二天杨斐送老妈去车站，到了上班的时间还没来银行。这几天陶远已经习惯每天来了先被杨斐折腾一通，今天她却没有出现。陶远长出一口气，心里想着万幸，终于可以踏实一会儿了。可是坐到椅子上没多久，陶远的思绪就开始飘了，他忍不住地想杨斐干什么去了，为什么没来上班，是不是发生什么事了。他拿出手机想给杨斐打电话，刚要拨号又放下了。

"我这是怎么了？"陶远不禁在心里想，"这才一会儿没看见杨斐，怎么满脑子都是她，这几天还没被她折腾够吗？"

陶远喝了口水，告诉自己不要再想杨斐了。可是他总不能集中注意力，过不了一会儿就会走神，想杨斐为什么没来上班。直到吕婧的出现，他的思绪才被打断。

吕婧来给陶远送资料，陶远简单说了句"放那儿吧"，便没再说什么。吕婧装作不小心把文件撒了一地，然后连忙说"对不起"，一边说，一边蹲下捡了起来。她故意捡得很慢，期待陶远会过来帮她一起捡，但陶远却淡淡地说了句"没关系，捡起来就好了"，就再没有别的表示了。文件都捡起来，吕婧故意把掉在地上的一面朝上递给陶远，陶远没有伸手接，只是说放桌子上就行。

吕婧把文件放到桌子上："副行长，你看一下吧。"

陶远仍没有动，淡淡地说："先放这儿吧，我一会儿看。"

吕婧道："嗯。"

陶远低头摆弄手机，吕婧站在原地，仍没有出去。

"还有事吗？"陶远看吕婧没走，问道。

"没了。"吕婧说完转身走了。

一转过身的时候，吕婧的表情立刻变得失落又愤怒。开门出了办公室，在人来人往的同事中间的时候，她收起愤怒又恢复了平静，但这份愤怒并没有减少。她本来想再次确认一下陶远是真的想改掉洁癖，还是单纯在忍受杨斐。毕竟她之前和杨斐关系不错，真到了要下手的时候又有点下不去手了，可看到陶远不肯捡地上的文件的时候，她再也不犹豫了。因为她彻底明白，有杨斐在，自己永远没机会。她下定决心，不等时机了，现在，立刻马上就要收拾杨斐。

当杨斐送走老妈来银行上班的时候，吕婧和李明山已经把第一步计划制订好了。当天下班，李明山就全分行通报批评了杨斐强行从吕婧那儿抢走本来要成功催收的项目，但因为能力不济最终把一个本可以完成的项目做成了不良资产。杨斐看到李明山颠倒黑白，本想去理论，却不料吕婧站出来指正了杨斐。因为这个错误，熊大海不得不把杨斐降为普通客户经理，而让吕婧取代了她的位置。

这突如其来的打击让杨斐猝不及防。她没想到自己对吕婧掏心掏肺，吕婧却成了第二个谢羽，果然让冷静说中了！

杨斐本以为熊大海就算不会当众为她辩解，私下也会安慰开导她，没想到的是熊大海这次却毫无表示。杨斐心里隐隐觉得不对，难道熊大海连她也不相信了，就因为她跟陶远走得近？

一时间杨斐的脑子里乱了，吕婧、李明山、熊大海，似乎都成了她的敌人，这次陷害究竟是吕婧的报复还是熊大海的清理门户？

杨斐还没来得及郁闷，只是在低头清理思绪，下属们看她半天低头不语，误以为她消沉了，纷纷过来安慰她、指责吕婧。他们都知道是吕婧搞的鬼，但吕婧却毫不在乎。

直到下班，杨斐都没理清思绪，但是看到吕婧，她顿时气不打一处来，拦住吕婧问她为什么要这么做。

吕婧一脸无辜的表情："学姐，这都是李明山让我做的，我也很无奈啊，我也很想帮你，但是我帮不上。"

杨斐不想听她胡扯，气愤地说："我只想知道为什么。"

吕婧仍是那副表情地说："能为什么呢！为工作，为感情，可以为的太多了，就看你想要什么我想要什么，我们想要的是不是同一个东西，如果是同一个东西那就要竞争了。"

"我看错你了！"杨斐说完这句扭头大踏步走了。

杨斐怎么也没想到，为了陶远，吕婧竟然会这么对她。她越想越郁闷，整天闷闷不乐，吕婧却人前装可怜，只在杨斐面前耀武扬威。

杨斐这两天比较郁闷，虽然还在有一搭没一搭地帮陶远改洁癖，但下班却不像以前那么加班，而是到点准时走。

王坤看出杨斐的郁闷，回家之后想要逗她开心，于是说道："怎么了这是，被好闺蜜捅了一刀，伤到元气了啊！"

杨斐懒得理王坤："没心情跟你闲扯！"

张娜娜正好回来，听到王坤这么说，连忙问："什么情况？冷静做什么了？"

王坤耸了下肩："关冷静什么事，我说的好闺蜜是吕婧。我大哥把她当亲妹妹掏心掏肺的，没想到她竟然跟李明山一伙阴了我大哥一下。"

张娜娜道："不会吧，吕婧看着不像啊。"

杨斐郁闷地道："谢羽变坏之前，你看出来了吗？"

张娜娜点头道："那倒是，吕婧做了什么啊？"

王坤不耐烦道："你别问了，跟着骂就对了。"

杨斐站起来要进卧室，王坤一把拉住她，把她推回到沙发上。

王坤道："别走啊，我给你出个主意，明天整死她。"

杨斐道："别闹了行吗，我有正事呢！"

王坤反驳道："你都这样了还有什么正事啊！我是在帮你，我告诉你，你现在能信任的人不多，我就是其中一个。"

杨斐讽刺道："信你？不如信我自己。"

王坤看向张娜娜："你说她是不是活该被人耍，分不出好坏人呢！"

张娜娜一把推开王坤："你本来就不是好人，让我来。"

两人你一言我一语叽叽喳喳地开导着杨斐，杨斐虽然知道两人是关心她，但仍被搞得心烦意乱。

陶远也看出杨斐这两天不在状态，纠结要不要给她打个电话安慰一下。在银行时同事们都在，为了避免不必要的误会，他不便做出什么表示，现在没有别人了，完全可以打电话问问情况，开导一下她。可拿出手机后，陶远又拨不出号了。

“我对她是不是关心得有点过了？”陶远在心里问自己。

“这样下去可是不对，这样不对，陶远你是有女朋友的人，你已经有小侯了，不要再胡思乱想了。”陶远就这么强行给自己洗脑，然后强行压抑自己的感情，把手机放了回去，到最后也没把这个电话打出去。

杨斐似乎没心思工作了，上班时，她要么低头不语，要么不断地往厕所跑。吕婧表面客气，实则耀武扬威，不但把杨斐的项目都停了，还让她干各种最低级的活，买个饭，复印个资料之类的。杨斐怎么能心甘情愿被吕婧欺负了，她直接表示自己是不会干那些事的，吕婧见耀武不成，便不管她了，就这么晾着她不给她项目。

杨斐也没再帮陶远克服洁癖了。

没有杨斐搅和，陶远的生活恢复了平静。他突然开始不适应这种平静了，觉得这种平静无聊至极，越来越想让杨斐进来给她踩个脚印捣个乱。想到杨斐，陶远又陷入纠结，不过这一次他想问题的角度变了，他开始想在他失意的时候杨斐是怎么对他怎么帮他的，而现在杨斐失意，他却无动于衷，难道他真的这么冷血吗?

陶远正在胡思乱想，王坤门也不敲推门就进来了。

“远哥，你还有工夫发呆呢，怎么不出去帮忙啊？”王坤进来就责问。

陶远被王坤冷不丁地进来和突如其来的发问打破思绪，抬头问：“怎么了？帮什么忙？”

王坤道：“你这就不够意思啦，杨斐是怎么帮你的我可都知道。现在她在那儿半死不活的，你就眼睁睁看着，连开导一下都不肯啊！”

陶远道：“你说得对。”

王坤道：“别光对啊，想想办法啊！”

陶远问："你为什么要这么帮杨斐？"

王坤不耐烦道："哥们儿啊，她是我哥们儿，我不管她谁管。"

陶远点点头："哥们儿挺好，我也想跟她做哥们儿。"

王坤嘿嘿一笑："你才不想呢，她也不想。行了，现在不是说这个的时候，有办法没有啊，再不让她振作，她得被吕婧欺负死了。"

陶远道："办法倒是有，不过得你出马。"

王坤道："好啊，别说出马，让我出我的破车都行。"

王坤从陶远办公室出来，直奔吕婧的座位。

"吕婧，起来！"王坤提高嗓门，厉声说。

吕婧吓一跳，杨斐也吓一跳，同事们都吓一跳，纷纷看向吕婧。

吕婧柔声道："王主管，有事吗？"

王坤大声道："我就想知道你是出于什么目的害杨斐！"

吕婧连忙道："王主管这话可不能乱说啊，我哪儿害谁，我怎么会害别人呢！"

王坤大骂："别装了，你自己说杨斐对你怎么样，你这么恩将仇报心里就没有一点儿愧疚吗？"

吕婧被骂得面红耳赤，一时不知道该怎么还口。杨斐见状慌忙过来拉住王坤。

"你干什么！"杨斐斥责道。

王坤不服气："这口气你能忍我不能忍，凭什么让她欺负你！你斗不过她你认㞞，我替你出头。"

杨斐道："你别闹了！"

吕婧酸溜溜地说："学姐果然不一般，那个为了你把生活习性都改了，这个为了你在这儿大喊大叫的，你这个能力能不能教教我啊！"

杨斐厉声道："吕婧你有完没完！"

王坤起哄道："她说你一只脚踩两只船，水性杨花，勾三搭四。"

杨斐道："不用你解释！"

王坤又道："这你也能忍？"

吕婧继续酸溜溜地说："杨姐你别误会，我真是虚心学习。"

杨斐被激怒了:“你觉得我好欺负是吧,我不管你因为什么,我会让你为今天的言行付出代价!”

吕婧假装害怕:“杨姐你别这样,你被降职是上面的决定,你威胁我没用啊!”

杨斐看向四周,大声道:“都别看了!”

杨斐说完径直离开,坐回自己的座位。

王坤一看“奸计”得逞,冲吕婧嘿嘿一笑,转身也走了。吕婧呆呆地站在原地,目露凶光。

陶远在办公室里静静地看着,看到杨斐被激怒后振作起来,他不禁笑了,心想还是他最了解杨斐,也只有他能降得住杨斐。

和吕婧吵完架,杨斐又老实地待在自己的座位上,一下班又是第一时间离开了。王坤一看这阵势,激将法没成功啊,连忙追回家里。王坤匆忙赶到家,却发现杨斐并没有回来,这下王坤纳闷了,她究竟去哪了呢?

三个小时后,杨斐终于回来了,和她一起的还有冷静。

王坤一看杨斐回来了,立刻迎了上去:“你去哪啊,怎么连电话都不接啊?”

杨斐知道王坤虽然莽撞,但确实是为她好,所以也没生气,只是淡淡地说:“今天你的表现可是不行啊,念在你是为我出头的份儿上,无功无过吧!”

王坤一听就急了:“首先,是陶远出的主意,你怪不着我;其次,我替你出头倒还有过了是吧?”

冷静不慌不忙地说:“你是不是以为杨斐这几天意志消沉,被吕婧欺负得班都不想上了。”

王坤点点头:“这很明显啊!”

杨斐笑了:“这叫策略,弟弟,多学学吧!”

王坤一愣:“什么意思?”

杨斐道:“我总觉得事情没有这么简单,如果吕婧为了跟我抢陶远而陷害我,那她应该更狠一点把我赶出去才对。现在这种情况更像是李明山给咱们的下马威。这次我被贬熊行长没有丝毫表示,连一句安慰都没有,他好像故意让我感觉到他对我的疏远,也像是个下马威。我怕就怕这又是一起熊大海利用李明山的事件。”

冷静接着说："杨斐说的不无道理，吕婧现在风头正盛，没必要跟她较劲，浪费时间，所以我才让杨斐表面装㞞，其实我们俩一直在暗中调查李明山和熊大海。"

王坤恍然大悟："熊叔要对付你，难道因为陶远？"

杨斐道："你也不傻嘛，不过我得问你一句，如果真出问题了，你是站我这边，还是你熊叔那边。"

王坤呵呵一笑："我叫他声叔那是给我爸面子。其实他跟我爸也没什么交情，就是总想结交我们家，我跟他没感情，跟你有感情。"

杨斐满意："这还差不多。"

王坤又问："你们查出什么了吗？"

杨斐摇摇头："这几个都是老狐狸啊，根本查不到他们之间的交集。"

冷静道："这次只是个小小的打击，我担心的是万一熊大海在幕后搞鬼，看到杨斐仍跟陶远亲近的话，会下更大的狠手。"

王坤又明白了："你这几天不理陶远不会是在试探熊大海吧？"

杨斐点了点头："这是冷静的主意，这几天熊行长也没什么动静，我还着急帮陶远克服心理障碍呢，试探就此结束。反正已经跟吕婧闹翻了，再装也没意思了。"

第二天，吕婧又有新动作了。

吕婧把一沓资料扔到杨斐面前，客套地说："学姐你不是想做项目吗？正好这儿有一个，你去吧，你有两天的时间去做调查，然后通知中禹提前还清所有贷款。"

杨斐知道吕婧肯定没安好心，但越是这样，越要接这个项目，她淡淡地说："知道了。"

吕婧一走，杨斐打开资料，查看是哪个公司这么倒霉要被抽贷。所谓抽贷，就是银行在发现贷款公司经营不善或者即将无力偿还贷款的时候，会要求公司提前还清贷款。这种行为对企业来说无疑是巨大的打击，企业为了还款导致资金链断裂而破产的情况也并不新鲜。

这家要被朝通分行抽贷的公司叫中禹集团，是专门做光伏设备的。这家公司一共从六家银行贷了款，从朝通分行贷的不算最多，但也有 7000 万。最近几年这家公司经营一直很稳定，属于优质客户，但最近几个月开始出现营业额下滑、现金流收紧等情况。它贷款最多的是一个名为花利银行的外资银行，发现它经营出问题后，花利银行快速抽贷，已经把 1.5 亿的贷款全抽了回去。

银行就是这样，一家抽贷会引起多家的危机感，从而引起各家纷纷抽贷。李明山得知花利已经抽贷之后，担心行动晚了就被别人瓜分干净了，所以让吕婧尽快行动。要做这种工作，到了客户公司怎么可能有好果子吃，杨斐觉得吕婧就是为了刁难她，所以把这个项目给她做。

翻看了中禹经营状况的资料之后，杨斐发现它虽然最近几个月有亏损，但完全在可以接受的范围，不明白花利为什么这么着急抽贷。中禹是个大公司，养着好几千员工，花利这么不负责任地盲目抽贷很可能会把公司打垮，那么这几千人可就都没工作了。杨斐想不明白为什么，于是去找陶远请教。

“嗯，是有点奇怪，不过我听说花利前段时间连出了好几笔不良，数额都不小，可能是怕这笔也变成不良吧！”陶远分析道。

杨斐气呼呼地道：“这也太损了，本来企业没什么问题，咱们跟风抽贷，马上就会有别的银行继续抽，那这公司还怎么能活下去！”

陶远点头道：“这个中禹我知道，在国内是比较有想法的公司，有挺多独有的核心技术。你先去实地看看，做好功课，如果真的没有大问题的话，我也不主张抽贷，他有资金困难我们再续贷一些也是可以考虑的。”

杨斐应道：“嗯，我这就去。”

陶远提醒杨斐：“小心，防小人。”

杨斐道：“嗯。”

杨斐一到中禹集团，董事长刘总就抱怨道：“花利银行简直是乱来啊，突然要走那么多钱，我们一点儿流动资金都没有了，工人的工资都是问题了。”

杨斐问：“您的公司不是一直挺稳定的吗，最近几个月有什么变故吗，怎么会连续亏损呢，现金流怎么也出问题了？”

刘总郁闷地道：“唉，今年光伏项目降温了，订单少了，不过其实也没少多少，按理说最差也就是少挣点，但是奇怪的是好几个大客户和代理商最近几个月不但订单量骤降，连货款也不好好给了。”

杨斐道：“这是挺奇怪的，你没查为什么吗？”

刘总道："明里暗里都查了，没查出来。"

杨斐陷入思考。

刘总满含请求的语气说："杨小姐，你们可不能再抽贷了啊，我们公司只是暂时性的销量少了点，没有问题，你们这么做就是要我们破产啊！"

杨斐道："刘总您放心，我们不会那么盲目的。"

刘总感激道："谢谢你啊，杨小姐！有你们银行支持，我相信其他银行至少暂时不会抽我们，我们很快就能渡过难关的。"

杨斐又向刘总要了些相关的资料，带回了分行。到了分行，她和陶远商量，觉得万万不能抽贷，一个好好的企业会被他们搞死的。陶远同意她的想法，让她越过李明山和吕婧，直接去找熊大海。熊大海虽然不能信任，但遇到这种项目他应该会很谨慎，这样至少能给中禹争取一些时间。

杨斐直接去找了熊大海。

"这么大笔钱，李明山竟然问都不问我，他还真是不把我放在眼里啊！"听完杨斐汇报后，熊大海带着笑容说。

杨斐吃了一惊："李副行长没跟您说！"

熊大海道："这不光是一笔贷款，还关系到一个企业，几千人的工作，怎么能这么儿戏，你把资料都放下吧，我亲自看。如果这个企业没问题的话，我不但不抽贷，还要再贷给他一笔，帮他渡过难关。"

杨斐喜道："行长，那就拜托您了。"

从熊大海办公室出来，杨斐心情不错，因为不管怎么样，至少这次熊大海在做对的事。吕婧很快就知道杨斐越级汇报的事了，她直接走到杨斐面前，问她查得怎么样了，杨斐也不隐瞒，说项目已经在行长那里了，不归她管了。

吕婧压着怒火说："李副行长说了要提前还款，你这么做是什么意思？"

杨斐冷冷地道："我有良知，不会只考虑自己的业绩，我还会考虑别人的生活，别人的感受。"

吕婧怒道："学姐，别怪我没提醒你，跟李副行长对着干，不会有好处。"

杨斐冷冷一笑，吕婧气呼呼地离开了。

又过了两天，杨斐把搜集的资料给了熊大海，熊大海认真看了之后，把杨斐和李明山都叫到了办公室。当着杨斐的面，熊大海批评李明山有重大项目不向他汇报，李明山连连道歉，面子尽失。批判完李明山，熊大海表示中禹集团完全没问题，这种优质企业要扶持帮助，他决定再贷给中禹 5000 万，帮他们渡过难关。

这下不但挫败了李明山的阴谋，还帮了中禹集团，杨斐十分开心。可从另一个角度想，她又十分不解，当面批评李明山，还这么快就决定贷款，熊大海的行为不太正常啊？杨斐心里不禁怀疑，这又是什么情况？看李明山当时蒙圈的样子不像是在演戏，难道熊大海又在摆什么阵？

吕婧彻底撕破脸了，警告杨斐不要太得意，很快就会让她哭的。杨斐根本没把吕婧的话放在心上，而是要去找陶远商量问题。

听完杨斐的叙述，陶远紧锁眉头，也觉得很奇怪。

陶远道："以熊大海谨慎的性格，就算是平时，这么大一笔钱他也会很谨慎，更别说这一笔钱很可能会决定分行是否取消的现在，这才两天时间，他究竟是得到了什么情报，才会不但不收回贷款，反而还这么痛快地给中禹贷款。或者说，他为什么要给中禹贷款？"

杨斐道："这也是我担心的，为什么呢？"

陶远道："不好说。"

两人没有商量出头绪，陶远只好让杨斐多留意吕婧和李明山，因为熊大海肯定知道他们在斗，也多半会利用他们打击对方，所以现在既要防止自己被人当枪使，还要防被枪打到。

一周过去了，两周过去了，直到中禹的贷款发下去了，什么事也没发生。杨斐一边和吕婧明争暗斗，一边继续折腾着陶远。吕婧每天和杨斐斗，却一次便宜都没占到，不仅如此，同组的同事和杨斐关系越来越好，吕婧却成了众矢之的，失去人心。

终于，吕婧的大招来了！

吕婧实名举报杨斐在中禹集团的贷款中收受回扣 1000 万！

杨斐觉得可笑，这完全是异想天开，自己怎么可能会收 1000 万，难道吕婧想赢她想疯了，以至开始胡言乱语了。但是，让她惊掉下巴的是，吕婧竟然拿出了证据，一张杨斐母亲名下的银行卡真的有 1000 万的进账，打款方正是中禹集团的刘总。更让杨斐惊讶的是，吕婧不知道从哪弄来的饭店的监控，监控清晰地拍到杨斐和中禹的刘总进了一个包间，至于他们在包间里干什么了，吕婧说他们是在商量贷款和回扣的事。

全行震惊！

“吕婧怎么会有我妈的卡号呢？”

杨斐左思右想，终于想起来，赵小兰在这儿的时候，吕婧去家里做了一次客，对赵小兰大献殷勤，赵小兰对她简直是赞不绝口。晚饭要吃火锅，大家都出去买菜了，只有吕婧，以要陪阿姨聊天为由和赵小兰留下没有出门，为这件事冷静还不高兴了好久。说吕婧肯定是有所图谋，杨斐当时觉得冷静戴有色眼镜看人，所以根本没往心里去，现在看来，吕婧一定是那一次得到的卡号。

杨斐立刻给母亲打电话，问那天和吕婧单独在一起都做了什么。赵小兰不明所以，说吕婧给她讲银行卡号的知识，她还拿出自己的卡让吕婧分析了，接着就是对吕婧的又一通夸奖。那么多钱在老太太账户里走了一遭又被人冻结，老太太一点儿都不知道。杨斐也不禁感叹，吕婧对付老太太真是有一套啊！

卡号的事搞清了，监控又是怎么回事呢？

那次其实只是贷款成功后刘总请杨斐吃饭表示感谢，杨斐本来不想去，但刘总一再邀请，她不好推脱只好前去，去了之后才发现包间里只有他们两人。她只是觉得奇怪，但怎么也想不到会成为别人手里的把柄。

要想证明自己的清白，只有去找刘总，虽然陶远觉得这件事刘总肯定有参与，但杨斐一刻也不愿多等，没听陶远分析完就找刘总去了。

果然，刘总一口咬定就是她要的回扣，自己给过之后后悔了，才找吕婧举报的。杨斐蒙了，刘总究竟是拿了多少好处才会用 1000 万陷害她，吕婧和李明山究竟是多恨她才会用 1000 万陷害她！杨斐又去找陶远商量，陶远也是眉头紧锁，只是安慰她不要着急。杨斐去找熊大海争辩，熊大海仍和谢羽事件时一样，虽然相信她却很无奈。

杨斐慌了，对方明显是处心积虑，局做得天衣无缝，很可能熊大海也参与其中了，这下该怎么办？难道自己的职业生涯就要到此结束了吗？

熊大海开会研究怎么处理杨斐，吕婧要求上报总行，然后停职查办。不等别人发言，陶远破天荒地同意吕婧的建议，也要求立刻让杨斐停职，但先以休假的名义让她回家休息接受调查，直到调查清楚，再做决定。在场的多数同事都同意陶远的提议，李明山也跟风同意，只有王坤，举双手反对。

熊大海问：“王坤，你有什么意见？”

王坤难得这么正经地说：“视频证据根本不算证据，钱也可能是被人陷害，你们问都不问就停职，不觉得太草率了吗？！”

熊大海道：“既然这样，那举手表决，同意停职的举手。”

除了王坤，其他人都举手了。

熊大海立刻下通知，杨斐停职休假。王坤气得摔门而去。

杨斐一听自己就这么稀里糊涂地被赶走了，那还能行，她刚要去找熊大海理论，却被吕婧拦住了去路。

“你别挣扎了，连陶远都同意停你的职，没人会帮你了。”吕婧阴笑着说。

杨斐懒得理吕婧，正要走开，吕婧又说：“认输吧，你没机会了。”

杨斐忍无可忍，刚要回骂吕婧，王坤气呼呼地走过来了。

“滚！”王坤冲吕婧喊了一句。

吕婧不敢和王坤对着干，气愤地离开了。

王坤气愤地对杨斐说：“这个陶远到底什么意思，别人都还没说什么呢，他倒先要让你停职回家了，这不就是默认是你干的了吗？”

刚才吕婧说的时候杨斐根本没往心里去，她还以为是吕婧在打击她，现在王坤也这么说了，她才意识到这是真的。

“陶远真的……怎么会？”

17

信任谢羽，被谢羽陷害；信任熊大海，被熊大海利用；信任吕婧，快要被吕婧玩死；就连信任那个毫不相关的中禹刘总，也恩将仇报对她下了毒手。这些人害她，她都不在乎，但是陶远，陶远怎么能这么对她！杨斐不知道这个世界究竟怎么了，为什么人都变成了这样，不能相信任何人，难道连陶远和王坤也不能相信吗？陶远，究竟是为什么？

杨斐心烦意乱，王坤还在想着怎么安慰她。她一把推开王坤，径直走进陶远的办公室。

“为什么？！”这三个字包含了杨斐太多的无奈和愤慨，太多的失望和伤心。

陶远被杨斐的举动吓了一跳，连忙说：“你别着急，坐下听我慢慢跟你说。”

陶远走到杨斐身边要扶她在沙发上坐下，杨斐猛地甩开他的手。

陶远耐心地说：“因为我提议让你停职生气吗？”

杨斐冷冷地道：“吕婧恨不得我立刻停职，然后坐在家里等她宰割，你为什么，我得罪你了吗，我为了你连命都差点丢了，你就这么回报我？！”

陶远笑着说：“这话说得严重了，我是在帮你，你听我说行吗？”

杨斐根本不听：“帮我？我都被人从银行赶出去了，你告诉我，你在帮我！”

陶远严肃地说道：“你留在这儿能做什么？！”

杨斐没想到陶远的思路这么清奇，一时不知道该怎么反驳，安静了下来。

陶远自顾自地坐到沙发上，慢悠悠地说：“熊大海提出贷款的时候我就觉得不对劲，但是你想过没有，如果他们只是想赶走你，方法太多了，用得着这么大费周章吗？你只是他们计划中的一环，很有可能是顺带着把你收拾的。如果你不走，你在明处怎么能看到他们在暗处的行动；如果你不走，他们怎么能放松警惕继续下一步计划。如果不把他们的整个计划搞清楚，就算你据理力争勉强待在这里，你知道他们接下来会做出什么更让人难以置信的事吗？”

杨斐不服气很想反驳，但陶远句句在理，她实在无力反驳。

陶远继续说：“还有个问题你想过没，你是熊大海最看重的人，他为什么要帮李明山对付你。”

杨斐冷静下来：“你也觉得熊大海也参与这件事了？”

陶远点点头：“这就又回到那个问题，熊大海是为什么？以他的性格，他肯定不会帮李明山，而是在利用李明山。”

杨斐道：“他想做什么？”

陶远欣慰道：“你终于想到重点了。”

杨斐又不服气了：“我才是重点好不好。”

陶远笑道：“重点你先回家歇两天吧，给你个任务。”

杨斐不服气道：“你不跟我商量就把我赶回去我还没跟你算账，凭什么还让我听你的。”

陶远继续说：“你的任务是盯住中禹集团，这件事肯定没完。”

杨斐气道：“跟你说话你没听见是吗，要盯你自己盯！”

陶远道：“杨斐，你有没有觉得最近你有点不像你了，现在是事关你以后的事业和人生，你居然还有心思跟我斗嘴。”

杨斐被这么一说，顿感面子尽失，不好意思地低下头：“我盯不行了吗，不用你说我也不会让李明山他们得逞的。”

杨斐没有气馁，回家之后她立刻召集冷静和王坤，商讨行动计划。张娜娜替杨斐鸣不平，也加入进来，四个人讨论了半夜，也没讨论出个什么结果，最后决定各自行动，打探消息寻找证据。

几天之后，陶远传来消息，朝通分行以中禹集团弄虚作假为由把所有贷款全都收回来了。因为朝通的抽贷，其他银行纷纷前去抽贷，中禹集团一开始还在向其他公司高息借过桥款填补，但后来缺口越来越大，刘总不得不放弃，申请破产了。

杨斐觉得时机来了，刘总助纣为虐不但没有得到好处，反而把自己公司搞破产了，他一定也想找吕婧等人报仇。陶远同意杨斐去找刘总再谈一次，就这样，杨斐又去了中禹集团。

刘总早躲起来了。

银行每天去公司催债，高利贷债主每天去家里追债，刘总被逼无奈，人间蒸发。杨斐到处都找不到人，正在焦急的时候，冷静来了。中禹出现破产迹象的时候冷静最先想到刘总可能会出逃，所以早早地找了个人跟着他。

东海的某个小岛上，高档的海边别墅里，杨斐终于见到了刘总。看到杨斐，刘总大吃一惊，而杨斐本来对刘总就没有好感了，看到这大别墅后，更加断定他是奸商无疑。

“刘总厉害啊，公司欠了好几亿都要破产重整了，你竟然还藏着这么好一座别墅，这别墅不便宜吧！”

刘总委屈道：“杨小姐你不知道，这地方偏，房子本来就不值钱，这又是前几年房地产不景气的时候买的，没多少钱。”

杨斐道：“反正我们小老百姓肯定是消费不起。”

刘总尴尬地笑了笑：“杨小姐这么费尽心思找我，不是为了看我的房子吧！”

杨斐道：“我为了什么你不清楚吗？”

刘总无奈道：“我真帮不了你，我现在只要一露面，那肯定被债主逼死啊！”

杨斐道：“至少你把真相告诉我。”

刘总道：“我知道我很对不起你，因为我，你这一辈子可能都会被毁了，但是我真的是没办法啊，我手下好几千人得吃饭，我需要那笔贷款啊！”

杨斐诧异道：“你什么意思？”

刘总道：“那帮人最后还是把我玩了，我也没必要再替他们隐瞒了。你们银行那个吕婧找过我，说只要我按照他们说的做，就把钱贷给我。”

杨斐道：“钱是行长同意贷的，吕婧区区一个客户经理的话，你也信？”

刘总道：“这我当然知道啊，但是她后来又带着李明山副行长来了，李明山还让我跟熊大海通了个电话，我不得不照做啊！”

杨斐道："你跟我走，证明我的清白。"

刘总无奈道："我给你打的钱，我又举报的你，现在我再去说你是无辜的，你觉得有人信吗？"

杨斐道："你就没留点证据吗？"

刘总道："是我大意了。杨小姐，是我对不起你，但是我请求你千万不要把这个地方告诉别人，我不能被人找到啊，一旦他们找到我，我的公司就彻底完了。"

杨斐诧疑道："你的公司不已经完了吗？"

刘总道："这一整件事充满了蹊跷，有人故意针对我公司，没查清楚之前我绝不能被人找到。"

杨斐道："那我的事怎么办。"

刘总无奈道："杨小姐你还是想想你究竟得罪谁了吧，用一千万陷害你一个小小的客户经理，那帮人也够给你面子了！"

离开刘总那里，杨斐又郁闷了。刘总说得对，用一千万陷害她，那帮人确实挺给她面子的。如果说李明山和吕婧勾结还说得通，熊大海是为什么呢？只是因为她和陶远走得近吗？杨斐怎么也想不明白。

一路思考着回到家里，杨斐却发现陶远竟然在给她收拾屋子。

"你干什么呢？"杨斐惊讶地看着正在叠衣服的陶远。

陶远手里的活没停："等你回来，看你这儿挺乱，帮你收拾一下。"

杨斐一把拉住陶远，随手把衣服打散了："都什么时候了，还有心思收拾屋，你干吗来了？"

陶远的脸上突然闪现一丝难色："你的处理结果出来了，虽然不用承担法律责任，但是立刻开除，对外通报。他们明天应该就会给你打电话，让你签字。"

杨斐傻了："我不去，我是不会去的！"

陶远安慰杨斐道："你别担心，我会把整件事查个明白的。"

杨斐逐渐由愤怒变成了失落："谢羽早就想把我彻底赶走了，有这么好的机会，他在总行怎么会放过，我听王坤说总行派来调查的是刘大文，这个刘大文跟谢羽好得跟一个人似的，很明显是帮谢羽来的，就凭他，我也回不去了。"

陶远道：“相信我，不会的，我已经有些线索了。”

杨斐道：“你就别安慰我了，他们做得天衣无缝。上次有熊大海保我，还能从总行到分行，这次，什么机会也没有了。”

陶远道：“你这次有我，我哪也不会让你去。”

杨斐淡淡地道：“谢谢，谢谢你还能让我信任。”

陶远道：“你在家好好待着就行，我已经离真相不远了。”

杨斐绝望了，她把自己关在房间里，被谢羽陷害而遭停职时那种苦闷压抑的心情全都回来了，这一次比上一次更甚，压抑到她无法承受。晚上，她也不开灯，独自坐在黑暗里低声哭泣。

王坤和张娜娜回来后没看到杨斐，误以为她出去还没回来，可到了晚上十点多了还没回来，这让他俩有点担心。张娜娜刚要给杨斐打电话，突然听到隐隐的哭声，吓得一把抱住王坤。

“你听见没，有人在哭。”张娜娜紧张地说。

王坤一开始很不屑，但仔细一听真的有，也吓得紧紧抱住张娜娜。

“这房子隔音很好啊，外面人哭再大声屋里也听不见才对啊！”王坤紧张地说。

张娜娜大喊一声：“有鬼啊！”

两人对视一眼，光速跑出房间，在楼道里呼呼喘着粗气。

张娜娜疑惑道：“刚才那声音好像是从杨斐屋里传出来的。”

王坤道：“杨斐把鬼带进来了？”

张娜娜道：“你敢不敢去看看？”

王坤使劲摇头。

张娜娜道：“哎呀你一个大男人，进去看看有什么不敢的，快进去。”

王坤道：“你怎么不去啊，你那么能打。”

张娜娜道：“别再是杨斐在里面哭就行。”

王坤肯定道：“杨斐还会哭吗？别开玩笑了。”

俩人纠结再三，还是战战兢兢地开门进屋了，然后在杨斐房间外面低声叫了两声杨斐的名字，里面没人回应，但哭声没有了。俩人对视一眼，给对方打气，然后一起用力猛地把门推开，把灯打开。

床脚处蹲着个人，俩人吓得嗷嗷大叫，仔细一看是杨斐后才长出了一口气，骂杨斐没事装什么鬼。

杨斐依旧蹲着，不理两人，两人这才意识到她心情不好，忙上前东一句西一句叽叽喳喳地安慰起来。王坤知道杨斐的处理结果，以他对工作不上心的状态，才不会在乎开不开除呢，但是他忘了杨斐有多重视这份工作。杨斐不理两人，把他俩轰出去，又关上门关上灯独自在地上坐着。

张娜娜紧急叫来冷静，三人在外面叫了几声杨斐也不理睬。冷静担心杨斐轻生，让王坤和张娜娜睡在杨斐门口，以防她偷偷出去。

这一夜，冷静睡在沙发上，王坤和张娜娜在杨斐门口的地上抱着睡得很香。第二天早上，三人醒过来，发现杨斐不见了。

陶远始终担心杨斐的心情，一大早便赶来看她，想暂时稳住她的心绪，但是杨斐已经不见了。

"她去哪了你们怎么会不知道呢？"陶远已经显露出焦急的表情。

张娜娜急得在屋里到处转，最后发现杨斐的登山包和登山装备不见了。

"她去爬山了？她怎么还有这个心情啊？"张娜娜诧异道。

冷静思索了一下："她可能是想换换心情吧。不管怎么样，她身边没人不行，娜娜，你觉得她会去哪儿爬山？"

张娜娜想了想："我就带她爬过周边的两座山，她自己也不知道别的地方啊。"

冷静道："哪两座，咱们分头去找。"

陶远立刻说："我跟她去过一次前海山，我去那儿找，你们去另一处。"

不等别人说话，陶远急匆匆地出门了。

由于着急，陶远是穿着西装直奔山脚下的，什么装备补给都没带，甚至连水都没带。到了山脚下之后，他看到地上有新的登山杖扎出来的痕迹，觉得杨斐应该就在里面，于是快步走了进去。这次虽然没背包负担不大，但也没水啊，陶远没走多久就不行了，又渴又累，走到小溪旁边的时候，他停了下来，陷入纠结。这儿有水，如果不喝，自己的体力很难上到山顶；如果喝，怎么下得去嘴！陶远纠结了十几分钟，看着炙热的阳光，想到自己越晚追上去杨斐就越不安全，最后眼一闭把头伸到小溪里猛地喝了几口。喝完之后他一阵反胃，差点吐了，他努力控制着不让自已吐出来，又用手捧着喝了几口，喝完之后一边反胃一边快步走起来。

山中天气突变，突然风起云涌下起大雨。陶远连个伞都没有，整个人被浇得透透的。这时候他已经顾不上自己了，因为担心杨斐也被淋湿，他又加紧了脚步。走了半小时之后，他远远看到有个人在地上蹲着，是杨斐！他快步跑过去，一把抱住杨斐。

“杨斐你怎么了？你没事吧？”陶远关切地问。

杨斐身上和脸上都是泥，很明显是摔了一跤。

看到陶远，杨斐先是一愣，愣了几秒后抱着他哭了起来。

陶远的心都要融化了，说不出的温柔和心疼。

陶远情不自禁地用手抹掉杨斐脸上的泥，然后亲了上去。

两人嘴对嘴亲了差不多一分钟，才缓缓分开。杨斐吃惊地看着陶远，陶远意识到尴尬，连忙转换话题说：“你身上都湿了，就地搭帐篷吧，等雨停了咱们下山。”

杨斐点点头，好像还在回味刚才的吻。

经过上一次，陶远已经学会搭帐篷了，他手忙脚乱地忙活起来，却发现风太大，一个人根本不行。杨斐看着陶远忙活，整个人冻得瑟瑟发抖。

陶远大声喊道：“来帮忙啊！”

杨斐反应过来，跑过去帮忙。

在杨斐的指导下，陶远费了好大力气才把帐篷搭好，可是风这么大，眼看着天也快黑了，如果晚上风更大，帐篷不会被刮飞吧。他开始担心起来。

杨斐看出陶远的担忧：“一般这种情况，就得搬石头，把帐篷四角和风绳压住。”

陶远大喜，点头道：“好办法啊！”

陶远四处寻找，找到一块大石头之后，却迟迟不肯下手搬，因为石头太脏了。杨斐瑟瑟发抖地走过去，使劲搬了两下，没搬动，又走开去找别的了。

陶远问：“如果不压住的话，真的会被刮飞吗？”

杨斐答：“撑不过仨小时。”

陶远一脸难受的表情，咬着牙，然后用手指轻轻地碰了一下那块大石头。

手指上沾了点泥，陶远用另一个手指搓着这点泥，好像在感受一样。

“豁出去了！”陶远说着使劲把那块石头搬起来。石头不光把手弄脏了，他的衣服也蹭得都是泥。

第一块都搬了，后面就好办了，俩人没一会儿就把帐篷四周压满了石头。

“快，快进去把衣服换了！”陶远命令杨斐道。

两人钻进帐篷，陶远背对着杨斐，杨斐从包里找出干衣服，把身上的湿衣服换了下来。

“你怎么办？”杨斐看着陶远满是泥水的衣服说。

陶远这才意识到自己浑身是泥，脸上的表情又开始扭曲了。

杨斐连忙扶住陶远的脸，不让他看衣服：“没事，脱下来就好了。”

杨斐说着把他的外套脱了下来。

“都脱了吧。”杨斐说。

陶远犹豫起来。

“你什么我没看过，装什么装。”杨斐讽刺道。

陶远道：“这倒是。”

陶远把裤子也脱了，这时候又有问题出现了，俩人只有一个睡袋。

杨斐不禁问陶远：“你什么都不带就进山，你干吗来了？”

陶远道：“我找你，着急，而且我也没想在山里过夜啊！”

杨斐道：“我要过夜，你走吧。”

陶远道：“你平时都是这么感谢人吗？”

杨斐道：“那你说怎么办呢？”

陶远看了看杨斐，又看了看睡袋：“你先钻进去吧，别冻着，我没事。”

杨斐道：“要不咱俩平铺着都躺在上面。”

陶远把睡袋打开，示意杨斐钻进去：“快点，我暂时还不用。手机还有点信号，得跟娜娜他们说一声，找到你了。”

听到陶远这么说，杨斐有点纳闷：“我刚才就想问你了，娜娜为什么不自己来找我，而是要让你来啊？”

陶远道：“她说你最可能去的地方有两个，我们分头找的。”

杨斐扑哧乐了：“大哥，你被骗了。”

陶远不明所以："什么意思？"

杨斐笑着道："你不会以为我要轻生吧？"

陶远认真地点了点头。

杨斐解释道："昨天晚上我已经想通了，不管遇到什么困难都不能放弃，今天之所以来爬山，就是想告诉自己，这么艰难的山我都能征服，还有什么不能做到的！"

陶远道："你的想法很好，但是你也没告诉我们啊！"

杨斐道："我给张娜娜发微信了，说了别担心我，我露个营明天就回去，而且爬哪个山我也告诉她了。"

陶远恍然大悟，自己聪明一世竟然让一个小姑娘耍了。

杨斐小声嘀咕："娜娜这是在给我创造机会吗？"

陶远意识到自己之所以被耍完全是因为对杨斐的关心，突然他又想到刚才的热吻，顿时尴尬起来。为了减少尴尬，他连忙转移话题："你能振作就好。"

两人仍是一阵尴尬，谁也不说话了。

天终于黑了，帐篷外面风雨交加，越演越烈。

陶远坐在帐篷里始终有点担心："这小帐篷真的扛得住吗？"

杨斐躺在睡袋里迷迷糊糊都快睡着了："放心吧，最多就是吹塌了，刮不飞。"

俩人只有一个防潮垫，杨斐的睡袋铺在上边，陶远光着膀子坐在边上，半个屁股在地上坐着，夜里也开始冷起来。杨斐往睡袋的一边挤了挤，睡袋里的空隙还可以塞下一个人。

"还能挤一个人，挤挤吧。"

陶远摇了摇头："不用。"

杨斐一把抓住陶远："快点过来，别逞强了，你不用，我也不用了，大不了明天一起去医院。"

陶远不好推辞，费劲地钻进睡袋。本来挺宽松的睡袋瞬间被挤满了，俩人紧紧地挨着平躺着。气氛尴尬，两人谁也不说话。

陶远还是先开口了："你不用担心，我已经有线索了，会证明你的清白的。"

杨斐深情道："谢谢你，谢谢你没有放弃我，谢谢你能来找我。"

陶远突然又不知道该说什么了，他正在思考该怎么说，杨斐突然转过身依偎在他怀里，轻轻地抱住了他。

杨斐放松地说："这样就宽松多了，睡了，我困了。"

陶远的心跳瞬间加速了，他努力让自己平静，但手却不自觉地也抱住了杨斐。

不知道过了多久，陶远不再担心外面的大风大雨，终于睡着了。睡着之后，他梦到自己小时候，在田地里奔跑，和小伙伴偷别人家的红薯，刚从地里挖出来的红薯用手擦一擦就直接啃，小孩儿们一个个啃得嘴上满是土和泥。

熟睡的陶远露出了笑容。

第二天阳光明媚，两人尴尬地从睡袋里钻出来，开始晾晒陶远的湿衣服。

没过多久，衣服就晾干了。陶远麻利地把脏兮兮的衣服穿上，一点异常反应都没有。杨斐只顾着害羞和收拾东西，也没注意到陶远的"反常"。两人收拾完东西，随便吃了几口杨斐带的食物，开始下山。这个过程中，两人谁也不好意思说话。

杨斐低头走着，看到陶远直接从小水坑里踩过去，没有任何异常反应，而是很自然地继续走。她惊讶地大叫一声，陶远吓一跳，忙问怎么了。

杨斐指着陶远的衣服上的泥："你不难受吗？"

陶远摸着自己的衣服诧异道："难受？什么难受？"

杨斐一把抱住陶远，异常激动："治好了，你的病治好了！"

陶远也发现自己对这身脏衣服并没有不舒服的感觉，也很诧异："我怎么没觉得难受呢？"

杨斐好像不敢肯定似的，指着面前的一个小水坑："你踩一下。"

陶远摇摇头："哪有故意往水坑里踩的。"

杨斐坚持道："你踩一下嘛，你不踩我不走了。"

陶远无奈地用脚在小水坑里点了一下，然后挤出个笑脸。

杨斐一脸难以置信的表情："是我把你治好的吗？我有这么厉害吗？"

陶远也很纳闷："不会是因为昨天搬石头，克服一次之后就完全克服了吧？"

杨斐点点头："有道理。"

杨斐高兴地一蹦一跳地下山了，陶远连忙跟上。

又到了小溪旁边，陶远直接把头埋进小溪里喝起水来，杨斐看得目瞪口呆。

两人坐在小溪边休息的时候，杨斐开口说："这两天谢谢你了。"

陶远道："不用这么客气。"

杨斐深呼吸："其实我虽然一直在告诉自己不能放弃，但心里还是有点逃避，来爬山说得再冠冕堂皇，也不过还是逃避。但是现在不一样了，你给了我信心，你为了我连强迫症都克服了，我如果还这么半死不活的，那我就有点太不懂事了。"

陶远喜道："没错，没错！"

杨斐笑了："你一直说你有线索了，什么线索？"

陶远道："中禹集团破产重整，有个公司想要收购它，出的价比其他公司要高，但是那个刘总却不同意。我查了下那个公司，去年他们就想收购中禹，也是刘总没同意。你知道吗，那个公司是咱们的客户，确切地说是谢羽的客户，而花利银行负责抽贷的人跟谢羽也认识。"

杨斐疑惑道："听上去是有问题，可是这又有什么问题呢？"

陶远道："如果不是因为要找你，我今天就让王坤行动了。"

杨斐不好意思道："对不起嘛，让王坤明天行动，什么行动？"

陶远道："刘总不是不肯帮你吗，那是他没得到好处，这个好处，只有王坤能给他。我打算让王坤以他父亲的名义去找刘总，只要刘总配合，裕和集团可以收购中禹，帮中禹走出困境。"

杨斐点头道："如果刘总肯配合，那事情就简单了。"

两人似乎忘了昨晚的尴尬和暧昧，恢复职场精英的状态，一赶回去就立刻着手部署起来。

王坤去找了刘总，谈了不到半个小时就出来了，他收获颇丰，不但让刘总同意帮忙，还问出了其他信息。

"据刘总说，那个什么高氏集团完全就是野蛮人，去年收购他没同意，今年他的公司突然就出问题了。"王坤向陶远和杨斐说。

陶远点头道："如果我的猜测没错的话，应该是这个高氏集团不知道怎么和谢羽勾结起来，高氏集团先利用自己的资金打压中禹，让它看起来好像经营不善，然后谢羽说服花利抽贷，花利抽完贷谢羽就可以名正言顺地让自家银行也抽，这样就形成一个恶性链条，中禹撑不了多久就会破产。这个时候高氏集团再出面，中禹不得不卖。”

杨斐道：“现在我明白刘总一直说他一出现公司就保不住了是什么意思了，他不想被高氏收购。”

王坤道：“心思真深啊！不过我爹要是不同意收购呢？”

陶远道：“先把杨斐的事解决了，王总收不收购中禹跟咱们没关系。”

王坤坏笑起来：“哥，你也够坏啊！”

杨斐道：“王坤你一定要说服你爸，刘总虽然不地道，但是那几千名员工又没错，好好的一个公司就这么垮了，太可惜了。”

王坤想反驳两句，陶远拦住他：“他会的，放心吧。”

刘总把吕婧约出来，痛斥她的卑鄙勾当，威胁说如果不帮他渡过难关就曝光他们。吕婧大方承认那些事都是她做的，表示自己都是听上面的，找她一点儿用也没用。

刘总身上装了个小话筒，陶远在不远处偷拍，吕婧承认的声音和画面全都很清晰。陶远把视频上交，力证杨斐清白，刘总也出来说自己一时糊涂被吕婧他们利用，总行来的刘大文无话可说，只好带着证据回去交差。

看到杨斐成功脱险，熊大海的心里既有喜又有忧，心情变得复杂起来。先说喜，因为对杨斐能力的倚重和对她隐隐的愧疚，他始终不太想对杨斐下太狠的手，但谢羽这个帮助高氏集团的计划一旦成功，他也能从中得到巨大的利益，而谢羽的条件只有杨斐，他不得不做出牺牲。杨斐收受 1000 万回扣而没受到任何法律制裁，全靠他在背后运作，他把这当成是对杨斐的补偿。现在杨斐没事了，他的心里多少舒服了一点。不过这种喜的心情并没有持续多久，危机意识极强的他又忧了起来。

忧的是陶远和杨斐的关系。陶远为帮杨斐洗脱嫌疑所做的努力，所有人都看在眼里，经过这件事，杨斐能不对陶远感恩戴德？在整个过程中，熊大海表现出来的只有冷漠，杨斐怎么还会做他的死忠？一旦杨斐彻底被陶远拉拢，那他可就得不偿失了，他宁愿失去杨斐，也不愿她为敌人所用。

熊大海宣布开除吕婧，恢复杨斐的职位，又立刻好言安慰杨斐，但很明显，杨斐的态度远没有以前那么亲切了。

李明山正在做着成功的美梦，还没明白形势怎么突然翻转了，更让他想不明白的是，吕婧栽了为什么没人提到他，他怎么这么容易就躲过去了？事情不对，有问题。李明山知道这里面有问题，却不知道问题出在了哪儿，不知道是有人在保他，还是有别的目的。

杨斐回归，组员们激动不已，而吕婧，在众人鄙视的目光中，失落地离开了。她离开的时候正是杨斐回来的时候，两人在银行门口迎面撞上，谁也没理谁，好像完全是陌生人一样擦肩而过。

“只可惜又让李明山逃脱了，而且也没把谢羽揪出来。”在庆祝胜利的时候，杨斐惋惜地说。

陶远道：“放心吧，他逃不掉，只是时机还没到而已。”

杨斐笑了笑：“我相信你。”

王坤酸溜溜地说：“你俩这是夫唱妇随吗，秀恩爱虐单身狗。”

陶远尴尬地笑了笑，杨斐立刻不好意思起来，骂王坤道：“你闭嘴！”

杨斐把陶远拉到一边，低声问：“这几天，你感觉怎么样？”

陶远纳闷道：“什么怎么样？”

杨斐道：“强迫症啊，还有吗？”

陶远笑道：“你谢我那么多次，这次我也谢谢你。真的，这几天简直是从未有过的轻松，好像重生了一样，心情特别舒畅。”

杨斐道：“那就好，别反复就好。”

王坤不识趣地凑过来：“聊啥呢？”

杨斐还没开口，陶远说：“对了，收购的事谈得怎么样了？”

王坤道：“原来我老爹也早就看上中禹了，我一说他高兴得不行，自己谈去了。”

陶远道：“还有个问题，这次的事如果真是谢羽搞鬼的话，熊大海为什么也参与了，他跟谢羽是不是也有什么利益关系，这个一定要搞清楚。”

杨斐道：“他跟谢羽能有什么关系呢？”

陶远道：“这个很难说，熊大海这个人心机太深，我们根本看不透他。王坤，你不是和他关系不错吗，能叛变吗？”

王坤尴尬道："你怎么说话呢，什么叫叛变，什么叫关系不错，我那是看他跟我爸认识，给他个面子，他敢整我大哥，你觉得我能放过他吗？"

陶远道："那调查熊大海的任务就交给你了。"

王坤道："放心吧。"

第二天，王坤直接去了熊大海的办公室，问东问西，看似吊儿郎当，实则在打探他和谢羽、李明山的关系。熊大海早就不信任他了，随口应付他，答案没有一句有用的。王坤看得出来熊大海在敷衍他，索性也不问了，改成跟踪了。

一下班，王坤就跟着熊大海，看他都见什么人做什么事，连跟了好几天，也不知道是被发现了还是熊大海没问题，他什么也没发现。王坤跟腻了，本来不打算再跟了，可这天看到熊大海下班后一边接电话一边离开，他鬼使神差地又跟上了。

这一次跟踪收获太大了。

熊大海不是优柔寡断的人，他下定决心，在杨斐成为祸害之前最好还是把她除掉，他去见了谢羽，商讨下一步的行动计划。王坤躲在不远处，清楚地听到熊大海一直都知道杨斐是被冤枉的，而派她来朝通分行也是早有预谋。

18

“什么？！真的是熊大海设计的一切！”

听完王坤的汇报，杨斐简直不敢相信自己的耳朵。她不敢相信究竟是什么样的人才能心思如此缜密，设计这么复杂的一套计划，而她，只不过是这个计划中一枚比较重要的棋子而已。

陶远也不安慰杨斐，自顾自地分析着情况：“现在局势完全明朗了，谢羽和熊大海策划了这一切，陷害杨斐，挤走邹老师。谢羽一定是不希望看到杨斐你留在银行的，但是熊大海需要你，所以两人之前是暂时达成妥协。邹老师在总行运作要把朝通分行撤销这件事可能他们早就知道了，如果是这样的话，那他们也必定要把我赶走。以前熊大海器重你，那是因为你什么也不知道，现在你每天跟我走这么近，他们很可能会怀疑你知道了什么，要和我联合对付他们，只有这样，熊大海才会痛下狠心把你这个得力助手除掉。”

听完陶远无意中透露出来的信息，杨斐不禁大吃一惊：“你早就知道是熊行长陷害邹行长的？还有，分行撤销是邹行长做的？”

不等陶远说话，王坤一副了然于心的样子说道：“这有什么好吃惊的，他可是陶远，他要不知道，你才应该惊讶。”

陶远道：“现在完全没秘密了。”

杨斐道：“好吧，这事儿以后再说，那接下来我们该怎么办呢？”

陶远意味深远地笑了笑：“看热闹。”

杨斐纳闷：“看什么热闹？”

陶远看向王坤：“这就需要你二弟出马了。”

王坤喜道：“我就喜欢看热闹，你又有什么馊主意了啊？”

陶远道：“千万不能让熊大海知道咱们已经知道他的秘密了，但是，得把熊大海和谢羽合伙利用李明山的事告诉李明山，看看他什么反应。”

王坤哈哈大笑：“要不说还是你最坏呢！”

第二天一上班，王坤就把整件事告诉了李明山。

李明山简直郁闷了，每次都觉得自己很聪明，但每次都被人当枪使，他已经严重怀疑自己的智商了。究竟是自己太傻，还是这帮人太精，为什么每次被耍的都是他！李明山很清楚地认识到，他跟熊大海完全不是一个量级的，想打败他根本没可能。可是这口气怎么能就这么忍了，这个行长的位置怎么能就这么拱手让人，他不甘心！

怎么才能打败熊大海呢？李明山绞尽脑汁，想了各种可能性，最后发现只有一条路可走，就是和陶远联合。在他看来陶远和杨斐也有对付熊大海和谢羽的动机，敌人的敌人就是朋友。只不过他做事完全看利益，而杨斐和陶远能不能接受他就不好说了。

“管他呢，不试试怎么知道不行！”李明山这么鼓励自己，就算再难，也要把这两个人拉拢过来。他分别给陶远和杨斐发信息，约下班后找个咖啡馆谈论事情。杨斐收到信息后十分意外，去和陶远商量，发现陶远竟然也收到信息了。

“李明山不会是想拉拢咱俩吧！”杨斐疑惑地说。

陶远点点头：“有进步。”

杨斐不屑地说：“我还用你夸，但是李明山同时找咱俩去，是什么意思呢？”

陶远道：“同时拉拢咱俩呗！”

杨斐讽刺道：“我发现你洁癖消失之后，连人性都变了，你也会开玩笑了。”

陶远一本正经：“我什么时候开玩笑了，我是认真的。”

杨斐道：“他要真拉拢咱俩，怎么办？”

陶远道：“你想怎么办？”

杨斐道：“虽然这个人不怎么样，但是为了对付谢羽，用还是可以用的。”

陶远笑道：“你学坏了啊！”

杨斐不服：“我再坏也跟你比不了啊，你要清高，你别跟他合作啊！”

陶远点点头：“对啊，我没打算跟他合作。”

咖啡馆里，李明山言辞恳切：“小陶，我知道咱俩有矛盾，意见总是不和，你也看不上我，但是，我要说的是，要想和熊大海斗，你需要我，我说得没错吧！”

陶远既不点头也不摇头，微笑着看着李明山。

李明山又道：“以前我是做过不少错事，也针对过你们，大家都是为了利益。之前是利益不同而已，现在不一样了，我们是一个阵营的，就是一个整体，一损俱损，一荣俱荣，我李明山是不会对自己人下手的。”

陶远不紧不慢地问：“刘骥和吕婧算你所谓的自己人吗？你是不是对他们也说过这番话啊，你这话我不能信服啊！”

李明山辩解道：“他们出事那是他们水平不行，平心而论，不到万不得已，我从没想过放弃他们。”

杨斐插嘴道：“李副行长，我想知道你是怎么说服吕婧对付我的。”

李明山道：“小杨，不是我说服她的，当然，是我先找的她。不过她想对付你不是一天两天了，我只是给了她一个机会。至于她为什么想对付你，你应该比我清楚。”

杨斐始终对吕婧的背叛不能释怀：“我可能还是不愿相信人心这么险恶，就像我刚到银行的时候，分不清谁是好人谁是坏人，还以为谁表面对我好，就是好人。”

李明山赔了个笑脸：“我那时候是真想对你好的，谁知道你被陶副行长拉拢过去了，只能说我魅力不够。”

杨斐和陶远都没说话，李明山看不出两人的态度。

“我今天是掏心掏肺，真心想和你们和好，你们要还是看不上我李明山，我也没办法，不过我还是想再说一遍，你们一定会需要我的。”李明山强调道。

杨斐说：“李副行长，我也跟你说句实话吧，我对你虽然没什么好感，但是也不反感，你又不是我亲戚朋友，为了自己的利益跟我合作或者作对都无可厚非，所以我无所谓，多个盟友总比多个敌人强。”

李明山笑着说：“小杨是个人才啊，以后一定了不得！”

李明山说着又看向陶远，陶远似乎不想说话。

过了一会儿，陶远还是开口了：“我不想跟你合作！”

李明山为难道：“陶副行长还是看不上我李某人啊！”

陶远直白地答道：“没错，看不上，所以不想合作。”

杨斐连忙替李明山圆场：“陶远你别这么极端，你也看到李副行长和熊大海合作的能量了，差点把我彻底赶出去。你把他推到熊大海那边不是给自己找麻烦吗？”

陶远笑道：“首先，他跟熊大海不是合作，是被利用；其次，如果熊大海还需要他，他会来找我们吗？”

李明山尴尬地笑道：“陶副行长这话说得真直接啊！没事，你不用给我面子，想说什么说什么。对，我是没有办法了，但是你不用考虑我，你要考虑的是你需不需要我。”

陶远直接答道：“我不需要。”

杨斐又道：“你别着急嘛，你就说怎么样你才能答应合作吧！”

陶远道：“我不信任他。”

李明山忙道：“你要怎么才能信任我，你说，只要我能做到的，我可以答应。”

陶远问：“茶叶公司贷款那个项目，你为什么批给胡总，你真的拿她的分成了吗？”

李明山笑道：“兄弟还没忘这事儿呢！行，我告诉你，其实根本没什么分红，我之所以敢那么说，就是不怕你们查，其实是我儿子要上初中，正好胡总认识人，把我儿子弄进了重点初中。”

陶远点点头。

李明山道：“这回我可是把老底儿都交了，说是把我的职业生涯交到你手上了也不为过吧！”

陶远严肃道：“我是看杨斐的面子，但是，一旦你有别的心思，别怪我把你的老底儿告诉全行的人。”

李明山笑道："明白。"

李明山伸出手，陶远不情愿地跟他握了下手。

陶远道："没什么事我就先走了。"

李明山忙道："没事了，没事了，陶副行长请便。"

陶远对杨斐道："你要没事就陪李副行长再聊会儿。"

杨斐忙说："我得回家洗衣服，李副行长，抱歉啊，不能陪你了。"

李明山道："没事，你们忙你们的。"

杨斐和陶远一起离开了。

杨斐和陶远静静地走出门，坐上车，车开了几分钟，两人忍不住哈哈大笑起来。

"你看没看见李明山的表情，他估计都被你说郁闷了。"杨斐一边笑一边说道，"你这黑脸和红脸的馊主意挺有意思。"

原来在下班见李明山之前，陶远告诉杨斐，他俩需要配合演一出戏给李明山看。一个演黑脸一个演红脸，一来可以恶心恶心李明山，二来只有这样才能让李明山对他们放下戒心。

杨斐对陶远的主意还是有点不明白："我还是不明白，你问贷款那事儿，他如果还是随便编了个理由呢，你怎么这么轻易就信他了，后面是不是演得有点敷衍了？"

陶远解释道："你我跟李明山都有过节，他来找我们，我们立刻答应合作，以他多疑的个性肯定会觉得我们也是想利用他，但是我死活就是不跟他合作，这样他才会觉得我压根没想过利用他。我要点他的把柄在手里，他就更加觉得我是认真考虑和他合作，让他介入核心事务的，因为我想用那个把柄制衡他。"

杨斐佩服道："心理战啊，你有没有经常这么揣测我的心思？"

陶远笑道："你的心思都在脸上写着呢，不用揣摩。"

杨斐讽刺道："夸你两句你还喘上了，你的心思才在脸上写着呢！"

杨斐说着掏出支笔要往陶远脸上写字，陶远一边躲一边说开车呢。两人就这么一路打打闹闹，好像一对快乐的小情侣。

又有大项目了。中国和俄罗斯之间要建一条高铁，投资简直是天文数字，政府放开资金来源，宣布国内的银行都可以参与竞标获得发放贷款的资格。所有人都看好这个项目，一时间大量银行递交申请，想要从中分一杯羹。杨斐也在其中，她要用这个项目向总行证明自己的能力。

在国内比华农银行有实力的股份制银行有的是，朝通分行更是排不上号，杨斐虽然也递交了申请，但迟迟得不到回应，她担心她连最初的筛选都通不过。为了通过筛选，杨斐找遍了同学和朋友，最后甚至还去找了王一图。

当王坤带着杨斐和陶远走进王一图办公室的时候，王一图颇为惊喜。

"杨小姐，哎呀有段日子没见了，你对王坤的改造很有成效啊！"王一图乐呵呵地说着，"快坐，快坐，这位是你们行的陶副行长吧！"

王一图说着和陶远握了下手。

陶远客气地说："王总虽然没去过朝通，却对朝通的人都这么了解，让人佩服。"

王坤嘿嘿一笑："你可是咱们行的风云人物，我爸都是听我念叨的，你不用佩服他。"

王一图没理王坤，问杨斐道："你们是不是有什么事啊？"

杨斐不好意思地说："王叔叔，真是不好意思啊，从来没来拜访过您，一来就有事要您帮忙。"

王一图挥手笑道："你帮我教育儿子，我不也没去拜访过你吗，咱俩扯平了。"

王坤不乐意道："别扯上我行吗？"

杨斐道："是这样，中俄高铁这个项目您一定知道吧？"

王一图点点头。

杨斐又道："我也交了个提供贷款的方案，但是这眼看都要到第二轮筛选了，还一点消息都没有。"

王一图笑道："找我托关系？"

杨斐不好意思地说："叔叔您误会了，我不是要您强行帮我通过。只是我们分行能力和口碑都很一般，我担心的是有那么多银行提交方案，对方太忙的话可能一看是我们分行连看都不会看我的方案，我只是想有个公平的机会，如果他们看了觉得不行，我也认了。"

王一图欣慰地说："说得好，你说的我都想强行帮你通过了。不过我还真认识个他们的负责人，回头我帮你问一下。"

杨斐感激道："真是太感谢您了。"

王一图笑道："跟我还客气什么，你说你这么好的姑娘，我能帮你那是我的荣幸啊。我跟王坤他妈一直就想要个你这样的女儿，聪明懂事，有上进心，可惜啊，只有这么一个货。"

王坤不乐意道："爸你能不能别总习惯性损我。"

王一图继续说道："没有这么好的女儿，能有个这样的儿媳妇也行啊，这个货也不给我争气。"

杨斐不好意思地说："叔叔，您就别开我玩笑了。"

王一图看着王坤说："我可没开玩笑，真心话，努努力啊！"

王坤虽然只是敬杨斐是条汉子，对她根本没那方面的想法，但是他看得出来杨斐和陶远的暧昧，为了刺激刺激陶远，他附和道："我的爹啊，我在努力了啊，你不知道，我现在是曲线救国，先认个姐姐，再慢慢搞成姐弟恋。"

王坤说这话的时候眼神不住地瞟向陶远，陶远却没什么反应。

杨斐生气地说："王坤，你不想混了是吧！"

杨斐说话的时候也瞟了一眼陶远。看到陶远对王坤和王一图的话反应平淡，她莫名地感到失落。

杨斐很明白地意识到自己喜欢上陶远了。一起经历了这么多，她想知道陶远对她是不是也有这方面的意思。在等结果的这两天，她总有意无意地接近陶远，制造亲昵的机会，而陶远却有意无意地躲她，总和她保持着说近不近说远不远的关系。两人谁也不愿先捅破这层窗户纸。

张娜娜和冷静实在看不下去了，晚上下班之后，两人堵住杨斐，开始拷问。

"我觉得杨斐你变了，这如果是以前，要是碰到个这么喜欢的人，你估计现在连小孩儿都给人生了。现在这是怎么回事儿啊，你是真的喜欢他吗？"

杨斐没好气道："你嘴里就说不出好话，我都不知道你说的是谁。"

冷静接话道："陶远。"

杨斐顿时没气势了："说实话，我也不知道。"

张娜娜问："你喜不喜欢他不知道吗？"

杨斐犹豫着说："喜欢应该还是挺喜欢的吧，但是他喜不喜欢我……"

张娜娜着急道："瞎子都能看出来他对你有意思。"

冷静说："其实我不太赞成你表白，这种事应该男人主动点，但是陶远毕竟有一段特殊的过去，你主动一点，或许没有坏处。"

杨斐道："表白，你说得轻松！"

张娜娜道："总不能一直这么不清不楚地下去吧！"

杨斐道："走一步说一步吧，等时机成熟了再说。"

张娜娜道："那得等到猴年马月啊，你要不敢说我替你说去。"

杨斐立刻道："你别乱来啊，他不是王坤。"

张娜娜不耐烦地说道："知道了，保护好你的老腊肉吧！"

杨斐嘴上逞强，却把张娜娜的话听到了心里，她已经帮陶远走出了洁癖的阴影，或许陶远已经对过去释怀了。要想知道陶远的想法，直接问是最有效的。

"可是万一陶远对我没兴趣呢，或者他根本忘不了前女友？"杨斐禁不住想着这个可能性。

"哎呀算了，不想了不想了，畏首畏尾，杨斐你还是你自己吗，不就是表个白吗，有那么难吗？"杨斐在心里给自己打气，明天就表白，看他怎么说！

第二天，杨斐一看到陶远就眼神闪烁，不敢直视陶远的眼睛，她找不同的借口去了陶远办公室三次，三次都没说出口。"这种事不应该在办公室说，下班后再说吧。"她这么自欺欺人，把表白的时间拖到了下班。

陶远看出杨斐的异常，也看出杨斐对他的热情，他不敢接受，也不敢表现出想接受，他怕他有一丁点那方面的表现就会被杨斐看出来。他无法从小侯的感情中走出来，怎么能接受别人呢？如果不能接受别人，那么让杨斐有不必要的误会只能伤害杨斐。他不想伤害杨斐，又不想失去杨斐，他纠结，不知道该怎么办，纠结到最后，只有躲，躲着杨斐。

陶远想着小侯，又不自禁地从钱包里掏出一张她的照片深情地看着。熊大海突然找陶远有事，他随手把照片放在桌子上便出门了。一直到下班，他还在熊大海办公室里开会。杨斐鼓足勇气要来约陶远吃饭，在席间表白，可到了办公室没找到人，却看到了桌子上的照片。

这下尴尬了！

杨斐明白，在陶远心里，前女友的地位是没人能代替的，或许克服洁癖只是个意外，只是因为陶远刻意接触了很脏的东西，和她并没有什么关系。有了这种念头，杨斐不禁失落起来，她失落地离开陶远的办公室，失落地回家，早把表白抛到脑后了。

张娜娜一看杨斐的状态就知道要么没表白，要么表白失败了。她问杨斐，杨斐也不说，只是郁闷地睡觉去了。

张娜娜坐不住了，她必须去探探陶远的口风。说干就干，她叫上冷静，让冷静把陶远约了出来。

夜晚的咖啡馆里人仍然不少，冷静和张娜娜转了一圈才找到一个四人位置。张娜娜一边吐槽现在的人都躲在咖啡馆里装文艺而不愿锻炼身体，一边等着陶远的到来。

陶远来了。

张娜娜喝了口她觉得比咖啡健康几倍的果汁："我们就是想知道你对杨斐是什么想法。"

陶远道："我对杨斐能有什么想法？"

冷静道："不好意思啊，娜娜她说话直，你的智商和情商远在我们之上，我们都能看出来杨斐对你的感情，你应该不会看不出来吧！"

陶远道："你说的没错。"

冷静道："杨斐她被谢羽伤害过，有阴影，你的过去我们也大概知道一些，这种事本来我们是不应该管的，但是你俩的情况确实很特殊，我希望你能理解。"

陶远道："你们关心杨斐，我很理解，我也关心杨斐，但是我不能和她在一起。"

张娜娜问："你喜欢她吗？"

陶远没有回答。

冷静道："你喜不喜欢她只有你自己知道，不管你做什么样的决定，我都尊重你的想法。但是我想说的是，你如果真的不想和杨斐在一起，最好还是早点说，我怕最后杨斐会再次受到伤害。"

陶远道："我明白，我会尽快跟她说清楚的。"

张娜娜又道："我觉得吧，你还是想清楚，杨斐多好的姑娘啊，错过了可就没了，你说你总不能一辈子不谈恋爱不结婚吧，等你想谈的时候杨斐可就是别人的了。"

冷静忙制止张娜娜："娜娜，闭嘴。"

张娜娜不乐意了："我说错了吗？"

陶远礼貌地笑了笑："你说的没错，我会尽快处理的。"

陶远也意识到不能再这么拖着了，他决定明天就和杨斐说清楚。第二天，当他在银行看到杨斐的时候，和杨斐要表白时看到他的状态差不多，眼神闪烁，不敢直视杨斐的眼睛。这一天他都心神不宁，不能集中精神，几次想开口说，却又说不出口，直到下班，杨斐走了，他也没能说出口。

高铁负责人确实没细看杨斐的提案，王一图打过招呼后，负责人又把她的提案翻出来看了看，觉得确实不错，于是让她也通过了筛选。接到通过的通知的时候，杨斐高兴得简直要跳起来了。如果这个项目成功，不只是朝通分行，整个华农银行都会上一个大台阶。

新一届"金牌客户经理"的评选又开始了，杨斐踌躇满志，只要拿下这个项目，今年的最佳绝对是她，为了这个最佳，她也要努力。她又顾不上陶远了，开始忙碌起来。王坤、陶远和李明山也帮杨斐各种找资料，出谋划策做方案。按照李明山的想法，他们几个合伙把这个项目做成了，唯独把熊大海排除在外，一旦这个项目成了，他们有了发言权，第一件事就是向上面建议撤掉无能的熊大海。

熊大海发现李明山竟然和陶远走到了一起，不禁大吃一惊。他当初留下陶远，就是因为百分之百确定陶远绝不会和李明山合作，现在看来还是自己失策了。很明显陶远等人想撇开他完成高铁的项目，而他自己要对付这么多人，就算心思再缜密，也难免会顾左顾不了右，出现纰漏。

熊大海想让这个项目成功，但是不想让杨斐他们成功，这个项目必须是他的才行。他需要帮手，为此，他去找了谢羽，要请谢羽以协助高铁项目为由来分行助阵。谢羽正因为和女朋友的关系陷入僵局而苦恼，女朋友的家庭根本看不上谢羽，觉得他要出身没出身，要能力能力也一般，不同意两人在一起。

“如果高铁项目是我拿下的，那我绝对是这个银行头号的功臣，且不说以后在银行的地位，女朋友的家里总不能再说我没能力了吧！”谢羽在心里这么想着，果断答应了熊大海的要求。他立刻向总行申请下派，总行本来根本没重视这个项目，因为觉得不可能成功，但看到初次筛选竟然通过之后，觉得应该重视一下，万一成功了呢，于是同意了谢羽的申请。

杨斐还不知道谢羽要来，她开开心心地去参加高铁项目的发布会，却在会场上遇到了吕婧。吕婧是神州银行负责这个项目的代表。

简直是冤家路窄啊！

杨斐觉得以吕婧的能力根本没机会做这种项目的负责人，她肯定又用了不正当的手段了。吕婧看到杨斐，径直朝她走过来，杨斐不想和她多说，本想躲开，但她已经到了跟前。

“好久不见了啊！”吕婧笑呵呵地说。

杨斐直接问：“你怎么成了神州银行的代表了？”

吕婧笑道：“怎么成了不重要，为什么成了才重要，想知道为什么吗？”

杨斐没说话。

吕婧继续说：“因为你，因为你我的爱情和事业都没了，你前途无量，事业爱情双丰收，我却什么都没有了，凭什么？！我可以告诉你，我去神州银行目的只有一个，和你抢生意，抢到你没有生意可做，抢到银行把你开除为止。”

杨斐冷漠地说：“你想打败我？”

吕婧恶狠狠地说：“对！”

杨斐笑道：“别做梦了！”

吕婧恶狠狠地看了杨斐一眼，不再多说，径直走开了。

一个大学同学看到杨斐，凑过来打招呼，两人闲聊几句，说到了吕婧。

同学神秘兮兮地说：“你听说没，吕婧被你们银行开除之后，跟踪神州银行的行长两周，最终成功拍到神州行长出轨的证据。靠着这证据，她空降啊，进去就是客户经理组长。”

杨斐惊讶地道：“不会吧，你听谁说的？”

同学道：“这件事现在传得很火啊！除了行长老婆不知道，银行的人都知道。”

杨斐叹了口气：“她以前挺好的，不知道怎么就想不开，非要这样。”

杨斐本来还为吕婧的事伤感，可回到银行之后，看到谢羽在她的位置上坐着，不禁吃了一惊。

谢羽看到杨斐，笑嘻嘻地站起来，好像对普通同事似的说：“杨组长回来啦，你可能还不知道，总部临时派我过来，专门负责高铁的项目。总部对这个项目很重视，以后这个项目所有的细节都要经过我这里。对了，我也没座位，先借用你的座位几天没问题吧！”

杨斐愣住了：“你，你……”

王坤及时出现，把胳膊搭在杨斐肩上，笑呵呵地看着杨斐说：“你怎么才回来啊，你的座位被占了，我给你找了个新地儿，包你满意，跟哥走。”

王坤瞪了谢羽一眼，谢羽回了个尴尬的表情。王坤拉着还没反应过来的杨斐径直走了，走进了陶远的办公室。

走进陶远办公室，杨斐缓过来了：“他怎么会在这儿？”

陶远道：“熊大海找来的帮手。”

王坤道：“你不用怕，有我跟远哥，这又是咱们的地盘，他这是自投罗网。”

王坤正说着，李明山推门进来了。一进来，李明山就说：“你们都看见谢羽了是吗，怎么提前一点消息也没有，突然就来了！”

王坤笑呵呵地说：“他来了不好吗，李老哥，别跟我说你不想整他。”

李明山会意地笑了笑：“这个可以有。”

杨斐弱弱地问陶远：“我在你这儿方便吗？”

陶远还没开口，李明山说：“你要觉得不方便可以去我那儿，我那儿更宽敞。”

杨斐看了一眼陶远，陶远表情冷淡，没有要说话的意思。

杨斐道：“那谢谢你了李副行长，我去你那儿吧。”

王坤连忙说：“别啊，你看我把你东西都拿过来了，远哥，想什么呢，说话啊！”

陶远这才点了下头：“在这儿吧，正好让你看看我是怎么整谢羽的。”

谢羽怎么也没想到，两个“无赖”、一个腹黑男要从生活和工作的方方面面对他下黑手了。首先是陶远，每有女同事来谈工作，他就传谢羽的闲话，说谢羽怎么陷害杨斐，怎么不要脸追董事的女儿，怎么装孙子巴结客户，添油加醋甚至胡编乱造，连谢羽性无能这样的八卦都不放过。看着陶远滔滔不绝地传着八卦，女同事们听得入迷，杨斐不禁想起自己刚来的时候陶远传她的八卦的样子。眼前这个满嘴胡扯的八卦男哪像那个沉着冷静又腹黑的压抑男啊！杨斐不得不服陶远的能力，不到两天，满行都是谢羽的负面新闻，同事们看见他就指指点点小声议论，他要做什么事都没人配合，他还没明白是怎么回事就已经成了众矢之的。

王坤更损，把男女厕所的标志摘下来互换了一下。银行老员工都知道男女厕所的位置，都是低头直接进，没人看标。谢羽不一样，初来乍到进厕所之前当然要仔细看好标志，结果被女厕里面的女同事大叫着赶了出来。谢羽郁闷地出来看，标志没错啊，好郁闷！

开会的时候，谢羽精心准备的 PPT 竟然变成了日本小电影。当那阵阵销魂的叫床声响彻会议室的时候，别人都尴尬得不行，只有王坤，偷偷笑个不停。

李明山也没闲着，他吩咐自己的下属凡是给谢羽的资料不能有对的。谢羽每天要查看很多资料，他不知道这些资料根本不对，以至开会的时候他说的和别人说的完全对不上，引得同事们又是低声议论纷纷，都说他除了会靠女人上位，其他什么也不会。

谢羽太狼狈了，他要反击。他一有机会就堵住杨斐，对她冷嘲热讽，说她之前只是脚踩王坤和陶远两只船，现在竟然连李明山那种老男人也不放过了。杨斐骂谢羽无耻，谢羽却毫不在乎，处处给杨斐难堪。

虽然同事们被陶远洗脑，都骂谢羽伤害杨斐，但每天看到谢羽，杨斐的心情仍然很差。她每天闷闷不乐，王坤各种整谢羽，她看到后也开心不起来。终于，杨斐再一次被谢羽堵到走廊里气得掉眼泪之后，王坤忍不住了，他拉着谢羽的衣领要和他单挑，吓得谢羽不停地说有误会，不要动手。

同事们看热闹不嫌事大，围成一圈看王坤撕谢羽，却没有一个劝架的。熊大海看到之后连忙过来给谢羽解围，不料王坤一点面子都不给，连熊大海也给骂了。

“别以为我不知道你跟他都干了什么，熊叔，你太让我失望了。你说你把这么个人整过来干吗啊，有了他你就能赢了？你说我能让你赢吗？”王坤酸溜溜地说。

同事们听得不明所以，但大概能猜出来肯定是和杨斐有关。熊大海完全能听懂这话什么意思，不禁大吃一惊。

“王坤怎么什么都说，他这么一说不就是撕破脸了吗？暗斗不就变明斗了吗？”被熊大海解围之后，谢羽一脸憎恨地说。

“是啊，这个王坤真是个惹事精啊，真不该把他留在身边。”熊大海头疼地说。

杨斐也在责怪王坤，陶远办公室里，她忍不住骂起王坤：“你怎么什么都说，这下全行都知道了，你满意了吧！”

王坤不服气：“我是不是给你出气呢，你就这么谢我啊！”

陶远冷静地说：“不是坏事。”

杨斐不明所以：“什么不是坏事？”

陶远道：“本来是暗斗，他俩比咱们级别高，可以暗箱操作的余地更大，咱们不占优势。但是现在所有人都知道了，成了明斗了，他们再那么明显地暗箱操作，难以服众，所以他们的行动会受到很大的限制。咱们不就占优势了吗？”

王坤连忙附和道：“看看人家，你说你除了骂我撒气，你还会什么！”

杨斐思索着陶远的话，冲王坤挤出个笑脸，用说反话的语气说：“我谢谢你！”

这场闹剧很快就传到总行那里了。得知这两拨人这么明目张胆地内斗之后，总行没有任何表态。银行都是趋利的，华农也不例外，总行的领导不在乎谁和谁斗，他们在乎的是结果，只要这个项目能成，让他们相互竞争也没什么不好的。但是一旦他们的内斗影响到项目，那么他们双方都会被立刻清理出去。

朝通分行内斗的事也传到了吕婧那里，吕婧觉得这是个对付杨斐的机会，于是利用神州行长的人脉广泛传播这件事，很快，整个银行圈都知道了。这下杨斐他们成了整个银行界茶余饭后的谈资了。

吕婧以其他银行的名义给高铁方写了封信，信的大概内容是朝通内斗严重，他们的人只为自己的利益，根本没能力也没责任心做好这个项目，而且现在他们被内斗的负面新闻缠身，建议高铁方终止朝通的竞标资格。寄完信之后，吕婧又在各大银行的微博上散播这封信。很快，多数银行都起哄要求取消朝通的竞标权，毕竟对手少一个是一个。

高铁方坐不住了，不能在融资的时候就被负面新闻缠身。他们通知杨斐，决定取消朝通分行的竞标权。杨斐勃然大怒，去找高铁方理论，对方也很无奈，因为很喜欢她的提案，但舆论难平，除非他们没有内斗。杨斐一时激动，说他们根本没有内斗，这都是别有用心人士的诬陷。高铁方很好说话，只要能证明没有内斗，就恢复他们的竞标权。杨斐一咬牙，答应最终争取竞标权的时候会把传闻中内斗双方都带来，让大家看看他们是怎么相亲相爱的。

大话说出去之后，杨斐又为难了，就算谢羽同意假装和好，她也不愿意啊，而且主动去找谢羽提这种要求，她做不到。可是，如果不这么做，项目就没了。

杨斐垂头丧气地回到银行，把事情告诉了陶远，陶远听完后也是愁眉不展。

“我倒无所谓，只是对你来说，不太合适。”陶远说。

杨斐郁闷道：“本来想把这个项目当作和谢羽的最终对决，没想到，这叫什么事啊！”

陶远道：“你想怎么做？”

杨斐道：“不知道。”

陶远道：“如果还想做下去，你可以吗？”

杨斐眉头紧锁，不吱声。

陶远道：“我去找谢羽，你只要开会那天假装一个小时就好了。”

杨斐仍不吱声，陶远轻轻拍了拍她的肩膀，走了出去。

谢羽当然会同意，他完全没有心理负担，相反，他倒挺想看看杨斐的反应，有点幸灾乐祸。

几天来，杨斐一直闷闷不乐，始终不肯和谢羽有任何交流。陶远再三开导她，告诫她一定要忍，不能功亏一篑。李明山和王坤虽然有心再收拾谢羽，但是毕竟还要假装和好，两人只好暂时收兵。

终于到了争夺竞标权的日子了。在朝通分行的这个级别内，一共有十几个银行竞争五个名额，而这五个名额中最后只会有两家银行可以获得贷款的权利。一直到会场之前，杨斐始终不肯和谢羽说话。可一到会场，面对包括吕婧在内等着看热闹的众多同行，她立刻变得满脸微笑，和谢羽有说有笑地聊起来。谢羽表面微笑，却低声嘲笑杨斐到最后还不是就范，杨斐微笑着低声发狠道一定会让谢羽付出代价。

吕婧没想到杨斐真的能跟谢羽和平相处，不禁大吃一惊。一直到提案结束离开会场，杨斐始终和谢羽保持着亲近的距离；但是一离开会场，坐上陶远的车，她的眼泪立刻掉了下来。陶远心疼杨斐，心疼到眼神里充满温柔，但是他却不知道该怎么安慰，只是说："辛苦你了，都过去了，我们就要赢了。"

杨斐情绪爆发，索性抱着陶远哭起来，一边哭一边诉说自己有多倒霉，怎么净遇到渣男。陶远不明白杨斐为什么加个"净"字，问她还遇到过什么渣男，杨斐听陶远这么一问，哭得更厉害，说他就是第二个渣男。陶远一阵尴尬，不说话了。

最终，杨斐还是获得了竞标权。吕婧没能晋级，而神州银行行长出轨被老婆发现，她手里的筹码失去作用，被神州扫地出门。吕婧带着满满的恨意在杨斐家楼下等她，看到吕婧，杨斐不禁意外，也有点担心吕婧会对她做出过激的行为。她本来想躲开，但转念又一想，应该跟吕婧有个了结，于是硬着头皮走过去了。

"你终于回来了！"吕婧看到杨斐后恨恨地说。

"你想做什么？"杨斐问。

"我不想做什么，我还能做什么啊，你这么厉害，打不败。"吕婧嘲讽地说。

杨斐也不客气："知道我打不败就不该跟我作对。"

吕婧冷笑一声。

杨斐还是心软了："你喜欢陶远可以跟我竞争，你想做组长也可以跟我竞争，可是你为什么不能用正当的手段呢？搞成现在这样也不是我想看到的。”

吕婧冷笑道：“现在开始做好人了？给我灌鸡汤，你不觉得晚了吗？”

杨斐道：“我只是不希望你以后还这样，我不希望你是因为嫉妒、因为恨而努力，那样你不会快乐。”

吕婧道：“这就不用你操心了，我今天来是要告诉你，我不会放过你。就算等一年、两年、三年，我会回来找你的，不打败你，不把你从我手里抢走的东西抢回来，我不会罢休。”

杨斐道：“我说真的，你别费劲了，以你的能力，没戏。”

吕婧道：“我的留学申请已经被接受了，现在我只希望你在我出国这两年别被别人搞死，等我回来，我要亲手收拾你。”

杨斐没了耐心，恶狠狠地说：“我等你！”

谢羽也没闲着，他要把杨斐的劳动成果变成他的，要把所有的功劳全揽到自己身上，因此杨斐的每一份资料、每一稿方案他都要看，看完后自己保存一份。他是领导，杨斐虽然不情愿，但不得不给他。

陶远担心谢羽不让杨斐去提案，而是把杨斐的提案改成自己的名字然后自己去。他告诫杨斐，不管怎么样，一定要亲自提案。杨斐和陶远想到了一起，不管发生什么事，她都要亲自去。

到了提案那天，意外还是出现了。陶远被熊大海拽着一直开会不得脱身，发现熊大海在有意拖住他之后，他意识到杨斐那边一定会出问题。他给杨斐发短信询问情况，杨斐回短信，一切正常。尽管如此，他仍有所担心。

杨斐给陶远回短信的时候确实一切正常，但没过两分钟，正在路上走着的时候，她装着U盘的包被人抢了，提案全在那个U盘里。大白天竟然有人抢包，她大喊一声追了起来，但对方三拐两拐就消失在人群里了。杨斐来不及报警，立刻赶回银行想要再拷一份，回去之后却发现自己的电脑中毒了，开机之后全是乱码，无法操作。

“谢羽你真卑鄙啊！”杨斐不禁骂道，不知道该怎么办。

李明山从后面走过来，一脸急切地递给杨斐一个U盘：“我感觉谢羽就要对你的电脑下手，所以提前拷了一份，快去吧。”

杨斐如获至宝，火速赶往会场，但她还是去晚了。当她到那里的时候，谢羽的提案已经接近尾声了，谢羽贿赂其他银行，把提案的顺序改成了第一个。

杨斐的方案通过了，但她却成了个没有署名没人知道的枪手，而谢羽，则成了为银行揽来成立以来最大一笔业务的功臣。

19

谢羽得到了总行领导的嘉奖，连女朋友的家里也对他赞赏有加，暂时不再反对他们交往了。意气风发，得意忘形，谢羽恨不得横着走路，已经不把杨斐和陶远他们放在眼里了。在他看来，杨斐和陶远已经无力翻身了。

杨斐家里，陶远、王坤、冷静、张娜娜和杨斐自己，几个人围坐在一起，商量接下来该怎么办。杨斐整个人都不好了，一直责怪自己太不小心，这么重要的资料为什么只带一份。

陶远安慰杨斐道："凡事有赢就有输，输赢都很正常，你也不用自责。"

杨斐仍很自责："话是这么说，但是现在都是因为我，功亏一篑，我们什么都没有了。"

王坤气愤地说："要我说直接把那些证据往谢羽老丈人家一送，我再在微博上发一份，我就不信搞不臭他。"

陶远闻言吃了一惊，连忙问："什么证据？"

冷静道："谢羽陷害杨斐的证据，那些录音都是他自己剪辑的，我们有他剪辑的原素材。"

陶远微微一笑："有这种好东西为什么不早说呢？"

王坤附和道："对啊，这么重要的事情竟然忘记告诉最聪明的远哥。远哥，你说我的主意怎么样？"

陶远道："力度不够，不解恨。"

张娜娜连忙问："你是不是有办法了，快点说。"

陶远道："先给他捣乱，让他的项目没那么容易进行。"

谢羽虽然不把杨斐等人看在眼里，但一直待在分行，下面的人又总跟他作对，他的工作总有不必要的麻烦，因此，他想把高铁这个项目带回总行去做。他去找熊大海，表明来意，熊大海当场急了，你把项目带走，那不就成你一个人的功劳了吗，我怎么办？我的分行怎么办？熊大海绝不同意谢羽把项目带走，谢羽不敢跟熊大海翻脸，只得向总行申请继续留在分行，直到项目完成。

陶远的捣乱计划开始了，首先他派出了李明山。李明山让负责项目的几个心腹下属把给谢羽的所有资料都或多或少地做点手脚，不是加点错误的信息，就是删点信息。一个下属觉得不过瘾，干脆把五年前的数据假冒成今年的，混淆谢羽的视听。谢羽一开始并没有注意到这些细节上的问题，直到和客户开会的时候，他说什么客户都说不对，他的数据和下属发给客户的完全不一样，而且很明显客户那边的是对的，他这才意识到，自己一直被人耍着玩。

第一次和客户开会就丢脸了，谢羽回来之后直接去找熊大海，让熊大海找几个信得过的人，他又从总行调过来两个人加入项目，然后把李明山的人全部清理了出去。就这样，李明山的捣乱计划失败了。

王坤的招更直接，他派人盯着谢羽，主要是在他开电脑时偷看他的开机密码。得到密码之后，他等谢羽下班走了，打开谢羽的电脑，把他电脑里所有东西全删了。谢羽第二天打开电脑简直要崩溃了，想要找出删他东西的人追责，但昨晚摄像头却碰巧坏了，没有监控根本找不出是谁来过。不过谢羽还是懂些电脑知识的，虽然费了很大的力气，但他硬是把所有资料又给恢复了。

杨斐见王坤和李明山都治不了谢羽，又郁闷起来，整天闷闷不乐，和谢羽在分行遇到时总是低着头一副失败者的姿态。

谢羽更加得意了。

随着项目的顺利进展，谢羽在总行越来越受到重视，为了巩固自己的地位，他开始催促女朋友结婚。他女朋友是个比较单纯的姑娘，被他的花言巧语和手段哄得服服帖帖的。他一说结婚，女朋友简直欢天喜地。女朋友每天缠着父亲说要结婚，父亲觉得谢羽或许真的是个可造之才，便同意了这门婚事。不过为了控制谢羽，让谢羽以后不能欺负他女儿，他提出让谢羽入赘。

对于入赘，谢羽虽然有些不情愿，但这是他往上爬的唯一的路，入赘就入赘吧。他买了好多礼品去拜访未来的岳父，准岳父对他的印象还算不错，痛快地给他俩定下了订婚的日子。

谢羽要和大股东的女儿结婚了。消息很快传遍了全行，也传到了杨斐的耳朵里。杨斐无比失落，愁眉不展。谢羽看到杨斐的状态，不禁得意起来，只要他当上总行领导，第一件事就是把杨斐赶走。他在杨斐面前耀武扬威，李明山和王坤虽然恨得牙痒痒却无可奈何。

杨斐实在忍不住了，她把谢羽叫到一个没人的角落，要对他进行良心上的拷问。

“你处心积虑地利用我，陷害我，你的良心就没有一点不安吗？”杨斐恶狠狠地问。

谢羽笑道：“良心，能当饭吃吗？自古及今，所有成大事的，哪一个是靠着良心成功的？”

杨斐道：“你根本不喜欢董事长的女儿，你这么利用她就是毁了她的一生，你就不怕她爸识破你的诡计，把你赶出去？”

谢羽笑道：“谁说只有喜欢才能结婚，你没听说过政治婚姻吗？现在想想都觉得可笑，我以前怎么会追过你这么傻的人。”

杨斐道：“谢羽，你这么无耻会遭天谴的。”

谢羽笑道：“这就叫无耻了吗，我还有更无耻的，你等着，早晚会用到你身上的。”

按理说，现在这个关键的档口，谢羽应该很谨慎，绝不该说出这些足以让他身败名裂的话，但杨斐和其他人的失败让他自大了，他太想在杨斐面前耀武扬威了，太想彻底击垮杨斐的信念。而杨斐穿的工装，口袋里有没有东西通过外面的轮廓就能看出来，他是确定杨斐没有偷拍偷录之后才敢这么张狂的。

谢羽完全占了上风，陶远和杨斐等人束手无措。

项目进展依旧顺利。

订婚准备也很顺利。

谢羽顺风顺水。

终于到了订婚这天了，女朋友家在银行界人脉深广，来了众多银行界的大咖，各个银行的行长董事长之类的，不下二十多个。看到这么多银行顶级人物，谢羽仿佛看到十年后的自己，十年后自己一定能执掌华农银行，和这帮大佬平起平坐谈笑风生。

今天是属于谢羽的，他以为今天是他走上人生巅峰的开始，但是陶远怎么会让他这么容易就走上人生巅峰呢？

订婚仪式开始，杨斐、王坤、陶远和张娜娜也走进了会场。谢羽正高兴地听着主持人念台词，突然看到这几个人，隐约有种不好的预感。

订婚的一个环节是谢羽设计的，他剪了很多和女朋友在一起的视频和照片做了个爱情小短片，要当场播放，营造浪漫。一切准备就绪，视频一打开，播放的却是之前杨斐和谢羽在角落里的那段对话。谢羽大吃一惊，同时骂自己大意了，杨斐是没有偷拍，但是头顶上有个摄像头，还是带录音功能的摄像头。

所有人都惊呆了！

谢羽慌忙去关放映设备，却不料女朋友的父亲派人拦住他，要把片子播完。和杨斐那段视频播完之后，大屏幕上又出现密密麻麻的文件，全是谢羽陷害杨斐的原文件。这些文件每点开一个就是一段音频，事无巨细地记录杨斐生活的音频。谢羽看着大屏幕，血都凉了。

王坤走到主持人的位置，抢过主持人的话筒说："刚才那些音频就是谢羽陷害杨斐的证据。谢羽知道自己能力不行，所以追求能力比他强的杨斐，靠杨斐的帮助坐上了主管的位置。后来他发现杨斐不能满足他的野心了，于是便盯上了我们可爱的小妹妹，于董事长的千金。小妹妹，你就是第二个杨斐啊，早晚有一天，当他利用完你了，他会毫不留情地把你甩掉的。"

谢羽的女朋友哭着给了他一巴掌，然后哭着跑开了。谢羽慌忙去追，可没走两步就被女友父亲的人拦住了。

董事长倍感丢脸，气愤地离开，其他人也一哄而散，原本热闹喜庆的会场瞬间冷清下来。

王坤走到谢羽面前，挑衅地说："傻了吧，没想到吧，真以为我们玩不过你啊！"

谢羽咬着牙说道："这不可能，这不可能！"

王坤道："没什么不可能的！你的成功都是假象，我们这叫欲擒故纵，故意让你打败的，杨斐的失落绝望也是演给你看的，因为只有这样才能给你造成一种天下唯你独尊的错觉。也只有这样，你才有资本向你那傻妹妹求婚啊，你求婚了才能订婚啊！你要不订婚，怎么能同时聚起这么多银行界老总，现在明白了没，这么多老总亲眼看见你的真面目，你觉得你以后还能在银行界混吗？"

王坤一边说，一边回想起陶远那句"力度不够不解恨"，这下确实够狠了，解恨。

谢羽发疯了似的冲向杨斐，眼看要抓到杨斐，张娜娜冷不丁地一脚把他踹翻，踹翻之后还不忘再补一脚。谢羽绝望了，趴在地上痛哭起来。

手刃仇人，本该大快人心，可杨斐却发现她并没有什么快感。看着狼狈的谢羽，她的心情异常平淡。直到这时她才发现，经过在朝通分行的风风雨雨，她早已把谢羽和因为谢羽而受到的伤害放下了。她看了一眼陶远，陶远正目光深邃地看着她，直到这时她才发现她的眼里早已只有陶远了。她突然想感谢谢羽，如果没有谢羽、没有谢羽无耻的伤害，她怎么可能会到朝通分行，怎么会遇到王坤，怎么会遇到陶远，怎么会遇到真正的爱情。

"原来这就是爱情啊！"杨斐情不自禁地说。

王坤站在杨斐旁边，听到她突然冒出这一句话，莫名其妙地问："你说什么呢？"

杨斐没理王坤，而是径直走到陶远面前，深情地看着陶远。陶远突然紧张起来。

杨斐开口了："我喜欢你，做我男朋友吧！"

杨斐这话一出口，王坤和张娜娜都是一惊，纷纷拍手叫好。

陶远毫无准备，一时不知道该说什么。

杨斐在等陶远的回答。

王坤凑到陶远身边，低声说："说话啊，人家跟你表白呢！"

陶远犹豫了一下，深情地说："对不起，我不能跟你在一起，因为……"

杨斐打断陶远，笑了笑："不用说了，我知道因为什么。"

杨斐说完转身走了，王坤和张娜娜瞪了陶远一眼，连忙跟上。

陶远独自站在原地，十分迷茫。谢羽躺在地上看着天空，眼神里毫无生机。

陶远一夜无眠，直到天亮才迷迷糊糊睡着，睡着之后梦里全是和女朋友过去的点点滴滴。他忘不了，放不下，无法接受杨斐。而杨斐，躺在床上默默流泪。

从这一天起，陶远开始疏远杨斐，杨斐也失落地不再和他亲近。两人越来越淡化，甚至面对面了也不跟对方打招呼，完全成了陌生人。杨斐把所有精力都投入到工作上，谢羽离开后，高铁的项目又回到她手里，她每天让自己无比忙碌，借以忘掉陶远。

李明山把陶远和杨斐关系的恶化看在眼里，他知道这俩人和好的概率很大，要想除掉两人，现在正是时机。李明山本想一石三鸟，既打击杨斐和陶远，又把杨斐的大项目抢到自己手上，可他刚出手要给杨斐抹黑，陶远就找他来了。

陶远给李明山看了一段视频，视频的内容是吕婧和中禹的刘总在咖啡馆聊着天，李明山突然出现，加入聊天。原来在陶远联合刘总给吕婧下套偷拍的时候，刘总非要和李明山谈，否则就上网曝光他们。吕婧谨慎起见，最后还是把李明山叫去安抚刘总。制裁吕婧的时候陶远故意把有关李明山的视频删掉了，因为那时候李明山还有用，现在李明山不但没用了，对他们还是威胁，这个时候拿出来时机正好。

吕婧被开除的时候李明山就纳闷，为什么视频里没他，现在他明白了。面对陶远手里足以让他身败名裂的把柄，他不得不就范，求陶远不要公开。陶远跟李明山并没有深仇大恨，也没想对他赶尽杀绝，只是让他主动辞职，离开朝通分行。

李明山还没从陶远的打击中缓过来，杨斐又找他来了。杨斐发现李明山对她的项目做手脚后，忍无可忍，带着李明山的把柄兴师问罪来了。

李明山透露儿子上学是食品厂胡总托的关系之后，杨斐让张娜娜接近那个学校的负责人，费了好大的劲才让那负责人无意中说出确实是胡总托他给李明山儿子办的入学。杨斐比陶远还狠，如果李明山不听她的，她会把这个内幕传播到学校里，这样李明山的儿子很可能会被学校清理出去。

李明山欲哭无泪，自己聪明一世却遇到两个这么难缠的角色，他告诉杨斐，他主动辞职，求杨斐放过他。

杨斐答应了。

李明山以身体原因辞职了，心机用尽最后却落得个惨淡收场。

杨斐心无旁骛，每天拼命工作。终于，她病倒了，她不得不请假，在家养病。看着杨斐空荡荡的座位，陶远既担心又想念。他向王坤打听情况，王坤爱答不理，只说病因始终没查清，但是杨斐已经病得下不了床了。

怎么会突然这么严重？陶远难以置信，但王坤满脸的愁容却不像是装的，看来事情真的很严重。陶远纠结，他不希望杨斐有事，不想失去杨斐，可是就算他去了又能怎么样呢？

“你如果不去见她，可能永远也见不到她了。”王坤十分正经地说。

“嗯。”陶远应付了一句，又进入自己的思绪之中。

王坤无奈地走开了，好像已经对陶远不抱希望一样。

陶远心神不宁地回到办公室，刚坐下，突然又站起来了。“如果不去见杨斐，你将会遗憾终生，你已经有一次遗憾了，还想再有第二次吗？！”陶远在心里如此告诫自己，然后快步走出办公室，直奔杨斐家而去。

杨斐虚弱地躺在床上，甚至连睁开眼的力气都快没有了。陶远走到杨斐的床前，看着病恹恹的杨斐，不禁心疼起来。

陶远轻轻握住杨斐的手，轻声道：“你怎么了？你这样的人怎么会生病，起来，你起来吧。”

杨斐微微睁开眼睛，嘴唇动了动，却没发出任何声音。

陶远的眼泪掉下来了：“都怪我，如果我不拒绝你，你一定不会变成这样，对不起，对不起。”

杨斐微微摇了摇头。

陶远轻轻擦掉眼泪：“我们去最好的医院，一定能治好你，你要坚持，我这就给你联系。”

陶远说着掏出手机要打电话，杨斐的手轻轻拽了下他。他放下手机，深情地看着杨斐。

杨斐虚弱地说：“我只想知道，你真的一点也不喜欢我吗？如果我的病好了，你会和我在一起吗？”

陶远犹豫着，想说却又说不出口。

杨斐闭上眼，一滴眼泪留了下来。

“我喜欢你，你快好起来吧，快点好起来做我女朋友！”陶远这句话脱口而出。

杨斐微微睁开眼，虚弱地说：“你说的是真的吗？不许反悔。”

陶远深情地看着杨斐：“永远也不反悔。”

杨斐突然腾地坐了起来，一把搂住陶远亲了一口：“可算把你拿下了，我装病装得容易吗我！”

陶远还没反应过来，不知道是该高兴还是该生气，看着杨斐，他哭笑不得地说道：“套路，都是套路啊！工作上全是谋略也就算了，怎么对待感情也这样！”

杨斐挑衅地说道：“怎么，刚说的话就想反悔啊！”

陶远连忙说道：“没，没。”

杨斐笑了：“没有就好。”

陶远终于也笑了：他问杨斐：“装病这损招是谁出的？”

杨斐笑道：“冷静。”

陶远不信：“冷静会有这种想法，我看是王坤才对。”

杨斐哈哈大笑：“这就是你不了解她了，别看她平时一副正经的样子，她鬼主意比娜娜和王坤多多了。”

陶远笑了笑，没再说话。

杨斐犹豫了一下：“你能，放下过去吗？”

陶远说道：“小侯是我一生的遗憾，我不想让你成为第二个遗憾。如果今天没来，我会遗憾一辈子。”

杨斐的爱情丰收了，等再拿到“金牌客户经理”，她就可以说是真正的爱情事业双丰收了。在大家看来，今年的“金牌客户经理”一定是她，但结果出来之后，所有人都大跌眼镜，因为得主不是杨斐，而是熊大海。杨斐不但没得到“金牌客户经理”，反而出事了，总行突然翻出她之前为去世家属违规取款的事，以此为由要把她开除。

杨斐连忙去找陶远商量，陶远让她不要着急，细细分析起情况。

“总行怎么知道那件事的已经不重要了，这应该是他们对你的报复。”陶远分析道。

杨斐道：“因为我大闹谢羽的订婚礼，董事长脸面尽失，你是说这是他们的报复？”

陶远道：“没错，该来的始终还是会来，现在的问题是你有多想留在这里，有多想回到总行？”

杨斐想了一下：“虽然已经不可能了，但是如果给我一次机会，我还是想回去。”

陶远道：“虽然去总行你更能施展才华，但是你得罪了董事长，就算去了也不会好过。”

杨斐道：“我刚来的时候还得罪了你和李明山了呢，银行又不是他一个人的，我怕他干吗？”

陶远点头道：“嗯，这才是我最初看上的那个杨斐。”

杨斐叹了口气：“说这些有什么用呢，这一次咱们没办法翻盘了。”

陶远道：“有办法。”

杨斐大喜：“什么办法？”

陶远道：“不可说，你马上就会知道。”

杨斐相信陶远的能力，他说有办法就一定有办法。只是这一次，陶远的办法是牺牲他自己。他主动承担了所有责任，他向总行自首，违规取款是他让办理的，杨斐根本不知情。总行念他毕竟是个副行长，让他主动辞职，对杨斐不再追究。

杨斐怎么也没想到，陶远竟然会为了她主动背着个锅，她既惭愧又感激，撒娇似的问陶远：“你怎么这么傻，为了我连工作都不要了，值得吗？”

陶远笑了笑：“其实我本来就想辞职的，这里的生活太累了，正好可以休息一下。你的追求在这里，你比我更适合留下。”

杨斐撒娇道：“我教教你，这种问题是有标准答案的，当女朋友问你为了她值不值的时候，标准答案就一个字，值！”

陶远哈哈大笑：“值，值。”

陶远很快就办完手续离职了，他也不着急找工作，每天在家洗衣做饭、研究登山装备，日子过得逍遥自在。杨斐虽然还在熊大海手下，但工作还算顺利，熊大海没有再针对她。让她意外的是，总行突然下了通知，让她回总行接替资金运营部主管的位置。

怎么突然就能回总行了？杨斐非常兴奋，下班后第一时间回家把这个好消息告诉陶远。陶远听到这个消息并没有多惊喜，反而是高深莫测地笑了笑。

杨斐立刻反应过来了，说："是不是你又在背后搞鬼了？"

陶远笑道："你觉得我能搞什么鬼啊？"

杨斐道："难不成你让邹行长托关系了？不该啊，你不是会为了我去求人的人啊！"

陶远道："我对你就那么不好吗？"

杨斐道："反正肯定不是邹行长，你说，你找的谁？"

陶远道："熊大海。"

杨斐吃了一惊："别开玩笑了，熊大海会帮你？"

陶远道："他当然不会帮我，但是我手里有他的把柄，他要不听我的，我能让他连那个分行长都当不了。"

杨斐道："所以你说让他去总行运作让我回去，他就同意了？"

陶远笑道："你的智商下降了啊！你能回去他不过是起个锦上添花的作用，主要靠的还是你自己的能力。"

杨斐笑道："这话我爱听，不过，你有他什么把柄？"

陶远摇头："秘密。反正我跟他说把你弄回总行，但是他自己必须留在分行，他答应了。"

杨斐讽刺道："要不你还是回去上班吧，看给你能的，人都不在了还遥控指挥，指挥的还是行长，能耐啊你！"

杨斐这边气氛轻松，每个人心情都很好。熊大海那边就不一样了，熊大海简直郁闷到愤怒了，本来计划得天衣无缝，在这里待一年之后回去升迁，没想到最后竟然被陶远阴了一下。原来在谢羽身败名裂之后，陶远去找了他，以帮他在其他城市的银行找个客户经理的工作为诱惑，让他拿出足以扳倒熊大海的证据。谢羽走投无路，遇到这唯一的机会当然不肯错过。为了制约熊大海，他保留了很多和熊大海合作的证据，他把这些证据全给了陶远，然后根据陶远的安排去了一个小城市，重新打拼。陶远拿着这些证据去找熊大海，熊大海无可奈何，只得听从陶远的要求，去总行运作，把杨斐运作回去。为了避免熊大海回总行后对付杨斐，陶远逼熊大海答应没有他的同意不能离开分行。

就这样，杨斐回到了总行，工作顺利，和陶远也过上了开心的生活。而熊大海，满心愤恨，在朝通分行蛰伏着，等待着对付杨斐的机会，因为只有制住杨斐，才能把陶远手里的证据换回来。

（完）